D0724604

LOUISIANE
Tome I

Maurice Denuzière est né le 29 août 1926 à Saint-Etienne. Après des études de lettres à Lyon, il choisit de faire carrière dans l'aéronautique navale mais il est réformé. Il se lance alors dans le journalisme et ses premiers articles paraissent dans les quotidiens de Lyon et de Saint-Etienne. Pierre Lazareff l'invite à monter à Paris en 1951 où il devient reporter, puis chroniqueur à France-Soir *et au* Monde.
Ecrivain en même temps que journaliste, à seize ans il correspondait avec Charles Morgan, l'inoubliable auteur de Sparkenbroke *et de* Fontaine, *il écrit des romans depuis 1960. Citons entre autres :* Comme un hibou au soleil *(1974),* Un chien de saison *(1979),* Pour amuser les coccinelles *(1982),* Louisiane *(Prix des Maisons de la presse),* Fausse-Rivière, Bagatelle, *sa saga du vieux Sud américain, qui ont eu un succès considérable.*

Louisiane est la chronique d'une famille de planteurs, les Damvilliers, dominée par Virginie, une femme belle et ambitieuse, dont le destin va se confondre avec celui de Bagatelle, un domaine cotonnier au bord du Mississippi. Immigrants, esclaves, aristocrates d'origine française, des dizaines de personnages font revivre par la diversité de leur vie quotidienne, de leurs passions, de leurs ambitions, l'apogée puis le déclin du Sud, dans une fresque magistrale qui nous fait entrer de plain-pied dans l'Histoire. Maurice Denuzière, qui fut grand reporter au journal *Le Monde*, a mené une longue et minutieuse enquête à La Nouvelle-Orléans, où il a eu notamment accès à des archives ignorées des historiens. Hormis quelques personnages, tout ce qu'il retrace dans *Louisiane* est authentique. La famille qui a inspiré cette fresque existe toujours, et ses descendants exploitent encore les mêmes terres. Le moindre chiffre, la plus petite citation ou l'anecdote historique la plus anodine ont été vérifiés. Prix des Maisons de la presse, traduit en quinze langues, *Louisiane* a été adapté pour le cinéma et la TV par Philippe de Broca avec Margot Kidder, Ian Charleson, Andréa Ferréol, Victor Lanoux...

ŒUVRES DE MAURICE DENUZIÈRE

Dans Le Livre de Poche :

UN CHIEN DE SAISON.
POUR AMUSER LES COCCINELLES.
COMME UN HIBOU AU SOLEIL.

MAURICE DENUZIÈRE

Louisiane

Tome I

ROMAN

J.-C. LATTÈS

AVERTISSEMENT

Ce livre est un roman, genre littéraire dans lequel on classe habituellement les œuvres de fiction. Dans cet ouvrage, la fiction se mêle étroitement à la réalité historique, de la même façon que les personnages imaginaires en côtoient d'autres, qui ont vécu l'âge d'or du Sud.

Si d'aventure, un lecteur vagabond et curieux remonte le Mississippi jusqu'à Pointe-Coupée, il apercevra peut-être au bout d'une allée de chênes séculaires une vieille et mystérieuse demeure. C'est dans ce décor, à l'heure où l'on sert la tisane de sassafras, que se plaît à revenir le fantôme mélancolique de Virginie, dont voici l'histoire.

« Le fleuve est pareil à ma peine.
Il s'écoule et ne tarit pas. »

Guillaume Apollinaire.

Première époque

LES GENS ET LES CHOSES

1

A l'ÉPOQUE où l'aristocratie du coton gouvernait le sud des Etats-Unis, le panama passait pour la coiffure naturelle du Cavalier.

Clarence Dandrige, un long jeune homme, portant redingote cintrée de flanelle beige, ouverte sur un gilet croisé de soie châtaine, en jouait magistralement, ce matin du 10 mai 1830, en parcourant la rue Bourbon, à La Nouvelle-Orléans.

Tous les vingt pas, il soulevait son chapeau de paille fine à larges bords, d'un geste tantôt ample et arrondi, tantôt court et désinvolte, indiquant ainsi l'estime, adroitement dosée, dans laquelle il tenait la personne saluée.

Quittant l'hôtel Saint-Charles, où il avait passé la nuit, il reconnut d'abord, à l'angle de la rue d'Iberville, M. Hopkins, un planteur de Plaquemines, jovial mais essoufflé et sans doute mal remis d'une soirée au cabaret. Un peu plus loin, devant « Absinthe House », à l'angle de la rue de Bienville, il répondit sans plaisir au salut de Félix de Armas, un encanteur réputé, qui s'en allait diriger la vente aux enchères de quelques balles de coton « rouillé » ou d'un couple d'esclaves. Comme il s'apprêtait à traverser la rue Saint-Louis, il eut encore la courtoisie de remarquer M. Briggs, négociant et spéculateur, associé de M. Hermann, qui marchait tête baissée, absorbé sans doute dans l'évaluation d'un bénéfice.

Enfin, alors qu'il s'engageait dans la rue de Toulouse, il croisa un marguillier de la cathédrale, sorte de bouledogue prétentieux et ventripotent, à qui il tira son chapeau avec emphase.

Entre-temps, M. Dandrige s'était découvert avec empressement et à plusieurs reprises, au passage de jeunes femmes gracieuses, gazelles vêtues de taffetas ou de mousseline, qui inclinaient leur ombrelle blanche à manche d'ivoire, moins pour se protéger du soleil que des regards des gens qu'elles ne voulaient pas voir.

Pour Clarence Dandrige, les ombrelles se soulevaient de façon encourageante. Sans être lui-même propriétaire d'une grande plantation, il appartenait néanmoins à cette classe sociale, inexistante ailleurs dans l'Union, que les Yankees du Nord, rustauds et démocrates, désignaient comme étant celles des « tyranneaux du coton ».

De surcroît, toute la bonne société louisianaise le savait, Clarence Dandrige était sobre, courtois, bon danseur et... célibataire.

Les dames et demoiselles de La Nouvelle-Orléans appréciaient donc le coup de chapeau du Cavalier — c'est le titre que l'on donnait alors aux gentilshommes du Sud — comme un hommage non galvaudé.

La rareté des apparitions de M. Dandrige et l'ignorance dans laquelle les salons les plus huppés de la ville étaient tenus de sa vie privée — ce qui excitait la curiosité des oisifs — ajoutaient encore du prix à une rencontre avec ce bel homme, réputé mystérieux.

Quelquefois, avec l'aisance que confère une bonne éducation, il échangeait des signes de reconnaissance avec des couples emportés par des cabriolets attelés de chevaux anglais, vifs et luisants, dont les sabots bien cirés crépitaient sur le pavement encore neuf de la chaussée. C'est ainsi qu'il leva haut son panama au passage de M. Roman, que l'on donnait pour futur gouverneur de la Louisiane.

Depuis qu'en 1826 les rues principales de la ville, en pleine prospérité, avaient été recouvertes de dalles importées de Belgique et bordées de larges trottoirs, au long desquels, dans la saison chaude, on envoyait un peu des eaux canalisées du Mississippi pour rafraîchir l'atmosphère, c'était un vrai plaisir de suivre, au printemps, les artères animées. Clarence les avait connues fangeuses ou couvertes d'une poussière impalpable qui gâtait le vernis des bottines et s'insinuait jusque dans les tabatières, au fond des poches de gilet.

Ce matin-là, le bien-être de Clarence Dandrige participait beaucoup de la satisfaction d'un Américain de la campagne, constatant l'expansion de la vie urbaine, autour d'un port qui le disputait à New York par le mouvement des navires et le volume des affaires traitées.

Plus de cinq cents boutiques, plus de quatre cents auberges et cabarets avaient été ouverts, au long des rues se coupant à angle droit, tracées sur l'antique plan de Leblond de la Tour, ingénieur du roi, envoyé dans la colonie en 1723. A parcourir les rues Bourbon, de Chartres et la rue Royale, parallèles au fleuve, ou les rues de Bienville, de Conty, de Toulouse et Saint-Pierre, qui leur étaient perpendiculaires, on se persuadait aisément de la puissance et de la richesse du Sud.

Des quartiers entiers, où l'on ne voyait guère, cinq ans auparavant, que des terrains marécageux déserts ou anarchiquement bâtis de misérables maisons de bois, aux façades disjointes et aux toits boursouflés par l'alternance des ondées et du soleil, s'étaient couverts en peu de temps de beaux édifices en brique. Qu'ils soient bâtiments publics, magasins à marchandises ou destinés à l'habitation, tous prouvaient l'essor insolent du commerce. Les bâtisseurs s'étaient laissés aller à leur goût particulier. On décelait aisément l'influence de l'architecture grecque dans les péristyles à colonnes, le souvenir de la domination espagnole dans la profusion des balcons ouvragés, des galeries reposant sur de minces colonnettes et agrémentées de festons, dentelles de métal ou de bois, des patios frais, écrins de verdure où chantaient parfois de minuscules fontaines. On reconnaissait encore le goût français dans la sobriété de certaines façades percées de larges fenêtres, aux impostes régulièrement blanchies à la chaux — tous les styles étant retouchés, adaptés et, pour tout dire, pervertis par l'apprêt colonial et la fidélité relative des souvenirs de ceux qui « faisaient bâtir », afin de prouver l'étendue de leur réussite et la qualité de leurs origines.

La grande levée, qui protégeait la cité des débordements du fleuve, s'étendait maintenant sur plus d'une lieue. Elle avait été tassée puis consolidée par l'apport d'une couche épaisse de coquillages, que le lac Pontchartrain fournissait en abondance. Sur cette esplanade de terre battue, on commençait à construire de longs bâtiments de pierre, à arcades, dont on affirmait qu'ils atteindraient la hauteur fabuleuse de cinq étages.

Si le voyageur de 1830 s'était appliqué à comparer la perspective urbaine peinte en 1820 par Garneray avec le panorama qui s'offrait maintenant à lui, depuis le fleuve, il eût cru voir une ville différente, un port inconnu. La vapeur, peu à peu, gagnait sur la voile. Les trois-mâts, les goélettes,

16

les bricks, coureurs d'océan, devaient accepter le voisinage des steamboats fluviaux, à faible tirant d'eau, qui, propulsés par leurs roues à aubes et crachant par leurs cheminées démesurées et couronnées de cuivre l'âme grise des forêts que dévoraient leurs foyers, venaient s'amarrer en épi, au long des quais.

Car le vieux Mississippi déversait dans la courbe ample de son bras, où s'insérait la ville, d'où son nom de « Crescent City » que lui donnaient les Américains, tous les produits moissonnés au long de son cours sinueux. Il y ajoutait pour faire bonne mesure les cargaisons que l'Ohio et le Missouri, ses vassaux naturels, lui proposaient de conduire jusqu'à la porte océane, où l'Ancien Monde venait s'approvisionner. De la même façon, le fleuve et ses affluents ramenaient vers les hautes terres, vers les Etats privés de ports, tout ce que l'Europe expédiait à cette Amérique agraire à laquelle elle avait tout appris : la liberté, l'agriculture et le négoce.

Sur les quais, encombrés de charrettes guidées par des esclaves de confiance, s'entassaient pêle-mêle les balles gonflées de coton d'où s'échappaient des flocons blancs, les pains d'indigo du delta, la mélasse et le sucre de la Louisiane et de l'Alabama, les farines de blé et de froment de l'Illinois, les barils de bœuf séché du territoire de l'Arkansas, les tonneaux de porc salé et les « saumons » de plomb — triangulaires et pesant trente kilos — du Missouri. Des milliers de boucants de tabac étaient strictement classés : les « écotés » de Virginie, le « kitefoot » de l'Ohio, le « sweat » des Natchitoches, le « crossed » du Maryland et encore les ballots de peaux de castor, d'ours, de chevreuil, dépouilles malodorantes qui, indignes des vapeurs à passagers, arrivaient avec les grumes et les toiles à bâches du Kentucky, sur des radeaux de rondins que l'on vendait avec leur chargement.

Au milieu de ces entassements, les négociants, les facteurs, les commissionnaires en redingote, gilet de nankin, chemise à jabot et chapeau de soie s'efforçaient avec leurs aides d'identifier les colis débarqués des bricks ancrés au milieu du fleuve. Venus du Havre, de Bordeaux, de Londres, de Liverpool ou de Lisbonne, ces navires apportaient ce que les manufactures et les artisans d'Europe fabriquaient de plus beau, ce que d'autres terres moins rustiques produisaient de meilleur.

Les tonneaux de vins de Madère et de Bordeaux voisinaient avec les caisses de bouteilles contenant des crus fameux. On lisait : *Château-Margaux, Sauternes, Muscat de Frontignan* et sur des barriques *Whisky vieux de Konongahela, Absinthe, Julien, Médoc, Moselle.* Il y avait encore des meubles, des cabriolets, des paquets de livres. La douane mettait son nez partout, humait le porto, taxait les eaux-de-vie qui ne pouvaient être importées qu'en futailles de quatre-vingt-dix gallons, comptait les boîtes à musique, les selles anglaises, les souliers fins, les porcelaines de Limoges et de Wedgwood, les pièces de soie, de casimir, de pilou, les paires de gants, les saucissons de Lyon, les fusils doubles à piston ou à pierre, les serrures, les pendules, les poêles en faïence de Lorraine, jusqu'aux clous de girofle et aux bocaux de fraises confites... Tout ce que des gens raffinés pouvaient souhaiter posséder pour se nourrir, se vêtir, se chausser, se battre ou se distraire se trouvait là, justifiant, à un siècle de distance, le rêve de John Law, directeur d'une « Compagnie des Indes occidentales » qui n'avait pas fait florès.

Les affaires allaient un train d'enfer avec tous

ces riches, envieux de luxe, qui se stimulaient les uns les autres pour dévaliser les bijouteries et les magasins de nouveautés de la rue Royale, dès que les arrivages étaient annoncés dans les colonnes de *L'Abeille* ou du *Courrier de la Louisiane*.

Aux sept banques de la ville venaient de s'en ajouter trois, dont l'une au capital de soixante-dix millions de francs. Les banquiers prenaient à 6 % le « papier » à trois mois, à 7 et 8 % à plus long terme. Ils changeaient le dollar, que les Louisianais s'obstinaient à appeler piastre, à 5,85 F. De l'intérêt légal fixé à 7 %, tous les prêteurs se moquaient et les capitalistes trouvaient aisément 20 % de leur argent. « En achetant bien en Europe, disait M. Potinet, le quincaillier, on peut prendre 15 % de bénéfices. »

Dans la foule se pressaient des marins prêts à embarquer sous l'œil inquiet des capitaines, car les désertions se multipliaient. La prospérité de la capitale du Sud, miroir aux alouettes pour des gens sans attaches, fascinait des hommes qui croyaient la fortune à portée de la main, dans le sourire d'une quarteronne ou le bagou d'un contrebandier. La *Cérès,* un trois-mâts chargé de coton, allait partir pour Bordeaux; le brick *Tristan* appareillait pour Nantes; la goélette *Katherine* levait l'ancre pour Londres. Les pavillons de partance à carré blanc sur fond bleu montaient au long des drisses, sous les couleurs nationales des vaisseaux, qui arboraient tous la bannière de l'Union « Stars and Stripes » et parfois une marque propre au négoce louisianais et combien parlante : l'aigle américain, enlevant dans le ciel un ruban où s'inscrivait la profession de foi de La Nouvelle-Orléans : *Under my wings, everything prospers*[1].

1. « Sous mes ailes, tout fructifie. »

On parlait anglais, français, espagnol, créole et l'on devinait, au ton des conversations et à l'âpreté des transactions, que cette ville au bord du grand boulevard Mississippi ne pensait qu'à l'argent et aux jouissances qu'il procure, tandis que les « rustabout », fine fleur de la race noire, vigoureux et superbes, chargeaient et déchargeaient les vaisseaux, toujours prêts à faire un effort supplémentaire pour quelques picaillons[1] discrètement glissés par un armateur pressé. Telle était cette cité, née de la volonté des hommes, à l'endroit même où, en mars 1699, Pierre Le Moyne d'Iberville et son frère Jean-Baptiste Le Moyne de Bienville, les « pères fondateurs », avaient planté une croix et marqué les arbres, le lieu leur paraissant propice à un établissement.

Si Clarence Dandrige ne se montrait que rarement à La Nouvelle-Orléans, c'est parce que le marquis de Damvilliers, son ami plus que son employeur, auprès de qui il assumait les fonctions mal définies de secrétaire, conseiller juridique, voire suppléant, était toujours prêt à sauter dans un vapeur pour venir, depuis sa plantation de Pointe-Coupée, jusqu'à la ville. Régler un litige portant sur une expédition de coton, rendre visite à un banquier, s'informer des cours du sucre, de l'indigo ou du blé indien — qu'à la manière des Français évolués il appelait maïs — fournissaient autant de bons prétextes au maître de Bagatelle, pour une escapade d'une semaine.

Mais en ce 10 mai 1830 des circonstances particulières motivaient la présence de Clarence Dandrige à La Nouvelle-Orléans : l'arrivée au port d'un paquebot venant du Havre et ayant à son bord une certaine Virginie Trégan, filleule du

1. Le picaillon, pièce d'argent valant 7 sols en France, était la plus petite monnaie de l'époque à La Nouvelle-Orléans.

marquis, orpheline depuis quelques mois. Si la marquise, née Dorothée Lepas, n'avait succombé, trois semaines plus tôt, à la fièvre jaune dans le grand lit où depuis 1720 toutes les femmes de la famille avaient conçu et mis au monde leurs enfants, avant d'y mourir, le parrain de Virginie se fût fait un devoir et un plaisir d'être présent sur le quai Saint-Pierre, pour accueillir la jeune fille.

Clarence, délégué pour cet office et qui ne gardait de Virginie que le souvenir d'une petite fille espiègle et volontiers boudeuse, aurait à annoncer à celle-ci, devenue une vraie Parisienne — à ce que lui avait dit le marquis — le deuil récent des Damvilliers. Virginie, venue pour recueillir l'héritage de son père, Guillaume Trégan, aurait à faire d'abord des condoléances à son parrain.

La perspective de cette corvée ne troublait pas outre mesure l'intendant de Bagatelle. S'il était attaché au marquis, qui l'avait recueilli dans des circonstances fort pénibles et humiliantes pour un adolescent, par des liens d'une affection réelle et virile, quoique rarement exprimée par des mots, il n'avait ressenti aucun chagrin à la mort de la marquise. Etre insignifiant, morose et maladif, elle n'avait passé, entre son mariage et sa mort, que peu de mois à Bagatelle. Redoutant le climat de la Louisiane, elle effectuait des séjours prolongés en Virginie, où son père possédait la plus grande plantation de l'Etat. La marquise était partie pour le voyage dont on ne revient pas aussi discrètement qu'elle avait vécu, ayant mis son âme en ordre comme elle le faisait de ses bagages. Cette bréhaigne n'avait laissé aucun souvenir dans une maison où, toujours, elle s'était comportée comme une invitée de passage.

Quant à Virginie, qui avait quitté Pointe-Coupée en 1825 à l'âge de treize ans, pour aller faire son éducation à Paris, chez les dames ursulines, elle ne devait garder qu'une image très floue de sa défunte parente. Détestant par-dessus tout le remue-ménage des enfants qu'elle avait été incapable de faire, la marquise de Damvilliers n'avait que rarement accueilli la fillette, dont le seul plaisir à Bagatelle — Clarence s'en souvenait — était de jouer autour des pigeonniers construits par le premier marquis, à deux pas de la grande allée de chênes.

Dès la mort de sa femme, Adrien de Damvilliers, en homme placide, avait repris ses habitudes de célibataire et renoué avec son intendant ces relations de fin d'après-midi, quand sur la grande terrasse à galerie du premier étage de la vieille demeure on dégustait le punch de fruits en se balançant sur les rocking-chairs, meubles symboles du Sud cotonnier.

En tirant sur leur cigare, les deux hommes évoquaient à bâtons rompus les problèmes quotidiens que posait une plantation de plus de quatre cents esclaves, supputaient l'influence de la sécheresse sur la récolte ou parlaient chevaux. La politique tenait peu de place dans leurs conversations, le marquis ne cherchant dans les journaux, lesquels parvenaient à la plantation une bonne semaine après avoir été imprimés, que les nouvelles intéressant l'agriculture et le négoce. Parfois, la nuit tombée, ils prolongeaient un moment la soirée en observant au clair de lune le vol des chauves-souris aux bifurcations imprévisibles, dans les flots de mousse espagnole suspendus aux branches des grands chênes, dont les frondaisons, ainsi empanachées, cachaient la boucle du Mississippi.

« L'arrivée de Virginie va peut-être changer un peu les habitudes », pensait Clarence Dandrige, quand face à lui une ombrelle se releva prestement comme un couvercle de bonbonnière. Le visage rond et un peu rouge de Mme d'Arcy apparut en plein soleil. L'épouse du vice-consul de France avait l'œil pétillant, sous les bandeaux de cheveux noirs bien tirés, et le jabot de dentelle qui dissimulant son confortable décolleté palpitait au rythme d'une respiration rendue courte par l'émotion.

C'était une aubaine pour cette petite femme charmante et dodue, toujours occupée de bonnes œuvres, que de se trouver ainsi face à face avec l'intendant de Bagatelle.

« Monsieur Dandrige, dit-elle en étirant les syllabes, quelle chance de vous rencontrer ! Vous allez, n'est-ce pas, participer à la souscription que les Français de La Nouvelle-Orléans viennent d'ouvrir pour construire un collège ? Nous avons formé un comité. Il a déjà recueilli trois cent mille francs.

— Mais bien sûr, madame, je vous enverrai quelque chose...

— Car, n'est-ce pas..., reprit Mme d'Arcy, qui tenait à justifier cette sollicitation, votre maman était française et si vous aviez des enfants — ce qui ne manquera pas d'arriver un jour — vous comprendriez nos difficultés. Il faut les envoyer dans les collèges du Nord, d'où ils reviennent le plus souvent étrangers à leurs familles, autant par le langage que par la perte de leur affections et de leurs habitudes... Mon mari a fait un rapport là-dessus au comte de Pourtalès, notre ministre des Affaires étrangères, qui l'a encouragé, n'est-ce pas, à soutenir le comité.

— J'ai moi-même étudié dans un collège du Nord, observa Clarence en souriant, sans y perdre mon français ni renoncer à mes affections pour ce pays !

— Mais, n'est-ce pas, pour un garçon comme

vous, fils d'un Anglais et d'une Française, c'était plus facile. En fait, vous appartenez aux deux nations, n'est-ce pas ? Depuis votre naissance !

— Je suis américain, madame, seulement américain, je vous assure, mais très attaché aux traditions et à la langue françaises, sans lesquelles la Louisiane ne serait pas ce qu'elle est. Alors, soyez sans crainte, je participerai avec plaisir, dans la mesure de mes moyens, à la fondation de votre collège. »

Mme d'Arcy découvrit à cet instant qu'elle ne savait rien de la situation de fortune de M. Dandrige. Vêtu avec recherche et dans le meilleur goût, il n'était cependant que l'intendant d'une plantation de dix mille acres[1].

« Et le marquis de Damvilliers aussi, n'est-ce pas, participera. Vous devriez lui en toucher deux mots. On considère que son grand-père est l'un des fondateurs de Pointe-Coupée, n'est-ce pas... Celui-ci était arrivé en 1730.

— En 1720, madame. C'est le roi Louis XV qui l'avait encouragé à venir ici.

— Alors vous voyez bien, n'est-ce pas, qu'il nous aidera ! Peut-être devrions-nous le mettre dans notre comité ?

— Il sera informé en tout cas », essaya de conclure Clarence en faisant un pas de côté.

Mais Mme d'Arcy, assez fière d'être vue en conversation prolongée avec l'intendant, qui, mains croisées sur le bas du dos, agitait doucement son chapeau, signe, évident mais discret, d'impatience, n'entendait pas lâcher aussi promptement son aimable proie.

« Savez-vous que l'*Isaïe*, qui était échoué depuis le mois de mars à l'embouchure du fleuve,

1. Quatre mille six cents hectares environ.

24

est enfin entré au port ? J'ai à bord quelques meubles que je ne suis pas fâchée de voir arriver... »

Se sentant menacé d'une avalanche de détails domestiques, Clarence Dandrige décida de brusquer les choses :

« J'en suis enchanté pour vous, madame, mais je vous prie de m'excuser, un rendez-vous...

— Allez, monsieur Dandrige, dit la femme du vice-consul avec résignation. Je ne vous retiens pas plus longtemps... Mais n'oubliez pas, s'il vous plaît, pour le collège ! »

L'ayant une nouvelle fois assurée de son concours, l'intendant de Bagatelle reprit sa route, du pas d'un homme qui sait où il va.

L'ombrelle se rabattit sur la face réjouie de Mme d'Arcy, qui s'éloigna dans un bruit de soie froissée. « Il ne peut donner moins de cent piastres, estima-t-elle, et le marquis au moins mille. J'ai bien gagné ma matinée. » Puis elle aperçut, sortant d'une boutique de nouveautés, Mme Lalaurie, dont on disait qu'elle prenait un bizarre plaisir à fouetter elle-même ses esclaves des deux sexes. La quêteuse décida sur-le-champ de soutirer à cette créole arrogante, mais épouse d'un riche médecin, une somme pour « son » collège. Tandis que les deux femmes entamaient, à l'ombre d'un balcon, une conversation qui risquait d'être longue, Clarence Dandrige se dirigeait vers le bureau du port.

Il y apprit que le *Charles-Caroll* ne serait à quai qu'en fin d'après-midi. Le bateau passait pour l'un des plus luxueux paquebots de M. Patterson, ex-beau-père de Jérôme Bonaparte. Les chambres étaient, disait-on, garnies de lambris en acajou massif incrusté d'érable moucheté. Le poste de La Balise — pointe avancée au sud-est de l'embouchure du Mississippi où les capitaines devaient embarquer un pilote du fleuve pour remonter jusqu'à La Nouvelle-Orléans — venait de faire annoncer par un lougre l'arrivée du navire.

Clarence Dandrige, qui connaissait les aléas de la navigation entre les bancs de sable et la lenteur des formalités administratives, dans un pays où chaque bateau était soupçonné d'apporter la fièvre jaune ou de l'eau-de-vie de contrebande, estima qu'il avait la journée devant lui. Tout bâtiment remontant le fleuve devait en effet « mettre en travers » sous le fort Saint-Philippe, où son capitaine avait à se rendre en personne pour présenter le manifeste. A douze lieues de ce premier arrêt et à deux lieues avant le Détour aux Anglais, il devait mettre en panne une deuxième fois devant le lazaret et accueillir à son bord l'inspecteur et le médecin de la quarantaine. Depuis l'épidémie de 1817, ces fonctionnaires prenaient connaissance de la « lettre de santé » du navire et au besoin examinaient les passagers. Si aucun symptôme suspect n'avait retenu leur attention, ils délivraient un certificat qui devait être visé à La Nouvelle-Orléans. Cette inspection sanitaire coûtait dix piastres pour un trois-mâts et six pour un brick-goélette.

Un troisième arrêt était imposé au bâtiment au poste de douane du Détour aux Anglais où les employés de M. le Collecteur percevaient le « light money » et les droits sur le tonnage. Tous ces contrôles n'allaient pas sans contestations, vérifications mesquines, échanges de politesses hypocrites, chantages discrets et distribution de pourboires. Les capitaines, après avoir affronté le mauvais temps et échappé aux nouveaux pirates mexicains, considéraient comme une ultime épreuve le franchissement de la frontière américaine. C'est d'un cœur léger qu'ils donnaient en accostant les cinq piastres dévolues personnellement au capitaine du port, lequel percevait encore pour la municipalité le droit de quayage.

On imagine ce que pouvait représenter de complications pour la navigation une telle organisation portuaire quand on comptait plus de deux mille mouvements de navires de commerce par an. Pour éviter l'embouteillage, les autorités de la ville, qui faisaient passer avant tout intérêt ceux des négociants, avaient, en 1825, aboli sans plaisir la quarantaine, le maire l'ayant déclarée « inefficace, illusoire, à charge et nuisible au commerce dont elle entrave les opérations ».

Clarence Dandrige, que toute bureaucratie irritait, se félicitait d'avoir réservé pour le soir même deux chambres sur le *Prince-du-Delta,* le dernier-né des paquebots fluviaux, qui le porterait en trois jours avec Mlle Trégan à Pointe-Coupée.

Virginie, estimait Clarence, ne serait pas déçue par ce « lévrier du fleuve » capable de remonter le courant à six milles à l'heure et dont la réclame affirmait qu'il possédait « une coque doublée et chevillée au cuivre, des chambres élégamment meublées, des approvisionnements abondants et de la meilleure qualité ».

Les cloches de la cathédrale Saint-Louis sonnaient dix heures, quand il pénétra chez son bottier. Une annonce parue dans *L'Abeille* le matin même lui avait appris que le commerçant avait reçu « des pièces de veau verni, de veau ciré, des maroquins de couleur rouge, bleue, jaune et paille ». Il envisageait donc de commander des chaussures, mais il voulait surtout rendre visite à Mathias, un esclave de la plantation dont il souhaitait faire un affranchi, en raison de l'habileté de ce brave homme à tailler et à coudre le cuir. Placé chez M. Stuart, le bottier le plus réputé de la ville, l'ancien coupeur de canne à sucre oubliait un peu sa position d'esclave, tout en rapportant à son propriétaire, M. le marquis de Damvilliers, cent soixante francs par mois, que versait ponctuellement le commerçant au loueur. Un bon esclave de plantation coûtait de six à sept mille francs. Le placement du marquis était donc rentable à une époque où un commis de banque empochait deux cents francs par mois et où le quintal de coton de première qualité se payait de neuf à onze dollars.

A l'entrée de M. Dandrige, Mathias abandonna son tranchet et se leva, souriant de toutes ses grandes dents blanches dans son visage en sueur.

« M'sieur Dand'ige, y avait beau temps qu'on vous avait vu en ville ! Comment est la canne cette année et le coton de m'ame Damvillé ? »

Clarence apprit à l'esclave la mort de cette dernière et Mathias se crut obligé de prendre un air contrit alors qu'il n'avait pas vu plus d'une ou deux fois dans sa vie la femme du marquis. Gêné par cet apitoiement de commande, qui rappelait par trop la soumission craintive de l'esclave, l'intendant de Bagatelle se hâta de changer de sujet et réclama les échantillons de veau verni.

« Voilà, voilà, s'empressa Mathias en essuyant à son tablier ses fortes mains tachées de poix et entaillées par le gros fil. M'sieur Stua' va veni', mais je peux vous mont'er ce qu'on a eu du bateau...

— Un moment ! fit une voix forte à l'autre bout du magasin. Monsieur n'est pas plus pressé que moi, j'imagine ; je suis en train de faire mon choix !... Mais je pense qu'il en restera suffisamment pour un régisseur... »

Mathias s'arrêta, interloqué, et tourna vers Clarence un regard humble et amical. M. Dandrige, qui n'avait pas remarqué, en venant du grand soleil, que l'ombre de l'échoppe recelait un couple de clients, retira son chapeau et se tourna vers l'homme qui venait de prendre la parole. L'intendant de Bagatelle avait cru déceler un peu d'ironie dans le ton du personnage et la fin de la phrase avait été ponctuée d'un petit rire, révélant la présence d'une femme. Il venait d'identifier l'homme : un armateur d'origine espagnole dont les parents étaient venus à La Nouvelle-Orléans avec le premier gouverneur de Sa Majesté Catholique, Antonio de Ulloa, lequel avait perdu tout crédit en décidant, en 1767, que les colons boiraient du vin de Catalogne au lieu de bordeaux ! Massif et joufflu, portant de longs favoris noirs, un jabot de dentelle exubérant jaillissant de son gilet de nankin, l'armateur avait une prestance qui en imposait. Bien qu'il se fût spécialisé dans la seule exportation des os, cornes de bœuf, bois d'élan et de chevreuil, qu'il envoyait à Marseille, sa fortune passait pour considérable.

« Je me garderai bien d'interrompre le choix de Madame, fit Dandrige en inclinant exagérément le buste. J'ai tout mon temps, monsieur Ramirez !

— C'est heureux, fit l'homme, et vous pouvez continuer à bavarder avec le nègre, nous voulons une quantité de chaussures ! »

La femme rit à nouveau, comme si le ton autoritaire de son compagnon méritait cet hommage, puis elle se dressa sur la pointe des pieds et lui dit à l'oreille une phrase en espagnol. L'homme, à son tour, rit grassement. Mathias regardait Dandrige, qui sourit en haussant les sourcils.

« Montre-moi des lacets, en attendant », fit-il au Noir, sans plus s'intéresser au couple.

C'est alors que l'armateur Ramirez s'adressa à sa compagne, sans même atténuer le son d'une voix qu'il avait grave et sonore. Clarence ne comprit que la fin de la phrase :

« ... *le falta la tercera pierna*[1]. »

Clarence blêmit et repoussa d'un geste la boîte de lacets que Mathias lui tendait. Jetant son panama sur la banque, il fut sur l'homme en trois pas.

« J'entends l'espagnol, monsieur Ramirez, mais si je vous dis que vous êtes grossier devant une femme vous entendrez, je pense, le français ! »

Mathias, qui n'avait rien compris à l'insulte, voyait M. Dandrige comme il ne l'avait jamais vu, pâle, les maxillaires frémissants, le regard dur, comme celui des hommes qui s'acharnaient sur les esclaves « marrons[2] », repris dans la forêt.

Ramirez partit d'un grand rire.

« Prouvez donc à cette fille le contraire de ce que je viens de d... »

Une gifle fit vaciller l'armateur et voler son chapeau de l'autre côté du comptoir. La jeune femme poussa un cri aigu et se saisit du bras de son compagnon.

« Nous allons avoir un duel », pensa Mathias, qui connaissait les mœurs des Cavaliers.

« Mes témoins seront sur le parvis de la cathédrale dans une heure, dit M. Dandrige. Ils y trouveront les vôtres. Nous nous battrons à l'épée à midi, au Pré Saint-Anthony... Car j'ai l'habitude de prendre le lunch à une heure. »

La scène n'avait duré que quelques secondes, mais elle s'était déroulée dans les règles. Ramirez arracha des mains de Mathias le chapeau que le Noir avait ramassé avec précipitation, comme pour effacer la seule trace de l'altercation.

« Ne mets pas tes pattes sales là-dessus, cracha l'Espagnol. Je retiens toute la pièce de maroquin

1. Littéralement : « Il lui manque la troisième jambe. »
2. Esclaves en fuite.

jaune... D'ailleurs Monsieur n'aura plus besoin de chaussures... »

On devinait qu'il contenait une ardente envie de sauter sur Clarence et de l'étrangler séance tenante, mais, souffleté et ayant accepté le cartel, il ne pouvait rien faire qu'attendre midi pour embrocher le Cavalier. Il remit ostensiblement son chapeau et, sans se soucier de sa compagne, s'apprêta à franchir la porte. L'intendant de Bagatelle était sur le qui-vive et Mathias, sans que personne y eût pris garde, avait ramassé un tranchet particulièrement effilé.

« Car je vous percerai le foie, monsieur l'intendant, dit encore Ramirez, et, bien sûr, aucune des dames de La Nouvelle-Orléans ne vous regrettera... »

Rien sur le visage de Dandrige n'indiqua qu'il avait évalué cette nouvelle insulte, mais il serra les poings assez fort pour que les jointures blanchissent. Mathias le remarqua. Quand l'intendant de Bagatelle reprit la parole, sa voix était calme, comme s'il se fût agi d'une conversation de salon :

« A moins, monsieur Ramirez, que vos os n'aillent compléter votre prochain chargement et ne servent à faire du noir de fumée pour les Français. »

Puis Clarence se retourna vers le comptoir où étaient étalées les pièces de cuir et, tranquillement, mit de côté de quoi faire deux paires de chaussures. Le Noir, ému, presque tremblant, finit par ouvrir la bouche :

« Vous savez, m'sieur Dand'ige, c'est un méchant homme, y va vous fai'e mal... J'en ai peu'... »

Clarence s'aperçut alors qu'une lame dépassait du poing serré de l'esclave. Il lui tapota affectueusement l'épaule :

« Ne te fais pas de souci pour moi, Mathias, et prépare mes chaussures pour Pâques. Et surtout ne risque jamais ta peau pour un Blanc, Mathias. Aucun homme dans ce pays n'en vaut la peine. »

Il vida les lieux, laissant le cordonnier ébahi, comme s'il venait d'entendre dire par quelqu'un de sérieux — un évêque, par exemple — que Dieu n'existait pas !

Le duel, bien des gens en avaient conscience mais personne n'osait le dire, comptait parmi les quatre plaies de La Nouvelle-Orléans, les autres étant la fièvre jaune, les explosions des « bouilloires » à bord des bateaux fluviaux et les incendies. Bien que des quatre fléaux le duel fût celui qui faisait le moins de victimes, il entrait cependant en ligne de compte, d'une façon non négligeable, au chapitre des décès provoqués. L'abus des liqueurs fortes et le soleil contribuaient à échauffer les belliqueux, toujours prêts à se battre, par atavisme, et, comme leurs ancêtres les pionniers, prompts à rendre la justice eux-mêmes, à laver le moindre affront dans le sang.

Les jeunes gens n'étaient pas les seuls à croiser le fer ou à échanger des coups de pistolet, pour les beaux yeux d'une créole ou à l'issue d'une partie de cartes douteuse. Des hommes mûrs, arrivés, pères de famille, bons catholiques, des sénateurs, des magistrats, des gens graves et haut placés ne dédaignaient pas de lancer ou d'accepter un cartel, s'ils considéraient que leur honneur était égratigné. Le protocole de la provocation contribuait d'ailleurs à multiplier le nombre des rencontres en champ clos. Le choix des armes appartenait toujours au souffleteur réagissant à une injure grave. Il s'ensuivait, dans les discussions dépassant la vivacité admise chez les gens du Sud, que chacun, de peur d'être souffleté, ne

songeait qu'à donner le plus vite possible un soufflet à son adversaire. Profitant alors du droit
acquis et reconnu, il ne lui restait qu'à mettre
toutes les chances de son côté. Grand et fort, il
choisissait le sabre; estimant avoir une meilleure
vue que son opposant, il prenait le pistolet; particulièrement habile à abattre les hirondelles au
vol, il adoptait le fusil de chasse; s'il participait
régulièrement à des battues au daim dans les
cyprières, il se prononçait pour la carabine. Les
adeptes de l'épée, par contre, restaient peu nombreux dans un pays où l'on avait le goût des
armes à feu. Les duellistes d'occasion, ayant souvent plus de force que de souplesse, répugnaient
à l'escrime, usage, à leurs yeux, désuet.

Quand Clarence se présenta chez les frères
Alexandre et Louis Mertaux, des jumeaux, descendants d'Acadiens paisibles, avocats réputés qui
étaient de ses amis, il avait déjà obtenu de
M. Balanger, armurier rue de Chartres, qu'il
envoyât son commis, à midi moins dix, au Pré
Saint-Anthony, derrière la cathédrale, porteur de
deux épées de Sheffield.

Connus à La Nouvelle-Orléans sous les sobri-
quets de Castor et Pollux, les avocats, vieux garçons mélancoliques, qui passaient plus de temps
à étudier l'histoire des rois de France qu'à plaider
devant la Cour criminelle, voulurent d'abord être
exactement informés des origines de la querelle.
Appartenant au petit nombre des Louisianais qui
connaissaient le passé de Clarence Dandrige, ils
apprécièrent sans faire de commentaire la portée
de l'insulte dont leur ami avait été l'objet.

Clarence les vit hocher la tête gravement. Les
mains jointes, les avant-bras reposant sur les
accoudoirs de leurs fauteuils, symétriquement
disposés de part et d'autre d'une cheminée, sous
un portrait de Louis XVI qu'ils avaient eux-

mêmes sauvé de la fureur de marins français lors de la mise à sac de la légation de Philadelphie en 1793, ils ressemblaient à deux vieux chiens, fidèles et ennuyés.

D'un ton lugubre, ils se relayèrent, sans tenir compte du sourire amusé de Clarence, pour déplorer qu'un homme de sa qualité soit ainsi amené à risquer sa vie, afin de punir un parvenu de son insolence.

« C'est une coutume odieuse que le duel, soupira Alexandre.

— Une coutume barbare, renchérit Louis.

— Mais qu'on ne peut contester, reprit le premier, sans passer ici pour un lâche et par conséquent perdre toute considération !

— Sans compter, fit le second, que cette pratique aboutit souvent à des assassinats légaux.

— Il est même arrivé, assura Alexandre en s'animant, qu'après un exercice de plusieurs mois et un soufflet donné sans véritable provocation un débiteur solde son créancier. Qu'un politicien ambitieux renverse son antagoniste...

— ... Qu'un amant débarrasse sa maîtresse d'un mari incommode ! compléta Louis à voix basse.

— Personne, dans notre société, n'est à l'abri d'un tel danger », firent-ils en chœur.

Il y eut un silence, que Clarence, prêt à rire d'un duo si bien monté, se garda de rompre. Les deux juristes, il le savait, prenaient plaisir à tisser en dialoguant leur argumentation contre le duel. On leur prêtait même l'intention de proposer à la législature un projet de loi visant à interdire ces combats singuliers.

« C'est une société sans nom, monsieur Dandrige, déclara finalement Alexandre — et Louis approuvait d'avance ce que son jumeau allait dire — que celle dans laquelle le législateur sortant du Sénat, l'administrateur quittant ses bureaux, le juge descendant de son tribunal ont à rendre compte de leurs actes dans la rue et doivent toujours être prêts à défendre leurs décisions les armes à la main.

— Savez-vous qu'il y a peu de jours, fit Louis, le trésorier de l'Etat a provoqué le recorder[1] d'une municipalité et qu'un plaideur a tué un juge ? »

Clarence Dandrige eut un geste de la main signifiant que la fatalité avait sa part de responsabilité dans tous ces drames.

« En tout cas, observa Alexandre, vous auriez dû choisir le pistolet...

— Avec une pareille cible, c'est sûr, vous auriez dû, approuva Louis, qui connaissait la stature de Ramirez.

— Sur le pré, messieurs, il n'est de beau geste qu'avec une épée », répliqua le Cavalier.

Les deux avocats se levèrent en soupirant. L'un regarda la pendule, l'autre décrocha les chapeaux suspendus à la patère. Ils serrèrent la main de Dandrige, le conviant à attendre tranquillement, dans leur salon, l'heure de vérité en dégustant un porto. Mais l'intendant déclina l'invitation.

« Il faut garder la tête froide quand on va se battre, et j'ai encore quelques affaires à régler. »

Les trois hommes se retrouvèrent ensemble dans la rue ensoleillée, fort animée à cette heure de la matinée, qui marquait le plein moment des affaires. Clarence prit une direction opposée à celle des frères Mertaux.

Ces derniers devaient se rendre à la cathédrale pour rencontrer les témoins de Ramirez et prévenir au passage le docteur Berthollet qu'il aurait, avant le déjeuner, à panser un blessé ou à clore les yeux d'un mort.

---

1. Le recorder était à la fois juge, greffier et archiviste.

Clarence, quant à lui, se rendit chez Pat O'Brien, rue Saint-Pierre, le restaurant fameux où il avait ses habitudes. Il retint une table pour une heure de l'après-midi, dans le patio, près de la fontaine, et commanda un plat de chevrettes frites[1], des œufs à la hussarde et des crêpes suzette. Master Jones, le maître d'hôtel, lui proposa d'arroser ce lunch d'un médoc. L'intendant de Bagatelle ne le contredit pas et, l'heure étant avancée, il se dirigea tranquillement vers le Bar de Maspero qui, comme quelques autres, tenait lieu de bourse du coton.

Plusieurs planteurs, occupés à lire les journaux, à palper des échantillons ou à bavarder avec les commis en manches de chemise et gilet de casimir noir, le saluèrent. L'arrière-salle du bar était une sorte de club; on s'y occupait essentiellement d'affaires, bien sûr, mais on y glanait aussi les potins de la ville. Si Clarence avait annoncé qu'il s'apprêtait à se rendre « sous les chênes » — c'était l'expression consacrée pour dire qu'on allait en découdre au Pré Saint-Anthony — toute la bonne société orléanaise eût été informée en un quart d'heure. Les acheteurs étrangers, anglais, français et hollandais, ainsi que les tisseurs du Massachusetts, du New Jersey et de la Nouvelle-Angleterre commençaient à arriver, pour acheter les récoltes que les banquiers n'avaient pas reçues en gage des avances faites aux planteurs : M. Dandrige apprit que les premiers cotons vendus — ils sortaient des stocks de la saison précédente — avaient été payés onze *cents* trois quarts la livre[2], ce qui lui parut raisonnable pour un produit de qualité moyenne.

« Comment ça se présente à Bagatelle ? » inter-

---

1. Grosses crevettes du golfe du Mexique.
2. Ce qui mettait le kilo de fleur de coton à 1,36 F de l'époque.

rogea soudain, dans le dos de Dandrige, un petit homme rond, très élégant, qui s'éventait avec son chapeau de soie.

Il s'agissait de M. Abraham Mosley, un commissionnaire de Manchester dont le marquis de Damvilliers, ayant éprouvé l'astuce en affaires, affirmait qu'il descendait, par les chameaux, du patriarche dont il portait le nom !

Clarence prit l'Anglais par le bras, le tira un peu à l'écart des tables, autour desquelles les commis tendaient l'oreille pour recueillir les confidences que l'on se faisait, de planteurs à négociants.

« Il faut espérer que nous aurons moins de pluies que l'an dernier, monsieur Mosley. Les nouveaux plants sortent bien; nous devrions faire de mille deux cents à mille trois cents balles..., de quoi remplir un trois-mâts de trois cent soixante tonneaux, comme celui des Quesnel, par exemple. »

M. Mosley eut un sourire de biais devant cette allusion à son concurrent de Rouen qui, la saison précédente, lui avait enlevé sous le nez la récolte de Bagatelle. Le Français avait offert un franc et trente-six sols du kilo de coton alors que lui, Mosley, s'était entêté à ne pas vouloir le payer plus d'un franc trente-quatre ! Naturellement, il avait fini par acheter, pour ses tisseurs de Liverpool et de Manchester, un coton de moins bonne qualité.

« Ce n'est pas le bateau des Quesnel qui portera votre coton en Europe cette année, monsieur Dandrige, ce sera le mien ! Vous pouvez annoncer ma visite au marquis pour le début de juin. »

Acheteur compétent et consciencieux, mais également amateur de bonne chère et appréciant par-dessus tout le confort domestique, M. Mosley aimait à rendre visite à ses fournisseurs dans leurs plantations. La plupart des acheteurs étrangers demeuraient à La Nouvelle-Orléans pendant plusieurs semaines. Ils passaient leurs nuits dans les cabarets, jouaient un jeu d'enfer, se faisaient gruger par les aventuriers, dont la ville regorgeait, ou plumer par des courtisanes créoles, qui leur soutiraient, en peu de nuits, de quoi vivre tranquillement tout l'été.

Certains de ces intermédiaires, qui traversaient chaque année l'Atlantique, avaient tendance à traiter les Louisianais comme des gérants libres, délégués au pays des sauvages et des mauvaises fièvres, pour le service des fortunes européennes.

Les Orléanais, rompus au cosmopolitisme, les laissaient venir avec leurs croyances d'un autre âge, comme ces vieux cousins de province, ignorants du progrès, qu'il faut se garder d'effaroucher si l'on tient à les voir délier les cordons de leur bourse.

On recevait donc ces visiteurs commerciaux avec beaucoup de considération. On les choyait, on les laissait se dévergonder, jouir des délices exotiques de ce qu'ils appelaient encore « la colonie ». Quelques-uns voyaient toujours l'Amérique à travers les peintures de Gordon, les gravures de Murray, les dessins de Joshua Fry et de Peter Jefferson. On ne se hâtait pas de les détromper. Pour eux, la Louisiane paraissait figée dans l'attitude reconnaissante d'une demoiselle qu'on a ramassée dans le ruisseau et qui, devenue robuste paysanne, ne saurait refuser au vieux tuteur libidineux ses rustiques faveurs. Un beau matin, on présentait aux acheteurs, amollis par le climat et la fête, des échantillons de fleurs de coton d'une blancheur immaculée, d'un soyeux inimitable, en foi de quoi on leur vendait, à des conditions fixées en prévision des inévitables marchandages, des cotons « rouillés » par le contact des feuilles mouillées qui étaient tombées sur les gousses ouvertes. Quelques consciencieux faisaient ouvrir les balles, afin de comparer l'échantillon et la masse. Bien souvent, ils étaient déçus.

M. Mosley n'appartenait pas à cette catégorie de gens que l'on trompe en flattant leur vanité ou en nourrissant leurs vices. Il traitait d'égal à égal avec les citoyens de la libre Amérique. Ces hommes, qui s'étaient débarrassés du joug anglais avec l'aide plus ou moins désintéressée des Français, entendaient en effet ne plus être traités en colonisés par les marchands, d'où qu'ils viennent. En fait, loin des brouillards industriels et des faubourgs lépreux des villes anglaises, M. Mosley aimait retrouver en Louisiane la civilisation courtoise que l'Europe, à travers guerres et révolutions, reniait peu à peu. Il appréciait la vie de plantation. Les conventions aristocratiques qui la régissaient, heureux amalgame des mœurs sportives anglaises et des goûts français, des jeux virils et de l'élégance, de la rusticité et du raffinement, convenaient à cet homme pacifique et jouisseur. Son teint rose, ses mains potelées, son ventre bien rond sous le gilet tendu, sa lèvre inférieure humide et gourmande l'autorisaient à se proclamer, avec franchise, épicurien. Il n'avait pas honte, d'ailleurs de poser le même regard de dégustateur sans malice sur le décolleté d'une voisine de table, sur un cochonnet rôti, vautré au milieu de pommes rissolées, ou sur une miniature de Joseph Boze.

Clarence Dandrige, qui connaissait les goûts du commissionnaire, l'assura avec chaleur qu'il serait, comme toujours, le bienvenu à Bagatelle. Il n'aurait plus l'occasion, hélas ! d'y voir la marquise de Damvilliers, qu'on avait enterrée il y avait moins d'un mois, mais il y rencontrerait certainement la jeune filleule du marquis.

M. Mosley proposa des condoléances sans s'attarder sur le décès de Mme de Damvilliers. Il détestait tout ce qui venait lui rappeler que la vie, la bonne vie devait inéluctablement finir un jour, pour lui, Abraham Mosley, comme pour les autres.

« Dites également au marquis que je lui offrirai cette année un prix de nature à le dissuader d'arracher ses cotonniers pour planter de la canne à sucre, comme font maintenant trop de gens en Louisiane. »

Si Dandrige n'avait eu à cette heure-là un rendez-vous qu'il ne pouvait remettre, il aurait volontiers relancé la conversation sur l'évolution agricole du delta. Un homme d'affaires étranger bien renseigné et intelligent comme Mosley lui paraissait capable de l'apprécier avec plus d'indépendance d'esprit que les Orléanais, absorbés en permanence par la course aux dollars, à travers des rentabilités à court terme.

L'allusion finale de M. Mosley au développement de la culture de la canne à sucre aurait permis d'amorcer un débat qui aurait pu durer tout l'après-midi. On eût commencé devant des verres de thé glacé, poursuivi à l'absinthe, suspendu à l'heure du malaga et repris, après le dîner, en vidant une bouteille d'eau-de-vie. Car il y aurait eu beaucoup à dire sur la chute des cours du coton, depuis les folles spéculations de 1825. Elles avaient provoqué en peu de temps la ruine du crédit, la diminution de l'escompte ordinaire des banques, l'élévation des taux d'intérêt. A ces événements financiers, artificiellement créés par quelques spéculateurs du Nord, un autre était venu s'ajouter, augmentant alors l'inquiétude des planteurs.

Les productions de l'Alabama se développaient d'année en année et de La Mobile arrivaient à La

Nouvelle-Orléans des cotons qui pouvaient, quant aux prix, concurrencer ceux de la Louisiane, du Mississippi et du Tennessee. Les « Middlings » de la Louisiane restaient, bien sûr, les plus prisés, mais ils avaient subi le contrecoup de la chute des cours affectant les qualités inférieures. Et puis plusieurs récoltes abondantes avaient singulièrement atténué l'âpreté de la compétition entre acheteurs yankees et européens.

Le Roi-Coton avait eu un malaise dont il s'était relevé, mais qui laissait de mauvais souvenirs. La crise passée, le marché stabilisé, la raison revenue, les planteurs n'en conservaient pas moins une sorte de méfiance. Un jour, peut-être, le coton, comme autrefois l'indigo, serait méprisé, dévalué et moisirait par milliers de balles dans les magasins du port.

Ceux qui se souciaient de ne pas mettre tous leurs œufs dans le même panier et dont les propriétés s'étendaient en basse Louisiane, dans les zones humides du delta du Mississippi, avaient été les premiers à planter de la canne à sucre dite rubanée. La grande graminée vivace croissait et se multipliait sans difficulté, exigeait moins de soins que le cotonnier, ne réclamait pas plus de bras. Les perfectionnements apportés à son exploitation, depuis qu'en 1795 Etienne de Boré avait trouvé le moyen de cristalliser le jus de canne, faisaient de la culture de celle-ci une activité parfaitement rentable. Et depuis deux ans on pouvait même fabriquer la mélasse sur les lieux de la récolte. Plus de cent nouvelles sucreries avaient été créées en Louisiane ces dernières années et l'Etat était capable, aujourd'hui, de livrer chaque année plus de cent millions de livres de sucre. A soixante-quinze sols de France le kilo, ou à soixante-cinq *cents* américains la livre, cela représentait tout de même une bonne source de revenus pour certains planteurs et manufacturiers.

Et puis les gens du Sud ne tenaient pas à voir les Yankees exploiter leur canne à sucre, comme ils l'avaient fait de leur coton.

L'indifférence du Sud pour les travaux industriels avait fait que toutes les filatures de l'Union se trouvaient au Nord, du côté de New York et de Boston. Ainsi, sur chaque dollar venu du coton, les Yankees industrieux empochaient quarante *cents.* Il n'en serait pas de même pour le sucre. Le Sud avait trop méprisé les usines, ne voyant d'activité noble que dans les travaux de la terre. Il était temps de se préparer à transformer sur place ce que l'on savait si bien faire pousser.

Telle était la tendance de la jeune génération des hommes d'affaires de La Nouvelle-Orléans, dont la noblesse du coton se méfiait, comme du choléra.

« Dieu merci, pensait Clarence Dandrige en remontant la rue de Chartres vers le Cabildo et la cathédrale Saint-Louis, Dieu merci, le marquis de Damvilliers montre un attachement atavique pour le coton. »

Il faut reconnaître que pour un gentilhomme du Sud, pour un Cavalier, il n'existait pas de spectacle plus agréable à l'œil qu'un immense champ de cotonniers en pleine floraison, quand les gousses explosent, projetant leurs pompons de neige, offerts à la main noire de l'esclave, comme un fruit fragile. C'était autre chose qu'un champ de canne à sucre, même hérissé de plumets soyeux, droits et identiques !

En approchant du Pré Saint-Anthony, Clarence se prit soudain à penser qu'il pourrait bien ne pas assister à la prochaine cueillette de coton, ni aux suivantes. Ce Ramirez, dont il ne savait rien, allait peut-être se révéler un bretteur difficile.

Bien que bon escrimeur, il conçut tout de même une vague inquiétude en calculant que trois mois s'étaient écoulés depuis son dernier assaut avec le maître d'armes. Il n'imagina pas un instant, par contre, qu'il pourrait le soir même accueillir Virginie Trégan avec un bras en écharpe! Cavalier, il aimait en matière de duel les situations catégoriques. A l'issue de celui qu'il allait affronter, il serait indemne ou mort!

Le troisième coup de midi le trouva à pied d'œuvre. Ramirez attendait en fumant le cigare, adossé au tronc d'un chêne. Les quatre témoins achevaient leurs conciliabules. M. Balanger, l'armurier, se tenait à l'écart, portant les deux épées dans leurs fourreaux de cuir souple. M. Dandrige le salua et rejoignit ses témoins. Les frères Mertaux, plus sombres que jamais, et les deux délégués de Ramirez avaient déjà délimité le terrain et ôté les plus gros cailloux, qui eussent pu provoquer des faux pas regrettables.

L'Espagnol offrait le visage courroucé de quelqu'un à qui l'on fait perdre son temps.

M. Balanger fut invité à présenter les épées. Louis Mertaux, nommé directeur du combat, fit observer aux duellistes, suivant en cela avec beaucoup de scrupules le cérémonial français, que les lames étaient « lisses, droites, triangulaires, sans défaut et d'égale longueur ». Puis les témoins, deux par deux, visitèrent, sans insister, le combattant opposé à celui qu'ils allaient assister. Tandis que ceux qui devaient en découdre se débarrassaient de leurs redingote, chapeau, gilet et cravate, on vit arriver, au pas de course, tenant d'une main sa trousse, de l'autre son haut-de-forme râpé, le docteur Berthollet.

« C'est mon troisième duel cette semaine, mais personne jusque-là n'a eu besoin de mes soins.

Pour les morts, mieux vaut un menuisier qu'un médecin ! ».

Alexandre Mertaux fit entendre un grognement désapprobateur, mais son jumeau invitait déjà M. Dandrige et M. Ramirez à se mettre en place. L'Espagnol émit la prétention de ne pas lâcher son cigare. Les témoins unanimes la rejetèrent. Le fumeur tendit alors le rouleau de fin Natchitoches à l'un de ses amis, en l'invitant à ne pas le laisser refroidir.

« Car, ajouta-t-il avec humeur en désignant son adversaire, ce gandin ne vaut pas que l'on perde un bon cigare ! »

Clarence n'avait rien d'un gringalet. Larges épaules, buste triangulaire, muscles longs et souples, il passait même, à vingt-trois ans, avec une taille de près de six pieds, pour le prototype du Cavalier de belle stature. Ramón Ramirez, bien que plus âgé et plus petit de quelques pouces, ressemblait à un bison. La finesse andalouse de ses ancêtres n'apparaissait plus que dans le pied mince et court. À demi dévêtu et clignant dans un rayon de soleil filtré par le feuillage des chênes, Clarence le vit soudain, tel qu'il aurait à le combattre. Velu, large comme un canapé, aussi solide sur ses jambes fortes que les vieux arbres du Pré Saint-Anthony. L'épée, émergeant de son gros poing rond, ressemblait à un surgeon de roseau. Il eût fallu à un tel homme une pertuisane ou un cimeterre. A voir ses yeux sombres, profondément abrités sous d'épais sourcils noirs et drus, sa tête carrée, flanquée de favoris taillés ainsi que des brosses, et directement posée sur les épaules, comme si le Créateur avait voulu faire l'économie d'un cou, l'intendant de Bagatelle se demanda s'il parviendrait jamais à enfoncer une lame dans cette masse compacte de chair et de muscles.

La voix de Louis Mertaux le tira de ses supputations.

« Mettez-vous en place, messieurs..., s'il vous plaît... »

Et, quand ils y furent :

« Nous arrêtons au premier sang, j'imagine...

— Au dernier souffle... », cracha Ramirez en frappant du talon.

Le directeur du combat ne releva pas cette incongruité et évita de regarder Clarence Dandrige. Puis il commanda :

« Messieurs, en garde... Allez, messieurs ! »

Ramón Ramirez chargea sur la dernière syllabe. Tel un bison. Il fit trois pas, l'épée tendue à bout de bras, comme une lance. Dandrige s'effaça, pas assez vite, cependant, pour que la manche de sa chemise demeurât intacte. Les témoins entendirent le crissement de la batiste déchirée, et Clarence sentit le frôlement de l'acier froid sur son biceps comme le vent d'une balle !

L'Espagnol n'était certes pas un styliste, mais on le devinait capable d'embrocher sans élégance et jusqu'à la garde n'importe quel adversaire. Clarence eut un frisson, mais, plus rapide que l'autre, il était déjà en position de garde haute quand Ramirez, parvenu au bout de son élan, se ressaisit. Cette fois, la surprise passée, Dandrige obligea son adversaire à s'engager dans les règles. Le froissement des fers parvint, presque rassurant, aux oreilles des frères Mertaux, que le démarrage du marchand d'os avait laissés pantois !

Cependant, ce lutteur avait tant de force que le heurt des lames mettait dans l'avant-bras de Clarence de douloureuses vibrations. Il comprit vite qu'à jouer la parade il allait se fatiguer trop, que l'endurance et la fougue désordonnée de son adversaire feraient la décision. Dès lors, sa détermination fut prise. Les frères Mertaux, qui l'avaient déjà assisté, le comprirent tout de suite, à la façon dont il fixa son adversaire de ses yeux de jade. Pour mieux mobiliser ses propres muscles, les amener au rythme idéal de réflexe, il excita un court instant l'Espagnol, essayant de passer des bottes ou bloquant les attaques de Ramirez d'un simple mouvement du poignet. Par deux fois, il lui cingla le coude, comme un professeur attaché à corriger une mauvaise position, puis il rompit d'une semelle en baissant sa garde.

C'est ce que le bison attendait. Enervé par le dard d'acier qu'il retrouvait toujours dans l'axe de son visage, irrité plus encore par l'économie de gestes de Dandrige que par la science que ce dernier mettait dans ses ripostes, il se fendit démesurément. Par un lié net et rapide, Clarence bloqua l'épée de l'Espagnol, qui força d'un pas, comme s'il allait renverser l'intendant. Mais, plus habilement qu'à la première charge, Dandrige se déroba en pivotant, laissant Ramirez le dépasser. Quand celui-ci se retourna, son sort était fixé. Posté à la distance exacte et avant que le mastodonte eût conscience du mouvement, il se fendit et de la pointe de sa lame lui déchira la bouche en diagonale, de la pommette au menton. Puis, sur la même trajectoire, l'épée de l'intendant glissa sur le torse du blessé, descendit jusqu'au bas-ventre et là, après un rien d'hésitation, s'enfonça dans la protubérance du sexe !

Ramirez, avec un cri de colère, plus que de douleur, retira la main qu'il avait portée à son visage ensanglanté, découvrant ainsi le rictus effrayant de ses lèvres tranchées, lâcha son épée et, tous les doigts réunis dans l'entrejambe, roula sur le sol.

Talons joints, le poing gauche sur la hanche, la main droite appuyée sur le pommeau de son épée fichée en terre, Clarence Dandrige attendit que le docteur Berthollet se soit penché sur le vaincu.

Puis il s'approcha des témoins de l'Espagnol, frappés de stupeur.

« La botte au visage, je comprends, fit l'un d'eux, mais le coup bas, monsieur, je ne comprends pas !

— Lui aura compris ! » rétorqua Clarence avec un mouvement du menton vers le blessé.

Puis l'on s'en fut chercher l'un des rares cabriolets fermés de La Nouvelle-Orléans qui, comme par hasard, passait près de là. On y chargea Ramirez à demi conscient. Le docteur Berthollet s'était livré à un examen rapide de l'Espagnol.

« Il s'en tirera, celui-là, mais c'est pas de sitôt que sa petite amie pourra lui faire des mignardises ! »

Clarence Dandrige sourit, se rhabilla, remercia les frères Mertaux que la victoire de leur ami n'avait pas rendus plus gais et s'en fut changer de chemise.

L'horloge de la cathédrale Saint-Louis sonnait la demie de midi. M. l'intendant de Bagatelle serait à l'heure pour le lunch, chez Pat O'Brien.

Comme il franchissait la palissade au bout du Pré Saint-Anthony pour s'engager dans la rue des Pirates, il aperçut, guettant par-dessus les planches disjointes, la tête hilare de Mathias. Le Noir n'avait, bien sûr, rien perdu du duel. Clarence lui tira, en artiste satisfait de sa prestation et de son public, un grand coup de chapeau.

2

Le *Charles-Caroll* fut mis à quai à six heures de l'après-midi. Depuis le siège de son cabriolet de louage, Clarence Dandrige assista dans la lumière douce de la fin de journée à l'accostage et à l'amarrage du vaisseau. L'horizon, par-delà le fleuve, se teintait de vapeurs orangées, ocre et garance, comme si le bleu du ciel eût coulé dans quelque creuset plein d'acide corrupteur, marmite de sorcière où se mitonnaient les couleurs du couchant. Des reflets mauves, gris et verdâtres s'étiraient sur le fleuve dans les retombées des fumées exhalées par les hautes cheminées ouvragées des vapeurs, qui, de loin, ressemblaient à un jeu de quilles fait de chandelles mal mouchées. Quelques nuages, jusque-là insignifiants, mais qui recevaient encore le soleil, apparaissaient soudain boursouflés, imposants et maîtres du décor, comme ces gros figurants d'opéra amenés par le hasard de l'intrigue à quitter la scène les derniers.

Sachant qu'il ne pouvait reconnaître Virginie Trégan parmi les voyageurs qui allaient débarquer, Dandrige avait chargé le délégué de M. le collecteur des douanes, venu pour viser les passe-

ports, d'indiquer à la filleule du marquis de Damvilliers qu'elle était attendue.

Après son duel contre Ramirez, un bon repas
chez O'Brien et deux heures de sieste à l'hôtel
Saint-Charles, Clarence Dandrige se sentait tout à
fait dispos. Quoique la perspective d'avoir à jouer
les messieurs de compagnie n'éveillât en lui
aucun enthousiasme particulier, sa curiosité était
sollicitée.

Virginie Trégan serait probablement jolie. A
dix-huit ans, les jeunes filles de la bonne société
le sont toujours et la mode autorise, par artifice,
toutes les rectifications de silhouette! Elle serait
élégante, bien sûr — en venant de Paris, pensez
donc! Un peu alanguie tout de même après quarante-six jours de mer — le bateau a beau avoir
l'air confortable, l'Océan se moque de provoquer
des teints brouillés et des révulsions d'estomac!
Elle aimerait les sucreries et les chapeaux à
rubans, peut-être même à fleurs! Elle serait capable de dresser l'arbre généalogique de ses cinq
meilleures amies de pension et de raconter les
mariages de trois autres qu'elle aimait moins!
Elle aurait, dans un gros cahier bleu, des adresses
de modistes, de corsetières, des recettes de cuisine, des dessins à broder. Elle jouerait du piano,
dirait deux fables de La Fontaine et déclamerait
les stances du *Cid,* mais ignorerait qui fut Voltaire et se révélerait incapable de trouver neuf en
additionnant cinq et quatre! Enfin, elle dévore-
rait six rôties à l'heure du thé, plus une bonne
part de sponge-cake!

Les mains jointes et serrées entre ses genoux,
la tête légèrement penchée sous son panama,
Clarence Dandrige, regardant sans les voir les
mouettes qui tournaient en braillant autour des
mâts du *Charles-Caroll,* imaginait ainsi Virginie
Trégan.

Un petit coup sec frappé avec la pointe d'une ombrelle contre la caisse du cabriolet le tira brusquement de sa rêverie. Un visage de jeune fille, constellé de taches de son, encadré de boucles rousses, sous un chapeau de paille tout juste assez grand pour supporter un bouquet de violettes, était levé vers lui. Deux yeux bleus immenses et gais le fixaient avec assurance, une bouche aux lèvres pleines et humides, une vraie bouche de femme, lui souriait...

« Etes-vous M. Dandrige ?

— Etes-vous Virginie Trégan ? répliqua précipitamment Clarence en dégringolant de son siège.

— Non, monsieur; moi, je suis Mignette, la femme de chambre de Mademoiselle. Elle vous a reconnu de loin et m'a envoyée vous quérir. Suivez-moi, monsieur, s'il vous plaît ! »

Il y avait de la grâce et de l'autorité dans cette petite personne vive et délurée. Clarence lui emboîta le pas, avançant dans son sillage parfumé au patchouli !

Virginie, qui venait de satisfaire aux formalités, attendait sur le quai, deux grands sacs de cuir à ses pieds.

C'était une autre femme que Mignette.

En s'avançant vers elle, dans le grouillement des porteurs, au milieu de l'agitation née des retrouvailles familiales, des accolades, des interpellations, des appels des cochers obligés de se frayer un chemin dans la foule, Clarence Dandrige eut le temps de saisir une image de Virginie qui, toujours, devait rester présente à sa mémoire : debout, figée comme ces madones primitives aux traits géométriques et posant sur le monde un regard froid, la jeune fille surveillait le rassemblement de ses bagages. Vêtue d'une robe de faille noire, ample du bas, mais très ajustée à la taille, ce qui mettait en valeur la finesse de celle-ci, elle portait une veste courte de même tissu, à manches gigot et larges revers soulignés d'un galon de soie. Un ruban de velours mollement noué, dont les pointes flottaient sur un jabot de dentelle anglaise, blanche et légèrement empesée, paraissait la seule fantaisie, dans cette toilette d'orpheline que complétait un petit chapeau oblong, agrémenté d'un chou de taffetas.

Etait-elle vraiment belle ? Ce ne fut pas le premier adjectif qui vint à l'esprit de Clarence Dandrige, au moment où il s'inclina, le panama à la main, devant la filleule du marquis de Damvilliers.

« Particulière, pensa-t-il, beauté particulière. »

Les instants qui suivirent ne démentirent pas cette première impression, forcément superficielle. Le visage de la jeune fille lui parut d'un ovale un peu allongé, le front trop vaste dans l'ogive stricte des cheveux aux reflets cuivrés. Virginie Trégan portait, il est vrai, la coiffure dite « à la Sévigné » : des bandeaux plats, séparés sur la tête par deux raies convergentes et se terminant sur les joues par de volumineuses grappes d'anglaises. Le nez était droit, fin, aux ailes sensibles et légèrement relevées. La bouche paraissait plus intéressante, car Dandrige, tout en débitant les premières banalités d'accueil, y décela deux indices morphologiques rarement réunis : la lèvre supérieure mince et sans ourlet donnait à la bouche une impression de sécheresse, presque de dureté, alors que la lèvre inférieure un peu débordante, charnue et parfaitement ourlée, indiquait une appréciable sensualité. Quant aux yeux, assez écartés et largement fendus, ils impressionnèrent tout de suite Clarence. De couleur turquoise, parsemés de taches noires, ils conféraient au regard de la jeune fille une acuité gênante. Sous l'arc retouché des sourcils, entre les franges souples et fournies des cils, ce regard minéral avait à coup sûr un pouvoir. Clarence Dandrige n'y vit qu'une capacité de persuasion, de nature à faciliter le cheminement dans le monde d'une orpheline sans fortune.

Comme il entraînait Virginie et Mignette vers son cabriolet, tandis qu'un porteur se chargeait de convoyer les bagages des demoiselles à bord du *Prince-du-Delta,* la jeune fille ralentit le pas.

« Mon Dieu, comme La Nouvelle-Orléans a changé, monsieur Dandrige ! Je n'avais que treize ans le jour où je me suis embarquée pour la France avec ma tante Drouin, mais je suis certaine qu'il n'y avait pas tant de bateaux. D'ailleurs, je n'en ai jamais vu autant de ma vie... Et toutes ces maisons et tous ces gens qui ont l'air pressé, c'est une grande ville que voilà ! »

La voix était mélodieuse et le ton distingué. Cinq années passées chez les dames ursulines de Paris et dans le monde avaient lavé le français de Virginie de cet accent légèrement chantant qui caractérise les gens du Sud, quelle que soit la langue dans laquelle ils s'expriment. Elle avait aussi oublié une foule d'expressions démodées, dont on usait depuis l'arrivée des pionniers et que seuls aujourd'hui les petits Blancs et les pauvres cajuns des bayous utilisaient encore. Quand on appartenait à la bonne société louisianaise, il valait mieux affecter de ne pas les comprendre.

« La Nouvelle-Orléans a en effet beaucoup grandi, mademoiselle, pendant votre absence, expliqua Dandrige en aidant les deux femmes à escalader le marchepied du cabriolet. On y compte aujourd'hui, dit-on, près de trente mille habitants. »

La conversation fut interrompue, car, le cabriolet ne comportant que deux places, Clarence dut aller à pied. Il prit le cheval au mors et conduisit la voiture jusqu'au quai Saint-Pierre, où le grand bateau à roue, orgueil de la flotte fluviale du Mississippi, était amarré. Au moment d'embarquer, Virginie se retourna vers la ville.

« Je serais bien restée quelques jours à La Nouvelle-Orléans. C'eût été une bonne étape de transition entre l'agitation de Paris et la vie calme qui m'attend à Pointe-Coupée ! »

Clarence crut discerner dans le ton de la jeune fille un peu de mélancolie. Il pensa que Virginie Trégan ne resterait en Louisiane que le temps nécessaire à recueillir l'héritage paternel, lequel, d'ailleurs, ne devait pas être bien considérable.

N'ayant pas prévu que Mlle Trégan débarquerait avec une domestique, Clarence n'avait retenu que deux chambres à bord du *Prince-du-Delta*.

« Mignette ne me quitte jamais, dit Virginie; vous allez demander un lit pliant supplémentaire que l'on mettra dans ma cabine et tout ira bien ! »

Clarence, en homme bien élevé et respectueux du confort d'une femme, fût-elle simple suivante, avait envisagé sans plaisir de céder sa propre chambre à Mignette. Il fut enchanté de la solution et se mit aussitôt en quête de l'officier des passagers.

L'attitude de Virginie, réglant en un instant ce petit problème domestique, avait suffi pour que l'intendant de Bagatelle voie dans la filleule du marquis une femme de décision. Il était habitué, comme tous les gentilshommes du Sud, aux jeunes mijaurées indolentes qui, tant qu'elles n'étaient pas en puissance de mari et en charge d'une maison, affectaient d'ignorer toutes les contingences de la vie quotidienne. Le respect, l'adulation même, dont on entourait ces princesses du coton, choyées depuis leur naissance, comme des fleurs précieuses, par des nounous noires, prévenant tous leurs désirs et régnant, pour le service de leur maîtresse, sur une nuée d'esclaves subalternes, expliquait l'incapacité de ces demoiselles à organiser leur survie matérielle.

Virginie Trégan, à dix-huit ans, venait de traverser l'Atlantique avec sa suivante, à peine plus âgée qu'elle. Quarante-six jours de mer à bord d'un bateau soumis à tous les risques naturels, dans la promiscuité, jugée à coup sûr redoutable par les dames louisianaises, de gens inconnus, représentaient une aventure inimaginable pour une fille de planteur. Débarquant à La Nouvelle-Orléans fraîche et apprêtée comme si elle venait de quitter son boudoir, Virginie s'était déclarée enchantée du voyage, ne proposant même pas à Clarence, étonné par tant de sérénité, et même un peu déçu, le moindre récit de tempête, le plus petit décompte de frayeurs ou compte rendu de drames. Elle avait lu, joué aux cartes, fait de la tapisserie et passé ainsi d'un continent à l'autre sans s'en apercevoir !

Mignette confessa qu'elle préférait la stabilité du paquebot fluvial — « d'où l'on voyait la terre des deux côtés » — au tangage et au roulis du *Charles-Caroll,* mais ce fut la seule remarque que Virginie lui permit. Car c'était aussi un trait du caractère de la jeune fille de ne pas attacher aux événements passés assez de valeur pour qu'ils soient dignes de meubler une conversation. Peu loquace, semble-t-il, Virginie avait appris la mort de la marquise de Damvilliers sans marquer la moindre émotion.

« Je l'ai si peu connue, dit-elle, que je ne l'imagine pas plus morte que vivante. Ce qui me désole, c'est le chagrin de mon parrain ! »

Le ton était plus mondain que chargé d'affliction.

« Le marquis est un homme robuste, observa Dandrige, au moral comme au physique. Sa plantation requiert tant de soins qu'il n'a pas eu le temps, en cette saison, de s'abandonner à l'inévitable mélancolie qui suit un deuil. Je crois que votre présence sera appréciée. »

Virginie eut un sourire qui atténua l'indifférence du regard.

« J'irai le voir souvent, certes, mais je m'installerai dans la maison de mon père..., c'est-à-dire chez moi !

— La maison de votre père..., dit Clarence, ennuyé; mais, mademoiselle, elle n'existe plus !

— Elle n'existe plus ? Comment cela ? A-t-elle brûlé ?

— Elle a été démolie, car le marquis de Damvilliers, votre parrain, a récupéré les terres de M. Trégan et il a fait abattre cette maison inutile qui, à vrai dire, menaçait ruine et se serait effondrée au premier coup de vent un peu fort.

— Mais de quel droit ? Je suis seule héritière de mon père et je comptais que mon tuteur attendrait mon arrivée pour régler une succession qui, je le sais, n'est pas simple ! »

Clarence, un peu désorienté par cette violence soudaine, allait répliquer, donner une explication, dire, par exemple, que le marquis, par des largesses d'un quart de siècle à l'égard de Trégan, avait payé plutôt deux fois qu'une des terres médiocres, qu'il s'était empressé la veille de l'enterrement de désintéresser tous les créanciers du petit planteur, dont les spéculations stupides avaient été la risée de Pointe-Coupée, et qu'enfin il s'était engagé auprès de son vieil ami mourant à entretenir et à doter Virginie, sa filleule, comme s'il se fût agi de sa propre fille. Mais l'héritière de Guillaume Trégan eut un geste de la main qui empêcha son interlocuteur d'entamer le discours.

« J'apprécierai sur place, monsieur. C'est une

affaire entre mon parrain et moi. Je vous prie d'en ignorer les détails ! »

Elle rappelait ainsi à l'intendant de Bagatelle sa position d'employé du marquis, affichait son assurance et laissait entendre qu'elle saurait, à l'occasion, demander des comptes, elle, l'orpheline, à un homme qui, véritable seigneur, régnait sur dix mille acres, quatre cents esclaves, siégeait au Conseil de la paroisse[1] et pourrait demain, s'il le voulait, devenir sénateur.

Comme la cloche du bord sonnait l'annonce du dîner, Virginie retrouva un sourire un peu las et une voix quasi amicale pour dire à Dandrige qu'elle ne descendrait pas à la salle à manger.

« Mignette et moi, nous grignoterons des tartines dans notre chambre. A demain, monsieur Dandrige, et grand merci pour votre accueil ! »

Clarence la raccompagna jusqu'à la porte de sa cabine, située au milieu du bateau, sur le pont supérieur. Au moment où la femme de chambre, qui avait commencé à défaire quelques bagages, ouvrait la porte à l'appel de sa maîtresse, il crut bon de prévenir :

« Les grands bateaux à passagers ne circulent pas la nuit sur le fleuve. Nous allons donc rester à quai jusqu'à l'aube. Peut-être serez-vous réveillée tôt par les manœuvres de départ. »

Cette précaution lui valut un nouveau sourire. Celui, très exactement, qu'une lady accorde à son majordome, après l'avoir entendu exprimer des doutes sur le temps qu'il fera le lendemain !

L'intendant consacra quelques minutes à sa propre installation puis descendit à la salle à manger où les passagers, embarqués volontaire-

1. Conseil comparable à nos conseils généraux, la paroisse étant en Louisiane l'unité territoriale correspondant au comté dans les autres Etats.

ment avant l'heure du dîner, choisissaient leur table. Tous ces gens auraient pu ne monter à bord que tard dans la nuit, après avoir dîné tranquillement chez eux ou dans un hôtel de La Nouvelle-Orléans, mais le *Prince-du-Delta* offrait un confort exceptionnel et les snobs du coton ne voulaient pas retarder l'instant d'en profiter.

La salle à manger, à l'arrière du bateau, passait pour la plus coquette de toutes celles que l'on pouvait trouver sur les paquebots de rivière.

Quand Dandrige s'y rendit, la nuit étant venue, les rideaux de soie cramoisie à galons dorés avaient été tirés devant les fenêtres. Sur chaque table brûlait une petite lampe à huile de baleine parfumée, diffusant à travers l'opaline une lumière orangée. Les couverts d'argent, les verres de cristal taillé, les assiettes d'une fine porcelaine, parfaitement disposés sur des nappes damassées, brillaient de mille reflets. Une kyrielle de serveurs noirs, esclaves choisis pour leur adresse à passer les plats et aussi pour leur aptitude à porter la veste de toile blanche sans avoir l'air de gens déguisés, officiaient sous l'autorité d'un maître d'hôtel en habit, immense et sévère, aux cheveux grisonnants, à la lèvre volontiers dédaigneuse. Plus d'un riche planteur avait tenté, sans succès, d'acheter à la compagnie cet esclave nommé Sam Brown, car sa réputation de « butler le plus stylé de Memphis à La Nouvelle-Orléans » en faisait un personnage du Mississippi. Tacitement, on lui reconnaissait une sorte d'autorité et l'on affirmait que, même quand il mangeait seul dans l'étroit carré de l'équipage, il utilisait fourchette et couteau, comme les gentlemen dont il prenait cérémonieusement les commandes !

On racontait sur ce grand Noir actif, qui avait compris qu'un peu d'arrogance tempérée d'obséquiosité peut attirer la considération, une anecdote significative. Alors qu'il naviguait sur un autre bateau de la compagnie, le feu se déclara à bord — incident courant — et l'ordre fut donné d'évacuer en emportant les objets de valeur. Sam Brown, sans tenter de rien sauver, ni l'argenterie ni la lingerie, se jeta à l'eau et rejoignit la rive. Quand, plus tard, son maître lui fit des remontrances, il répondit en souriant : « Votre bien le plus précieux, n'est-ce pas moi, puisque je vaux six mille dollars, à ce qu'on dit ? »

Sam, bien sûr, connaissait l'intendant de Bagatelle. Il lui proposa aussitôt une table d'angle et lui vanta le jambon cuit aux navets qui figurait au menu. Clarence y ajouta un poulet à la gelée, une salade de pissenlits assaisonnée au sucre et au vinaigre, un gâteau aux pommes et décida de commencer par une soupe aux huîtres. Le maître d'hôtel eut un hochement de tête approbateur, qui s'amplifia largement quand son client réclama, pour arroser ce repas, une bouteille de bordeaux... un peu vieux !

A l'issue d'une journée convenablement remplie, au cours de laquelle il avait risqué sa vie pour cause d'honneur, Clarence Dandrige se trouvait satisfait de son sort. De retour à Bagatelle, il allait reprendre ses habitudes : sa promenade à cheval du matin, pour aller contrôler les effectifs au travail dans la plantation, sa visite au village des esclaves et à l'hôpital, où il rencontrait le docteur Murphy, et, en fin de matinée, son entretien quotidien avec le marquis, auquel il faisait le compte rendu de ses observations avant de passer à la mise à jour des comptes et au courrier.

Clarence, quand il n'accompagnait pas le marquis dans ses visites aux planteurs du voisinage, employait ses loisirs à lire ou à chevaucher au long du fleuve. Souvent, il poussait en fin d'après-midi jusqu'à la plantation de Barrow

House, de l'autre côté de Fausse-Rivière, pour faire une partie de billard. C'était le seul billard de la paroisse, et Clément Barrow, qui, amputé d'une jambe, sortait peu de ses terres, était toujours enchanté de voir arriver son voisin préféré. Les sœurs du planteur préparaient de merveilleux buckwheat-cakes[1] qu'on arrosait de vermont-syrup[2] et Clarence pouvait bavarder des heures avec les vieilles filles, qui connaissaient tout de l'histoire de Pointe-Coupée.

Car la véritable occupation de Clarence Dandrige consistait à écrire l'histoire des Damvilliers. Le marquis Adrien, troisième du nom, très fier de ses origines et de la réussite en Amérique de trois générations de Damvilliers, n'aurait jamais pensé à rédiger un tel ouvrage, si Clarence ne s'était proposé pour le faire. Depuis trois ans il dépouillait donc des archives poussiéreuses, des registres de baptême, entretenait avec des curés de l'est de la France, terre natale des Damvilliers, une correspondance aussi suivie que le permettaient les échanges transatlantiques. Chez les descendants des petits planteurs, à Pointe-Coupée ou dans les environs, il recueillait aussi des anecdotes, des confidences transmises de génération en génération, afin de bâtir le monument, maintenant attendu par le marquis comme devant être le Panthéon des Damvilliers.

Devant le jambon agréablement nappé d'une sauce madère et tout en laissant fondre, entre langue et palais — en gourmet qui sait la fugacité de ce plaisir — les petits navets dorés accompagnant le plat, Clarence se prit à penser à Virginie. Il la croyait mieux informée de la situation exacte de son père, un brave incapable, dernier rejeton

1. Crêpes de blé noir.
2. Sirop d'érable.

d'une famille de pionniers autrefois audacieux, dont le sang avait dû s'appauvrir et la volonté se dissoudre au fil des générations coloniales.

La mort de Mme Trégan, emportée par une fièvre puerpérale quelques jours après la naissance de sa fille, avait été pour le faible Guillaume une épreuve dont il ne sut jamais se relever. Cet homme, d'aspect robuste et d'un naturel aimable, avait pris le deuil le plus strict pour ne plus le quitter. Dix-huit ans après la mort de sa femme, à la veille de rendre à son tour son âme à Dieu, il continuait à offrir l'image, plus pitoyable qu'édifiante, du veuf geignard. Il visitait chaque soir la tombe de la défunte dans le cimetière de Sainte-Marie, s'enfermait chez lui les jours de fête, pour ne pas entendre la joie des autres, exigeait de ses rares amis une tristesse à l'unisson de la sienne et rompait avec tous ceux qui tentaient de le distraire de sa morosité. Attitude plus regrettable encore, il reprochait certains jours à sa fille de s'être emparée, pour exister, de la vie de sa mère.

Sevrée d'affection paternelle, Virginie avait été élevée par une matrone noire, pleine de tendresse pour l'esseulée, mais dénuée de respect pour un maître ne sachant pas commander et qui promenait sur les gens et les choses un regard vide en soupirant comme un soufflet de forge !

Aussi, lorsqu'en 1825 la sœur de la défunte Mme Trégan apparut à Pointe-Coupée, au cours d'un voyage en Amérique où elle avait accompagné M. Drouin, son mari, Guillaume lui demanda d'emmener Virginie en France, pour en faire une demoiselle. Epouse d'un riche armateur nantais, dont la famille s'était enrichie dans le commerce du « bois d'ébène[1] », la tante consentit d'autant plus volontiers à se charger de l'éducation de la

1. Traite des Noirs.

nièce qu'elle restait sans enfants et vivait le plus souvent seule dans son hôtel de la rue du Luxembourg, à Paris. Femme de bon sens, elle avait pressenti qu'il y allait de l'intérêt de la fillette d'être enlevée promptement à un père qui s'acheminait doucement vers la folie mystique !

Après cinq années passées à Paris dans les meilleures institutions et ayant fait brillamment son entrée dans le monde, Virginie allait se retrouver en Louisiane dans la charitable dépendance de son parrain. Clarence ignorait quels liens unissaient les Damvilliers et les Trégan, mais il savait par contre comment, depuis fort longtemps, le marquis assurait à Guillaume les moyens de subsister. Le père de Virginie s'étant vite révélé incapable de gérer sa petite plantation — il avait renoncé à l'indigo pour le coton, au coton pour la canne à sucre, à la canne à sucre pour le riz, au riz pour le froment, sans jamais tirer bénéfice de ces changements — le marquis l'avait finalement fait désigner comme « game keeper[1] » de la paroisse. Mais Trégan n'avait su tirer aucun avantage de ce poste, qui lui assurait un salaire et une position honorables. Courtois, mais sans autorité, il était, malgré son incompétence, toléré par les familles de la région, qui le savaient honnête homme et protégé du propriétaire de Bagatelle. Un soir de janvier 1830, le soufflet de forge cessa de gémir. Une domestique, découvrant M. Trégan, mort dans son rocking-chair, faillit ne pas reconnaître son maître. Il souriait, pour la première fois de sa vie, si l'on peut dire. Quelques heures auparavant, il s'était rendu au cimetière sous une pluie froide. Le médecin, qui ne croyait pas aux refroidissements expédi-

---

1. Garde-chasse.

tifs, déclara qu'il venait de succomber à la noire mélancolie qui l'habitait depuis toujours.

« Pauvre Virginie! pensa Clarence; avec ses yeux de pierre bleue et son assurance de Parisienne bien repassée, elle aura beau regimber contre le sort, elle n'en sera pas plus riche pour cela! » Si le marquis décidait de lui rendre des comptes exacts — ce qu'il ne ferait pas, pour lui éviter de l'humiliation — elle ne pourrait qu'être confuse, voire honteuse. Car, sans s'expliquer pourquoi, Dandrige ne voyait pas l'orpheline reconnaissante.

Tandis qu'on passait la salade de pissenlits, Clarence se souvint de ce qu'il avait lu sur les Trégan au cours de ses recherches relatives à l'histoire de Bagatelle. Il avait remarqué, et cela avait excité un moment sa curiosité, que les Trégan, dépourvus de particule, pouvaient prétendre être arrivés en Amérique avant les Damvilliers. En 1603, à bord de la *Bonne-Renommée,* vaisseau du gouverneur de Dieppe, Aymar de Chastes, qui remonta le Saint-Laurent jusqu'à Hochelaga[1], il y avait un charpentier breton nommé Trégan. On le retrouvait un peu plus tard dans l'équipage du capitaine malouin Prévert qui, explorant la baie Française, crut voir des mines d'argent à l'endroit que l'on devait appeler le Bassin des Mines. Ce site allait devenir, avec le village de Grand-Pré, particulièrement cher aux colons de ce pays nommé Acadie. C'est là, d'ailleurs, que Trégan avait fait souche avec les Dugas, les Gaudet, les Terriot et vingt autres colons venus de France.

Les Trégan, estimait Dandrige, figuraient donc au nombre des fondateurs de ce peuple acadien, dont tous les enfants louisianais entendaient au cours des veillées évoquer les malheurs exemplai-

---

1. Aujourd'hui Montréal.

res et exalter les inaltérables vertus. Travailleurs acharnés, pourvus d'épouses fécondes, trappeurs, paysans, pêcheurs d'Acadie avaient fait plus que fonder une colonie. Ils avaient pourvu le Nouveau Monde d'une population robuste et saine, constituant une communauté dont ni la dispersion ni la ruine matérielle ne viendraient à bout.

Né de père anglais, Clarence aurait voulu trouver des excuses à ses ancêtres paternels pour les torts immenses qu'ils avaient causés aux pacifiques Acadiens, devenus sujets du roi George après le traité d'Utrecht. Ses recherches avaient été vaines. Il n'avait vu partout que traîtrise, abus d'autorité, traitements inhumains, haine parfois, pour des gens qui croyaient, de bonne foi, que leur patrie véritable était là où ils avaient souffert et peiné. Il imaginait les Trégan vivant chichement à Port-Royal, capitale minable d'un établissement misérable, qui ne comptait, en 1700, qu'une quarantaine de maisons faites de rondins et de boue séchée. Il voyait les pauvres exploitations mises à sac par les équipages des frères écossais Kirke, puis sans cesse menacées ensuite par les expéditions des corsaires anglais, des flibustiers hollandais, des pillards venus de la Nouvelle-Angleterre. Il avait appris aussi, par leurs descendants, que ces Acadiens innocents et vertueux, humains et hospitaliers, aux mœurs pures et épris de justice, s'étaient heurtés à la cupidité des traitants, avaient connu les querelles religieuses, les abandons, les divisions entre compatriotes. En fin de compte, ces pionniers n'avaient vécu, en deux siècles, que de rares moments de bonheur.

Achevant sa bouteille de bordeaux, au fond de laquelle sa rêverie historique l'avait conduit, Clarence Dandrige tenta de se remémorer le texte du serment d'allégeance que les Anglais, entrés en possession de l'Acadie par le traité de 1713, avaient extorqué aux colons français. Guillaume Trégan, intarissable sur les malheurs de ses ancêtres, comme sur les siens propres, lui avait montré, quelques semaines avant sa mort, le document que son grand-père avait dû signer[1]. Il établissait bel et bien la duplicité du gouvernement de Londres et de ses représentants en Amérique, puisque, dès 1720, le projet d'éviction totale des Acadiens français constituait l'objectif des nouveaux colons.

En 1746, tout était consommé. Des dizaines de milliers d'Acadiens avaient été jetés hors des terres qu'ils avaient défrichées, des maisons qu'ils avaient construites. Les uns furent embarqués sur de vieux bateaux et débarqués sans biens, sans effets, sans vivres dans les premiers ports français rencontrés, d'autres, plus audacieux, s'enfuirent à travers les forêts. Des récalcitrants allèrent finir leurs jours sur les pontons anglais à Falmouth ou à Southampton. Les plus chanceux regagnèrent la France, où ils s'installèrent, à Belle-Ile notamment.

Les Trégan, avec bon nombre d'autres proscrits, avaient été déportés et dispersés à travers les colonies anglaises d'Amérique. On en vit dans le Massachusetts, dans le Maryland, en Virginie, en Georgie. C'est de là que le père de Guillaume Trégan, âgé de dix-neuf ans, décida un beau matin de rejoindre la Louisiane, alors terre française. Après un périple au cours duquel il affronta tous

1. Voici le texte de ce serment dont l'orthographe a été respectée : « Moy je promes sincerrement et jure que je veut être fidèlle et tenir une véritable alégence à Sa Majesté le Roi George tant que je seré à Lacadie et Nouvelle-Ecosse et qu'il me sera permis de me retiré là où je jugeré à propos avec tous mais bien meuble et effet, quand je le jugeré à propos sans que nulle personne puisse m'en empêché. Annapolis Royal, le 22 janvier 1715. » (Cité par Emile Lauvrière dans *La Tragédie d'un peuple*, Paris-Bossard, 1923.)

les dangers, le descendant des Bretons finit par arriver à Pointe-Coupée, où il retrouva des membres de la famille Hébert qui, comme lui, venaient de Piziquid, en Acadie. Les Hébert ne possédaient qu'une fille. Elle avait, comme beaucoup d'autres, perdu de vue son fiancé au cours du « grand dérangement ». Le jeune Trégan le lui fit oublier complètement et Guillaume, le père de Virginie, naquit de cette union, le premier d'une demi-douzaine de garçons qui, sitôt en âge de se débrouiller seuls, quittèrent l'Amérique pour n'y plus revenir.

Guillaume reçut en héritage une plantation prospère et enfin, pour la première fois depuis deux siècles, chez les Trégan, une promesse de vie heureuse et tranquille. Clarence, parvenu au bout de son évocation et de son repas, se dit que le bonheur paraissait vraiment interdit à cette famille. De génération en génération, le malheur opiniâtrement s'attachait aux Trégan comme une maladie héréditaire. Virginie, qui dormait dans sa cabine, avait-elle fait le même bilan que Dandrige ?

L'intendant de Bagatelle, dont les parents vieillissaient tranquillement dans leurs terres du Sussex, avait eu l'enfance la plus heureuse que l'on puisse rêver, malgré les guerres, qui retenaient généralement le colonel Dandrige loin de chez lui.

Le malheur, il ne l'avait rencontré, lui, qu'à la fin de son adolescence, du côté de Prairie du Chien, dans le haut Mississippi. C'était là une aventure dont il porterait jusqu'à sa mort l'étrange stigmate et dont il n'aimait pas se souvenir.

Ayant remercié Sam Brown de toutes ses attentions, Clarence Dandrige monta jusqu'au pont supérieur et, tournant le dos à la ville, s'accouda face au fleuve, sur la balustrade ouvragée qui tenait lieu de bastingage. Dans la nuit claire de mai, les mâtures des vaisseaux à l'ancre se découpaient sur l'horizon, comme les croix d'un très vieux cimetière.

3

Au lever du jour, avec des précautions de nurse anglaise poussant le landau d'un bébé endormi, le *Prince-du-Delta* s'était éloigné des quais de La Nouvelle-Orléans pour entreprendre la lente remontée du Mississippi.

De tous les fleuves du monde, excepté, peut-être, la Tamise entre la Manche et Londres, c'était à cette époque le plus fréquenté. Le « boulevard des Amériques », disaient fièrement les gens du Sud, qui l'empruntaient pour se rendre à Saint-Louis, puis parfois, par le Missouri, jusqu'au territoire du Kansas, dans ces zones extrêmes de la civilisation, que les pionniers, dans leur marche vers l'ouest, appelaient encore la « Frontière ». Né près des grands lacs du Nord, le « Père-des-Eaux », ou Meschacebé, comme le nommaient les Indiens, glissait tel un serpent, en ondulant paresseusement jusqu'au golfe du Mexique où il arrivait, énorme et puissant, grossi des eaux du « Beau-Fleuve », l'Ohio, du « Grand-Fleuve-Fangeux », le Missouri, de l'Arkansas plus modeste, tous ces affluents ayant eux-mêmes reçu les apports d'autres fleuves, comme le Tennessee, et ceux d'innombrables rivières. Ses vassaux se montraient en certaines saisons si généreux que le maître fleuve, ne pouvant accueillir dans son lit toutes ces masses liquides, se laissait aller à des débordements. Les inondations fertilisaient les sols, mais elles noyaient aussi parfois les cultures, les bêtes et les gens! Les faubourgs de La Nouvelle-Orléans étaient régulièrement envahis par le trop-plein de ces eaux-là, qui semblaient renâcler à se perdre dans l'Océan.

Hernando de Soto, un capitaine espagnol, compagnon de Pizarre, croyant renouveler le coup fameux du pillage de Cuzco, au Pérou, qui lui avait procuré tant de richesses, s'était, en 1541, lancé avec quelques centaines de conquistadors dans l'exploration du fleuve, depuis son embouchure. A massacrer les Indiens, à manger les porcs sauvages, à sonder les forêts, à rechercher l'or sur les rives du grand fleuve indifférent, de Soto ne gagna que la mort. Un an après sa découverte, il mourut de la malaria au village de Guachoïa. Ses hommes, pour impressionner les Indiens Choctaws et Kiowas, jetèrent son corps dans le Mississippi. Le fleuve emporta cette dépouille dérisoire comme un fétu de paille, mêlé aux arbres déracinés et aux débris naturels que charriaient les eaux limoneuses.

Plus tard vinrent les jésuites-explorateurs, brandissant le crucifix au-dessus des armes; puis Cavelier de La Salle, l'envoyé du roi de France, enfin Le Moyne d'Iberville, chargé d'établir un droit de préemption sur des richesses à venir. Mais, au jour où Virginie Trégan et Clarence Dandrige s'embarquèrent sur le *Prince-du-Delta,* il n'y avait que sept ans que l'on savait exactement où le « Père-des-Eaux » prenait naissance. On devait la solution de ce mystère, qui longtemps avait inspiré les conteurs et les amateurs de légende, à un Italien nommé Costantino Beltrami. Celui-ci voyageait en Amérique, pour oublier, disait-il, le chagrin que lui avait causé la mort prématurée de sa bien-aimée et aussi pour se faire oublier, lui, des autorités de Bergame. Dans cette ville, on appréciait peu en effet ceux qui affichaient de la sympathie pour l'empereur Napoléon. Suivant le cours supérieur du fleuve, au-delà de son confluent avec l'Ohio et jusqu'à la frontière, alors mal définie, du Canada, l'Italien avait découvert, avec trois Indiens, que le Mississippi sortait d'un lac minuscule qu'il baptisa aussitôt Giulia[1], du nom de celle qu'il avait adorée.

Dans la salle à manger du paquebot fluvial, Clarence avait vu une gravure de 1828 représentant ce juriste explorateur. Vêtu d'une tunique en passementerie, croisée sur une chemise au col largement ouvert, appuyé d'une main sur un grand fusil, tenant de l'autre la poignée d'un sabre passé dans sa ceinture, le teint pâle, l'œil sombre et cerné des insomniaques, le bel Italien avait posé pour la postérité, debout sur un tertre, devant un ciel tourmenté. Ainsi portraituré, il ressemblait davantage à un jeune premier romantique qu'à un explorateur téméraire. Le Mississippi lui devait néanmoins une identité complète. Ajoutant à sa découverte un exploit : la descente du fleuve jusqu'à La Nouvelle-Orléans dans le canot de ses amis indiens, il avait fini par regagner l'Europe. Malgré le scepticisme de quelques géographes de cabinet, qui osèrent émettre des doutes sur la réalité de son expédition, il fut accueilli en France comme un émule de Christophe Colomb. Le marquis de La Fayette, pour qui tout ce qui venait d'Amérique était sacré, l'embrassa sur les deux joues. Fêté et décoré comme un arbre de Noël, l'Italien rédigea un mémoire, qui plut aux dames

1. En 1833, les Américains Zebulon Pike et Henry Schoolcraft le rebaptisèrent Itasca.

sans convaincre les hommes de science. Cet ouvrage lui valut tout de même d'être agréé par plusieurs académies, ce qui le consola enfin de la perte de Giulia et le réconcilia avec les notables de Bergame.

En se rasant, au matin du 11 mai 1830, Clarence Dandrige ne pensait pas à l'illustre Beltrami, qu'il avait cependant rencontré à Fort Snel au printemps de 1823, chez un autre Italien, le major Tagliafero. L'intendant de Bagatelle, tout à sa toilette, n'entendait même pas le halètement sourd de la machine à vapeur qui propulsait le bateau. Agitant son blaireau dans un bol à savon marqué à ses initiales en lettres d'or, il s'enduisit le visage de mousse, puis choisit, dans son coffret de voyage en pitchpin, un des rasoirs de Sheffield à manche de nacre que lui avait offerts son père. Il en éprouva le fil avec application, se rasa au plus près. D'un flacon de cristal taillé, décoré d'une rose d'or, il fit couler un peu d'eau de Cologne dans le creux de sa main, se tapota le visage en faisant une grimace à son miroir et se brossa soigneusement les cheveux. D'un des tiroirs à boutons d'ébène de son nécessaire de voyage il retira une paire de boutons de manchettes en onyx, puis il enfila une chemise fraîche. Avec l'aisance des dilettantes qui prennent plaisir aux gestes rituels, il noua sa cravate bouffante de manière à lui conférer ce « négligé artiste », marque de la dernière mode importée d'Europe. Ayant passé son pantalon de flanelle beige à sous-pied, chaussé de fines bottines lustrées et endossé une de ces redingotes courtes qui annonçaient déjà le veston, il sortit sur le pont ensoleillé, où musardaient passagers et passagères, en suivant avec intérêt et amusement le spectacle que leur offrait le fleuve.

Sur les eaux teintées de glaise, entre les rives

plates et boisées, le bateau avançait dans l'axe du Mississippi, comme si la stature et la renommée du steamer réservaient naturellement à celui-ci la voie d'honneur. Majestueux comme un château en déplacement, le *Prince-du-Delta* croisait de grands chalands chargés de marchandises qui se laissaient porter par le courant, frôlait des barges, pleines à ras bord de rondins bien empilés et dirigées par de robustes mariniers, attentifs à maintenir leur route au moyen de lourdes perches. On voyait aussi des bateaux trapus, pourvus de deux avirons et d'un mât auquel on hissait une grand-voile quand il s'agissait de remonter le courant en comptant sur l'aide du vent. Les mariniers adressaient parfois des signes aux passagers du vapeur, dont la grande roue aux pales couleur sang-de-bœuf tournoyait à la poupe, brassant l'eau dans un bruit de cascade et traçant un sillage ondulant comme l'échine d'un monstre à demi immergé.

« Comme ils sont drôles ! » fit une voix près de Clarence.

C'était Mignette, qui désignait à Virginie les « flat-boats » les plus typiques. La jeune Parisienne paraissait subjuguée par l'animation qui régnait sur le fleuve et intriguée surtout par ces grandes caisses de bois qui servaient d'habitation flottante aux nomades du Mississippi. Dans ces huttes s'entassaient des familles entières avec leurs meubles, leurs outils, leur basse-cour. Des lessives sur des fils tendus par le travers des embarcations claquaient au vent, comme des pavois de fantaisie. Des têtes d'enfants, curieux et sales, apparaissaient au ras des ponts, dans l'encadrement des écoutilles. Des cochons, attachés par une patte, pointaient leur groin gouailleur au ras de l'eau boueuse, y voyant peut-être une pitance inépuisable mais inaccessible. Des femmes échevelées, les poings sur les hanches, et des hommes au torse maigre et bronzé, arc-boutés sur les barres des gouvernails, regardaient, à travers toutes leurs envies refoulées, les élégantes encapuchonnées de mousseline et les beaux messieurs à chapeau de soie. Sur les « flat-boats », on se livrait au soleil de mai déjà chaud ; sur les paquebots on s'en protégeait sous des ombrelles frémissantes, pour ne pas gâter ces teints de magnolia qui différenciaient de toutes les autres les beautés du Sud.

Ayant rejoint les deux femmes, Clarence leur nomma toutes ces embarcations de tailles et de formes diverses qui se croisaient ou se dépassaient dans l'écho des cris, des appels, des invectives que dominaient avec autorité les coups de trompe des steamers. Ceux-ci s'annonçaient au loin par leurs cheminées jumelles, les unes hautes et noires, empanachées de fumées grises, les autres courtes et fines, projetant vigoureusement les trop-pleins de vapeur blanche montant des « bouilloires[1] ».

Le Mississippi, hercule rampant, portait ainsi sur son ample et mouvante échine les meilleures et les pires cargaisons. Les steamers constituaient la haute société, l'aristocratie nautique. Ces espèces de châteaux de bois, à deux ou trois étages, ceints de galeries-promenades superposées sur de minces colonnettes, aux coques basses et prolongées, à la proue, par de larges passerelles, suspendues comme des ponts-levis, paraissaient massifs et sans élégance, à côté des clippers racés qu'ils retrouvaient en bout de course à La Nouvelle-Orléans. Mais, sur le fleuve sans profondeur, où ne pouvaient s'aventurer les lévriers des océans, ils devenaient des seigneurs imposants et leur sil-

1. C'est ainsi que l'on appelait les chaudières.

houette anguleuse prenait, dans le décor grandiose des prairies et des forêts, des allures de grande maison noble en déplacement.

Clarence expliqua à ses compagnes que les habitués du fleuve connaissaient les noms et les performances de ces grands bateaux blancs, flanqués de roues à aubes ou, comme le *Prince-du-Delta*, équipés à l'arrière d'une seule roue, pareille à celle, sédentaire, des moulins. Les bateaux de ce modèle, dit-il, offraient des avantages en matière de vitesse et de confort, les vibrations et le bruit étant réduits au minimum. Il les conduisit à l'arrière et les fit se pencher sur les grosses bielles de bois qui transmettaient dans un va-et-vient régulier la force de la vapeur comprimée. Le soleil, jouant dans la poussière d'eau que projetait les palettes de la roue, amorçait un arc-en-ciel flou et Virginie prit plaisir à sentir sur son visage et ses mains le souffle humide du fleuve égratigné.

« Et les show-boats..., comment sont-ils ? » interrogea timidement Mignette.

Dandrige hésitait à répondre, mais un regard de Virginie l'y encouragea.

« Les show-boats sont des bateaux-théâtres, mademoiselle, qui, la nuit venue, s'illuminent comme des palaces de pacotille. On y donne des spectacles, que parfois les honnêtes gens n'oseraient pas montrer à leurs épouses. Sur certains show-boats, des demoiselles de cabaret, vêtues de robes de soie écarlate, portant des dessous de dentelle noire, dévoilent leurs jambes jusqu'à la jarretière et exécutent avec frénésie des danses équivoques.

— Oh ! » fit Mignette, rougissante et intéressée.

Dandrige poursuivit :

« Sur ces bateaux-là, on ne danse pas le quadrille comme sur les bateaux fréquentables, mais la valse, venue d'Europe, qui autorise des contacts que ne peut supporter aucune femme honnête. On y joue aussi au poker et aux dés. On y boit du whisky, du gin, de l'eau-de-vie et même de l'absinthe. Tout ce que les hommes ne trouvent pas à terre, dans les villages proches des plantations, se rencontre à bord des bateaux de plaisir. Des sirènes aux yeux de braise, promptes à vider un gousset dans le temps d'un baiser, y côtoient les joueurs professionnels, reconnaissables à leur façon de porter le sombrero noir, le diamant trop voyant au creux du jabot, les bottes à talon et qui, sans avoir toujours besoin de tricher, prennent, en une nuit, à un planteur benêt les bénéfices d'une récolte de coton. »

Devant Mignette, qui ouvrait de grands yeux ronds, et Virginie, qui pinçait les lèvres mais suivait attentivement son discours, Clarence expliqua que chaque nuit, à bord de ces casinos itinérants, les bagarres constituaient des attractions supplémentaires et gratuites. Il ne s'agissait pas de duels bien réglés entre gentlemen, mais de coups de poing, de couteau et de pistolet. Parfois un plouf dans les eaux noires indiquait, avant l'aube, qu'un malchanceux avait tout perdu, même la vie !

Au petit matin, la grande passerelle relevée, les clients ivres débarqués, le show-boat s'en allait plus loin, comme un écumeur des berges, s'amarrer dans quelque boucle du fleuve, près d'une zone habitée. Nettoyé, pimpant, annoncé dans les villages et les plantations par des émissaires montés, il accueillerait, le soir venu, une nouvelle foule d'hommes et de femmes, qui goûteraient avec d'autant plus d'entrain et moins de retenue aux plaisirs proposés, qu'au matin suivant le fleuve serait vide, le show-boat emportant, avant que le soleil ne brille, jusqu'au souvenir des heures folles.

Mais il y avait pire, sur le boulevard liquide, et Clarence, qui savait les mystères des navigations équivoques, aurait pu en dire davantage. Certains chalands devenaient au crépuscule d'étranges églises où l'on célébrait de curieuses messes. Sur les uns, des Blancs se livraient entre eux à des sabbats au cours desquels des fillettes créoles ou de très jeunes esclaves noirs des deux sexes devaient se soumettre aux désirs pervers et aux vices cachés de gens que l'on croyait, à terre, très honorables. Sur d'autres bateaux, des Noirs se rassemblaient en cachette pour célébrer le vaudou, comme ils le faisaient autrefois à Saint-Domingue avant que leurs maîtres, chassés de l'île caraïbe, ne les embarquent pour venir travailler dans leurs nouvelles plantations d'Amérique. Parfois montaient de deux barges closes, serrées bord contre bord, d'étranges musiques. Quand on avait assez bu dans l'une, on passait sur l'autre, divisée en compartiments étroits où se réfugiaient les couples de hasard et où les solitaires retrouvaient des prostituées en rupture de bordel.

Le *Prince-du-Delta,* bien sûr, n'était pas un vapeur de cet acabit. Même si les passagers qu'il transportait ne pouvaient tous prétendre à une honorabilité sans tache, il régnait à bord la même atmosphère de bon aloi que dans un hôtel de Boston. Le capitaine Wrangler, un Allemand aux mains énormes, grand fumeur de cigares, portant une barbe blonde et bouclée de Viking, y veillait. Et puis le tarif des passages et le fait que soient interdits à bord les jeux d'argent assuraient déjà une sélection de la clientèle. Clarence avait justement choisi ce bateau pour que la filleule du marquis de Damvilliers ne soit pas amenée à rencontrer ces aventuriers audacieux, qui passaient leur vie sur le fleuve, à la recherche de bonnes fortunes.

Sur la plage avant, autour de petites tables de fonte moulée peintes en blanc, on pouvait vers dix heures du matin prendre un bol de bouillon accompagné de quelques biscuits, que des serveurs, parcourant ponts et galeries avec leurs plateaux, distribuaient aux passagers. Clarence et Virginie sacrifièrent au rite. Elle, protégée par son ombrelle, lui, le panama ramené sur les yeux, ils goûtèrent un moment, en silence, la qualité de cette matinée de printemps, car, à la vitesse de six nœuds, la chaleur du soleil se trouvait tempérée par le vent frais de la course.

Les yeux mi-clos, Clarence considérait la jeune fille. Elle paraissait finalement bien différente de ce qu'il avait imaginé et l'impression qu'elle lui avait donnée la veille, d'être irritable et insolente, s'était dissipée. Il décida qu'elle était jolie, même très jolie, et point sotte. Par moments, quand le bateau passait à hauteur d'une grande maison à demi dissimulée par les arbres, au bout d'une longue pelouse, elle interrogeait :

« Quelle est cette plantation ? »

Et Clarence répondait :

« A droite, c'est Elmwood, maison créole construite par un descendant d'un des six La Fresnière venus avec les premiers colons, puis à gauche Homeplace, construite par les Fortier en 1801, dans un style franco-espagnol assez commun. »

Et un moment plus tard :

« Voici, là-bas, Destrehan, où habite un descendant de Jean-Baptiste Destrehan des Tours, trésorier royal de la colonie française, puis sur l'autre rive Saint-Joseph, faite de bois de cyprès et de briques d'argile.

— Vous semblez, monsieur Dandrige, connaître parfaitement ce pays où vous n'êtes pas né, alors que, venue au monde au bord de ce fleuve, j'en ignore tout, observa Virginie.

— Quand on est fils de militaire, on naît où l'on peut, mademoiselle. Si mon père, qui est anglais, n'était pas venu en Amérique avec les troupes de Sa Majesté, chargées de mettre à la raison les Bostoniens qui avaient jeté les dix-huit mille livres de thé de l'*East India* à la mer, j'aurais sans doute vu le jour dans le Sussex !

— Et pourquoi monsieur votre père, qui avait combattu contre les Insurgents, une fois l'indépendance reconnue, resta-t-il dans le pays ?

— Parce qu'il l'aimait, je crois, et que, fait prisonnier après avoir été blessé à Yorktown, il y fut soigné par une Française, une descendante d'Acadiens, comme vous..., qu'il épousa. Guéri, il renonça au métier des armes et se fit avocat à Boston, où je suis né. »

Un coup de vent rabattit la mousseline sur le visage de Virginie.

« Mais mon père a voulu finir ses jours en Angleterre, dans la maison de ses ancêtres, c'est pourquoi il est reparti il y a quelques années, fortune faite. Il est maintenant très âgé. »

La jeune fille voulut aussi visiter le bateau, et l'intendant de Bagatelle, qui plusieurs fois avait voyagé sur celui-ci, proposa de lui servir de guide. Le *Prince-du-Delta* réunissait tous les éléments du confort anglo-saxon traités au goût du jour. Le hall, sorte de grand salon du pont principal, offrait les nobles proportions du lobby d'un hôtel de première catégorie. De là partait un bel escalier de chêne, aux contremarches de cuivre, dont la base s'élargissait en éventail entre deux colonnes de même bois, soutenant un plafond à moulures, ouvert en arc de cercle. Les rampes de fer forgé supportaient de larges mains courantes d'acajou, ce qui élevait la perspective, fermée au sommet des marches par une console abondamment fleurie. De part et d'autre, on accédait au bar nommé « London-lounge ». Face au pied de cet escalier, monumental et ciré comme une armoire, s'ouvraient la conciergerie du bord et une petite boutique où l'on trouvait souvenirs, tabacs, papier à lettres et même des écharpes de soie. Entre ces deux alvéoles lambrissés s'allongeait, vers l'arrière du bateau, un long salon-fumoir, meublé de tables aux pieds tarabiscotés, de fauteuils en tapisserie, de canapés rococo, de causeuses capitonnées. On pouvait y prendre le thé et certaines chambres s'ouvraient sur le pourtour de cette pièce, ceinturée à hauteur du pont principal par une large galerie, que supportaient des colonnes à chapiteaux corinthiens, sacrifice au style « Greek Revival » cher aux gens du Sud. Aux cloisons, des gravures encadrées alternaient avec des appliques de bronze à contrepoids. Ces derniers permettaient aux lampes à huile de conserver toujours la position verticale. Clarence remarqua qu'il s'agissait d'une précaution nouvelle contre les risques d'incendie.

Eclairé le jour par de larges baies donnant sur le fleuve et que fermaient la nuit venue des rideaux de velours bleu nattier, le grand salon du *Prince* devenait le soir salle de bal, quand on avait roulé les tapis, rangé les sièges et convoqué les violons. Les lambrequins, les corniches, les encadrements d'érable ou d'acajou, le plafond à caissons couleur crème, comme les cloisons lambrissées à mi-hauteur de chêne clair, faisaient de ce lieu un séjour douillet.

« Il ne manque qu'une cheminée où l'on brûlerait des bûches, pour oublier tout à fait qu'on se trouve sur un bateau ! » observa Virginie.

A l'avant du vaisseau, un autre salon, en principe réservé aux passagères qui, n'accordant pas d'attention au paysage, s'y réfugiaient à l'abri du vent pour faire de la tapisserie ou papoter, offrait, autour de guéridons supportant des chandeliers d'argent, quantité de coins tranquilles. Crochetant ou brodant dans des fauteuils à dossier droit et oreillettes, des dames sérieuses y buvaient à petites gorgées du très vieux porto, ou croquaient des sucreries. Entre plafond et fenêtres, le décorateur avait voulu ajouter une touche de luxe supplémentaire : une frise de vasistas à petits vitraux imitant l'agate. Virginie, venue s'asseoir là un moment, observa les jeux du soleil à travers ces verres colorés, qui mettaient des reflets tendres sur le cuivre rouge du gros baromètre mural, sur les marbres des guéridons et jusque sur les robes de soie.

Pendant le déjeuner, Mlle Trégan se fit expliquer le principe de la machine à vapeur, dont on percevait les vibrations, sous le tapis. Elle fut étonnée d'apprendre que des esclaves, torse nu dans la cale, supportant une chaleur d'étuve, jetaient sans arrêt dans les foyers des grosses bouilloires de cuivre des rondins de bois. Des bûcherons, dont on voyait à intervalles réguliers sur les rives du fleuve les cabanes montées sur pilotis, approvisionnaient au passage les vapeurs.

Clarence, voué au rôle de professeur, expliqua que le premier capitaine qui s'aventura sur le fleuve avec un steamer, un Hollandais, se nommait Nicolas Roosevelt. Avec Fulton, l'inventeur de la machine à vapeur, il avait construit un bateau nommé *La Nouvelle-Orléans,* qui valait en 1811 trente-huit mille dollars! Parti de Pittsburgh, sur l'Ohio, il emprunta ensuite le Mississippi et rejoignit la capitale de la Louisiane. Depuis, bien sûr, on avait lancé quantité de bateaux à vapeur, puisque plus de six cents d'entre eux sillonnaient le fleuve. On allait aussi plus vite que par le passé. Dandrige cita la performance d'un capitaine, dont il avait oublié le nom, qui ne mit que cinq jours et dix heures, en 1814, pour aller de La Nouvelle-Orléans à Natchez.

« Mais, ajouta-t-il, le *Prince* ne mettra que trois jours pour nous amener à Pointe-Coupée, qui n'est qu'à une demi-journée de Natchez. »

L'intendant, devant Mignette qui buvait ses paroles, comme s'il se fût agi d'un conte, révéla les dangers de cette navigation. Le brouillard qui tombe parfois sur le fleuve, les bancs de sable qui traîtreusement se déplacent, le peu de profondeur du Mississippi n'étaient rien, d'après lui, en comparaison des risques d'incendie, consécutifs aux abordages et aux explosions des bouilloires.

« Car, dit-il, un des grands plaisirs des capitaines est d'organiser des courses. Mais à pousser la chauffe on excite la machine jusqu'à la rupture et c'est le désastre ! Ainsi le *Zebulon Pike,* que nous croiserons peut-être, est le quatrième du nom..., les trois premiers ont explosé !...

— Mon Dieu !... fit Mignette, effrayée par la perspective d'une telle catastrophe.

— Ce doit être excitant, ce genre de course, fit Virginie, les yeux brillants.

— Et les Indiens ? Sont-ils vraiment si méchants ? » demanda Mignette qui tenait à connaître tous les risques du voyage.

Clarence la rassura :

« Autrefois, à bord de leurs pirogues, ils abordaient les bateaux à voile pour se saisir des biens des passagers, mais ils y ont depuis longtemps renoncé. Et puis ils étaient moins dangereux que les pirates des rivières, des bandits blancs qui volaient l'argent, les bijoux... et enlevaient les jolies passagères, ajouta-t-il avec un sourire.

— Mon Dieu! fit encore Mignette en répandant une cuillerée de sorbet sur son corsage, ce qui amusa Virginie et les convives de la table voisine.

— Soyez sans crainte, nous avons le meilleur pilote du Mississippi, dit Clarence. Ce n'est peut-être pas un excellent danseur de quadrille, mais il connaît toutes les traîtrises du fleuve, tous ses caprices, les crues soudaines, les tourbillons, les vents coléreux. Il a un don pour prévoir le temps. Ainsi il devine, à la moiteur des mannetons du gouvernail, si la pluie vient; il sait, aux hurlements des chiens dans le brouillard, où il se trouve, car leurs aboiements sont tous différents, et jamais il ne se risque à faire la course avec un autre bateau, l'armateur lui ayant fait signer un contrat le lui interdisant. »

Au cours de l'après-midi, alors que Virginie se trouvait à l'avant du bateau, sous la dunette, elle put elle-même apprécier la prudence du capitaine. Un marin, penché à la proue, maniait la sonde et transmettait au maître du bateau, debout sur la passerelle, hiératique comme un Neptune en charge d'âmes, le résultat de ses observations. C'était une sorte de chant, comme celui qui rythmait les enchères aux tabacs, qu'elle avait entendu petite fille. « Mark four, half four, mark four, mark three, half three, mark twain[1] », criait

1. Quelques années plus tard, sur le Mississippi, allait débuter un jeune pilote, ancien apprenti imprimeur, qui s'appelait Samuel Langhorne Clemens. Après avoir été l'élève du capitaine Horace Bixy, une figure légendaire du fleuve, il devait obtenir sa licence de pilote en 1859, à l'âge de vingt-trois ans. Pendant cinq ans, il allait conduire de grands bateaux de La Nouvelle-Orléans à Memphis ou à Pittsburgh. Renonçant à ce métier, qui lui donnait cependant bien des joies, après avoir vu son frère, Henry Clemens, périr à bord du vapeur *Pennsylvania Princess* dont les chaudières explosèrent, Samuel se fit journaliste et écrivain. Il choisit le pseudonyme de Mark Twain. Sans doute en se souvenant avec mélancolie du chant monotone des sondeurs!

l'homme, ce qui signifiait que la profondeur du fleuve passait à cet endroit-là de vingt-quatre à douze pieds. C'était suffisant pour le *Prince,* dont le tirant ne dépassait pas huit pieds.

Un peu plus tard, quand le soleil commença à décliner et que l'horizon, au-delà des plates forêts de sassafras et de cyprès chauves, s'embrasa de lueurs de forge, le Mississippi, doucement, vira au mauve.

Clarence, à l'arrière du bateau, penché sur la grande roue qui brassait inlassablement le liquide couleur d'encre fanée, respirait la fraîcheur des embruns argentés soulevés par le tournoiement des pales et suivait dans le sillage le long frémissement des eaux dérangées. C'était l'heure qu'entre toutes il préférait. Le moment privilégié où les hommes et les bêtes de somme peuvent s'abandonner à leur lassitude, où les choses, débarrassées des artifices des ombres portées, retrouvent leur volume exact, où l'immobilité enveloppe la campagne comme une housse. Lors de tels crépuscules, particulièrement harmonieux sur ce fleuve virgilien, Dandrige se sentait doué d'une lucidité étonnante. Il l'appliquait volontiers aux gens qui l'entouraient et croyait alors les voir tels qu'ils étaient réellement.

Ainsi, cette Virginie devait être désirable. Il avait remarqué les regards des hommes à son passage et plusieurs, qu'il connaissait, avaient souhaité lui être présentés. Le jeune Tampleton entre autres, qui rentrait à Pointe-Coupée après avoir terminé ses études à West Point. Virginie Trégan avait reçu l'hommage du jeune officier avec une satisfaction visible et l'aisance que lui avait donnée, face aux hommes, la pratique des salons parisiens. L'intendant de Bagatelle s'était amusé du spectacle de ces êtres jeunes, amorçant inconsciemment le pas de deux de la séduction.

Plaire, tel paraissait être le souci de la plupart des mortels. Clarence ne le partageait pas et, s'il soignait sa mise et veillait à se conduire galamment avec les femmes, c'était simplement pour suivre les règles courtoises de ce qu'on appelait la civilisation du Sud.

Enveloppée dans un châle, car l'heure était fraîche, Virginie apparut, un livre sous le bras. Dans la lumière du soir, le regard bleu et froid de la jeune fille prenait de la douceur. Elle eut une telle façon de s'accouder au bastingage près de Clarence, d'incliner la tête comme pour dissimuler son visage derrière les lourdes anglaises qui l'encadraient et de humer les parfums de chèvrefeuille et de jasmin, portés par le vent de terre, qu'elle parut fragile et romantique, en plein accord avec le décor du fleuve.

« Je me sens vraiment, ce soir, une fille de ce pays. Loin des capitales dans leurs vêtements de pierres, ici l'espace existe. Les perspectives organisées de Paris ou de Londres ont leur charme, mais elles n'éveillent pas le même désir de conquête que ces forêts et ces prairies sans limites...

— C'est juste, dit Clarence. L'eau, le ciel, la terre ont autour de nous plus de réalité qu'ailleurs. Les décors urbains sont des prisons. L'homme y prend de fausses dimensions en rapport avec ce qu'il construit. Ici, il a conscience d'être à la fois minuscule et divin. »

Les moqueurs regagnaient leurs nids en poussant des cris ironiques, qui affolaient les cardinaux au plumage écarlate et interrompaient les conversations badines des geais. Dandrige montra à la jeune fille des tortues qui, la circulation fluviale étant devenue moins dense, osaient dresser la tête au-dessus de l'eau, pour satisfaire leur curiosité au passage du grand bateau blanc.

« Et les alligators, à quelle heure sortent-ils ?

— On n'en rencontre plus que dans les bayous du sud ou à l'embouchure des rivières; les hommes les ont chassés. »

Ils suivirent, par contre, un vol de flamants roses, filant vers les marais où coassaient des milliers de grenouilles, et ils aperçurent dans les roseaux des hérons marchant avec précaution. Dans l'herbage, invisibles, les rats musqués et les ratons laveurs se déplaçaient furtivement. Des chevreuils qui se désaltéraient s'enfuirent quand la trompe à vapeur du *Prince-du-Delta* lança dans une courbe du fleuve un appel rauque. Le capitaine prévenait ainsi les bûcherons que l'hôtel flottant allait s'amarrer pour la nuit, près de leurs cabanes, et qu'il conviendrait de charger du bois en profitant du reste de jour.

Les moustiques ayant fait leur apparition, les passagers regagnèrent les salons où, déjà, on avait allumé les lampes. Virginie saisit le livre qu'elle portait sous le bras.

« Ce M. de Chateaubriand est venu par ici il y a quelques années et il a écrit ce livre dont on a fait grand cas en France. »

Clarence prit l'ouvrage et lut le titre : *Atala*.

« Il s'agit des amours de deux sauvages, dit Virginie, amours contrariées, bien sûr, par des lois religieuses, mais qui ont pour théâtre les bords du Mississippi que l'auteur, comme nos Indiens et nos nègres, appelle Meschacebé. Il dit qu'on rencontre par là, dans ces plaines et ces forêts, des bisons qui, parfois, traversent le fleuve à la nage. Il y a vu aussi des ours manger des raisins sauvages, des caribous par troupeaux, des perroquets, des serpents jaunes et des crocodiles qui sentent mauvais !... »

Clarence sourit à l'énumération de cette faune.

« J'aimerais lire ce livre, me le prêterez-vous ? » Elle acquiesça.

« Car, ajouta l'intendant, les poètes ont une façon particulière de voir les pays et j'imagine que, pour un Parisien, toute forêt dépourvue d'allées cavalières est une jungle dangereuse. Nos bois n'ont plus de secrets, hélas! Les bisons se sont enfuis vers l'ouest, où l'on pousse aussi les Indiens. Les caribous ont été mangés par nos grands-parents, les perroquets capturés par les marins, et les trappeurs sont en train de décimer les colonies de loutres et de castors. Seuls les rats musqués, qui se reproduisent avec une étonnante rapidité, demeurent abondants comme les tatous. Aux chasseurs, il reste quelques cerfs, des cochons sauvages, des lynx et des renards... »

Quant aux amours des sauvages, Clarence savait d'expérience à quoi s'en tenir, mais il n'évoqua pas ce chapitre devant Virginie. Elle se mit alors, à sa demande, à parler de Paris, s'animant au rappel de ses plus récents souvenirs. Elle évoqua avec précision et humour le boulevard de Gand[1], ses beaux arbres, ses dandies et ses trottins, ses larges trottoirs que l'on commençait à daller avec des pierres d'Auvergne. Elle avait fréquenté les cafés, salons publics pour une société élégante : le Tortoni où l'on commandait des glaces Plombières, des sirops, des punches romains et des petits fruits glacés; le Grand Café, le Café Riche, le Café Anglais, où se retrouvaient écrivains et journalistes de renom; le restaurant Paillard, qui servait des soles à la crème. Elle cita les boutiques où la bonne société faisait ses emplettes : Scharlcher, le porcelainier des princes; la « Petite Jeannette » qui fournissait mous-

1. Aujourd'hui boulevard des Italiens.

selines, fichus et châles — le sien justement en venait — Mme Herbault, la modiste, qui bâtissait d'étonnants chapeaux; Rose Druelle, sa concurrente; Melnotte le chausseur, Fatout le marchand d'estampes, Camille chez qui l'on se devait d'acheter ses robes, « Aux Bayadères » dont le rayon « nouveautés » éclipsait tous les autres. Elle fit rouler les landaus, les tilburies, les buggies, les calèches, les phaétons mis à la mode par lord Seymour, les premiers omnibus, les fiacres : « citadins » gris rosé, « berlines du Marais » vert foncé, « célestines » bleu de ciel. Sa tante, Mme Drouin, possédait elle-même un coupé très élégant, doublé de satin jaune, au plancher recouvert d'un tapis de la Savonnerie.

« Vous n'imaginez pas ce que peut être ce quartier, un univers où l'on côtoie tout ce que Paris compte de gens d'esprit et de talent, de paresseux fortunés, de princes étrangers en goguette, d'aventuriers séduisants, de gens pauvres qui jouent aux richards et de gens riches qui s'encanaillent avec des demi-mondaines. »

Naturellement, elle avait passé de nombreuses soirées au Théâtre des Variétés, à l'Opéra de la rue Le Peletier et avait dîné plusieurs fois chez les Nicolet, rue Basse-des-Remparts, qui importaient les produits de l'Amérique et possédaient un magasin à La Nouvelle-Orléans.

Elle avait assisté à la bataille d'*Hernani*, au mois de février. Au cours de cette folle soirée, qui marquait l'avènement du romantisme au théâtre, elle avait perdu son chapeau dans la cohue et applaudi jusqu'à ce que ses mains soient rouges et brûlantes. Victor Hugo lui avait caressé la joue et Alexandre Dumas lui avait envoyé des places pour *Henri III*.

Encore imprégnée des fortes sensations de cette nuit historique, elle dit avec enthousiasme :

« Il fallait voir les rapins et les poètes avec leurs cheveux ébouriffés, leurs barbes énormes, leurs vêtements étranges, manteaux espagnols, blouses flottantes, gilets de carnaval ! Les gens gesticulaient ou s'interpellaient, les conventions étaient abolies. Ma tante manqua de s'évanouir parce qu'un étudiant l'avait tutoyée. Il y eut des fauteuils cassés et des diadèmes piétinés, mais quand Mlle Mars dit :

Je me sentais joyeuse et calme, ô mon amant,
Et j'aurais bien voulu mourir en ce moment...

je me suis mise à pleurer et un jeune homme que je n'avais jamais vu ôta la rose qu'il portait à la boutonnière, essuya de ses pétales une larme qui roulait sur ma joue et me glissa : « Le pleur le « plus romantique pour la plus romantique des « fleurs... » Oh! monsieur Dandrige, que c'était bon, ce soir-là, au Théâtre-Français !... Si ma tante ne m'avait emmenée, j'aurais passé la nuit à chanter et à rire comme une grisette ! »

Clarence, étonné par tant d'exaltation, regardait cette nouvelle Virginie, le feu aux joues, l'œil brillant, volubile et passionnée.

« Je crains que les soirées de Bagatelle ne vous paraissent bien calmes, mademoiselle, après de tels moments parisiens. »

Redevenue brusquement sérieuse, presque grave, la jeune fille porta sur l'intendant un regard serein, dans lequel toutes les lumières du théâtre, qui un instant plus tôt y brillaient étrangement, semblaient s'être éteintes.

« Voyez-vous, monsieur Dandrige, la passion de doña Sol, je crois que je la porte en moi, comme beaucoup de femmes. Il n'est pas de lieu au monde, si calme qu'il ne paraisse, où elle ne puisse un jour se réveiller !

— C'est ce que vous espérez?

— C'est ce que j'attends! »

La cloche du dîner interrompit ces confidences ébauchées. Le soir même, Clarence Dandrige allait avoir la preuve que Virginie Trégan savait provoquer le destin.

4

Toute l'affaire vint de Willy Tampleton. C'est du moins ce que comprit Clarence quand, à l'aube, le jeune coq de West Point vint, tout ému, le tirer du sommeil et frapper des coups secs avec sa chevalière à la porte de la cabine de l'intendant. Ce dernier prit le temps de passer une robe de chambre et souleva la fenêtre à guillotine qui donnait sur la galerie.

« Vous avez gardé les bonnes habitudes de West Point, à ce que je vois; tôt levé, hein!

— Monsieur Dandrige, dit le jeune homme en s'efforçant à la dignité que requérait sa déclaration, je vais me battre en duel pour l'honneur de Mlle la filleule du marquis de Damvilliers!

— Diable! Et contre qui, mon Dieu?

— Contre Ed Barthew, l'avocat, qui l'a gravement offensée.

— Comment cela? » fit Clarence en fronçant le sourcil.

Ed Barthew, sans être de ses amis, figurait parmi les rares personnes pour qui l'intendant de Bagatelle avait de la sympathie.

« Puis-je entrer, monsieur? »

Une fois installé dans l'unique fauteuil de la cabine, l'officier raconta la genèse du conflit, suscitant un étonnement que Clarence ne chercha pas à dissimuler.

La veille, à l'heure où Clarence s'était retiré pour aller dormir, Virginie s'était rendue au salon où deux « minstrels[1] » grattaient leur banjo en chantant de vieilles chansons. Le concert fini, elle avait été invitée à la table de Tampleton où se trouvaient Ed Barthew et un autre planteur, M. Aubron. On en était venu à parler cartes et dés et, très parisienne, Virginie n'avait pas caché son goût pour le jeu. Chez Mme Drouin, à Paris, elle avait appris le whist et même le poker. Aussitôt la partie s'était organisée et, comme le règlement du bord interdisait les mises d'argent, et n'autorisait pour donner de l'intérêt aux coups que l'engagement de petits objets, exception faite des bijoux, Tampleton avait mis sur le tapis un canif à cigares, Ed Barthew un étui en peau de serpent acheté à La Nouvelle-Orléans, le planteur un petit crayon à mine de plomb qui venait d'Italie. Comme Virginie cherchait l'objet qu'elle pourrait bien risquer, Tampleton avait suggéré un mouchoir de dentelle, mais l'avocat de Bayou Sara s'était taillé un beau succès parmi les spectateurs en proposant que la jeune fille offre en guise de mise une de ses anglaises... Tout le monde protesta, mais, à l'étonnement général, la filleule du marquis concéda que c'était là une excellente idée et qu'elle s'engageait à couper une mèche de ses cheveux pour la remettre au gagnant. Plusieurs dames dans l'assistance pincèrent les lèvres, tandis que leur mari applaudissait à cette audace. On était déjà surpris de voir une demoiselle de la bonne société assise à une table de jeu avec des hommes, dont deux au moins passaient pour res-

1. Blancs grimés en Noirs, qui chantaient en s'accompagnant d'un banjo.

90

pectables certes, mais personne, jusque-là, n'avait imaginé un tel enjeu.

« C'est indécent, avait murmuré une matrone à demi chauve, pourquoi ne joue-t-elle pas sa chemise ?

— Ce sera peut-être pour la prochaine fois », lui avait susurré un vieil homme au jabot constellé de brins de tabac.

Souveraine et indifférente aux commentaires, Virginie, d'un geste de la main, avait imposé silence, indiquant simplement qu'elle n'amputerait sa chevelure que si les cartes lui étaient défavorables. Cette restriction fut admise et la partie commença.

« Mlle Trégan jouait fort intelligemment, expliqua Tampleton. Elle gagna successivement mon couteau en argent et le crayon de M. Aubron, mais, finalement, elle fut battue par Ed Barthew, qui pour une fois — je le surveillais — ne tricha pas. Il ramassa donc les enjeux et réclama la mèche de cheveux qui lui revenait. »

C'est alors que les choses s'étaient envenimées. Tampleton estima que l'on devait tenir Mlle Trégan quitte de sa mise, car un gentleman ne pouvait accepter qu'une femme soit amenée, par jeu, à couper une mèche de ses cheveux pour la donner à un inconnu. On avait passé une bonne soirée, mais il convenait d'en rester là, avait-il lancé avec autorité.

Barthew rétorqua que les dettes de jeu étaient sacrées et qu'il ne renonçait pas à son gain. Làdessus, une discussion publique s'était ouverte, les uns, les plus nombreux, approuvant l'attitude chevaleresque de Tampleton, les autres soutenant que Barthew méritait de garder un souvenir aussi précieux de cette soirée. Parmi ceux qui soutenaient ce point de vue, il y avait des femmes assez satisfaites de voir cette beauté débarquée de

France recevoir une leçon. Le capitaine Wrangler, prévenu de cette agitation, fut amené, en tant qu'oracle du bord, à donner son avis. Joyeux drille, amateur de gin et peu enclin à s'émouvoir pour des péronnelles qui se mettent volontairement dans de fâcheuses situations, le marin déclara, après réflexion, que tout contrat devait être honoré et que la demoiselle aurait à s'exécuter. L'abondance de sa chevelure pouvait supporter, estima-t-il, un coup de ciseaux.

« Mlle Trégan fut bonne joueuse, commenta Willy Tampleton, elle dit que son intention était bien de remettre au vainqueur le montant de sa mise, qui prenait, pour cet affreux Barthew, une importance de trophée. »

Virginie avait alors déclaré qu'elle se livrerait dans sa cabine à l'amputation nécessaire et qu'elle ferait porter à maître Barthew une de ses anglaises tire-bouchonnées. Sur ce, avec une grâce que lui enviaient toutes les femmes, lesquelles, à sa place, auraient pleuré d'humiliation, elle s'était levée, avait tendu sa main souple à l'avocat en disant : « Je vous remercie, je me suis bien amusée! » et lui avait décoché un sourire éblouissant.

« Elle quitta le salon, monsieur Dandrige, avec une telle grâce, fit Tampleton, dont le cœur battait à cette évocation, que l'on fut tenté d'applaudir.

— Je ne vois pas de raison de duel dans tout cela, fit Clarence, un peu abasourdi et se demandant comment le marquis prendrait le comportement de sa filleule.

— Eh bien. j'ai estimé... de mon propre chef, monsieur Dandrige, qu'en votre absence, et ma famille étant amie de celle de M. de Damvilliers, il convenait de soutenir Mlle Trégan et de laver l'affront que lui valait sa petite imprudence, odieusement exploitée par Ed Barthew. »

Willy Tampleton prit un temps, avala sa salive et poursuivit :

« J'ai invité Barthew à m'accompagner sur le pont et, là, je lui ai dit tout à trac ce que je pensais de son attitude. « Monsieur, lui ai-je dit, je « vous demande, non, j'exige que vous renonciez « à cette mèche de cheveux et que vous le fassiez « savoir immédiatement, par un billet que l'on « portera à Mlle Trégan. »

Clarence admira la façon dont le jeune coq maniait l'épanorthose.

« Et, naturellement, Ed vous a ri au nez.

— Non seulement il m'a ri au nez, mais il m'a demandé de me découvrir pour lui parler et, comme je n'avais nulle intention de le faire, il a jeté mon chapeau au fleuve... Un gibus gris, monsieur, qui venait de Paris ! »

Clarence retenait difficilement un rire hors de circonstance.

« Et, naturellement, vous l'avez souffleté.

— Exactement... Nous nous battons à huit heures, au revolver, sur le toit du pont supérieur. Le capitaine Wrangler et un vieux type, dont j'ai oublié le nom et qui prise sans arrêt, sont les témoins de Barthew. J'ai choisi M. Aubron et vous-même.

— Ça ne se refuse pas, jeune homme ! Ayant la garde de Mlle Trégan, il faut bien que j'assiste à cette affaire. Elle me déplaît fort cependant, la réputation d'une jeune fille ne pouvant que pâtir de tels événements. J'espère que Barthew ne vous tuera pas, Willy, et que vous ne finirez pas dans l'estomac de ces crocodiles que M. de Chateaubriand dit avoir rencontrés sur le Mississippi !

— Puis-je vous suggérer, monsieur Dandrige, quand tout cela sera terminé, que vous sermonniez un peu Mlle Trégan, qui n'a pas l'air de connaître vraiment les mœurs du Sud ?

— Apprenez, Willy, que Mlle Trégan n'est pas de celles que l'on sermonne, comme vous dites. Quant aux mœurs du Sud, je ne suis pas convaincu, certains jours, qu'elles soient les meilleures. Allez et que Dieu vous garde ! »

5

Edward Barthew n'était pas à proprement parler un Cavalier; on l'aurait plutôt pris pour un produit de la civilisation démocratique et commerçante du Nord, s'il avait été plus attentif à ses affaires et moins joueur. Il était arrivé un jour de Boston, avec deux valises et une plaque d'avocat, qu'il avait lui-même clouée sur la porte d'une vieille maison de Bayou Sara. Plus tard, il avait loué un couple d'esclaves pour tenir son ménage, il avait commencé à recevoir des clients, de petites gens ou des planteurs qui préféraient aller soumettre leurs difficultés à un étranger au pays. On disait qu'à Boston les gens racontaient sur son compte de curieuses histoires, mais, en fait, personne ne savait rien de précis et, comme à Natchez il s'était tenu à l'écart de toutes les intrigues locales, sans s'intégrer à la société, on l'avait accepté tel qu'il était, taciturne, rogue et parfaitement indifférent au qu'en-dira-t-on...

Il faisait de fréquents voyages à La Nouvelle-Orléans où certains l'avaient rencontré en compagnie de femmes peu vertueuses. Ceux qui avaient eu recours à ses services paraissaient cependant satisfaits et les juges de la paroisse le tenaient pour fort habile et éloquent. Alors que beaucoup de juristes se mêlaient de politique et briguaient des mandats, il évitait soigneusement de divulguer ses opinions. On ignorait même s'il en avait. Ses amis n'en savaient guère plus sur son compte que le commun des mortels, mais louaient unanimement sa serviabilité bougonne et son courage.

C'est lui qui, au cours d'un incendie, avait sauvé, au péril de sa vie, les filles jumelles d'un épicier et, lors des inondations de l'automne 1828, organisé l'évacuation d'un quartier menacé, puis dirigé la construction d'une levée de protection. Il dilapidait, au jeu, le plus clair des honoraires qu'il empochait. On appréciait sur les show-boats sa façon de remettre en place les perturbateurs et, s'il ne cherchait jamais la bagarre, il savait, le cas échéant, se battre à coups de poing et de tabouret, avec une économie de gestes et de paroles qui lui valait le respect de tous.

Grand, brun et presque toujours vêtu de noir, il posait sur les choses et les gens un regard volontiers ironique et certains disaient reconnaître à ses cheveux, plaqués et luisants comme l'aile du corbeau, et à la mèche courbe, qui souvent lui retombait sur l'œil gauche, des ascendances indiennes. Il parlait d'une voix chaude et grave et seulement quand il avait quelque chose à dire. Ses mains, qui ne manquaient pas de distinction par leur forme, eussent gagné à être mieux soignées, ses chemises et ses cravates mieux repassées. Le docteur Murphy, un bourru de son genre, dont on redoutait la brutalité et l'exactitude du diagnostic et, surtout, la façon qu'il avait d'annoncer aux malades : « Tu peux faire l'économie des remèdes, tu n'en as plus que pour trois ou quatre jours à vivre », passait pour son meilleur ami. Ils occupaient leurs soirées à bavarder avec, en tiers, une bouteille de gin.

Clarence, sachant qu'il venait de Boston, lui avait confié le règlement de certaines affaires après le départ de son père. Il s'en était bien trouvé, appréciant la façon qu'avait l'avocat, au contraire de beaucoup de ses confrères, de mener les choses rondement en évitant les procédures inutiles, qui profitent surtout aux hommes de loi. Les deux hommes avaient quelquefois chassé ensemble, sans échanger plus de paroles qu'il n'était nécessaire. Ils s'étaient aussi rencontrés dans quelques bals de plantation où l'on ne manquait jamais d'inviter les célibataires. Edward Barthew savait les bonnes manières, dansait le quadrille correctement, mais, comme Clarence, préférait, le soir, siroter un bon whisky en regardant évoluer les autres.

Tel était l'homme, moins rustaud qu'il ne semblait, auquel le jeune Tampleton allait se mesurer pour une boucle de cheveux de Mlle Trégan.

Tout en terminant sa toilette, Clarence évaluait les chances du jeune Tampleton. Elles étaient minces à première vue. Il ignorait la qualité des maîtres d'armes de West Point, mais, ayant chassé avec Barthew, il connaissait le coup d'œil, la rapidité de tir de l'avocat.

Willy Tampleton, au contraire de celui qu'il avait provoqué, représentait le type même du Cavalier. Pur produit de l'aristocratie agraire du Sud, il en possédait tous les caractères moraux. Clarence Dandrige n'aurait pu mieux le définir que ne l'avait fait le marquis de Damvilliers, connaisseur en la matière, qui ne l'appelait que « le chevalier Willy ».

Né malingre, le garçon avait tout fait pour acquérir cette sveltesse virile du pur-sang anglais qui figurait en tête des canons de la beauté masculine dans le Sud. Les longues chevauchées à travers la campagne, le tir à l'arc, les séances d'escrime et de lutte avec son frère aîné Percy et, plus tard, les exercices militaires avaient fini par lui donner cette perfection physique que les héritières au teint de magnolia appréciaient et qui — n'en déplaise aux parents et aux notaires — entrait en ligne de compte au moment de choisir un mari. A le voir resplendissant de santé, les joues bien lisses, l'œil d'un blanc candide, on devinait qu'il avait toujours trouvé sur sa commode, depuis qu'il était en âge de se vêtir seul, du linge frais et au pied de son lit des chaussures bien cirées. Au cours de son « tour d'Europe », Willy avait appris ce qu'est la véritable élégance. Il avait rencontré le beau Brummell, qui changeait de chemise trois fois par jour et faisait cirer ses bottes à la mousse de champagne. Mais, sagement, le jeune homme s'était aussi inspiré, pour atténuer les outrances du dandy, d'un autre mondain, le comte d'Orsay, lequel passait plus de temps dans sa bibliothèque qu'à sa toilette. L'uniforme des cadets lui allait à ravir et s'il voyageait sur le *Prince-du-Delta* en civil, c'était pour prouver qu'il se tenait au courant de la mode et savait s'y conformer.

Willy Tampleton était persuadé, comme tous les fils de riche planteur, de son importance sociale. On lui avait enseigné le sens du devoir, celui des responsabilités et de l'honneur, en même temps que la manière de maîtriser ses sentiments. Il pensait aussi avoir une « âme complète » parce qu'il avait lu Walter Scott et Froissart et, comme Ivanhoé, se sentait toujours prêt à devenir un héros. Il savait corriger la douceur, quasi enfantine, de son visage par une gravité étudiée et se montrait volontiers mélancolique, car on lui avait dit et répété : « Ce qui importe dans un homme, c'est ce en quoi il est unique. » Unique, il pensait l'être, en tant que rejeton achevé d'une race qu'on ne trouvait nulle part ailleurs dans l'Union, celle des nobliaux du coton.

Clarence Dandrige, qui se rendait souvent aux Myrtes, la plantation des Tampleton, située au nord de Pointe-Coupée, connaissait bien cette famille si parfaitement « comme il faut ». Percy, le frère aîné de Willy, se préparait à succéder à son père. A sa manière, c'était aussi un vrai Sudiste. Plus fort et plus désinvolte que son cadet, un tantinet libertin, ce qui était admis, il se préparait à ses responsabilités futures en faisant travailler ses esclaves mieux que tous les autres planteurs. On lui connaissait déjà une demi-douzaine de bâtards mulâtres, qu'il ne manquerait pas de vendre, avec ou sans leur mère, le jour où il le déciderait. On devinait qu'au contraire de son frère il n'avait pas eu besoin d'exercices propres à stimuler la virilité et à développer la force musculaire. Epais d'épaules, bâti comme ses ancêtres paysans, qui abattaient un cyprès en cinq coups de hache, on le devinait capable de renverser un taureau par les cornes. En quelques générations, les bonnes manières et le savoir avaient donné aux Tampleton une allure aristocratique. Willy s'était appliqué à la parfaire, Percy à s'en accommoder. Il restait chez lui quelque chose de l'animalité joyeuse du terrien, de l'homme d'effort, dont l'ardeur au travail est égale à celle qu'il met au plaisir. Sa femme et sa mère regrettaient, toutefois, qu'il refuse l'usage d'un appareil pour casser les noix à table, même quand il y avait des invités.

Si Percy se montrait volontiers entreprenant avec les femmes, Willy paraissait devant elles plutôt timide et il devait mobiliser toutes les ressources de sa bonne éducation pour se comporter avec aisance en présence des princesses des plantations. Il fallait, estima Clarence, que Virginie Trégan lui eût fait une forte impression pour qu'il se fût mis un duel sur les bras, alors qu'elle ne s'était manifestement pas conduite comme une vraie demoiselle.

Dandrige, au moment de rejoindre les témoins de Barthew, se dit que, pour peu que l'affaire tournât mal, il faudrait expliquer au père Tampleton et à sa fille Corinne, à laquelle Clarence savait ne pas être indifférent, que le jeune coq avait préjugé la vigueur de ses ergots. Et le grand barbecue[1] organisé chaque printemps aux Myrtes pourrait bien être gâché, si le pauvre Willy se retrouvait, tout à l'heure, avec une balle dans la tête !

Le duel fut organisé sans difficulté. On se battrait sur le toit du bateau. L'un des antagonistes se placerait au pied des deux cheminées, le dos à la proue, l'autre au pied du mât où flottait la bannière de l'Union, dos à la poupe. M. Aubron proposa une paire de revolvers de Elisha Coolier, qu'il avait acquis à La Nouvelle-Orléans. Ces armes de précision étaient dotées d'un magasin à amorçage et pouvaient tirer cinq coups, si le silex remplissait bien son office.

Le capitaine Wrangler, désigné comme directeur du combat, avait demandé aux passagers, parmi lesquels l'annonce d'un duel à bord mettait quelque effervescence, de regagner leur cabine et de n'en plus sortir jusqu'à nouvel ordre. Puis il fit ralentir la machine et convoqua les intéressés. Le groupe composé de Willy Tampleton, de Edward Barthew et de leurs témoins parvint par la passerelle jusqu'au « terrain » choisi. Un médecin de

1. C'est ainsi que l'on appelait les pique-niques.

Memphis, qui effectuait son voyage de noces, fut invité à monter avec sa trousse. Il essaya de se dérober en disant qu'il ne voulait pas être témoin d'un meurtre. On lui expliqua qu'en Louisiane, comme en Virginie, un homme qui en affrontait un autre à armes égales et dans les règles ne pouvait être qualifié de meurtrier. Le capitaine Wrangler, considérant sans doute que le *Prince-du-Delta* pourrait désormais s'enorgueillir du titre de premier vapeur ayant connu un duel, ne lui laissa d'ailleurs pas le choix. Il somma le médecin de remplir son office, ou de continuer, lui et sa femme, leur voyage à la nage.

Il fallut aussi penser au risque que pourraient constituer les balles perdues et l'on attendit qu'un vapeur qui descendait le fleuve se soit éloigné pour se mettre en place. Ed Barthew paraissait tout à fait à l'aise, plus souriant que d'habitude. Quant à Willy, dont le jabot flottait au vent et qui avait revêtu pour la circonstance un pantalon noir au pli impeccable, Clarence le trouva émouvant et déterminé.

Les armes furent chargées, le capitaine marqua les places des duellistes à vingt pas l'un de l'autre et les invita à s'y rendre. Spontanément, tous deux, en vrais gentlemen, voulurent se mettre face au soleil, ce qui constituait à cette heure matinale un handicap certain.

« Faites-moi ce plaisir, monsieur Tampleton, dit Barthew de sa voix de basse, c'est peut-être le seul que vous m'accorderez ! »

Willy acquiesça, trouvant ridicule d'en discuter.

« Ce sera probablement le dernier, monsieur, mais je ne voudrais pas tirer sur quelqu'un qui est aveuglé par le soleil.

— La dernière élégance, mon cher, fit Ed, celle qui peut racheter tous les manquements d'un homme, c'est de savoir mourir avec dignité !

— Je vous rappelle, messieurs, dit le commandant qui, prenant son rôle d'ordonnateur avec gravité, avait passé sa vareuse à galons et coiffé sa casquette, que vous devez tirer entre les mots « un » et « trois ». Que le Père-des-Eaux, qui a vu de plus cruels spectacles, soit témoin qu'il ne s'agit ici que d'honneur ! »

A cet instant précis, un flot de mousseline mauve émergea de la passerelle : Virginie, en robe de soie, apparut dans le soleil, devant tous ces hommes interloqués.

« Ce n'est pas ici la place d'une dame, fit le commandant, courroucé.

— C'est la mienne en tout cas. Et puis je dois remettre à M. Barthew ce qui lui revient. »

En trois pas, elle fut près de l'avocat, qui, le revolver à bout de bras, au long de la cuisse, la regardait venir, étonné et ravi. Il reçut, nouée par une faveur noire, une mèche de cheveux cuivrés, qu'il glissa dans sa chemise, à même la peau, après s'être incliné, comme sans doute il ne l'avait jamais fait devant une femme. Ce geste accompli, avec un sang-froid qui impressionna les témoins, Virginie vint près de Dandrige et dit simplement, mais pour être entendue de tous :

« Je serais désolée si l'un de ces gentilshommes ne pouvait tout à l'heure venir à notre table rompre le pain de l'amitié, monsieur Dandrige.

— Attention, messieurs, lança le commandant qui souhaitait en finir. Un, deux, trois ! »

Les deux détonations se confondirent en une seule. Tampleton trébucha, puis se laissa aller sur le plancher de bois en regardant d'un air incrédule la tache de sang qui se formait sur sa cuisse gauche. A l'autre bout du toit, du cylindre noir d'une des cheminées sortait un jet de fumée grise. La balle de Willy Tampleton était passée à quelques centimètres de l'épaule de Barthew, avant d'aller percer la tôle.

Le médecin, poussé par le commandant, s'était élancé vers le blessé. C'est alors que Clarence aperçut Virginie qui, ayant couru vers Edward Barthew, lui plaquait sur la bouche un baiser comme peu d'hommes, en des circonstances meilleures, pouvaient se targuer d'en avoir reçu. Mais personne n'entendit ce que Virginie dit à l'avocat curieusement troublé :

« Merci, monsieur, de ne pas avoir tué ce jeune daim, qui ne sait encore rien de la vie ! »

On connut très vite, à bord, le résultat du duel et le peu de gravité de la blessure de M. William Tampleton. Plusieurs dames lui rendirent visite, dès qu'il fut pansé, et roucoulèrent au chevet de cet intéressant Cavalier, qui avait répandu son sang pour effacer la honte d'une demoiselle frivole.

Clarence et Virginie finirent par se retrouver seuls à l'heure du bouillon, à l'avant du bateau. L'intendant paraissait d'humeur maussade.

« Vous êtes satisfaite, mademoiselle. Sans l'adresse et le sang-froid de Barthew, nous aurions pu avoir un véritable drame ce matin.

— Et pourquoi ne serais-je pas satisfaite, monsieur Dandrige ? Les hommes aiment avoir un prétexte chevaleresque pour se battre. Je le leur ai fourni. Le jeune Tampleton n'a eu que ce qu'il méritait. Je suis assez grande pour veiller moi-même sur mon honneur et ne pas laisser au premier venu, même s'il n'est pas le premier venu, le soin de défendre mes couleurs.

— On peut mourir, en effet, pour peu de chose, répliqua vivement Clarence, et il est bien certain que chacun mesure son honneur à son aune ! »

Virginie, d'une façon déroutante, prit le parti de sourire.

« Je me suis laissé dire hier soir par maître Barthew qu'en cette matière vous ne manquiez pas de susceptibilité, monsieur Dandrige. Témoin cet Espagnol que vous avez, paraît-il, fort adroitement embroché, il y a deux jours, à La Nouvelle-Orléans... »

Clarence se tut. Ainsi, on savait, à bord, son histoire avec Ramirez.

« Voyez-vous, monsieur Dandrige, reprit Virginie d'une voix douce, le combat, c'est l'état naturel des hommes. Nous ne sommes là, les femmes, que pour leur faire oublier celui dont ils sortent et les préparer à celui qui les attend. »

Là-dessus, elle se leva. Dans le mouvement qu'elle fit pour arranger sa mousseline, Clarence vit qu'elle avait changé de coiffure. Tous ses cheveux étaient maintenant ramenés en chignon sur la nuque. « A cause de la mèche coupée », pensa-t-il, et il la suivit du regard, alors qu'elle se dirigeait vers l'arrière du bateau, où se trouvait la cabine de Tampleton.

Comme on approchait de Baton Rouge, le capitaine demanda par porte-voix aux passagers de bien vouloir évacuer la plage avant, car on allait bientôt manœuvrer la passerelle. Pensif, Clarence se dirigea vers le bar pour prendre un porto. Il y retrouva Barthew, qui, seul, s'octroyait un grand verre de gin.

« Content de vous en être sorti ainsi, Ed ?

— Vous en doutiez, Clarence ?

— Ces revolvers Coolier m'ont l'air meurtriers...

— Ils peuvent l'être et le petit Tampleton ne m'aurait sans doute pas raté avec une deuxième balle. Je suis allé lui serrer la main. Il boitera deux ou trois jours et je lui ai fait un cadeau qui l'aidera, je pense, à se remettre.

— Quel cadeau ?

— La mèche de cheveux de la jeune personne dont vous avez la charge en ce moment, Dandrige, et que vous feriez bien de surveiller de plus près si vous ne voulez pas que la Louisiane retentisse de combats héroïques !

— Vous avez donné à Tampleton le trophée auquel vous teniez tant ? fit Clarence gaiement, en homme qui apprécie le dénouement d'une aventure un peu comique.

— Le chevalier l'a bien mérité. Il le portera en médaillon, en souvenir de son premier duel. Moi, j'ai eu mieux que ça, enfin j'ai eu quelque chose qu'un homme comme moi apprécie davantage !

— Oui, j'ai vu Virginie vous donner ce baiser de femme... si j'ose dire... compétente, ce qui m'a bien étonné de la part d'une jeune fille ! Mais ce sont sans doute les manières de Paris, enseignées par la bonne tante Drouin ! »

Barthew vida son verre et se leva.

« Excusez-moi, Dandrige, je descends à Baton Rouge. J'y connais quelques personnes qui enlèvent leur chemise plus facilement qu'elles ne se laisseraient couper les cheveux... et c'est ce dont j'ai besoin en ce moment ! »

L'intendant de Bagatelle apprécia la sagesse de cette fuite promptement décidée. Il donna une tape amicale sur l'épaule du Bostonien.

« Je vais essayer d'organiser ce lunch avec Tampleton, mais je suis certain que Mlle Trégan regrettera votre débarquement prématuré. Que lui dirai-je ?

— Rien à dire, je pense. La fine mouche comprendra ! »

Ed Barthew, d'une démarche un peu lasse, fit quelques pas vers l'escalier. Puis, se ravisant, il revint vers l'intendant, l'œil gauche à demi caché par cette mèche rebelle qui, toujours, retombait sur son front, ce qui lui donnait un regard faunesque, et dit, sur le ton grave de la Sibylle de Cumes :

« Méfiez-vous, Dandrige, c'est une femme de proie ! »

6

A Bagatelle, où Virginie et Clarence étaient attendus le même soir, le bateau marquant un arrêt à deux milles de la plantation, la vie, comme le fleuve majestueux, suivait pour les Blancs son cours tranquille et pour les Noirs son rythme laborieux. Le printemps, au bord du Mississippi, passait pour la saison la plus agréable. Le soleil était chaud, mais la fraîcheur de la terre et de la jeune végétation adoucissait l'effet de ses rayons. L'herbe était déjà haute dans les prairies, les chênes portaient des feuilles neuves et la mousse espagnole, repoussée par des millions de petites mains végétales, s'écroulait en brindilles rosées. Les arbres se débarrassaient ainsi de leurs fourrures parasites.

Les cotonniers sortaient déjà des sillons. Avec leurs feuilles pétiolées vert tendre, ils ressemblaient, bien alignés jusqu'à l'horizon, à de minuscules pieds de vigne, étirant sous le sol alluvionnaire leurs longues et fines racines. A l'aisselle des ramifications fragiles, des bourgeons dodus et brillants annonçaient par leur retour ponctuel la récolte future. Ils donneraient, dans une quarantaine de jours, des fleurs blanchâtres, qui peu à peu se coloreraient de rose, puis de jaune ou de rouge. Cette splendeur ne durerait que trois jours et, dès la chute de la corolle, la capsule commencerait à grossir pour atteindre la dimension d'un œuf de poule brun et luisant, un peu pointu. A l'intérieur de celle-ci, tandis que la plante grandirait jusqu'à devenir un arbuste de plus d'un mètre, mûriraient les semences, recouvertes d'un duvet soyeux. Et, deux mois plus tard, les parois coriaces de ces fruits éclateraient en étoile sous la poussée interne des fibres. Alors apparaîtraient, comme des poussins sans tête, des houppes crémeuses : le coton.

Les premiers esclaves, amenés d'Afrique par les négriers anglais ou français, croyaient que le coton, pareil à une bourre laineuse, venait de moutons qui naissaient dans les arbres ! Avec le temps, le mythe avait disparu, mais la plante-à-laine, qui demandait tant de soins, méritait ce respect que l'on doit aux mystères de la nature.

Viendrait enfin, peu avant l'automne, le temps de la cueillette, et chaque jour il faudrait passer et repasser dans les champs, pour arracher aux plantes les fruits mûrs, que l'on tasserait dans de grands paniers ronds. Le moindre vent soufflerait les flocons, qui se plaqueraient sur les vêtements et les coiffures. Ce serait la fête dans toutes les plantations, l'hommage au Roi-Coton, cet or blanc cueilli par des mains noires, que les bateaux emporteraient plus tard, vers l'Europe ou les Etats du Nord, où il deviendrait robes et chemises.

Pour le moment, les esclaves, soumis à la routine, sarclaient et binaient autour de la plante, pour que le terrain soit net et propre au jour de la cueillette. Les vieux, qui avaient pratiqué le démariage des plants, inspectaient les tiges pour détecter la présence éventuelle d'un des plus grands ennemis du cotonnier : le ver rose. Plus tard, quand la floraison serait terminée, ils détruiraient les plants atteints par les insectes et, si le maître l'ordonnait, s'en iraient raser tous les végétaux et arbustes pouvant, dans les environs de la plantation, servir d'abri ou de nourriture aux parasites. Mais si le « black-arm[1] » se mettait à pourrir les capsules, sans la moindre raison apparente, ce serait un signe de malheur et il faudrait s'attendre à toutes les catastrophes.

Mais au printemps on était encore loin de la période des alarmes et les esclaves chantonnaient, cette année-là, une mélodie à la mode, *Old Daddy*, dont le rythme lent s'accommodait des travaux du jour. En avançant dans les champs, ils faisaient se lever des couples de cardinaux dérangés dans leurs amours, chassaient les aigrettes somnolentes, provoquaient la fuite glissante de petits serpents verts.

Vêtus d'une chemise de toile écrue et d'un pantalon court, effrangé dans le bas et retenu à la taille par une cordelette, les hommes, penchés sous leur chapeau de paille délavée, ressemblaient à de grands tournesols secs. Les femmes, le corsage ouvert, leur jupe attachée entre les jambes, un chiffon de couleur noué sur leurs cheveux drus, progressaient, accroupies, avec des lenteurs qui risquaient de provoquer un rappel à l'ordre des contremaîtres. Atteints eux aussi par cette langueur printanière qui les incitait parfois à flatter de la main une jeune croupe, ces gardes-chiourme tiraient sur leur pipe de maïs en poursuivant des rêves érotiques. L'esclave ainsi caressée au passage, comme un animal familier, se croyait aussitôt autorisée à ralentir son rythme de travail. Quelques-unes, plus audacieuses ou

---

1. Maladie bactérienne, alors indéterminée et acceptée comme une fatalité.

que le printemps tourmentait, sans qu'elles en aient conscience, allaient jusqu'à sourire à leurs surveillants.

En cette saison, le maître de Bagatelle n'exigeait pas plus de dix heures de travail par jour et acceptait de voir les champs déserts le samedi après-midi comme le dimanche. Il permettait aussi aux enfants de consacrer deux semaines, sous la surveillance des vieillards, à la remise en état des huttes de bois qu'ils habitaient avec leurs parents. Ils blanchissaient les murs extérieurs à la chaux, ce qui passait pour un bon moyen de se préserver des maladies comme la malaria, la fièvre jaune et le choléra. A l'intérieur, ils colmataient les fissures du plâtre qui recouvrait les cloisons, raclaient les planchers, lavaient tout ce qui était lavable. Des couvreurs d'occasion rapetassaient, avec des planches fournies par les contremaîtres, les brèches faites dans les toitures par les pluies ou les ouragans de l'hiver.

Dans ces habitations, à pièce unique le plus souvent, dont les dimensions ne dépassaient pas quinze pieds sur vingt, s'entassaient des familles comptant parfois jusqu'à dix enfants. Le mobilier, une table bancale et des tabourets que l'on sortait dès la belle saison, quand il fait bon vivre dehors à l'ombre des cyprès, des chênes-saules ou des pacaniers, faisait l'objet de rafistolages. Fin mai, le grand village des esclaves, avec ses huttes blanches, supportées par de courts pilotis, faits de rondins solides, toutes pourvues d'une minuscule véranda où folâtraient la volaille et les chiens, aurait belle allure.

Quand la toilette des maisons serait achevée, le maître viendrait, non pour inspecter — cette tâche était dévolue aux contremaîtres et à l'intendant — mais comme un invité. Il donnerait alors aux mères les plus soucieuses de propreté et d'hygiène une poignée de piastres, de quoi acheter un autre cochon par exemple, ou des outils pour cultiver le lopin de terre alloué à chaque famille.

Car Bagatelle, dans le monde inquiet des esclaves, avait la réputation d'une bonne plantation. Comme son père avant lui, Adrien de Damvilliers avait interdit les châtiments corporels. A Bagatelle, on ne fouettait ni ne bastonnait les esclaves. On ne les privait pas non plus de nourriture et les rations de maïs et de porc salé étaient correctement servies. Aux Myrtes, chez les Tampleton, non seulement les contremaîtres étaient libres d'utiliser le fouet, mais ils appliquaient à l'occasion le paddle, si douloureux et humiliant pour les Noirs. Le supplice — car on ne pouvait appeler autrement cette pratique — consistait à frapper sur les fesses et les cuisses du malheureux, convaincu de quelque larcin, avec une planche cloutée. La victime, recroquevillée sur le flanc autour d'un bâton coincé derrière les genoux pliés et au creux des coudes, se trouvait immobilisée, incapable de parer les coups, les mains jointes liées à hauteur des tibias serrés.

Le marquis, fort de ce que tout le monde savait ses esclaves les mieux traités — on osait même dire les plus heureux — de la paroisse, avait un moyen sûr de punir les chapardeurs, les fainéants et les insolents. Il les vendait tout simplement et à bon marché, ce qui ne pouvait valoir au coupable que de tomber sous la férule des maîtres les plus avares et les plus durs.

La punition était ainsi longuement appliquée par d'autres et la conscience du maître de Bagatelle demeurait en repos. Quant aux esclaves « partis marrons », il ne les faisait que mollement rechercher après avoir publié, comme tous les autres planteurs, un avis et un signalement dans les journaux de La Nouvelle-Orléans et de Nat-

chez. Quand, d'aventure, quelqu'un les lui ramenait pour toucher la récompense, le marquis les
livrait aussitôt à la justice. Puisqu'il existait des
lois, il laissait aux juges le soin de les appliquer,
mais refusait d'assister à la bastonnade publique,
qui ne manquait pas de sanctionner de tels délits.
Il avait à plusieurs reprises expliqué à Clarence
Dandrige que la vue d'un homme étreignant, dos
nu, un gros poteau, muni de menottes et recevant
de la part du bastonneur vingt ou trente coups
bien appliqués, lui soulevait le cœur.

Souvent un « marron » repenti, qui lui était
rendu après avoir été jugé, le dos déchiré par la
canne du bourreau, le suppliait de le reprendre.
Dans ces cas-là, le marquis se montrait toujours
intraitable. Il faisait soigner le supplicié par le
docteur Murphy qui visitait chaque matin l'infirmerie de la plantation, puis, l'esclave rétabli, le
vendait la moitié de ce qu'il avait coûté.

Un tel système valait à M. de Damvilliers de
nombreuses critiques de la part des autres planteurs de la région. Ceux-ci estimaient que la
« faiblesse » du maître de Bagatelle était de
nature à encourager les revendications, voire les
rébellions des esclaves, lesquels devaient être
traités avec plus de rigueur. Mais le marquis,
dont le père et le grand-père avaient pratiqué la
main-d'œuvre servile pendant près d'un siècle,
avait assez de caractère pour ne pas changer sa
façon de faire. Bagatelle était la plantation la
mieux tenue de la haute Louisiane et, quand la
cueillette exigeait que l'on travaillât quinze ou
seize heures par jour, il obtenait de ses esclaves le
meilleur rendement. Comme il aimait à tenir ses
comptes exactement, M. de Damvilliers pouvait
fournir à quiconque la preuve qu'un esclave de
capacité moyenne était chez lui « amorti » en
moins de six ans. Alors que la moyenne de pro-

duction des Noirs était, ailleurs, de mille deux cents livres de coton par an, on atteignait deux mille livres à Bagatelle. Et encore se montrait-il généreux en employant un esclave par dix acres de son domaine.

Un autre élément forçait le respect, tout en irritant bon nombre de planteurs. A Bagatelle, le maître n'avait pas de concubine noire et on ne lui connaissait pas de bâtards. Les jolies servantes qui peuplaient la grande maison pouvaient sans crainte, quand il le demandait par les nuits chaudes, lui apporter jusqu'à son lit une boisson fraîche, sans risquer de se voir tirer dans la couche du maître pour un bref intermède amoureux. Si les défenseurs de la morale admettaient ces pratiques très courantes, en estimant que la vertu des femmes blanches se trouvait ainsi protégée, les Noires élues par un maître célibataire, elles, n'en tiraient pas grand profit. Quant aux enfants qui naissaient de ces accouplements, contraints ou acceptés, ils ne faisaient que grossir le troupeau des esclaves et le fouet des contremaîtres ne les épargnait pas, dans les champs de coton, même s'ils avaient la peau un peu plus claire que les autres.

M. de Damvilliers n'exigeait pas, comme beaucoup de planteurs, que tous ses esclaves soient des « sambos[1] », mais il respectait une situation qui, d'après lui, avait été établie par la Bible : les Noirs constituaient une race inférieure et non perfectible; ils étaient incapables de se gouverner eux-mêmes, manquaient de moralité, mentaient facilement, se montraient volontiers hâbleurs et ne savaient même pas subvenir à leurs besoins; Dieu les avait créés ainsi imprévoyants et fétichistes, mais, comme il fallait bien qu'ils aient, dans

1. Esclaves considérés comme des meubles.

la création, une utilité, capables de travailler là où les Blancs et même les Indiens ne pouvaient suffire à la besogne; les Blancs ayant des terres à cultiver se devaient donc de les nourrir, de les loger et de les soigner correctement, en échange de travaux simples mais pénibles; il ne servait à rien de les brutaliser et la pire des punitions qu'on puisse leur infliger était, d'après le marquis, de les rejeter des plantations où ils trouvaient subsistance et sécurité.

Et tout cela paraissait assez clair pour que le maître de Bagatelle se sente le droit d'éluder toutes les questions que posaient les étrangers, les Français surtout, avec leurs notions européennes de liberté, de dignité, de choix, de condition : elles ne pouvaient en aucun cas s'appliquer à un pays comme le Sud des Etats-Unis, où l'on avait besoin de plus de bras que de têtes.

Quant aux Anglais, qui s'apitoyaient sur le sort des esclaves, après avoir fait des fortunes en les conduisant en Amérique depuis les côtes d'Afrique où ils les avaient capturés comme du bétail, ils n'avaient qu'à regarder chez eux. Son ami le commissionnaire Mosley ne lui avait-il pas dit qu'à Manchester, la ville des grandes filatures, soixante pour cent des citoyens ne savaient pas signer leur nom; que des gens habitaient, dans les faubourgs de Londres, des cabanes où il n'aurait pas osé faire coucher ses chiens; que des milliers de jeunes filles tiraient l'aiguille vingt heures sur vingt-quatre pour pouvoir manger; que des enfants de moins de dix ans traînaient du charbon dans les mines douze heures par jour, à trois cents pieds sous terre, sans jamais voir le soleil !

En achevant son déjeuner, seul devant la grande table, dans la salle à manger de Bagatelle, Adrien de Damvilliers se mit à penser à cette filleule qu'il connaissait fort mal et qui allait tomber dans la grande maison en deuil, comme une fleur de tulipier sur un étang gris.

A vrai dire, le marquis aspirait davantage au retour de Clarence Dandrige qu'à l'arrivée de Virginie. Il la logerait dans la chambre du haut et mettrait à son service Rosa, une petite esclave noire, frêle et rieuse, petite-fille de la cuisinière qui gouvernait pratiquement la maison depuis fort longtemps. Cette maîtresse femme, qui portait le madras comme un cerf porte ses bois, apparut, pour s'enquérir, les poings sur ses hanches rebondies, de la raison pour laquelle le maître avait dédaigné son jambon cuit et négligé les patates[1] qui l'accompagnaient avec une sauce au safran.

« Le maître n'est pas malade ? interrogea la matrone en roulant de gros yeux inquiets.

— Je n'avais pas faim, Maman Netta, fit le marquis, mais tout va bien ! »

Puis, pour couper court aux commentaires que laissait percevoir la moue de la brave femme, il demanda :

« As-tu préparé la chambre du haut pour la demoiselle ? Elle n'arrivera peut-être pas ce soir ni demain, mais il faut que tout soit prêt.

— J'ai mis des draps brodés, maître, et des fleurs sur la commode et j'ai brûlé une poignée d'herbes pour donner bonne odeur. »

M. de Damvilliers acquiesça, puis il ajouta pour lui plaire, car elle adorait faire valoir ses recettes :

« Il faudra, Maman Netta, faire de la bonne viande à la demoiselle et aussi des saucisses avec du pudding à la cannelle... A Paris, elle devait manger bon, tu sais !

— On lui fera voir, maître, que par chez nous y

1. Patates douces.

a pas meilleure casserole que Maman Netta. Mais vous, maître, vous pourriez prendre le matin un peu d'huile de graine, avec une feuille de menthe trempée, ça vous ferait du bien au corps... et c'est pas parce que m'ame Marquise s'en est allée qu'il faut vous abandonner comme ça ! »

Adrien de Damvilliers sourit à cette femme, qui lui donnait déjà, trente ans plus tôt, « de l'huile de graine avec une feuille de menthe trempée » quand elle constatait, en vidant les seaux, que le petit maître n'avait pas...

« Laisse-moi tranquille avec tes médecines, Maman Netta, et sers-moi plutôt le café avec un zeste d'orange, dans mon cabinet. »

Maman Netta s'inclina et, malgré ses soixante-dix ans bien sonnés et ses cent cinquante livres, s'en fut d'un pas vif vers la cuisine.

A la fin de l'après-midi, pour passer le temps, le marquis descendit aux écuries afin de donner des ordres qu'il aurait aussi bien pu faire transmettre au palefrenier par James, le maître d'hôtel, lequel devait somnoler dans quelque coin. En pénétrant dans le bâtiment derrière la grande maison qui abritait les écuries, M. de Damvilliers interrompit sans aucun doute la sieste de Bobo, un Noir gigantesque qui, à force de vivre avec les chevaux, hennissait comme eux quand il ne savait que dire. Le palefrenier apparut, couvert de brins de paille, mais le maître eut la gentillesse de ne pas le remarquer. Il inspecta les harnais, tous luisants et nets, puis les mors, les gourmettes, les grelots, les étriers aussi brillants que les couverts de vermeil qu'on ne sortait que les soirs de grand dîner. Il s'assura de la souplesse des selles posées sur leur chevalet et alla même jusqu'à s'approcher des couvertures qui fleuraient le camphre, comme une pharmacie. Bobo, croyant à une inspection en règle, se tenait près de la porte, ne sachant que faire de ses mains.

« Tu vas atteler la grande voiture, dit le marquis, et tu iras à Pointe-Coupée voir à l'arrivée du *Prince* si M. Clarence s'y trouve avec une demoiselle.

— Oui, maître.

— Tu mettras ta redingote et tes gants blancs.

— Oh! oui, maître!

— Je suis content, Bobo, tout est propre. Tu as bien travaillé. Il faudra choisir une jument pour la demoiselle, si elle veut monter les jours prochains. Tu pourrais lui donner Flassy et une selle anglaise, la neuve.

— Oui, maître, quand la demoiselle voudra, ce sera prêt... Mais la selle neuve est peut-être un peu dure, hein, pour une demoiselle, fit Bobo en ponctuant cette remarque d'un hennissement aimable.

— Alors tu choisiras toi-même, quand elle te le demandera. Mais peut-être ne monte-t-elle pas, la demoiselle.

— Ou p't-être qu'elle monte l'amazone, comme m'ame Marquise!

— On verra, Bobo, on verra plus tard. Va te préparer.

— Oh! oui, maître. »

Bobo, enchanté de revêtir sa belle livrée et de sortir la grande voiture attelée des deux demi-sang, disparut dans le fond de l'écurie, vers son modeste logement.

Le marquis siffla Mic et Mac, les deux dalmates de Clarence, qui, en l'absence de leur maître, erraient dans le parc comme des âmes en peine, et décida de marcher par la longue allée de chênes, jusqu'au chemin longeant la berge du fleuve.

Ces arbres, sous lesquels le maître de Bagatelle s'avançait, venaient tout juste d'avoir cent ans. Ils avaient été plantés par son grand-père, le jour de l'achèvement de la grande maison des Damvilliers. C'était en 1730 et Claude-Adrien de Damvilliers avait alors quarante ans. C'est pourquoi il avait dressé là quarante chênes de Virginie, de part et d'autre d'une large avenue dont il avait sans doute prévu qu'elle deviendrait imposante. Dans les terrains alluvionnaires, dont le Mississippi entretenait l'humidité, les arbres s'étaient développés librement et en parfaite harmonie. Un homme eût été incapable d'enlacer le tronc d'un de ces centenaires, dont les feuillages couvraient d'une ombre dense, l'été venu, l'allée de terre au bout de laquelle la simple maison blanche semblait prétendre au titre de château.

Jacques-Adrien, le troisième marquis — car tous les aînés recevaient au baptême, en plus de leur prénom, le prénom du fondateur de la dynastie par lequel on les désignait communément quand ils devenaient à leur tour chefs de famille — avait grandi sous ces arbres. Il connaissait chacun de ces troncs qui, tous semblables aux yeux des passants, comportaient, pour lui, des particularités évidentes. Ainsi, le troisième chêne à gauche, en partant de la maison, avait une grosse loupe. Il se souvenait d'y avoir appuyé sa joue pour pleurer le jour où son père lui avait annoncé qu'il s'en irait bientôt à l'école des pères jésuites de La Nouvelle-Orléans. Le sixième à droite penchait, comme pour faire confidence à celui qui lui faisait face de l'autre côté de l'allée. Le treizième, toujours à droite, donnait des glands roux, plus gros que ceux des autres, et la mère de Jacques-Adrien les disait salutaires pour les douleurs des membres. Sous le premier, près de la maison, il avait un jour de 1822 demandé à Dorothée Lepas de devenir sa femme. A son côté, la jeune fille avait parcouru l'allée de chênes et au retour — au même endroit — elle l'avait autorisé à solliciter officiellement sa main. Quant aux racines des deux chênes les plus proches du fleuve, elles avaient un peu soulevé la terre. Quand on franchissait la barrière en cabriolet, le soubresaut des roues se répercutait dans tout le corps. On entrait à Bagatelle.

Le deuxième marquis, Marc-Adrien, avait, sa vie durant, montré plus de goût pour les fleurs que pour les arbres. On lui devait la présence derrière la maison d'une roseraie et de deux magnolias à grandes feuilles, autour desquels des azalées géantes et des buissons de gardénias prospéraient, un peu anarchiquement.

En marchant sous les frondaisons, Adrien découvrit qu'il compterait bientôt quarante ans, l'âge où son grand-père avait confié à cette terre durement défrichée la promesse de ces grands arbres que les ouragans fouettaient parfois sans leur arracher d'autre plainte qu'un bruit de cuirasse froissée. Il se souvint que dans cette allée il avait vu courir Virginie, une fillette un peu pâle, aux yeux trop grands, dont les longs pantalons de dentelles dépassaient toujours d'une robe rose et qui, parfois, s'éclipsait pour réapparaître le visage barbouillé de mûres écrasées. Comme Clarence l'avait fait à La Nouvelle-Orléans, il tentait d'imaginer la visiteuse attendue. Adrien n'avait pas très bonne opinion de la tante Drouin, chez qui la jeune fille avait passé ses années parisiennes. Il lui était revenu, par des relations de hasard, des bruits un peu fâcheux. La femme de l'armateur fortuné fréquentait, disait-on, les milieux artistes. On lui connaissait des amants et il lui arrivait de ne pas vivre sous le même toit que son mari pendant des mois, M. Drouin résidant à Nantes où il avait ses affaires et voyageant souvent en Angleterre.

A cette école, la fille de Guillaume Trégan avait dû apprendre une foule de choses dont les filles des planteurs d'ici ne devaient même pas soupçonner l'existence. Adrien de Damvilliers sentait confusément qu'il pourrait être intimidé par cette inconnue et que le mieux serait de renvoyer la demoiselle en France dès qu'il lui aurait remis l'héritage de son père, quelques milliers de piastres, peu de chose en vérité. Il atteignit ainsi la barrière, toujours ouverte. C'était un bel après-midi doré comme il les aimait. Le Mississippi semblait immobile, grand miroir abandonné entre les prairies et les champs de coton. Le fleuve lui était aussi familier que les chênes et Bagatelle, au creux d'un méandre où les eaux parvenaient comme celles d'un lac, paraissait ancré pour l'éternité.

A pas comptés, les chiens furetant à sa gauche et à sa droite sans le perdre de vue, le troisième marquis de Damvilliers revint vers la maison. Posée à bonne distance du fleuve, derrière le paravent déployé des arbres séculaires, c'était une arche tranquille, heureusement échouée. Autour d'elle, les massifs de fleurs et les gazons s'étalaient comme les volants d'une robe de bal, dont la traîne se perdait dans l'horizon des champs de coton. De cette demeure Adrien ne pouvait s'éloigner sans souffrir le chagrin de l'exilé. Comme son père, il y était né, dans un grand lit de chêne blanc, fabriqué autrefois par les esclaves du grand-père. Dans ce même lit il mourrait, si Dieu le voulait bien. Mais il n'y avait aucune raison pour que Dieu ne veuille pas.

Au bout de l'allée, émergeant de l'ombre verte, la maison s'imposait comme une grande bâtisse rectangulaire, sous un toit à quatre pentes, couvert de tuiles plates et moussues, d'où émergeaient quatre chiens-assis et, aux extrémités de l'arête faîtière, deux cheminées trapues en brique rouge. Une large galerie, ceinte d'une balustrade de bois découpé, courait à hauteur de l'unique étage. Terrasse aussi bien que déambulatoire, abritée par une large avancée du toit reposant comme un dais sur de frêles colonnettes, elle figurait le pont principal de l'arche. Comme l'entrée principale de la demeure, une double porte vitrée à petits carreaux, toutes les pièces de quelque importance ouvraient sur cette véranda par des portes-fenêtres. Le soir, à l'heure du punch, on s'y balançait dans des rocking-chairs en faisant gémir le plancher élastique. Les jours de pluie, on pouvait y écouter, à l'abri, le crépitement de l'averse et regarder les gargouilles cracher tout leur soûl dans les tonneaux, tandis que la terre chaude, suffoquant sous la douche comme un enfant capricieux que l'on asperge pour le calmer, exhalait une odeur de jungle primitive, sous les arbres fouettés. Les nuits d'été, on y goûtait la fraîcheur.

Cette galerie reposait elle-même sur une série de grosses colonnes cylindriques montant du sol comme des troncs et constituées par des briques triangulaires, à base courbe. L'argile dont elles étaient faites avait été pétrie par les mains de Claude-Adrien et cuite par ses esclaves, dont il avait fait des maçons, entre deux récoltes d'indigo.

Un large escalier de bois, qui s'incurvait sous le poids du marquis et dont il fallait régulièrement refaire les marches, montait à travers des buissons de myrtes jusqu'à la galerie, entre deux rampes de teck, lustrées par les glissades des enfants de trois générations de maîtres et d'esclaves.

Le premier marquis, bâtisseur émérite, qui se méfiait des termites et n'avait pas les moyens de se procurer de la pierre, s'était rabattu sur le

matériau le plus abondant : le cyprès chauve.
Ayant conquis sa plantation sur les cyprières, il
n'avait pas manqué de troncs sans défaut. Depuis
un siècle, malgré l'alternance des pluies d'automne et des sécheresses de l'été, la maison de
bois résistait. A l'intérieur, les murs, à défaut de
plâtre, avaient été recouverts de « bousillage »,
mélange de boue d'argile et de mousse séchée,
qui conférait une isolation bien supérieure à celle
que pouvaient offrir des matériaux plus moder-
nes.

Telle qu'elle était, sans prétention, mais vaste
et confortable, la demeure des Damvilliers pouvait s'enorgueillir d'être la plus ancienne de la
région. Elle témoignait de la présence française
dans ce site de Pointe-Coupée, que Le Moyne
d'Iberville avait découvert lors de sa remontée du
Mississippi, en 1699. On connaissait, au long du
fleuve ou à l'intérieur des terres, d'autres maisons de plantations, bien plus belles et certainement plus neuves, mais Bagatelle possédait un
charme particulier auquel les visiteurs ne restaient pas insensibles. Adrien en fréquentait beaucoup, qui avaient été bâties par des architectes
ayant tous des idées bien arrêtées et de réelles
compétences, mais il n'aurait voulu vivre dans
aucune d'entre elles. N'ayant pas connu le
hameau ancestral de Damvilliers-sur-Meuse d'où
était parti son grand-père, il considérait que son
fief, son marquisat, se trouvait là, sur la terre
américaine.

Souvent, il avait apprécié les jardins bien dessi-
nés et les petits salons de Oakley où résidait
parfois John James Audubon, un autre Français,
qui écrivait des livres sur les oiseaux et les plantes. Le naturaliste trouvait là, près de sa pupille
Eliza, que tout le monde appelait « l'élégante du
pays de Feliciana », une atmosphère douillette et

luxueuse. Il connaissait aussi Cottage, une bâtisse de pur style espagnol portée par quatre piliers massifs de peuplier bleu. Le général Andrew Jackson, l'actuel président de l'Union, s'y était arrêté un soir de 1815, sur le chemin de Natchez, après avoir battu les Anglais à La Nouvelle-Orléans. Il admirait encore, tout près de Bagatelle, Olna, dont les proportions passaient pour les plus parfaites, et Live Oaks, dont le père du propriétaire, un certain Dickinson, avait été tué en duel par Andrew Jackson au cours d'une campagne politique dans le Tennessee.

A ces demeures quasiment historiques il préférait Egypt[1], où avait eu lieu en 1810 le premier rassemblement des planteurs de la paroisse de Feliciana, décidés à rejeter les lois espagnoles, ou encore Virginia qui datait de 1790, année de sa naissance. Par contre, il jugeait prétentieuse la nouvelle résidence des Tampleton, les Myrtes, que des ouvriers venus de La Nouvelle-Orléans achevaient de décorer. Avec ses cent dix pieds de façade, les arabesques en fonte moulée de ses galeries, les ornements de plâtre distribués à profusion dans toutes les pièces, les poignées d'argent de ses portes et le papier peint qui recouvrait les murs du hall, suivant la mode bostonienne, elle ressemblait à un palais de comédie.

Adrien de Damvilliers se souvint à propos que les Tampleton organisaient à la fin du mois de mai leur grand barbecue de printemps, au cours duquel aurait lieu, suivant la tradition, la pendaison de crémaillère. Il décida qu'il s'y rendrait avec sa filleule, car ce serait une bonne occasion de présenter la jeune fille à la société de planta-

---

1. Qui devint China Lodge; de nos jours Rosale.

tion à laquelle, de par sa naissance, elle appartenait.

Une demi-heure ne s'était pas écoulée que,
revenu dans son cabinet de travail où, le nez sur
les rayons de sa bibliothèque, il hésitait, comme
quelqu'un qui veut s'oublier dans un livre, entre
Les Voyages du jeune Anacharsis en Grèce, une
belle édition de 1788 signée de Bure, et un
ouvrage du botaniste John Bartram, il entendit le
trot régulier des alezans sous les chênes. Il tira le
rideau pour voir passer l'équipage. Bobo, son chapeau de castor lustré à plumet posé bien droit sur
sa boule noire, conduisait comme un cocher de
Buckingham. Hiératique à souhait, l'esclave
paraissait assez fier d'aller seul, investi de la
confiance du maître, vers Pointe-Coupée.

A la portière du grand landau laqué filant sur
ses fines roues de hêtre verni, la couronne à huit
fleurons des Damvilliers prenait dans le soleil des
reflets d'or.

7

VIRGINIE réservait une surprise à Clarence Dandrige. Quand fut venu le moment de débarquer à Pointe-Coupée et que le jeune Tampleton, appuyé sur une canne et accueilli par son frère Percy, eut fait à la filleule du marquis des adieux enamourés, après avoir obtenu la promesse d'une visite aux Myrtes, la jeune fille retira la mousseline qui dissimulait sa coiffure. Sous son petit chapeau, sa chevelure parut aussitôt, aux yeux de l'intendant, aussi fournie en anglaises qu'au soir de son arrivée à La Nouvelle-Orléans. Ce ne fut qu'une impression fugitive, qu'il chassa comme une mauvaise pensée. Mais quand, installée dans le landau, la jeune fille, ayant sans doute remarqué l'attention que Clarence portait à ses cheveux, se mit à rire franchement, l'intendant comprit qu'il avait deviné juste.

« Voyons, monsieur Dandrige, dit-elle du ton de l'enfant espiègle certain du pardon, vous ne pouviez pas croire qu'une personne de qualité allait endommager sa chevelure pour un inconnu. Voyez-vous, ajouta-t-elle en désignant Mignette, assise en face dans la voiture et qui, toute rieuse, agitait ses boucles rousses, ma gentille femme de chambre a tenu à me prouver son dévouement en prenant sur sa propre tête le trophée que ce monsieur attendait. Je lui ai offert en échange une de mes écharpes et nous nous sommes bien amusées ! »

Et, complices, les deux femmes donnèrent libre cours à leur joie, qu'augmentait encore la mine déconfite de l'intendant, silencieux, presque renfrogné.

Bobo fit claquer son fouet et l'attelage s'ébranla au milieu de la petite foule du débarcadère qui, ayant reconnu le landau de Bagatelle, s'interrogeait sur l'identité de cette belle fille que ramenait M. l'Intendant.

Longtemps, Dandrige demeura silencieux tandis que ses compagnes, ombrelles déployées, admiraient le paysage composé de boqueteaux égarés dans les longs espaces plats de la « cotton belt[1] ». La duplicité de Virginie l'étonnait plus qu'il n'aurait osé le dire. La ruse dont cette jeune personne se montrait capable avait de quoi inquiéter et faisait mal augurer des rapports futurs entre le marquis et sa filleule. Virginie n'était pas, à coup sûr, la pensionnaire timide et naïve qu'on attendait à Bagatelle. Dans cette société du Sud où tant de passions latentes couvaient, sous le voile des bonnes manières et des conventions, elle allait certainement causer quelques dégâts.

La rusticité de M. de Damvilliers, sa façon de ne pas voir plus loin que ses champs de coton, sa générosité, parfois naïve, de terrien opulent paraîtraient bien élémentaires à une demoiselle capable de flouer deux hommes qui, bêtement, avaient échangé des coups de revolver pour les cheveux d'une servante.

La voix de Virginie le tira de sa méditation

1. Zone du coton.

126

morose. Retrouvant le ton d'une grande dame arrivant dans un pays oublié, elle observa :

« Le décor a bien changé depuis mon enfance et, si je ne me trouvais pas dans ce landau que j'ai vu passer tant de fois devant la maison de mon père, je pourrais penser que je découvre un pays jamais vu. Soyez aimable, monsieur Dandrige, ajouta-t-elle avec un sourire, rappelez-moi l'histoire de Bagatelle, il serait bon que Mignette, qui aime s'instruire, la connaisse. »

Clarence, sans enthousiasme, s'exécuta, tandis qu'au petit trot la voiture suivait la route poudreuse qui épousait la courbe du fleuve.

« Eh bien, dit-il, c'est en mars 1699 que Le Moyne d'Iberville, remontant le Mississippi au nord de Baton Rouge, se trouva près d'ici, devant une large boucle du fleuve. Les explorateurs découvrirent un chenal, qu'ils prirent pour une déviation, se perdant sous les arbres de l'immense forêt qui occupait alors les rives. Ayant suivi le cours le plus large, Iberville et ses compagnons comprirent, le lendemain, qu'ils venaient de contourner une île délimitée par deux bras inégaux du Mississippi. Ils la nommèrent Pointe-Coupée et poursuivirent leur chemin. A partir de 1700, vinrent des colons encouragés par les actionnaires de la Compagnie des Indes, reprise à Paris par M. Law. Ils se déclarèrent prêts à exploiter des terres fertilisées par le limon. Ils élargirent le bras étroit du fleuve, obligeant celui-ci à en faire, au moment des crues, son lit principal, tandis qu'ils barraient en partie son cours naturel pour obtenir, en 1722, ce lac qu'on appelle aujourd'hui Fausse-Rivière. Parmi ces colons se trouvait le grand-père de votre parrain, Claude-Adrien de Damvilliers, auquel le Régent, au nom du roi Louis XV, avait donné dix mille acres de terre en remerciement d'un service rendu.

— Quel genre de service? interrompit Virginie.

— Je ne l'ai jamais su. »

Clarence savait parfaitement à quoi s'en tenir sur la reconnaissance royale vis-à-vis des Damvilliers, mais il préféra éluder la question.

« On dit, mademoiselle, que Claude-Adrien de Damvilliers se battit fort bien à Fontarabie en 1719, au côté du duc de Berwick. Au moment où M. Law organisait l'exploitation de la Louisiane, le roi, connaissant les goûts aventureux de ce gentilhomme pauvre, voulut ainsi le récompenser de sa bravoure. »

La vérité était un peu différente et Clarence pensa qu'elle aurait davantage plu à Virginie. Si le premier marquis de Damvilliers avait été un guerrier courageux, ce n'était pas à son épée, cependant, qu'il devait sa plantation en Louisiane, mais à la fougue amoureuse de sa femme. Celle-ci, fort liée à la marquise de Cœuvres, épouse du maréchal d'Estrées, avait été mise dans le lit du roi, comme d'autres beautés provinciales. Si l'Histoire ne l'avait pas classée au rang des favorites, c'est que la dame tenait à profiter discrètement de la situation. Clarence aurait aussi pu ajouter que la plantation devait son nom de Bagatelle à l'humour du marquis. Apprenant en 1740 qu'il était devenu veuf, le gentilhomme avait, par un mouvement de gratitude ironique, choisi pour son domaine le nom que son épouse donnait à la galanterie. Mme de Damvilliers relayait, disait-on, auprès d'un souverain insatiable les favorites, quand, épuisées, celles-ci renonçaient aux jeux organisés par la maréchale. Si la marquise, dont il n'avait jamais partagé la couche, s'était arrangée pour ne pas lui laisser de bâtards, elle avait, sans doute par courtoisie posthume pour un mari aussi peu encombrant, testé en faveur du marquis. Ce dernier, enfin libre, s'était empressé de convoler avec la fille d'un planteur voisin, à laquelle il avait fait un enfant trois ans plus tôt. L'héritage de la défunte marquise, que l'on pouvait regarder comme la véritable fondatrice de la plantation, avait servi à régulariser une situation qui allait devenir gênante. Mais personne ne se souvenait, à Pointe-Coupée, que le deuxième marquis, Marc-Adrien, était né, si l'on peut dire, largement avant terme! Soucieux, par amitié pour Adrien de Damvilliers, de passer cet épisode sous silence, Clarence reprit son récit.

« Vous imaginez, dit-il à Virginie, combien furent difficiles les débuts des colons sur cette terre couverte d'une jungle où nul homme n'avait mis le pied. Ils durent défricher, abattre des milliers d'arbres en se gardant des Indiens et des bêtes dangereuses qui, à cette époque, peuplaient la forêt. Ils vécurent longtemps dans des huttes avec les quelques esclaves que certains avaient pu acheter aux trafiquants. Les gens de qualité, comme le marquis, s'étaient partagé, en longues bandes perpendiculaires au fleuve, les meilleures terres. Les émigrants moins fortunés en avaient fait autant de l'ancien îlot en forme de haricot, que les autres appelaient « le poulailler »...

— Je sais, dit Virginie, c'est dans le poulailler que j'aurais dû naître si mon grand-père n'avait travaillé dur pour s'offrir une plantation sur la rive plus fertile. »

Puis elle ajouta, d'une voix douce qui rassura Dandrige et lui fit penser que la jeune fille avait peut-être plus de sensibilité qu'il ne semblait :

« Sans les Damvilliers, les Trégan seraient toujours restés dans le poulailler!... »

Beaucoup de ces pionniers, dont Clarence Dandrige venait de rappeler le souvenir, reposaient maintenant dans le petit cimetière de Sainte-Marie où, après les avoir mariés et avoir baptisé leurs enfants, les pères jésuites de la mission les avaient mis en terre. Les tombes, souvent abandonnées, portaient des noms français. Les Beauvais, les Decaux, les Gosserand, les Lacour, les Langlois, les Sicard, les Samson, venus de Bretagne, du Limousin, de Vendée, avaient fondé cette colonie. Quelques-uns avaient fait fortune en cultivant l'indigo, puis le coton et parfois le riz, comme les Damvilliers, les Ternant, les Audubon, mais beaucoup étaient morts en ne laissant pour tout héritage à leurs enfants qu'une méchante masure et un lopin de terre où ne poussait que du blé indien. Certains, ayant acquis une honnête aisance, avaient vu parfois leurs droits de propriétaires contestés. Les pionniers venus avec Iberville et Bienville avaient planté leurs tentes sur des terres vierges, appartenant à ceux qui choisissaient de s'y établir. D'une part, ils ne pouvaient, dans une société devenue policée, ayant ses arpenteurs et ses notaires, produire les titres que soudain on exigeait d'eux. D'autre part, des Américains de bonne foi, misant sur la prospérité louisianaise, avaient acquis auprès d'on ne savait qui, par l'intermédiaire de lotisseurs peu scrupuleux, des terrains cultivés depuis deux générations par ceux qui les avaient défrichés. Des procès, à l'issue desquels la loi américaine avait le plus souvent donné raison aux premiers colons, s'étaient succédé dans un climat de violence, les uns étant prêts à défendre par tous les moyens un patrimoine payé à la nature au prix de la sueur et parfois du sang, les autres n'admettant pas le principe français suivant lequel « occupation vaut titre ».

Toutes ces maisons de bois, couvertes de petits bardeaux gris, que Virginie et Mignette voyaient dans la campagne, abritaient les descendants de ces défricheurs, qui, malgré une vie ingrate, n'avaient que rarement profité de l'occasion qui leur avait été offerte de regagner la France, quand le 30 avril 1803 Napoléon Bonaparte, consul à vie, avait vendu pour quatre-vingts millions de francs la Louisiane aux Etats-Unis. En devenant américains — mais ne l'étaient-ils pas déjà ? — ces colons français avaient puisé de nouvelles espérances de justice et de bonheur dans un changement de nationalité, dont ils appréciaient mal les conséquences.

Ayant connu, pendant quarante ans, une domination espagnole débonnaire, dont ils avaient avec vigueur rejeté les contraintes commerciales, ayant assisté avec joie au retour très provisoire de la Louisiane dans le giron français, ils avaient accepté la cession aux Etats-Unis avec d'autant plus de facilité qu'ils savaient pouvoir conserver l'usage de leur langue et leurs traditions.

Clarence Dandrige connaissait, par le marquis de Damvilliers, tout le détail des cérémonies qui, à La Nouvelle-Orléans, avaient précédé, puis marqué, l'entrée de la Louisiane dans la nation américaine.

L'Espagne avait, tout d'abord, accepté de restituer à la France une colonie qu'elle n'avait jamais réellement possédée. Ainsi le 30 novembre 1803, au Cabildo[1], le gouverneur Salcedo, un vieillard infirme et à peu près gâteux, avait remis sur un plat d'argent les clefs des forts Saint-Louis et Saint-Charles, qui commandaient la ville, à M. Laussat, l'envoyé de la République française. Ce dernier avait pris possession, symboliquement, du fauteuil de gouverneur, puis fait hisser le pavillon français quand celui de Sa Majesté

1. Maison du gouverneur espagnol, devenue hôtel de ville.

très catholique avait été amené. Pendant quinze jours, La Nouvelle-Orléans avait alors connu une succession de fêtes et de bals, comme s'il fallait profiter d'un intermède qui flattait l'orgueil national, sans influer le moins du monde sur les conséquences de l'accord conclu, à Paris, entre Bonaparte et James Monroe.

Les Français tenaient cependant à prouver, avant de se soumettre à la loi américaine, la vitalité de leur communauté, ce qui était un bon moyen d'en faire respecter les droits futurs. Il y eut un banquet, offert aux notables par le préfet Laussat, au cours duquel on servit vingt-quatre sortes de « gombos[1] » et huit tortues de mer. Les réjouissances « à la française » avaient pris fin le 20 décembre, quand les troupes américaines qui piétinaient depuis le 17 à la pointe Marigny furent invitées à entrer dans la ville, pour défiler jusqu'à la place d'Armes, en passant devant les belles maisons aux balcons remplis, comme des loges d'opéra, des plus jolies femmes de La Nouvelle-Orléans.

Dans les poitrines penchées sur les balustrades ouvragées, on peut penser cependant que le cœur des dames battait plutôt pour les miliciens français et espagnols, alignés sous leurs guidons, que pour les nouveaux venus.

C'est alors que M. Laussat, que la ville avait adopté en un mois, arborant un uniforme tout neuf de préfet, était apparu sur les marches du Cabildo, encadré par MM. Wilkinson et Clairborne, les représentants américains, avec lesquels il venait de signer l'acte de cession de la colonie. Quelques hourras, qui parurent intempestifs aux Français, étaient montés de la foule, mais c'est dans un silence spontané que le plénipotentiaire

1. Soupes créoles.

français avait pris la parole, maîtrisant difficilement l'émotion qui l'étreignait. Il avait annoncé que tout était consommé, que les amarres qui retenaient encore les Louisianais à la France lointaine venaient d'être larguées.

« Voici les commissaires des Etats-Unis, avait-il ajouté en désignant les deux Américains, un peu gauches en costume civil et ceints de leur écharpe. Je leur transmets à cette heure votre commandement. Obéissez-leur désormais comme aux représentants de votre légitime souverain. »

M. Clairborne, moins ému que le Français, s'était à son tour adressé aux détachements militaires et à l'assistance, consciente de vivre un moment historique.

« La cession, avait dit l'Américain de la voix forte d'un homme qui prend un engagement solennel, vous assure, ainsi qu'à vos descendants, l'héritage certain de la liberté, des lois perpétuelles et des magistrats que vous élirez vous-mêmes. »

Ainsi, à deux mille cinq cents lieues de la France, déjà soumise au despote génial qui s'avançait au bras d'une révolution séduite comme une fille du peuple par un militaire, des Français étaient entrés en démocratie.

Aujourd'hui, ils avaient peu de raisons de le regretter, quand les nouvelles de France leur apprenaient que Charles X s'apprêtait à relancer le combat de la royauté contre la révolution et que les factions s'agitaient dans tous les sens. Clarence Dandrige n'avait-il pas lu dans *Le National*, qui lui était tombé sous la main à La Nouvelle-Orléans, cette phrase de M. Thiers qui donnait à penser qu'avant la fin de l'année la France connaîtrait encore des jours difficiles : « Enfermons les Bourbons dans la Charte, fermons exactement les portes, ils sauteront immanquablement par la fenêtre. »

Telle était donc cette Louisiane, américaine de nom, mais toujours française de sentiments, dans laquelle Virginie Trégan venait retrouver son enfance et le décor bucolique où les siens avaient vécu. La pérennité de l'influence française parut la préoccuper, car, après avoir écouté sagement le récit de Clarence Dandrige, elle posa quelques questions à ce sujet.

« La Louisiane est devenue, il est vrai, américaine par les institutions politiques, dit l'intendant, mais on peut prévoir qu'elle restera toujours française par ses mœurs et par ses habitudes qui, dans les usages de la vie ordinaire et de la société, prédominent. Les Américains et même les Anglais, que les affaires y attirent, viennent insensiblement se fondre dans son ancienne population.

— Et croyez-vous que ce soit une bonne chose, monsieur Dandrige ? » interrogea Virginie.

Clarence réfléchit un moment.

« Voyez-vous, mademoiselle, la nation américaine est jeune. Elle sera bientôt puissante. Aujourd'hui, la démocratie se fortifie de tout ce que lui apportent les flots d'immigrants nécessaires pour exploiter les richesses d'un continent peu peuplé. Mais un pays, comme un arbre, a besoin, pour grandir et résister aux intempéries, de racines profondément ancrées dans le sol ou dans le passé. Au Nord, ce sont les racines anglaises, irlandaises et hollandaises; au Sud, les racines françaises et espagnoles, qui ont fourni les premières sèves. Dans un siècle, on reconnaîtra encore dans les nouveaux bourgeons les caractères à la fois distincts et confondus des premiers plants, comme on retrouve chez l'enfant les traits des ancêtres oubliés. Etre américain, c'est aujour-

134

d'hui encore un choix pour les uns, un état pour les autres, mais le jour viendra où ce sera une nature.

— Et quel sera à votre avis, monsieur Dandrige, le liant de ce mélange de races et de nationalités, l'intérêt ou l'amour ?

— La foi, mademoiselle, la foi qui ne soulève peut-être pas les montagnes, mais qui rassemble les hommes », conclut Clarence avec une sorte d'exaltation.

On ressentit, à cet instant, le petit soubresaut caractéristique des roues franchissant la terre soulevée par les racines des deux premiers chênes de Bagatelle.

« Comme c'est joli ! » fit Mignette en apercevant la maison, d'où arrivaient au grand galop les deux dalmates de l'intendant.

Un instant plus tard, Virginie embrassait son parrain et montait à son bras le vieil escalier, sur les marches duquel, enfant, elle avait si souvent rêvé d'être une belle jeune fille descendant en robe à volants d'un grand landau tout pareil à celui des Damvilliers.

8

ALLAN RAMSAY, qui savait mettre dans ses portraits
d'apparat « un peu de la désinvolture française »,
aurait aimé peindre Adrien de Damvilliers. C'était
un homme grand et fort, au torse fait pour les
médailles. Bien qu'attentif au fil de ses rasoirs, il
paraissait toujours en retard d'une barbe. Il avait
des mains immenses et dures de charpentier, un
visage carré, des sourcils qu'il devait couper aux
ciseaux comme des moustaches et de gros yeux
pareils à ceux des vaches de Jersey. Sans un nez
épaté, un peu retroussé du bout, et une belle bouche rieuse, cette physionomie eût paru celle d'un
flibustier. Elle n'était que rustaude, comme
inachevée, mais inspirait confiance. Un paysan
robuste, aux manières d'une rusticité distinguée,
tel était le maître de Bagatelle. La nature, pour se
montrer gracieuse, l'avait affligé de cheveux bouclés, couleur aile-de-corbeau. Depuis longtemps, il
avait renoncé à leur imposer une coiffure.

En le retrouvant au bas des marches de Bagatelle, Virginie s'était souvenue de la terreur qu'il
lui inspirait autrefois quand, lui pinçant la joue
ou lui secouant la tête sous sa large paume, il
disait d'une voix profonde et sonore d'homme
habitué à commander à distance : « Elle grandit,

la fille de mon ami Trégan, elle grandit! Nous pourrons bientôt lui donner un cheval! »

Virginie avait quitté Pointe-Coupée avant d'avoir reçu le cheval et c'est à Paris, au bois de Boulogne, qu'elle avait pris ses premières leçons d'équitation.

Tout de suite, les rapports entre la filleule et son parrain se révélèrent faciles. Adrien, qui craignait de trouver une pimbêche pleurnicharde, découvrait que la fille du défunt Guillaume Trégan ne faisait pas de manières et s'exprimait avec franchise. Virginie, qui redoutait l'accueil compassé d'un veuf accablé de solitude, entendait avec plaisir les gros rires du marquis, quand elle lui racontait ce qui pouvait être raconté de sa vie parisienne.

Les condoléances réciproques avaient été expédiées en un temps convenable, ponctuées d'un soupir et d'un « C'est le lot commun » par le marquis, d'une larme fugitive par Virginie, qui estimait devoir à son père ce signe extérieur de chagrin. Adrien, un peu embarrassé, avait pensé qu'elle associait à ses regrets la marquise, dont elle occupait présentement le grand fauteuil en tapisserie.

Et puis on en était venu à la succession de Guillaume Trégan. L'exposé du marquis avait été bref et sincère : le père de Virginie n'avait laissé que des dettes, que M. de Damvilliers venait d'éponger.

« Et la plantation, qu'en reste-t-il? demanda timidement la jeune fille.

— Rien, fit Adrien. Trégan avait dû tout vendre, mais, comme je ne voulais pas qu'il se fasse gruger, je m'étais porté acquéreur. Nous avions traité au prix des meilleures terres. Je vous montrerai les papiers. Mais de cet argent, ajouta le marquis, j'ai pu sauver une partie, les créanciers ignorant ce que votre père avait réellement en caisse. Cette somme a été placée par mes soins dans une affaire d'égreneuse à coton où j'ai des intérêts. Vous êtes donc propriétaire, Virginie, de quatre machines neuves de Hodgen Holmes qui rapportent, bon an mal an, leurs cinq mille piastres chacune. Cela vous suffira pour vos fanfreluches, tant que vous serez sous mon toit.

— Mais je ne puis habiter ici, fit la jeune fille, tout à son rôle d'orpheline.

— Et pourquoi non ? fit le marquis. La maison est grande. Vous avez vos habitudes et une domestique de confiance. Nous ne nous gênerons pas... A moins que vous ne préfériez réaliser votre capital et retourner à Paris promptement ? »

Virginie parut réfléchir, comme un être désemparé qui n'a pas d'asile sûr.

« S'il vous plaît, oncle Adrien (c'est ainsi que, petite fille, elle appelait le marquis, lequel n'était son oncle qu'à la mode de Bretagne), s'il vous plaît, oui, j'aimerais rester quelque temps !

— Il me plaît, fit Adrien, que vous acceptiez l'hospitalité complète que je m'étais engagé à vous donner et, sauf à vous voir vous ennuyer de Paris, je serai heureux de vous garder dans la maison. »

Et, faisant un effort pour adoucir sa voix, comme s'il s'adressait à une enfant, le marquis ajouta :

« Nous ne manquons pas de distractions, savez-vous. Les fêtes et les bals sont nombreux, des jeunes gens charmants vous feront danser, leurs sœurs deviendront vos amies, vous pourrez vous occuper des rosiers, monter à cheval — car il y en a un pour vous, dans mes écuries — et, comme toutes les jeunes filles de bonne famille..., faire de la tapisserie, jouer du volant..., lire... »

Virginie remercia d'un sourire et demanda à

voir sa chambre et celle qu'on venait hâtivement de préparer pour Mignette, tout en haut de la maison. Le marquis convoqua Maman Netta et lui ordonna d'amener sa petite-fille, Rosa, qui sur-le-champ fut affectée au service de « la demoiselle de Paris ».

« Nous dînons à huit heures, conclut Adrien. Votre suivante s'arrangera avec Maman Netta ou James pour se faire servir où elle voudra ! »

La plus heureuse de cette installation fut, à coup sûr, Mignette. Elle entra en possession d'une chambre toute blanche, qui s'ouvrait par un chien-assis au bord du toit. De sa fenêtre aux rideaux de cretonne, elle apercevait au loin, à travers les frondaisons, ce bras du fleuve devenu lac qu'on appelait Fausse-Rivière. Cette fille de la campagne, délurée, dont les manières s'étaient affinées au contact de quelques maîtresses parisiennes, appréciait d'instinct la beauté de la nature. La plaine du Mississippi lui paraissait plus vaste et plus sauvage que celle de sa Limagne natale et la belle allée de chênes de Bagatelle la ravissait. Et puis, dans cette maison, elle serait servie, comme une demoiselle, par les Noirs.

« Les esclaves sont là pour ça, Mignette, lui avait dit Mlle Virginie. Vous ne vous occuperez que de mon linge fin et de ma garde-robe. Pour tout le reste, commandez, Mignette, commandez, on vous obéira. Ici, les Blancs sont tous des maîtres, quelle que soit leur condition. »

Ainsi, les esclaves existaient bel et bien, comme dans les livres de contes. On pouvait les acheter et les vendre comme des pékinois ou des chevaux et même les battre, s'ils se montraient désobéissants. Mignette avait tout de suite essayé son autorité sur la petite Rosa en lui donnant à cirer ses chaussures de voyage et en se faisant apporter des brocs d'eau chaude pour sa toilette. Et Rosa avait obéi avec respect en lui donnant du « mamselle » gros comme le bras ! Demain, elle essaierait de commander à James, qui lui avait monté ses bagages. Elle lui demanderait par exemple de faire déplacer la commode ou de nettoyer le toit devant sa fenêtre.

« C'est bon, pensait Mignette, d'avoir des esclaves à son service », oubliant sans doute que Mlle Trégan lui avait ordonné récemment, après l'avoir tirée du sommeil en pleine nuit, de se couper une mèche de cheveux, dont elle s'appliquait pour l'instant à dissimuler l'absence devant sa glace !

Ayant fait le tour de toutes les questions, Mignette, qui était dotée d'un heureux caractère, décida qu'elle avait été bien inspirée d'accompagner Mlle Virginie dans les Amériques, où le ciel était bleu, le soleil chaud, les hommes beaux, les maisons immenses et où les domestiques pouvaient se faire servir comme des maîtres ! Elle en conçut le doux orgueil d'une fille qui vient de s'élever au-dessus de sa condition par son seul mérite, et se demanda quel effet ferait, dans son village, la lettre qu'elle ne tarderait pas à écrire à sa mère, pour lui dépeindre sa nouvelle vie.

Clarence, qui logeait dans une petite maison à un étage, reliée à la galerie de l'habitation principale par une passerelle de bois, n'était pas mécontent de retrouver ses habitudes, après un intermède riche en événements. Tout en défaisant ses bagages, il jetait aux pieds de Iléfet[1], l'esclave qui assurait son service, le linge à laver et s'interrogeait sur Virginie. Elle déciderait certainement de rester à Bagatelle — comment pourrait-elle faire

---

1. Ce prénom bizarre lui avait été donné par une esclave ayant assisté à sa naissance en plein champ, un jour d'été. Sa mère, qui s'était évanouie, ouvrit les yeux en criant : « Et mon bébé ? » L'autre lui répondit : « Il est fait. » D'où le prénom : Iléfet !

autrement ? — ce qui ne manquerait pas de per-
turber la vie routinière dont il se satisfaisait.

« Il faudra, pensa-t-il, lui trouver un chaperon,
pour ne pas être toujours obligé de l'accompagner dans ses promenades ou ses visites. » Il
espérait que Willy Tampleton se montrerait discret et n'irait pas raconter la partie de cartes et le
duel qui avaient eu lieu sur le bateau.

Tandis qu'il s'habillait pour le dîner — les
Damvilliers ayant depuis longtemps adopté les
habitudes anglo-saxonnes, qui avaient cours dans
la noblesse de plantation — il se prit à penser à
Corinne Tampleton, opposant les attitudes de
cette jeune fille à celles de Virginie.

La sœur de Percy et de Willy passait à juste
titre pour le modèle achevé de l'héritière sudiste.
D'une beauté classique, peu apprêtée, timide,
douce, précieuse d'allure et modeste de comportement, elle avait cependant assez de personnalité
pour être distinguée de ces poupées de tea-cosy
que l'on rencontrait par douzaines dans les réceptions et les pique-niques.

La poussée vitale et le désir de s'épanouir
goulûment que Clarence devinait déjà chez Virginie n'étaient chez Corinne qu'une paisible pulsa-
tion. Sa nature, comme son éducation, lui interdisait des élans fougueux. Chez elle, tout passait par
le filtre des sentiments autorisés. Sa mère puis
les dames ursulines lui avait fait aimer la disci-
pline comme une vertu. Face à un dilemme, elle
eût davantage souffert de désobéir que de se soumettre à la règle. Cela lui donnait l'air d'être toujours un peu en retrait de la vie. Et cependant
Dandrige la savait douée de l'intelligence du
cœur, qualité peu répandue dans une société où la
niaiserie des adolescentes passait pour gaieté primesautière. Qu'Anna Tampleton ait pu mettre au
monde une telle fille étonnait, car la femme du

planteur était de celles qui savent discrètement, et à l'occasion, cueillir dans les vergers ordonnés les fruits défendus. Naturellement, l'aristocratie de plantation savait ignorer ces faiblesses, au demeurant assez courantes et considérées par les gens indulgents comme récréations compensatrices au respect formel des convenances. On en appréciait d'autant plus l'authenticité morale de Corinne.

Virginie Trégan ne pouvait prétendre à figurer de naissance dans la même classe sociale que les Tampleton et les Damvilliers, mais elle allait y accéder sous le blason de son parrain.

Pour beaucoup de gens, l'attachement du marquis à Guillaume Trégan avait été un mystère. Clarence, lui, savait qu'il n'y en avait pas. La générosité inlassable du maître de Bagatelle s'expliquait par la vieille solidarité qui unissait les pionniers, ceux qui avaient brillamment réussi considérant comme un devoir sacré le soutien qu'ils devaient apporter aux moins chanceux. Les Damvilliers avaient mis un point d'honneur à garder artificiellement les Trégan dans une position qu'ils eussent été bien incapables de tenir seuls. Après des années d'assistance fidèle et discrète, le fait d'abandonner Trégan à son sort eût passé, aux yeux des autres planteurs fortunés, comme un manquement aux engagements moraux, pris autrefois entre les ancêtres, quand nobles et roturiers luttaient au coude à coude pour conquérir une place au soleil. Des gens comme Trégan, ayant ainsi l'assurance d'avoir toujours un toit, une table garnie et une réputation de protégé privilégié, avaient mis leur mouchoir sur leur orgueil et s'étaient accommodés de leur sort. Si Virginie venait à se marier, elle serait, à coup sûr, dotée aussi confortablement que Corinne Tampleton. En attendant, elle ne semblait pas vouloir comprendre la dépendance charitable dans laquelle, après son père, elle se trouvait vis-à-vis du marquis. Peut-être entendait-elle restaurer ainsi l'orgueil des Trégan.

A Bagatelle, comme dans la plupart des plantations du Sud, on ne se rendait pas compte qu'une évolution voulue par le Nord était amorcée. Des signes encore ténus l'annonçaient, que des gens avisés, comme Clarence Dandrige, percevaient. Ils révélaient, par le biais de méthodes différentes, une rivalité d'intérêts et une animosité sociale qui ne tarderaient pas à se politiser. En réalité, de part et d'autre de l'Ohio, frontière traditionnelle entre le Nord et le Sud, deux conceptions de l'identité nationale et deux styles de vie commençaient à s'affronter.

Déjà, l'entrée dans l'Union du Missouri, en 1821, avait donné lieu à une épreuve de force. Au centre du pays, le nouvel Etat se trouvait à cheval sur les deux anciennes zones de colonisation et accueillait des immigrants en grand nombre, prêts à s'élancer à la conquête de l'Ouest. Loin d'adopter les principes des planteurs esclavagistes qui avaient fait du Sud ce qu'il était, ces nouveaux venus entendaient fonder des exploitations familiales employant des travailleurs libres et établir des structures commerciales inspirées de celles du Nord. Leur choix risquait donc d'influencer sérieusement l'organisation future de l'Ouest, isolant ainsi le Sud traditionnel, qui pourrait voir, un jour ou l'autre, ses intérêts combattus, au Congrès, par une majorité dont on ne pourrait bloquer les décisions.

Le Missouri fournissant une belle occasion aux tribuns d'entrer en lice, il y avait eu, au Congrès, des débats passionnés. Des représentants du Nord, se référant à l'article 6 de la Grande Ordonnance de 1787, avaient demandé que l'esclavage soit aboli dans le nouvel Etat, comme sur les territoires que les Etats-Unis avaient pris autrefois à l'Angleterre. Certains Nordistes osèrent même proclamer à cette occasion que « l'esclavage était un mal moral, une gangrène maligne et une menace contre l'égalité des hommes libres ». Ils ne manquèrent pas d'expliquer que la France, comme l'Angleterre, s'acheminait vers l'abolition de l'esclavage dans ses colonies.

Malgré cette campagne, le vingt-quatrième Etat de l'Union avait été classé esclavagiste, mais aussitôt on avait créé, comme pour maintenir au Sénat un équilibre dans la représentation de tendances opposées, et ce avec des comtés assez arbitrairement détachés du Massachusetts, l'Etat du Maine, non esclavagiste. A l'issue de ce conflit, il avait été décidé et admis que les futurs territoires de l'Ouest seraient esclavagistes au sud d'une ligne idéale tracée à 36° 30' de latitude nord. Ainsi, les immigrants venus par le Nord comme les « petits Blancs » et les planteurs propriétaires de terres épuisées par les cultures de coton qui voudraient passer la « Frontière » toujours mouvante, qui séparait, au-delà du Mississippi, la civilisation des terres sauvages et vierges de l'Ouest, surent à quoi s'en tenir. Thomas Jefferson, esprit lucide, qui occupait la Maison-Blanche lors de l'achat de la Louisiane par les Etats-Unis, n'avait pas caché, bien que retiré des affaires publiques, son opinion pessimiste, quant aux conséquences du compromis de 1821. « Une ligne géographique coïncidant avec un principe moral et politique déterminé, une fois conçue et maintenue au prix de passions exacerbées des hommes, avait-il dit, ne pourra jamais être effacée; toute irritation nouvelle ne saurait que l'approfondir. »

Les années qui suivirent, Clarence Dandrige l'avait constaté, prouvèrent la justesse de cette prévision. Moins de dix ans après l'entrée tapageuse du Missouri dans « la grande famille de l'Union » s'organisait déjà, dans le Sud, « une solidarité de pensée et d'action » devant permettre à la société de plantation de résister à d'éventuelles menaces. Les choses allaient si bien, d'ailleurs, qu'en cette année 1830 il aurait fallu ne pas somnoler dans un climat de prospérité établie, comme Adrien de Damvilliers, pour apprécier l'insidieuse pénétration des mœurs et des idées nordistes, plus sensible dans les villes que dans les domaines féodaux des campagnes.

Si les planteurs du Sud trouvaient, dans le confort de leurs exploitations, toutes les raisons de mépriser le commerce et l'industrie, activités indignes d'aristocrates enclins à penser que « ceux qui travaillent la terre sont les élus du Seigneur », le mouvement de population que l'on constatait du nord vers le sud-ouest faisait prévoir, à plus ou moins long terme, une modification de l'équilibre social, hérité de l'ère coloniale. Ainsi, à La Nouvelle-Orléans, le romantisme des vieux quartiers français et espagnols, avec leurs maisons nobles et cossues aux balcons ouvragés, aux jardins débordant de glycines et d'azalées, s'opposait déjà à la sobriété fonctionnelle du quartier neuf qu'habitaient, au-delà de la rue de Bienville, ceux que les créoles appelaient les « méricains coquins ». Ces derniers bâtissaient, vite et bien, des demeures simples et commodes, se montraient expéditifs en affaires comme en toutes choses, avides de progrès, visaient sans hypocrisie « au plus court moyen de faire fortune ». Ils avaient déjà importé du Nord cet « égoïsme dur et froid » qui avait choqué M. de Chateaubriand lors de son séjour en Amérique. Chez eux, Clarence Dandrige avait vu les premières machines à coudre, fabriquées par un industriel du Nord, qui s'était inspiré sans vergogne de l'invention du Français Thimonnier. Ces gens disaient à leurs fils, arrivés en âge de choisir une profession ou un métier : « Mon ami, conduis-toi bien, gagne de l'argent, honnêtement si tu le peux, mais surtout gagne de l'argent. »

Avec de tels principes, on ne pouvait s'étonner que ces Yankees transplantés ne soient pas, comme les vieux Sudistes, béats d'admiration devant Bernard de Marigny, le gentilhomme aux dix-neufs duels, que leurs femmes ne portent pas de voilettes pour dissimuler leurs visages aux regards indiscrets, que leurs filles lisent le journal et sortent dans la rue sans être accompagnées. Les parvenus du commerce, de la banque ou de la fabrique se faisaient bâtir, au bayou Saint-Louis, des résidences de campagne où ils allaient passer les dangereux étés loin des miasmes de la fièvre jaune, exhalés par une ville sans hygiène, qui puait comme une étable. Le style Renaissance grecque, donnant lieu à des interprétations architecturales grandiloquentes, était à la mode. Les planteurs restaient confondus devant ces maisons de nouveaux riches, qui prétendaient éclipser, avec leurs colonnes, leurs frontons, leurs péristyles aux couleurs des confiseries anglaises, les demeures rustiques des seigneurs du coton ou de la canne à sucre.

Mais il y avait plus grave. Les industriels du Nord, voulant promouvoir une économie nationale indépendante, exigeaient depuis plusieurs années une protection douanière efficace, qui limiterait la concurrence faite à leurs entreprises par les tissages, fabriques et manufactures anglais et français. Les planteurs de coton avaient réagi devant les exigences des Nordistes, mais les planteurs de canne à sucre, en butte eux aussi à la concurrence étrangère, s'étaient ralliés aux théories des protectionnistes. « On veut nous imposer un système qui mécontentera nos acheteurs européens, en taxant les produits manufacturés venant de leur pays. Le Nord y trouvera son compte, mais le Sud y perdra son profit », avait dit Adrien de Damvilliers, ému, comme beaucoup d'autres planteurs, par les mesures prises en 1822 et le droit différentiel de vingt francs par tonne de coton exporté, quand celui-ci était transporté par des navires ne battant pas pavillon américain. Quand, en 1828, des droits de succession, s'élevant à 10 p. 100, « sur tout ce qui pouvait revenir aux héritiers » d'un étranger installé aux Etats-Unis avaient été imposés, on s'était à nouveau élevé contre les prétentions des bureaucrates. La solidarité sudiste renforcée avait, à cette occasion, trouvé son leader dans la personne de John C. Calhoun, l'actuel vice-président de l'Union, qui avait dénoncé avec l'autorité que lui conférait sa fonction le tarif douanier de 1828 et motivé l'exposé de la doctrine de nullification, soutenant que la souveraineté d'un Etat appartenait au peuple de cet Etat et non à la majorité numérique qui pouvait se dégager dans l'ensemble de l'Union. Partant de ce principe, un Etat avait le droit de déclarer nul et non avenu un acte du Congrès, jugé inconstitutionnel, jusqu'à ce que la Constitution ait été amendée, pour asseoir un pouvoir contestable.

Et John C. Calhoun, qui, après avoir été vice-président sous John Quincy Adams, l'était resté sous Andrew Jackson, laissait entendre depuis quelque temps qu'un Etat devait avoir le droit de se retirer de l'Union en toute liberté, comme il y était entré. Le projet de loi de M. Calhoun figurait dans un ouvrage publié de façon anonyme sous le titre *South Carolina Exposition*. Les planteurs de la Louisiane le connaissaient, l'approuvaient et se déclaraient prêts à le soutenir.

Clarence Dandrige, en bon Américain, Sudiste par goût plus que par tradition, avait eu avec Adrien de Damvilliers et les Tampleton des discussions à ce sujet. A ses yeux, la théorie de Calhoun constituait un danger pour l'intégralité de l'Union, en encourageant les particularismes d'Etat à se manifester. On devait les défendre certes, mais par des moyens moins radicaux. Les planteurs, voyant là une arme de dissuasion, estimaient la menace de sécession qu'elle portait en germe suffisante pour faire renoncer le Sénat à l'application de lois contraires à l'intérêt des Etats. Ce à quoi Clarence Dandrige avait répliqué : « Le maintien de nos privilèges est un songe que nous couvons, mais un songe n'est pas comme un œuf, il n'éclôt pas à force d'être couvé. »

Depuis ce jour-là, Adrien de Damvilliers avait coutume de demander à Dandrige, quand il le voyait rêveur et silencieux : « Etes-vous en train, Clarence, de couver vos songes ? »

Mais, à l'arrivée de Virginie Trégan à Bagatelle, on avait un peu oublié tout cela. La récolte de 1829, sans être exceptionnelle, avait été bonne et le coton s'était vendu onze piastres trois quarts la livre, en moyenne.

Aussi, en ce printemps 1830, on pouvait savourer le bonheur d'être sudiste, s'abandonner aux indolences de la vie de plantation et envisager l'avenir avec confiance.

Virginie s'était vite adaptée au rythme de Bagatelle, faisant preuve d'une discrétion exemplaire, montant tous les jours à cheval en compagnie de son parrain ou de Dandrige. Elle se rendait régulièrement au cimetière de Sainte-Marie pour fleurir la tombe de son père, passait de longues heures à lire, sur la véranda, des ouvrages sérieux, empruntés à la bibliothèque du marquis, donnait des ordres aux jardiniers et, le soir venu, se faisait brosser les cheveux par la petite Rosa, qu'elle traitait exactement comme l'aurait fait une fille de planteur, c'est-à-dire alternativement avec familiarité et hauteur.

Le marquis appréciait cette présence féminine dans la vieille maison et conviait Virginie à d'interminables parties de trictrac, le seul jeu admis chez les Damvilliers depuis plus d'un siècle, « parce qu'on y jouait à Versailles, dans le salon de Marie-Antoinette ». Avec plaisir, le planteur, comme Dandrige, avait vu la jeune fille s'intéresser à la marche de la plantation. Elle avait parcouru les champs, observé le travail des esclaves, visité l'atelier d'égrenage et s'était même penchée sur les cuves où macérait l'indigo dont le marquis, pour des raisons plus sentimentales qu'économiques, maintenait une petite production.

Maman Netta chantait les louanges de Mlle Virginie et riait aux éclats avec Mignette qui, en échange de ses recettes de gombo, lui proposait celles de ses potées auvergnates et de ses gâteaux de riz. La filleule du marquis se tailla un joli succès le jour où elle réussit à remettre en marche la pendule du grand salon, silencieuse depuis une dizaine d'années.

« Un bon nettoyage a suffi, je vous assure, observa modestement Virginie, accablée de compliments.

— Ah ! fit le marquis, si j'osais vous demander de consacrer un peu de temps à la maison, il y aurait beaucoup de choses à faire ici. Le mobilier apporté par la marquise ne m'a jamais beaucoup plu. Il est trop neuf, trop moderne, comme l'on dit. Mais il vient de Boston et nos invités l'admiraient beaucoup ! »

Apportant sans le savoir un concours précieux à Virginie qui dégustait à ce moment-là un cake fondant, Dandrige intervint :

« Comme vous, je préférais l'ancien mobilier venu de vos ancêtres. Les canapés, les fauteuils à oreillettes, les commodes ventrues et ces grands rideaux de soie ponceau qui dataient, m'aviez-vous dit, de Louis XV...

— Et qu'en avez-vous fait, parrain ? questionna Virginie.

— Il a été porté dans une remise, où j'imagine qu'il a pourri tout tranquillement. Il y a de cela huit ans déjà !

— Peut-être pourrais-je voir s'il est encore utilisable ? fit Virginie, marquant avec circonspection un intérêt qui allait au-devant des souhaits de son parrain.

— Faites donc, Virginie, mais je crains bien que tout ce bois ne soit plus bon qu'à faire marcher la bouilloire ! »

Puis il ajouta :

« Je vous donne carte blanche. En somme, la demoiselle de Bagatelle, c'est vous ! »

Virginie n'attendait que cela et pendant une semaine on ne la vit plus qu'à l'heure des repas, rayonnante et fatiguée. Elle passait tout son temps, avec quelques esclaves désignés à sa demande par Dandrige, dans la remise aux meubles, mais ne révélait rien, ni de ses trouvailles ni de ses travaux. Seuls Maman Netta et James avaient l'air de savoir quelque chose.

En fait, Clarence ne le comprit que plus tard, Virginie avait décidé de frapper un grand coup. Il en vit, comme le marquis, les conséquences quand, s'étant absenté avec le maître de Bagatelle pour un séjour de quarante-huit heures à Natchez, les deux hommes regagnèrent un soir la maison.

En entendant le pas des chevaux, Virginie était sortie sur la galerie. Elle attendait, au sommet des marches, dans une ample robe de soie rose à collerette et à volants de dentelles, cambrée et souriante, comme une maîtresse de maison venant accueillir ses invités. C'était un agréable spectacle que cette jeune femme fraîche et pimpante, en parfaite harmonie avec le décor de la vieille maison. Dandrige et le marquis en furent pareillement éblouis. Pour la première fois, ils voyaient Virginie dans des vêtements autres que ceux du deuil. L'orpheline ainsi parée se révélait plus que jolie.

« Parrain, dit-elle en s'avançant dans un froufrou, je vous ai réservé une surprise. »

Le ton était celui de l'avertissement, mais les yeux turquoise brillaient comme ceux d'une fillette qui a préparé de longue date un cadeau. Entre les anglaises cuivrées, le visage de Virginie apparaissait lisse et rose. On devinait en elle une excitation contenue.

Clarence, qui, peu à peu, au fil des semaines, avait senti diminuer la prévention qu'il pouvait avoir contre la filleule du marquis, ne vit, ce soir-là, dans la jeune fille que grâce et spontanéité.

Le marquis, n'ayant pas les mêmes raisons que son intendant de se montrer circonspect, admira sans réserve l'apparition et goûta cet accueil inattendu comme un petit bonheur. Oubliant la fatigue de la chevauchée, il escalada les marches avec une vivacité qui ne lui était pas habituelle, prit la main de la jeune fille, la fit pivoter, comme pour un pas de danse.

« C'est une princesse, Dandrige, une vraie princesse, qui guettait le retour des voyageurs ! »

Les dalmates de Clarence, venus joyeux au-devant de leur maître, s'arrêtèrent, le museau levé, comme si le charme de la demoiselle en rose agissait sur leur instinct de chien. Ils entrèrent tous dans une maison nouvelle, ou plutôt une maison retrouvée, car Adrien et Clarence reconnurent au premier coup d'œil l'ancien agencement du grand salon de Bagatelle, tel qu'il était avant le mariage du marquis.

« Cette diablesse a pris là un risque considérable », pensa aussitôt Dandrige, puis il observa le marquis. Visiblement, ce dernier appréciait le changement. Le mobilier de Duncan Phyfe, le décorateur bostonien, avait disparu. On retrouvait le long canapé capitonné au dossier tri-lobé, recouvert de velours d'Utrecht beige, la table de Boulle avec ses marqueteries de cuivre et d'écaille, les causeuses et les cabriolets, la duchesse « en bateau », où Adrien de Damvilliers avait si souvent vu sa mère reposer sa langueur créole, les bergères près de la cheminée de pierre, la commode de Cressent aux feuillages de bronze ciselé, les petites tables de bois violet supportant des vases de Sèvres à fond rose débordant de fleurs, les chandeliers d'argent, et tout cela décapé, ciré, lustré, brillant, net.

« Mon Dieu, fit Adrien, vous me rajeunissez, Virginie. Je revois la maison de ma mère, telle qu'elle l'avait elle-même arrangée... »

Sur les murs hâtivement lessivés, Adrien reconnut les tableaux d'autrefois. Ils avaient évincé des paysages dus au pinceau des élèves de Joshua Reynolds et de sombres gravures représentant les œuvres de Hogarth que la dernière marquise appréciait. Les Damvilliers, dans leurs cadres tarabiscotés, semblaient se réjouir d'un déménagement qui leur rendait les places d'honneur. Un groupe de chevaux de George Stubbs, acquisition du marquis, et que sa femme avait mis au rancart, s'ébrouait entre deux fenêtres. Le portrait de la défunte, une brune pâle, mélancolique et compassée, avait été, par contre, relégué dans un angle obscur. Le marquis ne remarqua pas la situation peu avantageuse faite à sa défunte épouse. Le grand lustre à pendeloques de cristal avait été descendu, nettoyé, puis remonté, tout hérissé de bougies roses, dont le grand miroir de la cheminée multipliait les flammes vacillantes.

« Et ce n'est pas tout », dit Virginie, maintenant assurée de l'approbation du maître de céans.

Elle leur fit les honneurs de la salle à manger où elle avait fait replacer la longue table Adams au plateau d'acajou, supporté par trois pieds tripodes. Au-dessus de ce meuble, autour duquel vingt convives pouvaient tenir à l'aise, un panka[1] de soie saumon à motifs floraux et à franges dorées n'attendait que d'être mis en mouvement. Le marquis ne se souvenait pas de son existence. Comme au salon, les appliques avaient retrouvé leur place et, sur la desserte, les plateaux et les aiguières d'argent, auxquels le blanc d'Espagne avait rendu leur éclat, brillaient comme aux soirs de réceptions.

La restauration du décor, organisée par Virginie, avait atteint le breakfast-room, une petite salle à manger, où l'on prenait souvent les repas ordinaires, et le petit salon. Elle déclara cependant n'avoir pas eu le temps de meubler convenablement cette dernière pièce.

« Qu'on apporte du vin de Champagne, et que

1. Sorte d'écran mobile, suspendu au plafond et que l'on manœuvrait par un système de cordons et de poulies, à la fois pour ventiler la pièce et chasser, pendant les repas, les insectes des environs de la table. On appelait aussi « panka » l'esclave préposé à cet engin, ancêtre des ventilateurs.

Dandrige se fende d'un toast pour la fée du logis! » lança gaiement le marquis.

Ce fut une soirée joyeuse, comme depuis fort longtemps on n'en avait vécu à Bagatelle. Maman Netta, complice, s'était surpassée. Les vieilles porcelaines, les cristaux, l'argenterie, le linge de table frais contribuaient à créer une ambiance de fête familiale. Les hommes avaient soigné leur tenue et Adrien de Damvilliers, dans sa redingote noire, ouverte sur une chemise à jabot, ressemblait à ces seigneurs bons vivants, du temps jadis, aussi sensibles à la grâce d'une femme qu'au bouquet des vins.

Ayant déjà complimenté Virginie, le maître de Bagatelle leva son verre, face à sa filleule qui ne montrait que l'exacte confusion justifiée par les circonstances.

« Je bois à Bagatelle retrouvée », dit-il avec un enthousiasme que Dandrige ne lui connaissait pas et qui reléguait dans les brumes du passé le souvenir de l'incolore Dorothée.

Puis il se tourna vers l'intendant :

« Et vous, Dandrige, à quoi buvez-vous? »

Clarence, sa coupe à hauteur des yeux, regarda un instant les bulles du champagne pétiller dans la lumière des chandelles, puis, fixant Virginie qui attendait, mains croisées sous le menton, l'air amusé, qu'enfin il s'exprimât, l'intendant dit doucement :

« Je bois au retour d'une fille du Sud, à son bon goût et à... son intelligence!

— Bravo », fit le marquis, et l'on servit le gombo de poulet.

Ce soir-là, Virginie mit un certain temps à trouver le sommeil. Il lui semblait qu'en faisant référence à son intelligence Dandrige avait voulu dire autre chose et lui faire comprendre que ce mot avait été substitué à un autre, par complicité ou par ironie. Peut-être avait-il voulu dire habileté ou ambition, ou encore audace. Mais qu'importait après tout, Adrien n'avait pas douté un instant de la gratuité des efforts qu'elle avait faits pour rendre à Bagatelle son décor d'autrefois. Il y aurait d'autres étapes pour parvenir à ce que la maison figure un jour dans son schéma personnel. Elle sentait confusément que le destin de Virginie Trégan se jouerait au bord du Mississippi, où se rencontraient encore pour une femme la vraie fortune et la vraie puissance. Dandrige, le froid Dandrige, sur lequel son charme n'avait pas encore agi, serait là pour l'obliger à la patience, en surveillant de son œil ironique un cheminement ambitieux, dont il ne pouvait pas deviner encore le but, mais dont il soupçonnait peut-être l'itinéraire.

Pendant qu'elle agitait ses réflexions dans son lit de citronnier, le marquis et Dandrige, sur la galerie, tiraient sur leurs cigares. L'euphorie de M. de Damvilliers n'était pas due au seul champagne. Virginie, Clarence le devinait, l'avait impressionné.

« Elle a si justement recomposé le décor, finit par dire Adrien, qu'on croirait qu'elle avait gardé celui-ci dans l'œil depuis son enfance ! Cependant, elle n'était qu'une fillette un peu folâtre, quand elle venait ici. Les enfants ont vraiment des dons d'observation que nous ne soupçonnons pas ! »

Clarence aurait pu répondre que Maman Netta, qui vivait à la plantation depuis un demi-siècle, avait dû être consultée. Rien de tel que de passer son temps à astiquer les meubles pour connaître leur place dans une maison ! Mais il se contenta d'approuver la réflexion de marquis, qui demeura rêveur, en se balançant dans son rocking-chair jusqu'au moment du coucher.

« C'est tout de même utile, une femme dans

une maison, Clarence, fit-il, comme ils se séparaient pour la nuit.

— Très utile, Adrien, répliqua Dandrige sur le ton de la plaisanterie. Dieu les a créées pour ça, j'imagine, et quelques autres fonctions tout aussi indispensables.

— Et Virginie est de nature à les remplir, hein ! dit le marquis avec un gros rire de garde-chasse. Celui qui l'épousera fera une bonne affaire, n'est-ce pas ? »

Là-dessus, ils regagnèrent leurs chambres. Un chat, sorti on ne sait d'où, vint avec précaution promener son nez sur les verres abandonnés, qui avaient contenu le porto d'après-dîner. L'odeur lui déplut et, après s'être étiré, bombant le dos et dressant la queue, il s'en fut jusqu'au salon où, dignement assis, il attendit que le vieux James ait éteint les chandelles de la fête.

9

« Pour qu'un barbecue soit réussi, avait coutume
de dire Mme Anna Tampleton, il faut que le buffet soit abondant, que les demoiselles soient
jolies et élégantes, un peu moins nombreuses que
les jeunes gens, qui doivent ainsi s'occuper un
peu des dames, pendant que les maris de celles-ci
parlent de leurs affaires. On doit pouvoir s'asseoir sur le gazon sans tacher ses vêtements, mais
il faut prévoir dans le parc, un peu loin de la
maison, quelques *courting yards*[1] avec des bancs,
à l'abri de bosquets romantiques. Enfin, les messieurs doivent trouver, au pied d'un chêne, quelques bouteilles de whisky, que les dames font
semblant de ne pas voir ! »

Quand le marquis de Damvilliers, accompagnant Virginie et suivi de Dandrige, arriva ce
jour-là aux Myrtes dans le landau de Bagatelle,
magistralement conduit par Bobo en tenue de
cérémonie, il vit, tout de suite, que Mme Tampleton avait mis ses principes en application.

Virginie arborait une robe de tulle blanc, à fes-

1. Espaces souvent entourés de bosquets, où jeunes gens et jeunes
filles pouvaient se retrouver à l'écart des familles. Littéralement
« endroits pour faire la cour ».

tons mauves, qui rappelait son deuil récent. Un bouquet de pensées mélancoliques ornait l'échancrure du corsage et mettait en valeur l'ivoire pâle du décolleté. Ses cheveux coiffés « à la Sévigné » prenaient dans le soleil des reflets dorés, sous une capeline d'organdi, dont le ruban était assorti aux festons de la robe. Anna Tampleton constata en l'embrassant qu'elle avait la peau douce et qu'elle ne mettait pas de poudre de riz, alors qu'elle-même en faisait grand usage pour dissimuler une couperose naissante.

En voyant arriver la voiture de Bagatelle, Willy avait rejoint sa mère et Percy, qui déjà tenait un verre à la main.

« Vous connaissez l'un de mes fils, je crois, fit Anna Tampleton; voici l'autre, mon aîné, Percy, et voici ma fille Corinne. Je vous présenterai plus tard M. Tampleton, il doit être par là-bas ! »

Elle fit un geste du côté de la pelouse, qui descendait en pente douce vers le fleuve. Une foule d'invités évoluait dans le parc, admirant sous tous les angles la grande bâtisse posée sur son tertre, comme une grosse meringue décorée. Willy, en redingote gris perle et pantalon à sous-pied, portant cravate croisée, offrit son bras à Virginie sans plus s'occuper des autres.

« Venez, dit-il, je vais vous présenter à tout le monde. Ici se trouve aujourd'hui tout ce qui compte dans le pays ! »

Percy, le teint coloré, aussi solidement campé que les chênes voisins, regarda son frère s'éloigner avec la jeune fille, s'attardant en connaisseur sur la silhouette de Mlle Trégan.

« Comment va votre blessure ? interrogea Virginie à voix basse, tandis qu'ils marchaient vers un groupe.

— Nous n'en parlons plus; le docteur Murphy m'a très bien soigné... et, naturellement, personne ne sait les raisons du duel qui m'a opposé à Ed Barthew. »

Virginie pressa le bras du jeune homme et lui décocha un sourire triste et doux, ce qui l'encouragea à tirer de la poche de son gilet un petit médaillon qu'il lui montra furtivement. Il contenait, enroulés et soyeux, les cheveux de... Mignette !

« M. Barthew a estimé que ce trophée me revenait de droit, mais j'aurais préféré le recevoir directement de votre main... »

Si Virginie fut surprise, elle n'en laissa rien paraître.

« Ce fut généreux de sa part de vous l'offrir et je suis bien aise que vous y attachiez autant d'importance. »

Un nouveau sourire et une autre pression de la main récompensèrent Willy de son audace.

Le marquis de Damvilliers s'était déjà joint à un groupe de planteurs et Clarence bavardait avec Corinne qui, dans sa robe de dentelle anglaise, avec ses longs cheveux noirs ramenés sur la nuque, semblait fragile et fine comme un saxe.

« Quelle charmante personne, que la filleule du marquis, monsieur Dandrige ! fit-elle d'une voix chaude... Et si européenne d'allure !

— Charmante en effet, Corinne, et douée d'une aisance naturelle qui lui va bien !

— Nous aurons du mal, nous autres filles de la campagne, à retenir nos galants face à cette belle Parisienne... Nous sommes si ignorantes ! »

Clarence entra dans le jeu un peu bête, qui voulait que l'on dise toujours des fadaises aux jeunes filles rencontrées dans les réceptions du genre de celle-ci.

« Vous n'êtes pas ignorante, vous, Corinne, et

permettez-moi de vous dire que je vous trouve diablement séduisante ! »

Le ton s'efforçait d'être chaleureux, mais le regard froid de Clarence révélait une indifférence totale au charme de la demoiselle. Corinne Tampleton n'y prit pas garde. Son sourire découvrit ses dents de nacre que Mme Tampleton appelait « les perles de Cléopâtre ». Elle ferma les yeux pour savourer ce compliment banal, le premier que lui eût jamais fait Dandrige, dont elle était amoureuse depuis longtemps. Ses mains devinrent moites dans ses gants de soie et sa robe lui parut soudain trop serrée. Mais, connaissant sur le bout du doigt *The laws of Etiquette* et quelques autres ouvrages de même style comme le *Manual of Politeness for both Sexes*, elle sut dissimuler son émotion.

« Donnez-moi votre bras, s'il vous plaît, et rejoignons les autres ! »

Il s'exécuta, en y mettant la meilleure grâce possible.

« Savez-vous pourquoi Willy s'est battu en duel avec un avocat, sur le *Prince*, monsieur Dandrige ? demanda Corinne tandis qu'ils avançaient sur l'allée sablée.

— Je l'ignore, Corinne, mais je pense que votre frère avait ses raisons.

— Une affaire de jeu, peut-être ?

— Probable, dit Dandrige.

— Il aurait pu se faire tuer d'une façon ridicule ou tuer un homme qu'il ne connaissait pas !

— C'est le risque du duel, Corinne !

— Oh ! je sais, vous les hommes prenez ça pour une affaire ordinaire. Mais, même si l'on m'insultait, je ne voudrais pas qu'un homme..., que mon frère, par exemple, se reprit-elle, hasardât sa vie dans ces conditions. La loi devrait interdire ce genre de rencontres. M. Bernard de Marigny, que vous prenez tous pour un héros, devrait être en prison[1] !

— C'est une question d'honneur, non un caprice sportif !

— L'honneur et le courage, monsieur Dandrige, c'est aussi de se conserver pour ceux qui vous aiment et de ne pas leur causer de chagrin. Je sais que peu de jeunes filles parleraient comme moi, mais ça m'est égal, c'est ce que je pense ! »

Clarence fut ému par le ton plus que par les mots et tapota doucement la main de Corinne, du geste affectueux que l'on a pour calmer une petite fille. Cet attouchement la bouleversa plus que de raison et Clarence sentit qu'elle se laissait aller contre lui. Fort opportunément, le père Tampleton coupa la route du couple. C'était un homme jovial et sûr de lui.

« Alors, Dandrige, venez un peu par là, avec les hommes, ne vous laissez pas accaparer par Corinne. Nous ne sommes indispensables aux femmes qu'au moment du bal et c'est bien suffisant.

— Je voudrais bien lui montrer la maison, père », dit la jeune fille avec une moue suppliante, pour tenter de conserver encore Dandrige près d'elle.

---

1. Bernard de Mandeville de Marigny, dont on montrait encore, avant la dernière guerre, la maison de la rue Royale à La Nouvelle-Orléans, était un duelliste d'une rare intransigeance. Il ne faisait pas de quartier à ses adversaires et l'on dit qu'il en exécuta dix-neuf au pistolet ou à l'épée. Ses duels les plus cruels l'opposèrent à l'attorney Alexandre Grailhe. Ce dernier, « se jugeant offensé dans son honneur par Papa Marigny, comme on l'appelait, n'hésita pas à se mesurer avec lui, alors qu'il courait presque fatalement à la mort. La première fois, la blessure qu'il reçut fut telle qu'il ne pouvait plus désormais que marcher penché en avant *(sic)*. A peine guéri, de nouveau provoqué par son irascible adversaire, il releva le défi. « Cette fois-ci, avait assuré Bernard de Marigny à ses témoins avec un cynisme féroce, je ferai mon possible pour le remettre droit. » Le coup qu'il lui porta, non seulement le redressa, mais le força à se courber en arrière *(sic)* et il tomba à la renverse pour ne plus se relever. » (Cité par René Cruchet dans *En Louisiane,* Paris, Edition Delmas, 1937.)

Mais l'intendant se dégagea.

« Je vous retrouverai dans la foule, Corinne, tout à l'heure; nous prendrons le lunch ensemble et ce soir je vous ferai danser !

— Oh! oui, je vous accorde toutes les danses... si vous voulez ? »

Elle regarda s'éloigner les deux hommes qui lui étaient les plus chers au monde. L'un, son père, le savait; l'autre ne paraissait pas s'en apercevoir. Puis elle se mit à la recherche de sa mère, qui pouvait avoir besoin de ses services.

« Eh bien, Dandrige, ma fille me paraît joyeuse aujourd'hui. Venez plus souvent aux Myrtes, ça lui fera plaisir. Il ne m'étonnerait pas qu'elle ait un petit faible pour l'intendant de Bagatelle... »

C'était rappeler à Clarence qu'il n'appartenait pas à la classe des propriétaires, mais qu'on pouvait se montrer confiant à son égard et accepter qu'il puisse distraire les héritières à court de soupirants. Corinne avait déjà vingt ans et, dans un pays où les jeunes filles se fiançaient à quinze ans, pour se marier à seize, elle n'allait pas tarder à faire figure de laissée-pour-compte. M. Tampleton le savait et si Dandrige, après tout, se décidait, il ne formulerait que des objections de principe. Percy n'étant pas très habile en affaires, il ne serait peut-être pas mauvais qu'un intendant formé à Bagatelle vînt le seconder. Et si celui-ci entrait dans la famille, eh bien, la coïncidence des intérêts garantirait sa loyauté! Mais on n'en était pas encore rendu à cette extrémité et Corinne, que son père tenait pour une fille un peu mièvre, pouvait encore plaire à un fils de planteur ayant jeté sa gourme et désirant s'unir à une parfaite maîtresse de maison.

Après avoir bavardé un instant des cours du coton et de la politique locale, Clarence réussit à rejoindre Willy, qui errait d'un groupe à l'autre, son frère Percy lui ayant enlevé Virginie sous le prétexte d'aller la présenter à Isabelle, sa femme. Il y avait de cela un bon quart d'heure et la filleule du marquis n'était pas ressortie de la maison, que Mme Tampleton junior faisait visiter à un groupe de dames.

« Je crois que je suis amoureux de Mlle Trégan, Dandrige, fit le cadet de West Point du ton de quelqu'un annonçant qu'il a la rougeole.

— Ça se voit.

— Et qu'en pensez-vous ?

— Je pense qu'elle est fort séduisante et capable d'inspirer les sentiments que vous ressentez. Mais, ma nature me conduisant à me méfier des engouements rapides, j'attendrais, si j'étais vous, avant de me déclarer ouvertement. Après tout, ajouta l'intendant avec un rien d'aimable perfidie, il faut laisser aux autres le temps de courir leur chance !

— A West Point, on nous apprend à ne pas tergiverser devant un bastion. On l'enlève ou on le contourne !

— Il y a aussi le blocus, Willy, qui donne parfois de bons résultats !

— C'est la tactique de Corinne à votre égard, Dandrige, et jusqu'à présent cela ne donne rien et cette petite dinde en est pour ses frais ! »

Clarence abandonna soudain le ton badin et parla sec :

« Corinne n'est pas une petite dinde, Willy. C'est une jeune fille sensible et modeste, qui a besoin de tendresse et de compréhension.

— Alors pourquoi ne demandez-vous pas sa main, Dandrige ? Elle n'attend que cela.

— Parce que je ne suis pas l'homme qu'il lui faut, Willy.

— Mais elle a vingt ans passés et papa, j'en suis sûr, vous l'accorderait ; elle sera riche, vous savez. Vous n'en avez pas assez, d'être intendant à Bagatelle ?

— La question n'est pas là, Willy. Je ne suis pas l'homme qu'il lui faut. C'est tout. »

Le jeune homme se ressaisit.

« Cette discussion est stupide. Je vous prie de m'excuser, Dandrige. Allons boire un peu de champagne. »

Puis, cette offre faite alors qu'il entraînait Clarence vers un buffet, il s'arrêta soudain et dit tout à trac :

« Etes-vous amoureux de Virginie ?

— Pas le moins du monde, Willy, répondit l'intendant d'un ton calme qui contrastait avec l'excitation du jeune homme. Je n'ai été amoureux qu'une seule fois dans ma vie, il y a longtemps, et je ne pense pas que cela m'arrive encore !

— Mais pourquoi ? fit l'autre, dont l'étonnement primait la discrétion.

— C'est une longue histoire, que je vous raconterai peut-être un jour, quand vous serez sorti des soucis de l'amour, c'est-à-dire soit comblé, soit guéri !

— Je sais que vous êtes mon ami, reprit Willy, soudain rasséréné. Ne m'en veuillez pas de vous avoir dit tout cela. Aux autres je ne peux rien confier. Mon frère est un viveur, mon père ne pense qu'aux affaires, ma mère irait raconter partout mes états d'âme, elle est encore si romantique !

— Corinne vous comprendrait, j'en suis sûr, mais il vaut mieux lui épargner ce genre de souci ; elle est fragile et d'un naturel inquiet. Vous pourrez toujours vous confier à moi, qui ne suis rien qu'un miroir raisonneur ! »

Ayant aperçu la chevelure blond-roux de Virginie, facilement repérable au milieu de toutes les beautés brunes, Willy Tampleton planta là l'inten-

164

dant. « Le revoilà parti à l'assaut de la redoute »,
se dit Dandrige, amusé, en vidant tranquillement
son verre. Et mentalement, parce qu'il aimait
bien la franchise un peu puérile de Willy, il lui
souhaita bonne chance.

Ce fut un bel après-midi. La soupe aux huîtres
était excellente; la dinde rôtie accompagnée de
compotes de fruits, grasse à point, et l'indian pudding, juste assez pâteux pour inciter à boire un
bordeaux doux, mis à rafraîchir, dans des seaux,
sous une toile humide. Des jeunes filles roses et
blanches jouaient au volant, sous l'œil des garçons peu diserts, qui refusaient de s'asseoir pour
ne pas gâter le pli de leur pantalon. Dans le mouvement des robes légères apparaissaient parfois
la dentelle d'un bas de pantalon de batiste, une
cheville, un pied fin, la rondeur d'une épaule
émergeant incongrument d'une emmanchure
déplacée. Les joueuses, le feu aux joues, faisaient
mine de dissimuler hâtivement ces indécences
excusables, mais ne manquaient pas de jeter un
regard de biais, afin de s'assurer de l'effet produit
sur leurs cavaliers. Les rires se répondaient, les
bras souples s'arrondissaient comme des cols de
cygne, les bustes, quand les nymphes guettaient
l'arrivée du volant la tête relevée, tendaient la
soie des corsages, révélant des contours fermes
que les garçons évaluaient, sans qu'on puisse leur
en faire grief. Et, quand ils applaudissaient, personne n'aurait pu dire si c'était pour souligner un
coup réussi ou prouver une admiration à laquelle
se mêlait un peu d'inconsciente concupiscence.
Les poulains qui folâtraient derrière les barrières
de bois venaient parfois quêter une croûte de
pâté, tandis que les mères de famille, assises en
rond sous les ormes et les cèdres, papotaient en
croquant des biscuits aux noix.

Les hommes mûrs, réfugiés sur la véranda, se

passaient boissons et victuailles sans faire de manières et Tampleton racontait, pour la centième fois, la visite du marquis de La Fayette en 1824.

L'ami de Washington était venu à bord du *Natchez*, jusqu'à Baton Rouge, pour se faire acclamer par des fermiers qui voyaient en lui le héros français de l'indépendance américaine.

« A La Nouvelle-Orléans, disait Tampleton, on lui avait construit des arcs de triomphe, flanqués de statues de la Liberté et de la Justice, mais ce fut à Baton Rouge qu'il reçut le plus de cadeaux. Son fils et l'Ecossaise un peu folle, Frances Wright, alors âgée de vingt-neuf ans, qui l'accompagnaient pleurèrent d'émotion. Tous les Français d'ici voulaient embrasser cet homme qui avait passé soixante ans et qui répétait de temps à autre, à ceux qui pouvaient l'approcher : « Ah ! que serait aujourd'hui la France si notre Révolution de 1789 avait conservé son impulsion primitive ! »

— Eh oui, fit quelqu'un. Et, quand il rentra chez lui, il trouva sur le trône un nouveau roi, ce Charles X qui a l'air de mener le pays à de nouvelles aventures, quoiqu'il soit, d'après ce qu'on dit, un brave homme. Notre La Fayette est dans l'opposition, ce qui est courageux quand on a son âge et sa réputation.

— La France viendra fatalement à la démocratie, encore que les Français soient bien légers en politique et peu persévérants, dit un autre. Mais M. de La Fayette ferait, à mon avis, un bon président de la République. Notre Washington a enseigné à cet aristocrate l'art de persuader les hommes que la liberté de tous dépend parfois de la volonté d'un seul !

— Je me suis laissé dire, observa Dandrige qui venait de rejoindre le groupe des planteurs, que

l'esclavage lui avait paru une institution suran-
née, dont il convenait de se débarrasser! »

Il y eut un silence, les propriétaires du Sud
n'aimant pas ouvrir de discussion sur ce sujet.
Adrien de Damvilliers vint au secours de son ami.

« M. de La Fayette était passé par le Nord
avant de venir chez nous et ses amis avaient certainement influencé son jugement. Il aurait vite
compris que dans nos Etats du Sud les nègres
sont plus heureux que les travailleurs libres de
New York ou de Boston, auxquels personne ne
garantit le pain et le gîte. Ce sont des esclaves
sans maîtres. Et c'est bien le pire qui puisse arriver, quand on appartient à une race inférieure. »

Dandrige sourit, appréciant l'argument déjà
connu. Tampleton, profitant d'un creux de la
conversation, proposa à ses hôtes un whist, dans
son grand salon. La mise fut fixée à deux *cents* le
point, les cigares circulèrent et Anna Tampleton,
qui, bien qu'adversaire farouche du jeu, avait fait
préparer les tables, fit porter des rafraîchisse-
ments aux joueurs, mobilisa un esclave pour
manœuvrer le panka, car elle prévoyait que la
fumée ne tarderait pas à envahir la pièce, dont
elle avait particulièrement soigné la décoration.

Dandrige, qui ne touchait pas une carte, s'absorba dans la contemplation des tableaux, parmi
lesquels une assez bonne copie de la célèbre
Déclaration de l'Indépendance, de John Trum-
bull, dont l'original se trouvait à Yale University,
et des portraits des Tampleton datant de l'époque
coloniale, peints par un émule de John Singleton
Copley qui avait hérité du maître l'art consommé
de rendre les étoffes quasi palpables. Il alla
ensuite admirer ce dont la maîtresse de maison
tirait peut-être le plus de fierté : les papiers peints
du hall. C'était une création de Joseph Dufour, de
Paris, imitant la tapisserie, qui représentait un

épisode des aventures de Charlemagne, peut-être son mariage, le quatrième, avec Luitgarde l'Alamane. Sous un dais haut comme une cathédrale, la nouvelle reine en robe blanche, assise à côté du « Phare de l'Europe », regardait, dans un paysage bucolique, se dérouler des jeux ou quelque tournoi malheureusement situé au-delà du panneau[1].

« Quel artiste, ce Dufour, monsieur Dandrige, quelle adresse dans la composition! Et voyez la barbe de Charlemagne, elle est vraiment... Comment dit-on?

— Fleurie..., proposa Clarence.

— C'est cela, fleurie comme nos cotonniers. »

La comparaison était audacieuse, mais Anna Tampleton n'avait pas d'autres références à proposer. Petite, dodue, vive, la mère de Corinne, le regard velouté et la lèvre gourmande, passait pour avoir déniaisé fort adroitement un certain nombre de jeunes gens de la bonne société. Parmi les invités se trouvaient à coup sûr quelques maris de trente ans qui lui devaient une éducation dont les principes ne figuraient dans aucun des manuels de savoir-vivre qu'il fallait avoir lus pour connaître les usages. Cette femme, généreuse et gaie, ne manquait ni de grâce ni de distinction. Elle tendit à Clarence une main potelée :

« Avez-vous vu mon boudoir, monsieur Dandrige?

— Pas encore, madame, mais si ce n'est pas indiscret...

— Nullement, monsieur Dandrige, suivez-moi! »

La pièce était petite et douillette. Au-dessus

1. On peut voir ce papier peint à Rosedown, plantation proche de Saint-Francisville.

d'une cheminée de pierre grise, un miroir de sorcière surmontait une pendule de bronze, soutenue par deux statuettes représentant des Vénus noires. Une ottomane, recouverte de soie bleu nattier, occupait un angle, entre deux fenêtres à petits carreaux, à demi dissimulées par des voilages de tulle. Des doubles rideaux, assortis au tissu de l'ottomane, tombaient en plis souples, retenus écartés par des cordelières de soie argentée. Des cabriolets, autour d'un guéridon en bois doré, complétaient l'ameublement et, sur la cheminée, deux chandeliers de cristal encadraient la pendule. Une grande glace supportée par une console fleurie reflétait un portrait de la Pompadour, accroché au mur d'en face. Les cloisons, tendues de soie bleu pâle, sous une frise d'un bleu plus soutenu, conféraient à l'ensemble une ambiance de bonbonnière. Une belle harpe à colonne sculptée, flanquée d'un tabouret, attira tout particulièrement le regard de Clarence. Il passa un doigt sur les cordes, qui gémirent mélodieusement, puis il décerna les compliments que Mme Tampleton attendait. L'intendant se doutait bien qu'on ne l'avait pas amené là sans raison. La maîtresse de maison s'assit sur l'ottomane, arrangeant les plis de sa robe jaune paille, coula à Clarence un de ces regards qui préparent aux confidences et dit, en minaudant :

« Savez-vous pourquoi, cher Clarence, mon Willy s'est battu en duel sur le *Prince* ?... Vous y étiez, n'est-ce pas ? »

Dandrige soupira et se mit à détester en bloc tous ces gens qui désiraient toujours savoir le pourquoi des actions des autres. Comme si elle devinait cet agacement, Anna Tampleton reprit aussitôt :

« Je suis sa mère, n'est-ce pas, j'ai le droit de connaître les raisons qui conduisent mon fils à risquer sa vie... Il y avait de la femme là-dessous, j'imagine ?

— Il peut y avoir d'autres motifs, madame, et je crois plutôt à une altercation autour d'un jeu de cartes bien innocent...

— Alors, vous ne savez pas exactement, rétorqua la mère de Willy en mettant dans son sourire toute la force de séduction qu'elle put rassembler, malgré son irritation secrète.

— Pas exactement, non. Je lisais dans ma cabine quand l'incident eut lieu.

— Alors, n'en parlons plus, fit brusquement l'hôtesse. Personne n'a l'air de rien savoir. A croire que mon Willy a risqué sa vie sans raison. »

Clarence se tut un moment, puis considéra le sol.

« Vous avez là un beau tapis, madame Tampleton. D'où vient-il ?

— De l'Inde, monsieur Dandrige, c'est un officier de marine anglais qui l'avait offert à Corinne, mais le dessin ne lui a pas plu... Elle a son caractère, vous savez, Corinne ! »

« Allons bon, pensa Clarence, voici le deuxième sujet d'inquiétude de Mme Tampleton. » Il ne se trompait pas.

« Au fait, que pensez-vous de Corinne, monsieur Dandrige ? Elle paraît avoir de l'affection pour vous... et savez-vous qu'elle a refusé plusieurs partis sans donner d'explication !

— J'ai moi aussi beaucoup d'amitié pour elle, madame Tampleton. Corinne est à la fois gracieuse et raisonnable. J'imagine qu'elle ne se décidera au mariage que le jour où elle sera certaine de ses sentiments... et puis n'est-elle pas heureuse dans une famille comme la vôtre ? »

Anna Tampleton prit un air mélancolique :

« Non, monsieur Dandrige, Corinne n'est pas

heureuse. Une fille de vingt ans qui n'a pas d'amoureux ne peut pas l'être. Elle est, comment dit-on...

— Frustrée?... Je ne crois pas ! »

Mme Tampleton poursuivit sans approuver le terme :

« Je crains qu'elle n'aime en secret quelqu'un qui ne s'en doute pas, quelqu'un d'aveugle ou auquel elle ne plaît pas, monsieur Dandrige. »

« Aïe », se dit Clarence, comprenant fort bien qu'il était mis en cause d'une façon que Mme Tampleton croyait subtile. Assez lâchement, il répliqua :

« Il existe des hommes timides et même pusillanimes et, dans ce domaine, il ne faut jamais brusquer les choses !

— Mais elle a vingt ans, monsieur Dandrige, vingt ans passés — Mme Tampleton, elle, s'était mariée à quinze ans — on va croire qu'elle a une tare ! »

Clarence se mit à rire franchement.

« Vous vous tourmentez inutilement. Il ne manque pas de jeunes gens en Louisiane qui...

— Mais elle n'aime pas les jeunes gens. Elle les trouve superficiels et bavards. Seul un homme d'âge mûr peut lui plaire... Quelqu'un dans votre genre, peut-être ! »

Redevenue tout sourire, la mère de Corinne fixait Clarence de ses grands yeux sombres, sans doute pour encourager des confidences espérées. L'intendant comprit qu'il convenait de faire cesser cette conversation devenue embarrassante. Il quitta le cabriolet qu'il occupait, vint pincer les cordes de la harpe, tira deux accords et déclama d'un ton faussement dramatique :

Cependant ai-je pris quelque soin de lui plaire?
Et ne dirait-on pas, en voyant au contraire

Vos charmes tout-puissants et les siens dédai-
            [gnés,
Qu'elle est ici captive et que vous y régnez[1].

Mme Tampleton, fort impressionnée par une citation dont elle ignorait l'origine, en déduisit ex abrupto que M. Dandrige venait de lui faire une déclaration en vers. Elle en conçut un plaisir double : celui que ressent une femme de plus de quarante ans découvrant qu'elle peut encore plaire et celui d'imaginer soudain une situation divinement romanesque.

« Oh! monsieur Dandrige, fit-elle en arrangeant les plis de sa robe avec une confusion feinte, comment pouvez-vous dire une chose pareille... »

Puis elle se leva et vint à lui, les mains tendues. Clarence ne put faire autrement que de les prendre, tout en jugeant cette posture ridicule.

« Nous devons descendre maintenant, la nuit arrive, fit-elle. Le bal va commencer... »

Et rose, épanouie, palpitante, elle inclina la tête, attendant peut-être un baiser qui ne lui fut pas donné...

« Vous me ferez danser, n'est-ce pas ? »

Il acquiesça sans dire un mot, quitta le boudoir bleu, laissant à la mère de Corinne le temps de se remettre d'une émotion qu'il avait malencontreusement provoquée.

Chez les Tampleton, comme dans la plupart des familles de planteurs, on dansait exclusivement le quadrille, qui n'était autre que l'ancienne contredanse française, sur la musique de laquelle les couples évoluaient. La tradition américaine voulait qu'il soit composé de cinq figures : la promenade, les moulinets, les chevaux de bois, la cor-

---

1. Tirade de Pyrrhus dans *Andromaque,* acte I, scène 4.

beille, la farandole finale. Quatre par quatre, les couples entraînés par des violons accompagnant un piano — celui des Tampleton venait bien sûr de chez Chickering, à Boston — et quelques instruments à vent, s'appliquaient à des manœuvres symétriques. Si, depuis longtemps, on ne dissimulait plus les pieds des pianos sous des jupettes, les corps des danseurs et des danseuses ne devaient cependant, en aucun cas, avoir d'autres contacts que celui d'une main posée sur un avant-bras. Saisir une taille en public eût fait scandale, même chez les Tampleton.

« En place pour le quadrille! » fit M. Tampleton de sa voix sonore, tandis que les musiciens, perchés sur une estrade d'angle, dans le grand salon débarrassé de ses meubles, accordaient leurs instruments.

Pour l'ouverture, le maître de maison invita, comme le prescrivait l'étiquette, l'épouse du sénateur Calvy, doyenne de l'assemblée. Le marquis de Damvilliers se retrouva avec Corinne, Willy avec Virginie et Mme Tampleton avec le vieux Fontaine, un des plus riches planteurs de la région. Face à Willy Tampleton, la filleule du marquis déployait des grâces de gazelle. Ses pas avaient la souplesse et la précision des danseuses entraînées, son sourire de convenance disait assez qu'elle connaissait parfaitement les usages. Willy s'appliquait à mettre en valeur les évolutions de sa cavalière. Les jeunes gens formaient un beau couple. Tout le monde le remarqua.

Plus tard, après avoir conduit Mme Tampleton qui exagérait tous les mouvements, Dandrige, fort économe des siens, rejoignit Corinne. La jeune fille n'attendait que cet instant et, trois fois au cours de la soirée, alors que seule la jeunesse occupait la piste, elle fut invitée par l'intendant. C'était, de la part de ce dernier, qui dansait rarement, un effort méritoire. Corinne l'apprécia :

« Je sais, monsieur Dandrige, que vous n'aimez pas beaucoup ce genre de distraction, fit-elle entre deux figures, mais ne vous croyez pas obligé de m'inviter encore. »

Elle avait dit cela doucement, du ton d'une femme qui sait faire passer son plaisir après le bien-être de l'homme qu'elle aime. Clarence, pour la première fois, la considéra avec une sorte de tendresse. Elle baissa les yeux, confuse et ravie. Il se promit alors d'éviter désormais de rencontrer trop souvent Corinne. Il avait conscience d'entretenir en elle de fausses espérances qui, inévitablement déçues, la feraient souffrir. Car la beauté délicate de la jeune fille n'éveillait en lui qu'une sorte de bienveillance affectueuse, la même émotion qu'il avait ressentie devant *La Perdita* de Thomas Gainsborough. Cette absence d'écho décevait les femmes qu'il intéressait et conduisait les autres à s'interroger. Les unes avaient mis cela au compte d'un orgueil démesuré; les autres avaient un moment suggéré qu'il devait vouer un amour éternel et désespéré à quelque dame lointaine ou inaccessible; quelques-unes, plus perverses, l'imaginaient encore accaparé par de troubles liaisons homosexuelles. Prenant son impavidité pour de la misogynie, les hommes qui le connaissaient le mieux avaient finalement accepté de voir en Dandrige un homme sans femmes. Sa culture, son intelligence, son sens de l'honneur et sa courtoisie faisaient d'autant plus facilement oublier cette particularité de caractère, qu'il se conduisait avec les dames et demoiselles en parfait Cavalier. Plus d'une belle langoureuse, rêvant par les chauds après-midi, sous l'éventail de l'esclave, en respirant une fleur de jasmin, soupirait pour le bel indifférent.

Au cours du barbecue des Tampleton, les plus

audacieuses de ces Dianes primesautières aux bras d'albâtre, à la taille aussi fine que leur cou, baignées à l'eau de rose et parfumées à la bergamote, s'étaient arrangées pour rencontrer fortuitement M. Dandrige. Battant des cils comme des Andalouses, tirant sur leurs gants pour mettre en valeur leurs doigts fuselés, faisant mine de se tordre la cheville sur le gazon afin qu'on leur tende un bras secourable, elles étaient allées jusqu'aux limites admises de la provocation. Dandrige, qui connaissait ce manège, inspiré du vol de séduction des colombes, avait distribué à chacune le compliment qu'elle attendait, allant parfois jusqu'à proposer une danse, quand Corinne avait un cavalier. Ces demoiselles, dont les mères surveillaient discrètement les évolutions stratégiques, avaient deviné avant tout le monde que Mlle Tampleton paraissait la mieux placée. D'une réception à l'autre, à Virginia, à Barrow House, à Hickory Hills, elles avaient vu Corinne, dont elles raillaient la timidité, obtenir plus qu'une autre l'attention de Clarence. Quand elles papotaient, en rapprochant leurs têtes brunes, les pronostics allaient bon train. Naïves et imaginatives, elles voyaient le sort de l'intendant déjà réglé. Elles dirigeaient alors vers d'autres leurs offensives et obtenaient enfin des succès mérités. Bon nombre de ces jeunes filles deviendraient ainsi, au printemps suivant, de « perfect ladies » ayant épousé de « parfaits Cavaliers ».

Comme toutes les filles de planteurs en âge de se marier, Corinne avait préparé son trousseau. Il reposait, inutile et somptueux, dans la « commode aux espérances », traditionnellement offerte aux adolescentes par des parents prévoyants.

Virginie avait été admise sans difficultés dans le cercle des nymphes. Arrachée à ses admira-

175

teurs et au beau Willy, elle s'était retrouvée sous un magnolia, subissant un flot de questions sur Paris, la vie qu'on y menait, les bals, les magasins, la cour. On voulait savoir quels étaient les derniers ukases de la mode et comment se conduisaient les galants, quelle musique on entendait, quels livres on lisait et s'il était exact que les Parisiens traitaient les Américains de Peaux-Rouges à demi civilisés. La filleule de M. de Damvilliers captiva l'attention en racontant la vie nocturne des boulevards, en décrivant les salons. Elle dut montrer ses chaussures fines, faire respirer un flacon d'eau lustrale de Guerlain, expliquer comment les coiffeurs bâtissaient les chignons et promettre d'ouvrir sa garde-robe à ces demoiselles, qu'elle ne manquerait pas d'inviter à Bagatelle. Quand elle proposa de leur apprendre la valse, une danse qu'on qualifiait dans les familles de « vol lascif et circulaire » et que seuls dansaient alors les immigrés allemands, les exclamations fusèrent. Ainsi, la Parisienne apportait dans ses bagages un plaisir défendu.

La soirée fut ponctuée de deux ou trois évanouissements très décents, dus à des corsets trop serrés et au vin de Champagne, puis vers onze heures, à la lueur des lanternes, les voitures se répandirent au long des chemins, ramenant chez elles les familles heureuses. Les pères somnolaient, tandis que les mères recevaient les confidences de leurs filles. Dans toutes les conversations, il fut question de Virginie Trégan, que l'on s'entendit à trouver charmante. Les jeunes hommes essayaient de soutirer à leurs sœurs des commentaires sur la nouvelle beauté du Sud qui, manifestement, ne les laissait pas indifférents. Beaucoup avaient envié la place de Dandrige quand l'intendant était monté avec le marquis et Virginie dans le landau de Bagatelle.

La nuit de mai, douce et tiède, exhalait les parfums sucrés des fleurs nouvelles, la masse sombre des forêts, au-delà des champs de coton, enfermait l'horizon dans ses festons flous au bord d'un ciel rendu plus clair d'un demi-ton par un semis d'étoiles. La lune à son premier quartier ponctuait, comme une virgule d'argent, le message dense et confus des constellations. Virginie, dodelinant de la tête, observa qu'« il n'y avait pas de ciel à Paris ».

« Si nous avons ce temps pendant quelques jours encore, le coton sera là une bonne semaine plus tôt cette année », observa le marquis.

Virginie, sa capeline sur les genoux, enroulée dans son châle, se dit qu'elle connaîtrait désormais ici l'alternance des saisons, car, bien sûr, elle avait déjà choisi de vivre à Bagatelle.

M. Dandrige, les yeux mi-clos, se souvenait d'autres nuits semblables, au bord du Mississippi, quand, jeune Bostonien épris de découvertes, il marchait, plus au nord, vers Prairie-du-Chien, à la rencontre de son étonnant destin.

Quand, au loin, les aboiements des dalmates firent dresser l'oreille aux chevaux, Bobo se raidit sur son siège. Au quartier des esclaves, chez les Tampleton, il avait bu un peu d'alcool dérobé, pour faire comme les autres cochers, et il éprouvait la sensation nouvelle et bizarre d'être une balle de coton mal serrée. Les Blancs, décidément, n'étaient pas faits comme les Noirs. Quel plaisir pouvait donc leur donner un breuvage qui vous mettait dans un tel état !

10

La vie à Bagatelle, Virginie Trégan en fut vite convaincue, constituait certainement pour une femme du XIXᵉ siècle la plus agréable de toutes les formes d'existence possibles. Connaissant la société européenne et appréciant les plaisirs mondains de Paris, elle ne pouvait en douter. Toutes les comparaisons qu'elle faisait s'inscrivaient à l'avantage du sud de l'Amérique, où elle avait le bonheur d'être née. Sans être dupe de l'universalité de la vie basée sur l'exploitation des Noirs enlevés à leurs tribus africaines, elle se sentait capable de jouir des privilèges attachés à sa condition. Car telle était la volonté divine.

Pour ceux et pour celles qui n'avaient jamais connu d'autre mode de vie, une plantation bien organisée ne ressemblait-elle pas à l'Eden de leurs imaginations enfantines ? Une grande maison échouée comme une caravelle au milieu de la mer blanche du coton ne pouvait-elle prétendre, à la fin de l'été, à figurer l'archétype de la paix domestique et de la félicité terrestre ? L'image en était répandue dans tous les livres offerts aux enfants.

Sous l'autorité du maître paternel, les esclaves se livraient aux travaux des champs, humbles soigneurs d'une nature généreuse, tandis que les femmes et les enfants du Grand Planteur Blanc goûtaient les justes plaisirs des élus. Les Noirs, bons animaux à forme humaine, se tenaient à la place que le Créateur leur avait assignée. Résistant à la chaleur humide et à la malaria qui tuaient les Blancs, ils paraissaient faits tout exprès pour cultiver le coton. Ainsi les desseins de Dieu n'étaient pas tous impénétrables. En cherchant bien, on pouvait d'ailleurs trouver dans la Bible des justifications rassurantes. L'esclavage devenait une forme de l'adoption. Car telle était la volonté divine.

En échange du gîte, du couvert et des soins élémentaires qu'un fermier doit à ses bœufs, les serfs s'abandonnaient corps et âme au Grand Planteur Blanc. Celui-ci, sans trop savoir « si l'éternité était ouverte aux nègres », leur apprenait à louer Dieu et baptisait leurs petits. Les esclaves se pliaient de bonne grâce et même avec un certain entrain à ces pieux exercices, mais ils déformaient les airs des cantiques en y introduisant d'étranges rythmes syncopés. Cela affligeait le Grand Planteur Blanc, qui voyait là une manifestation du paganisme irrépressible des sauvages ! Et, comme il était bon et juste, il bénissait ces créatures inachevées. Car telle était, n'est-ce pas, la volonté divine.

Cette conception idyllique de la vie, à l'usage des colons blancs d'autrefois, se perpétuait, confirmée et légalisée, dans l'organisation de plantations comme Bagatelle. Le maître était tenu d'assumer les besoins vitaux des esclaves auxquels il devait, en principe, « apprendre » la religion du Christ. En échange de quoi, l'obéissance absolue des Noirs à leurs propriétaires ne souffrait pas d'exception. Pendant que les hommes tiraient de la terre féconde les produits qu'ils vendraient à d'autres humains moins bien lotis, les femmes se chargeaient du confort et des plaisirs, soignant leur beauté, choisissant leurs parures et recevant les hommages de leurs compagnons reconnaissants. Ces derniers leur devaient le respect et considéraient leurs caprices comme des manifestations gracieuses de la condescendance qu'elles mettaient à exister. Ornements vivants et sans prix des foyers de planteurs, les jeunes filles, comme des fleurs de serre, rares et fragiles, pouvaient prétendre à des égards particuliers. On ne leur demandait que d'être belles et élégantes. Si, de surcroît, elles avaient de l'esprit — ce qui n'était pas indispensable — on voyait en elles d'authentiques petits génies, réincarnés, par la grâce de Dieu, sous forme de sylphides destinées à régner sur les cœurs. Le mariage sublimait leur grâce et leurs dons. Ceux-ci se retrouveraient dans leurs filles, qu'elles s'appliqueraient à polir, à affiner pour qu'à leur tour elles deviennent des adolescentes suaves, puis de « perfect ladies ».

Les planteurs entendaient jouer en Louisiane, et dans d'autres Etats du Sud, le même rôle que les aristocrates avaient tenu en Europe, où de vains peuples contestaient vulgairement leur suprématie. Les Sudistes, qui, au contraire des gens bien nés ou parvenus de France et d'Angleterre, ne recherchaient que rarement le luxe ostentatoire et les honneurs, conservaient l'orgueil des fondateurs de dynastie. Ils s'étaient imposés aux sauvages Indiens par leur courage, à la nature par leur travail, aux Yankees par leurs traditions. Dieu leur avait donné le coton, la canne à sucre, l'indigo et des esclaves robustes. Ayant eux-mêmes édifié les communautés patriarcales sur lesquelles s'exerçait leur autorité, ils avaient conscience de constituer une noblesse de terroir. Celle-ci ne devait ses titres qu'à elle-même et sa fortune provenait de l' « or blanc » des fleurs de cotonnier. Plus qu'une société, ils avaient engendré une civilisation.

Et quand, par hasard, comme les Damvilliers, ils pouvaient se réclamer d'une authentique antériorité nobiliaire, fondée sur des terres de l'Ancien Monde, ils se disaient sincèrement les élus du Seigneur, lequel ne maintenait les avantages et privilèges acquis par les ancêtres qu'à ceux de leurs descendants qui savaient s'en montrer dignes.

Si les mères préparaient soigneusement leurs filles aux fonctions ornementales et domestiques dévolues aux femmes, les pères s'efforçaient de faire de leurs garçons de parfaits « Cavaliers ». En 1830, il était de bon ton pour un planteur aisé qu'il envoie ses fils dans une université du Nord, à Yale ou à Harvard, puis, leurs études finies, qu'il leur offre un « tour d'Europe ». Ceux qui, ayant goûté aux fruits du savoir et de la science, renonçaient au titre de planteur — un fils unique ne pouvait y échapper — choisissaient le métier des armes ou la carrière politique, plus rarement une profession libérale, car ils refusaient d'entrer dans le commerce et l'industrie, activités assez méprisables. Ces dernières paraissaient réservées aux « Saxons », aux « Anglo-Saxons » ou aux Yankees, descendants des puritains écossais et anglais, supporters des fameuses « lois bleues », lesquelles interdisaient — entre autres — à un homme d'embrasser sa femme le dimanche !

De retour au Sud, leur éducation faite, les jeunes gens retrouvaient avec plaisir les coutumes ancestrales, les nounous à la peau sombre qui les avaient bercés, les femmes indolentes et superbes, les chevauchées, la chasse, les duels et les bals. Car en un siècle était née au bord du Mississippi une nouvelle chevalerie, avec son code et

son étiquette. Une chevalerie sans titres ni adou-
bement, mais héritière des mœurs nobles importées d'Europe par des gentilshommes pionniers,
dont on évitait de rappeler qu'ils avaient été parfois des aventuriers sans scrupule.

En Louisiane plus qu'ailleurs, plus qu'en Georgie et en Virginie notamment, l'influence française avait contribué à l'éclosion d'une nouvelle
race d'hommes. Les gens du Nord moquaient
leurs goûts surannés, mais admiraient leur façon
de monter à cheval, leur aisance à danser le quadrille, leur manière de parler aux femmes, leur
habileté à doser un mint-julep[1] et leur propension
à tirer l'épée pour un mot dit de travers ou un
regard insolent.

Au dynamisme affairiste des fils du Nord, qui
évaluaient tout succès en dollars, les Cavaliers
opposaient une réserve polie de nantis sans ambitions. Enclins à la rêverie comme beaucoup
d'amateurs de grands espaces, ils passaient pour
sentimentaux. Plus que les Yankees matérialistes,
ils s'interrogeaient parfois sur la qualité de l'existence humaine, ce qui les rendait mélancoliques
et prêts à accueillir les philosophies pessimistes.
Quelques-uns, blessés par la froideur de quelque
belle, portaient « leur cœur en écharpe » comme
des héros romantiques, mais les mêmes galo-
paient dix lieues pour visiter un ami malade ou
chassaient de l'aube au crépuscule, sans montrer
la moindre fatigue. Tous, par contre, étaient capables de dire comme Hamlet : « La grandeur vraie
n'est pas de s'émouvoir sans un grand motif, c'est
d'en découvrir un dans la moindre querelle
quand l'honneur est en jeu![2] »

1. Boisson typique de la Louisiane, composée de bourbon versé sur de
la glace pilée recouvrant des feuilles de menthe fraîche.
2. Dans la traduction de Yves Bonnefoy.

Le Cavalier devait rester maître de lui en toute circonstance, ne jamais poser de questions aux femmes, ne leur offrir que des fleurs ou des livres et se plier à toutes leurs volontés. Autorisé expressément à faire sa cour, il ne pouvait décemment s'exprimer que dans un langage inspiré de celui des troubadours. Le temps était à peine révolu où l'on organisait des tournois aux couleurs de sa dame. Pour satisfaire aux exigences de la chair, que le Cavalier ressentait sans honte et en homme bien portant, il pouvait s'adresser à de jeunes esclaves de sa plantation, qu'on appelait « tisanières » et dont il sollicitait le concours nocturne en réclamant, une fois la maison endormie, une infusion de tilleul ou de sassafras.

Les jeunes filles ignoraient pudiquement ces concessions triviales faites à la nature de l'homme. Les femmes mariées et migraineuses, quand leurs maris conservaient ces mœurs de célibataire, évitaient de s'en apercevoir. Elles laissaient leurs enfants jouer avec les petits bâtards mulâtres, engendrés entre deux tisanes. Ils n'étaient après tout que des esclaves qui n'avaient rien coûté !

En cette fin de mai, période que les Noirs appelaient « la lune des fleurs », le thermomètre Réaumur indiquait vingt-quatre degrés. Pour Virginie, la vie de plantation prenait peu à peu son rythme tropical fait de lenteur, de longues stations sur la véranda, de promenades sans but au long du Mississippi, dont les eaux, devenues plus claires, se couvraient dans les anses de nénuphars et de jacinthes d'eau. Les insectes nouveau-nés, pris d'une fringale de vivre, essayaient leurs ailes autour des jeunes graminées. La mousse espagnole, que les herboristes nomment de façon savante « Tillandsea Usnoïde », s'emparait de tous les espaces libres entre les branches des chênes, développant des écheveaux de fibres qui, multipliés, feraient plus tard aux arbres des toisons claires. Les poètes y verraient les scalps empêtrés des fées sylvestres, chassées par le soleil.

Les premières tourterelles de Caroline, à la longue queue bordée de blanc, venaient jusqu'à la fenêtre de Mignette, en haut de la maison. Les cardinaux, prodigieux musiciens à la huppe écarlate, lançaient leur chant avec tant de conviction qu'on s'attendait comme M. Audubon « à les voir mourir de plaisir ». Les pics à bec d'ivoire frappaient avec autorité aux portes des chenilles, les geais bleus guettaient avec impatience le moment où ils pourraient piller les nids mal défendus, les troglodytes des marais aux sourcils de vieillard cherchaient des matériaux pour bâtir plusieurs nids en attendant une compagne qui pourrait ainsi choisir sa demeure. Les colibris, bijoux volants, se tenaient immobiles dans l'air, suspendus par l'incroyable vitesse de leurs battements d'ailes, tandis que les moqueurs polyglottes imitaient tous les cris d'amour des autres, comme pour semer chez les femelles de troublantes confusions!

Dans les roseaux des berges, des aigrettes garcettes aux plumes vaporeuses, aux doigts jaunes et des courlis cendrés se faufilaient, vifs et discrets, en fouillant de leur bec effilé la vase tiède où se prélassaient de tendres vermisseaux. Parfois, un héron bleu solitaire, avançant dans l'eau à pas comptés, avec des mimiques de baigneuse frileuse, marquait l'arrêt comme un épagneul, devant une famille de rats musqués en quête d'une résidence d'été. Il arrivait que les uns ou les autres dérangeassent les grenouilles palpitantes, attendant l'heure de la sérénade. Quant aux corbeaux et aux choucas, oiseaux des jours tristes, ils partaient à la découverte de charognes isolées, comme si l'explosion de joie printanière les rejetait vers les sombres forêts, loin des maisons blanches et des champs trop peuplés. Des écureuils noirs, fouillant les érables aux bourgeons sucrés, imaginaient déjà des festins de baies.

L'écorce des sassafras, craquelée par le flux de sève, répandait une odeur douceâtre et la salsepareille dardait des tiges vertes, prête à recouvrir avec ses ondulations de pieuvre toutes les plantes voisines. Des lianes innocentes montaient à l'assaut des cyprès chauves et des cèdres. Plus tard, dans les hautes branches, elles suspendraient des coloquintes sauvages, grosses comme des oranges, qui deviendraient grelots à distraire les vents.

De son enfance, Virginie avait retenu le souvenir des printemps louisianais quand, jeune animal, elle observait, accroupie au pied d'un arbre, le cheminement des fourmis ou que, le nez en l'air, elle rêvait de saisir une pie exubérante. A Bagatelle, le spectacle de la nature semblait avoir plus d'ampleur que dans le jardin de son père. La grande plantation offrait la variété et l'abondance des domaines sans clôture. Une jument s'essoufflait avant d'en avoir fait le tour. Les soirées surtout la réjouissaient, quand après le dîner elle rejoignait un moment sur la véranda le marquis et Clarence Dandrige. Renonçant, par courtoisie, à s'entretenir de choses austères ou de problèmes pratiques, ils racontaient pour elle le passé de ce pays. Telle crue fameuse du Mississippi, tel accident de chasse, tel ouragan, telle fête dont ils avaient gardé le souvenir permettaient, soir après soir, à la jeune fille d'apprendre la saga de Bagatelle. Dandrige, en tant que mémorialiste des Damvilliers, n'omettait aucun détail. L'épopée du Vieux Sud devenait, à travers ses récits et les anecdotes, une véritable chanson de geste. Les pionniers y apparaissaient comme des croisés agriculteurs, lancés à la conquête d'une terre profane.

Les jours de pluie, Virginie, assistée de Mignette, fignolait l'installation de la maison, en extirpant de la remise aux meubles des objets oubliés qui eussent fait le profit des antiquaires parisiens. C'était une chocolatière de Zachariah Brigden, l'orfèvre bostonien, une coupe à friandises de style « silésien », un brasero de Saragosse, un dumb-waiter[1] venu d'Angleterre, une fontaine d'étain. En les retrouvant, nettoyés et à leur place, le marquis se souvenait de l'histoire de ces objets, que sa femme avait réformés, comme autant de « nids à poussière ».

Souvent, l'après-midi, celle qui s'était discrètement imposée comme maîtresse de maison flânait dans la bibliothèque, la pièce la plus fraîche de la maison. Elle découvrait ainsi que les pionniers et leurs descendants n'étaient pas des paysans ignares comme on avait trop tendance à le croire en Europe. Il y avait là, sur les rayons courbés sous le poids des volumes aux belles reliures, quantité d'ouvrages intéressants. Les œuvres des moralistes français, celles de Beaumarchais, de Plutarque, les *Métamorphoses* d'Ovide, des ouvrages sur la Révolution française, le *Journal* de La Harpe, une histoire de philosophie en seize tomes, Virgile et Voltaire, La Fontaine et Boileau. Des auteurs contemporains aussi, acquisitions du dernier marquis : Walter Scott, Hugo, Xavier de Maistre, Parny et bien d'autres.

Virginie se saisissait d'un livre, s'allongeait sur un grand canapé de cuir amolli par l'usage et lisait quelques pages, qui proposaient à ses rêve-

1. Serviteur muet.

ries des directions nouvelles. Un jour, elle mit la main sur un tas de partitions pour clavecin. Les feuillets écornés reproduisaient des compositions de Couperin, de Rameau, Bach, Lulli. Aussitôt, elle pensa qu'il devait y avoir à Bagatelle un clavecin oublié dans quelque resserre. Elle interrogea Maman Netta, qui ne se souvint de rien, puis, avec Mignette, elle entreprit une exploration des lieux susceptibles de receler l'instrument. Elle le trouva finalement, parfaitement emmailloté dans de vieux draps et couvertures, au fond d'un cellier. Avec plus d'émotion que de curiosité, elle déshabilla l'instrument et eut l'heureuse surprise de se trouver devant une pièce magnifique de style français, au piétement baroque, à la ceinture chantournée, en parfait état. L'intérieur du couvercle révéla une belle peinture, représentant la légende d'Orphée. La table d'harmonie était décorée de fleurs peintes a tempera.

Musicienne accomplie, elle remarqua tout de suite qu'il s'agissait d'un clavecin à grand ravalement, d'une étendue de soixante notes. Elle laissa courir ses doigts tachés de poussière sur les deux claviers plaqués en ébène et fit une grimace. L'instrument, bien qu'en état de marche, avait besoin d'être accordé.

« Où trouverons-nous un accordeur, dans ce pays ? » fit Virginie, s'interrogeant elle-même à haute voix.

Mignette, finaude et qui, depuis peu promue demoiselle de compagnie, recevait les confidences de sa maîtresse, se souvint du récit que celle-ci lui avait fait après le barbecue des Tampleton.

« Les gens qui ont des pianos doivent le savoir, mademoiselle !

— Bien sûr, Mignette, bien sûr ! s'exclama la filleule du marquis. Nous allons faire atteler le buggy et filer aux Myrtes; Corinne Tampleton nous tirera d'affaire. »

Corinne connaissait un accordeur. C'était l'organiste de Natchez. Elle le ferait prévenir dans les meilleurs délais d'avoir à passer par Bagatelle et, ainsi, le clavecin des Damvilliers retrouverait sa voix cristalline. Cette affaire réglée, tandis que Mignette aidait Mme Tampleton à préparer le thé, les deux jeunes filles firent quelques pas dans le parc.

« Mon frère Willy va regretter d'avoir manqué votre visite, Virginie, fit Corinne d'une voix douce. Vous lui avez fait grande impression l'autre jour.

— C'est un parfait gentilhomme, Corinne, et j'aurai toujours plaisir à le voir... Vous pouvez le lui dire! »

Ces mots causèrent un vif plaisir à Mlle Tampleton qui, comme toutes les âmes généreuses, ne souhaitait que le bonheur des autres.

« Savez-vous, reprit-elle, que Willy m'a beaucoup questionnée à votre sujet. Il souhaitait savoir si vous restiez à Bagatelle ou si vous retourneriez en France auprès de votre tante. »

Virginie réfléchit un instant. Bien que sa décision fût arrêtée de demeurer chez son parrain, elle estima qu'il valait mieux laisser un peu d'incertitude au beau Willy, qui n'en serait que plus empressé.

« Je ne sais pas encore, Corinne, ce que je dois faire. Je suis orpheline et rien n'indique que mon parrain souhaite me garder près de lui. Et puis ma tante me réclame et la vie de Paris a son charme!

— Mais vous pouvez être heureuse en Louisiane, Virginie. Tout le monde vous aime déjà. Et je suis si contente d'avoir une nouvelle amie, qui sait tant de choses... »

Virginie posa sa main sur le bras de la jeune fille et, les yeux à demi clos, soupira :

« Pour une orpheline sans fortune, Corinne, le bonheur peut-il exister ? Etre à la charge d'un homme généreux comme M. de Damvilliers me gêne un peu. Il a déjà tant fait, n'est-ce pas, pour ma famille !

— Oh ! non, ne soyez pas triste, Virginie, je vous en prie. Rien ne doit vous empêcher d'être heureuse parmi nous et M. Dandrige m'a dit, en confidence, que le marquis était enchanté de vous avoir dans sa maison.

— M. Dandrige a dit cela, vraiment ?

— Oui, et bien d'autres choses aimables sur votre compte. Je commets peut-être là une indiscrétion, mais c'est pour vous rassurer sur les sentiments que vous inspirez.

— Merci, Corinne, dit Virginie d'une voix un peu trop chargée d'émotion. Merci, vous me faites du bien ! »

Elle embrassa Mlle Tampleton, toute rougissante d'avoir accompli une bonne action. Et puis, comme Virginie Trégan devinait ce que les êtres souhaitaient entendre, elle glissa avec ce rien d'hésitation qui donne du prix aux confidences :

« M. Dandrige tient votre famille en grande estime et parle de vous avec beaucoup de chaleur. Il dit que vous êtes la plus accomplie de toutes les jeunes filles qu'il connaît...

— C'est vrai ? fit Corinne, sans pouvoir dissimuler l'intérêt qu'elle portait à ces paroles. Et que dit-il encore, Virginie ?...

— Il dit, inventa Virginie, que vous êtes très belle et très raisonnable aussi, que vous ne ressemblez pas à ces évaporées qui ne pensent qu'à leur toilette et passent leur temps à mugueter. Mais M. Dandrige est un timide et il serait mécontent d'apprendre que je vous dis tout cela ! Les hommes sont ainsi, leur orgueil les pousse à dissimuler leurs sentiments aussi longtemps qu'ils ne peuvent plus les cacher !

— Oh ! merci, Virginie. Vous êtes mon amie, je le sens, et, bien que nous nous connaissions à peine, vous avez deviné que, tout comme vous, je suis toujours anxieuse de savoir si je ne déplais pas !

— Vous plaisez, Corinne. Soyez rassurée. Vous plaisez à M. Dandrige. Mais, je vous en prie, agissez comme si je ne vous avais rien dit, les hommes ne comprennent pas la complicité des femmes !

— C'est cela, fit joyeusement Mlle Tampleton, nous serons complices et vous m'apprendrez la valse et vous me conseillerez pour mes toilettes et nous ferons ensemble de la musique...

— Chère, chère Corinne, fit Virginie pour calmer cette exaltation qu'elle se sentait capable de canaliser à sa guise. Vous me donnez envie de rester en Louisiane !

— Oh ! oui, restez, Virginie. Je vous aime déjà comme une sœur ! »

Et, spontanément, la jeune fille rendit à Virginie son baiser, avant de lui prendre le bras et de la ramener vers la maison, où le thé était servi.

Ce soir-là, Corinne fit un tour de parc avec Willy, quand il revint de la nouvelle sucrerie, que son frère venait de faire construire. Elle lui raconta la visite de Virginie, dit sa douceur, démontra sa maturité et l'encouragea vivement à faire sa cour à une si charmante personne, qui, orpheline, avait besoin d'être entourée d'affections sincères. Il en aurait bientôt l'occasion s'il acceptait d'accompagner sa sœur à Bagatelle, où Virginie les avait invités. C'était, eût dit le docteur Murphy, comme si l'on demandait à un malade s'il voulait la santé !

11

Un matin, le coton fleurit.

On le sut à Bagatelle par un esclave, qui vint à l'heure du breakfast apporter en courant l'heureuse nouvelle. Il se tenait, un peu essoufflé, au seuil de la maison et avec un immense sourire, en triturant un vieux chapeau aux ailes rongées, il lança :

« Maître, les fleurs sont là... maintenant ! »

Pour être bien sûr d'être compris et parce qu'il ne savait quoi dire de plus, il le répéta trois fois.

Adrien de Damvilliers s'approcha du Noir et, avec l'air satisfait de l'homme qui vient d'apprendre que sa femme lui a donné un nouvel enfant, il envoya à l'esclave une bourrade chaleureuse, en guise de remerciement.

Ainsi, une fois encore, comme depuis tant d'années, l'or blanc était dispensé à Bagatelle. Quelle meilleure preuve de la bienveillance divine pouvait-on souhaiter ?

Le marquis appela Maman Netta et fit remettre au messager un énorme cake et une cruche de sirop d'érable pour sa famille. Il y ajouta une pièce d'or que le Noir reçut avec reconnaissance. Adrien continuait en effet, au fil des printemps, la tradition instaurée par son grand-père. L'esclave qui, le premier, arrivait à la maison du maître pour annoncer la floraison des cotonniers avait droit à une récompense. N'entraient en compétition que les chefs de famille. Le champion du jour s'appelait Télémaque. Il était né dans la plantation et sa femme l'avait pourvu de dix enfants. Il chantait admirablement le *Gloria* à la messe du dimanche et ne rechignait jamais à la besogne. Le marquis fut heureux qu'il ait emporté la palme... et le cake.

Aussitôt, Adrien de Damvilliers et Dandrige montèrent à cheval pour se rendre dans les champs. Ils invitèrent Virginie et Mignette à les suivre dans un cabriolet. Mignette était excitée comme un enfant auquel on va montrer un spectacle exceptionnel !

Les hommes, partis au grand galop, attendirent que le buggy les eût rejoints à la lisière des champs. Tous, avant de mettre pied à terre, considérèrent un moment en silence la mer verte des cotonniers maintenant parsemés de points, jaunes, roses ou blancs, qui étaient des fleurs. D'heure en heure, des milliers de corolles allaient s'ouvrir pour, en moins de deux jours, composer un massif éphémère, prodigieux sourire d'une nature domestiquée, esclave pressée par d'autres esclaves. La terre faisait ainsi savoir aux hommes qu'elle acceptait de leur servir une nouvelle part de richesse.

Adrien, au milieu des Noirs respectueux et qui appréciaient l'aubaine d'une interruption du travail, s'avança entre les plants qui atteignaient la hauteur de ses hanches. Il choisit deux fleurs, les cueillit délicatement, en porta une à Virginie, l'autre à Mignette.

« La première fleur de coton donne du bonheur pour l'année », dit-il.

Et, avec une grâce un peu pataude, le maître de Bagatelle esquissa une courbette.

Tandis que les deux femmes regagnaient la maison, Dandrige et Adrien s'entretinrent avec les contremaîtres. Le responsable, qui commandait aux autres, était un Allemand rougeaud, tirant en permanence sur une pipe de maïs. Les esclaves le craignaient, car, bien qu'il ne possédât pas de fouet comme la plupart des contremaîtres des autres plantations, il distribuait parfois des coups de botte dont les fesses des paresseux gardaient les marques une bonne semaine. Le marquis constata qu'il n'y avait pas de mauvaises herbes autour des cotonniers, propreté indispensable pour une bonne récolte. Ce résultat était obtenu grâce à des sarclages répétés, car le soleil, aidé par les averses tropicales, facilitait la croissance rapide d'une verdure parasite qui volait la nourriture des plants.

Désormais, il fallait surveiller en permanence chaque pouce de terrain, pour prévenir toutes les offensives des prédateurs. Adrien fit les recommandations d'usage et, accompagné de Dandrige, s'en fut voir où en était l'indigo.

Le marquis avait une tendresse particulière pour cette plante tinctoriale, qui avait fourni aux Damvilliers les bases de leur fortune. Claude-Adrien, le premier marquis, avant de s'embarquer pour la Louisiane avec en poche le titre de propriété donné par le Régent pour dix mille acres à Pointe-Coupée, avait pris des renseignements sur les possibilités de culture aux bords du Mississippi. On lui avait parlé de l'indigo, que certains appelaient anil, et qui fournissait une teinture bleue, dont l'Europe faisait une grande consommation. Sous Louis XIV, Colbert avait fait rédiger en 1671 des « instructions générales pour la teinture des laines ». Il tenait à encourager la culture de la garance, dont les racines pilées procuraient par macération une pâte, à teinture rouge sombre, très appréciée des tisserands. On en retrouvait la couleur dans les tuniques des chevaulégers de la Garde, dans celles des mousquetaires de la Maison Rouge du Roi, dans les culottes, les bas et les parements de bien d'autres régiments.

L'indigo, de la même façon, servait à teindre les tissus des uniformes des soldats du roi de Prusse, pays où l'on semblait avoir une prédilection pour cette couleur.

Pendant qu'à Paris M. Law avait quelques ennuis, qu'on fermait la rue Quincampoix, qu'à Marseille la peste resurgissait comme un fléau, qu'à Londres la Compagnie des Mers du Sud déposait son bilan, Claude-Adrien avait rendu visite à Frédéric-Guillaume Ier, roi de Prusse depuis 1713. Le Roi-Sergent, dont on connaissait l'intérêt pour la chose militaire, venait d'abolir le servage sur les terres nobles de son duché, devenu royaume. Ce souverain despotique, coléreux, et à l'occasion intempérant, reçut aimablement le gentilhomme français venu lui proposer un contrat inattendu. Damvilliers s'engageait à fournir aux Prussiens de quoi teindre les tissus destinés à la confection des uniformes de leurs soldats, à un prix qui tiendrait compte des investissements à opérer en Louisiane. A la troisième bouteille de vin du Rhin, Frédéric-Guillaume, bourru mais sans façon et pour qui un thaler était un thaler, estima qu'il y allait de l'avenir de son intendance de traiter avec ce seigneur français, aventureux et plein d'idées. La devise du monarque prussien n'était-elle pas *Ein Plus Machen* — Faire un profit? Claude-Adrien s'était donc embarqué pour les Amériques avec un contrat de fournisseur du roi de Prusse et une méthode pour fabriquer des pains de teinture bleue, à partir d'une plante qu'il n'avait alors jamais vue. Ainsi, les grenadiers géants du « Rotes Leibbataillon » et les « liebe blaue kinder » (chers enfants bleus) de Frédéric-Guillaume Ier allaient porter des habits dont la couleur avait été préparée, aux bords du Mississippi, par un Français, qui se disait que travailler pour le roi de Prusse ne signifiait pas œuvrer sans bénéfices !

Claude-Adrien avait même été décoré par le souverain prussien, dont le successeur reconduisit le contrat, jusqu'au jour où le coton se révéla, pour les gens de Bagatelle, une culture plus rentable.

En conservant quelques arpents d'indigo, dont il vendait la substance aux tisserands du Massachusetts et de Pennsylvanie, Adrien de Damvilliers, troisième du nom, avait voulu continuer une culture traditionnelle. Si elle ne permettait plus de grands profits, elle maintenait tout au moins en état de marche des installations qui pourraient, un jour peut-être, servir plus largement les intérêts de la plantation.

Les indigotiers, eux aussi, avaient fleuri. Ils dardaient au milieu de leurs feuilles composées de petites flammes roses et rouges, qui donneraient naissance à des gousses en forme de haricot recelant les graines. Quand le moment serait venu, on arracherait les plantes, qui seraient broyées à la meule et mises à macérer, puis à fermenter, dans des cuves. Le liquide soutiré, agité à l'air, serait alors décanté après un long repos et, devenu pâte, découpé en pains que l'on ferait sécher sur des claies.

L'indigo représentait autrefois la culture principale de la Louisiane. Elle avait été abandonnée pour celles du coton et de la canne à sucre, mais, dans les hautes terres des Attakapas et des Opiloussas, certains planteurs avaient replanté des indigotiers au moment de la baisse des prix du coton. La production d'indigo demeurait cependant très restreinte et ne s'élevait guère au-delà de la quantité nécessaire à la consommation de la Louisiane et des Etats voisins.

Adrien de Damvilliers, qui s'était assuré pour son indigo des débouchés chez les industriels du Nord, comme autrefois son aïeul chez le roi de Prusse, paraissait satisfait de voir le « carré de bleu » en pleine prospérité. Les vieux Noirs qui y travaillaient faisaient figure de privilégiés, car la plante demandait beaucoup moins de soins que le cotonnier. Comme le maître était de belle humeur, il ordonna que l'on fasse porter à ces esclaves quelques bouteilles de « root-beer[1] ».

Alors qu'il avançait avec Dandrige vers la maison, leurs chevaux allant au pas, le marquis crut bon d'informer l'intendant de la décision de Virginie, qui souhaitait demeurer à Bagatelle sans fixer de limite à son séjour.

« C'est une bonne chose, Dandrige. Je craignais qu'elle ne s'ennuie avec nous, qui ne sommes pas gais, ni l'un ni l'autre, mais je vois avec plaisir qu'il n'en est rien. Elle s'est fait des relations, on l'invite un peu partout et certains jeunes messieurs commencent à lui conter fleurette. J'ai l'intention, d'ailleurs, de donner un barbecue pour remercier nos amis de l'accueil qu'ils ont réservé à ma filleule. Ne croyez-vous pas que cela plaira à Virginie ?

— Certainement, si vous n'estimez pas que votre veuvage est encore trop récent. »

Le marquis parut réfléchir.

« Vous me rappelez là, Dandrige, une chose que j'avais oubliée. Entre nous deux, la franchise a toujours été de règle. Tantôt je vous considère

1. Boisson que l'on considère comme l'ancêtre du ginger-ale.

comme le frère que je n'ai pas eu, tantôt comme un ami. Ce que le frère n'admettrait pas, l'ami peut le comprendre. J'ose vous dire qu'il ne m'arrive que très rarement, maintenant, de penser à cette pauvre Dorothée. C'est triste, Dandrige, mais elle a traversé ma vie en laissant moins de souvenirs qu'une bonne récolte de coton ! »

Clarence apprécia la sincérité du marquis

« Il faut dire, observa-t-il, que votre femme s'absentait si souvent qu'on était, si vous me permettez de le dire, habitué à ne pas la voir !

— Oui, et même quand elle séjournait à Bagatelle j'avais l'impression qu'elle n'y était pas. Il a suffi que Virginie remette le vieux décor en place pour que soient effacées huit années de vie qu'il faut bien appeler conjugale. »

Puis il ajouta, rêveur :

« C'était une douce créature, mais nous n'avions en commun qu'une éducation, ce qui apparemment n'est pas suffisant pour faire un couple. »

Et, après un nouveau silence :

« Je me moque du qu'en-dira-t-on, Dandrige. Nous donnerons ce barbecue pour Virginie. On ne vit pas dans un cimetière ! »

Clarence estimait Adrien pour la clarté de ses décisions et sa loyauté envers lui-même et les autres. La devise des Damvilliers, « Passer outre », définissait exactement l'attitude d'un terrien qui, ayant en lui-même une confiance rustique, savait trancher en toutes circonstances, sans tenir compte des conventions hypocrites. De tels hommes étaient rares dans la société des planteurs, où l'on passait le plus clair de son temps à s'interroger sur ce qui était bien ou mal, non en fonction de croyances ou de goûts personnels, mais par souci d'approbation sociale.

Cette conversation permit à l'intendant d'évaluer l'importance qu'avait prise Virginie dans la vie de Bagatelle. Aucune décision d'ordre domestique n'était arrêtée sans son avis. Elle composait les menus avec Maman Netta, visitait l'hôpital des esclaves, surveillait les fournisseurs et recevait les hôtes de passage, s'ingéniait à éviter au marquis tous ces petits soucis qu'un homme sans femme doit assumer. Quant à Mignette, le maître l'avait maintenant adoptée. Très vite, il avait renoncé à la traiter comme une domestique. Méfiant comme un paysan face aux inconnus, Adrien avait d'abord observé le comportement de la servante de Virginie. Puis, ayant apprécié les rapports entre celle-ci et sa maîtresse, il s'était rendu compte que les relations des maîtres avec les serviteurs devaient être bien différentes à Paris de celles qui pouvaient exister dans le Sud esclavagiste. Aussi, quand sa filleule, avec un grand luxe de précautions oratoires, avait suggéré que « la gentille Mignette, qui lui était attachée comme une confidente de Molière », vienne prendre ses repas à la table familiale, il avait immédiatement acquiescé. S'adressant à la jeune fille, il l'avait lui-même priée de se considérer comme une invitée. Cette promotion, en flattant Mignette, avait réjoui Virginie, laquelle souffrait secrètement de voir sa dévouée suivante soumise à un statut sans rapport avec ses qualités et ses mérites, ce qui la déclassait aux yeux des esclaves attentifs à l'incompréhensible hiérarchie sociale des Blancs.

Dandrige, s'il n'avait pas été surpris par cette évolution, s'était souvenu sans méchanceté, mais avec un peu d'ironie, de cette servante de Byron, qui avait joué un rôle assez trouble dans les relations de l'écrivain et de sa femme. Le jour où Mignette prit place à la table du maître, il avait le soir même retrouvé le texte du poète : « Née au grenier, élevée à la cuisine, écrivait le lord, ensuite promue en grade et appelée à orner la tête de sa maîtresse; puis pour je ne sais quel service, que l'on ne nomme pas et qu'on ne peut deviner qu'au salaire, élevée de la toilette à la table de ses maîtres..., elle dîne dans l'assiette qu'autrefois elle lavait. » On ne pouvait, bien sûr, comparer « la gentille Mignette » à cette Mrs. Charlemont qu'évoquait Byron. Clarence fut un peu honteux de ce rapprochement, qui n'était que jeu intellectuel. Il se montra empressé auprès de la suivante de Virginie, comme s'il se fût agi d'une héritière. La jeune fille, que le regard clair et froid de M. Dandrige impressionnait plus que la grosse voix de M. de Damvilliers, retrouva sa spontanéité naturelle. Les repas de Bagatelle en furent égayés.

Quelques jours plus tard, Clarence proposa même à Mignette de lui apprendre à monter à cheval, ce qu'elle accepta, et l'on vit souvent l'intendant trotter au long du fleuve au côté de Virginie et de sa « demoiselle de compagnie », dont le bonheur tout neuf réjouissait le cœur vide d'un homme qui, tout comme Adrien de Damvilliers, savait à l'occasion « passer outre ».

Les capsules des cotonniers venaient à peine d'atteindre la taille d'une grosse noisette, que l'on apprit à Bagatelle l'arrivée de la fièvre jaune à La Nouvelle-Orléans. Les chaleurs humides de l'été ranimaient chaque année ce fléau, qui causait des ravages considérables dans la grande ville du Sud. Aussi, quand, fin juin, les gazettes annoncèrent quelques cas de décès, survenus à l'hôpital de charité, les gens aisés commencèrent à quitter leurs résidences urbaines, pour se répandre dans les campagnes, réputées plus saines.

Les médecins ignoraient alors la façon dont le

fléau se propageait[1]. Ils constataient simplement que les Européens et les gens du Nord, fraîchement débarqués en Louisiane, fournissaient le plus gros contingent de victimes. La maladie se déclarait brutalement par une très forte fièvre, des maux de tête et des douleurs lancinantes dans le bas du dos, que les praticiens appelaient « coups de barre ». Les malades vomissaient et montraient des visages congestionnés. Ceux qui, après trois ou quatre jours, sentaient leur fièvre tomber avaient toutes chances de guérir. Les autres, qui se mettaient à vomir des matières sombres et sanguinolentes et dont la peau prenait un ton jaune, tandis qu'ils maigrissaient à vue d'œil, étaient condamnés à mourir dans des souffrances que la médecine se révélait incapable de calmer. Le traitement, peu efficace, consistait à coucher le malade dans une pièce dont on fermait hermétiquement portes et fenêtres. Comme il fallait qu'il ait chaud, on le roulait dans d'épaisses couvertures puis on le purgeait et le saignait. On lui faisait avaler des tisanes bouillantes, infusions de menthe, de sassafras ou d'ellébore et on lui appliquait sur le ventre des emplâtres d'orties ou des compresses de rhubarbe. Les Noirs prévenaient la maladie à leur manière, en portant autour du cou un collier d'araignées, en mâchant des herbes ou en buvant de la liqueur de serpent. Quand les fiévreux échappaient à la mort, on mettait leur guérison sur le compte de pratiques qui procuraient aux charlatans plus de dollars qu'aux médecins honnêtes. Les agonies étaient cruelles et l'on citait le cas d'un moribond qui, incapable de supporter ses douleurs, avait brisé le ciel de

1. Il fallut attendre 1881 pour qu'un médecin cubain, Carlos Finlay, fasse la preuve expérimentale que la maladie se propageait par les moustiques.

son lit avant d'expirer sur le plancher de son appartement en poussant des cris effrayants.

Bientôt, la fièvre moissonna trente, puis cinquante vies par jour et l'on commença, à Bagatelle, à brûler dans la maison des herbes sèches que Maman Netta rapportait du village des esclaves. La fumée âcre et purificatrice faisait pleurer Virginie et Mignette. Cette dernière n'osait pas dire sa frayeur, car on annonçait maintenant que la fièvre « remontait la rivière ». On citait les noms de notables terrassés par le mal et, dans les villages, on entendait la clochette, agitée par un enfant de chœur, marchant devant le prêtre, qui se hâtait de porter l'extrême-onction aux mourants. Le docteur Murphy raconta, un soir où Adrien de Damvilliers l'avait convié à dîner, que, dans une plantation au sud de Baton Rouge, quatre-vingt-quinze esclaves sur trois cents avaient péri en moins d'une semaine.

Le fléau, comme chaque année à La Nouvelle-Orléans, provoquait une interruption quasi totale des affaires. Certains planteurs risquaient, de ce fait, la faillite. C'est à cette époque que le consul de France, qui tenait son gouvernement au courant de l'état sanitaire du pays, écrivait au ministre des Affaires étrangères : « Tel qui, par le nombre de ses esclaves, offrait à ses créanciers une sécurité vivante, ne trouve plus que difficilement à négocier des obligations, qui, par la mort possible des esclaves, peuvent perdre d'un jour à l'autre une grande partie de leur valeur réelle. »

Comme chaque année aussi, les médecins ouvraient à nouveau le vieux débat : « La fièvre jaune est-elle contagieuse ? » « Oui », disaient ceux du Nord. « Non », affirmaient les membres de la Société médicale française de La Nouvelle-Orléans. On préférait faire confiance à ces derniers. Le docteur Murphy, lui, ne se prononçait pas. « Ayez de l'hygiène, disait-il à ses pratiques, cela ne peut pas faire de mal, et buvez un verre de bon whisky chaque soir, ça dissipera vos angoisses. Pour le reste, priez Dieu si vous y croyez. Et surtout ne me dérangez pas, je ne pourrais que vous dire... qu'il n'y a rien à dire ! »

Il fallait compter sur la nature pour chasser le fléau qu'elle avait apporté. Une forte pluie, un grand vent, on l'avait constaté, dissipaient les miasmes et l'automne faisait généralement disparaître cette maladie de l'été. En attendant, il fallait supporter l'épidémie, vivre dans l'inquiétude. Une migraine causait des alarmes sans nom, une simple indigestion faisait apparaître le spectre de la mort dans une famille, car on soupçonnait dans ces petites indispositions les signes avant-coureurs du mal.

Adrien de Damvilliers, qui avait vu sa femme emportée, hors saison, par la fièvre pernicieuse, ne changeait rien à ses habitudes de vie. Il paraissait plus préoccupé par une offensive des parasites qui menaçaient ses cotonniers, que par les nouvelles alarmantes qui, de plantation en plantation, arrivaient jusqu'à lui. « Depuis trois générations que nous sommes ici, disait-il, le mal nous connaît. Il a renoncé à nous attaquer. Un bon cigare fait plus pour assainir l'atmosphère que les herbes de Maman Netta... et ça sent moins mauvais ! » Quant à Virginie, toujours maîtresse d'elle-même, elle calquait son attitude sur celle de Dandrige, qui affectait de ne pas entendre les histoires que racontaient les gens inquiets. Elle avait interdit à Mignette d'évoquer le fléau, mais cette dernière passait des heures à s'en entretenir avec la petite Rosa qui, chaque matin, avait un nouveau ragot à rapporter. Pour dissiper ses pensées moroses, Mignette préparait des fils de laine pour Virginie qui avait entrepris un ouvrage de tapisserie. Elle affichait aussi une passion pour le cheval. Bobo était devenu son ami et complétait de ses conseils de palefrenier les leçons données par Dandrige. Elle obtint même la permission d'accompagner le Noir quand il conduisait les chevaux au maréchal-ferrant de Pointe-Coupée. C'est ainsi qu'elle fit la connaissance du robuste Alsacien qui allait tenir une place considérable dans son existence.

Il n'y eut qu'un décès suspect au village des esclaves. Une très vieille femme, qui succomba aussi discrètement qu'elle avait vécu, après une semaine de fièvre et de tremblements. Le docteur Murphy déclara péremptoirement qu'elle était morte de vieillesse, mais les esclaves ne le crurent pas. Pour eux, c'était la première victime de la « dengué », comme ils appelaient la fièvre jaune, et les pratiques superstitieuses réapparurent. On égorgea quelques poulets, on recueillit des crottes de mouton et les prières redoublèrent, car les Noirs tenaient à s'attirer la bienveillance de leurs génies ancestraux comme celle du Dieu des Blancs, qu'ils avaient fait leur, à la demande du maître.

Ce dernier, comme il se devait, décida d'assister aux funérailles de la vieille femme et Virginie proposa de l'accompagner. Ils se rendirent tout d'abord à la maison de la morte, qui reposait sur une planche, enveloppée d'un calicot blanc. Elle avait déjà l'aspect d'une momie, ses traits étaient crispés et autour d'elle se lamentaient ses enfants — elle en avait seize — et ses petits-enfants en âge de voir la mort. Un hangar à coton désaffecté pourvu d'un clocher servait d'église et le père Volbert, un jésuite de Pointe-Coupée, y officiait. On y transporta, ouvert, le cercueil que le prêtre fit fermer en sa présence avant de réciter l'office des morts. La foule sanglotait et Virginie, debout à côté de son parrain, trouva fort belles les lugubres mélopées qui succédèrent aux prières de l'officiant. Télémaque conduisait les chants, sortes de cantiques improvisés, où revenait le nom de la défunte, et bientôt des battements de mains rythmèrent les lamentations, sur un air qui n'avait plus aucun rapport avec une mélodie religieuse. Des voix aiguës de femmes, au bord de la transe, s'élevaient parfois et les larmes qui coulaient sur les visages n'étaient pas feintes. Le chagrin s'exaspérait à sa propre évocation. Virginie eut presque peur de ce déchaînement de tristesse, qui menaçait d'atteindre l'hystérie.

Adrien la rassura :

« C'est leur façon à eux d'enterrer leurs morts. »

Les filles de la défunte, la tête recouverte d'un carré de coton noir, dont une pointe dissimulait leur visage ruisselant de larmes, étreignirent soudain le cercueil avec de grandes démonstrations de douleur. Le prêtre attendit que cette exaltation soit calmée, puis il fit un signe aux porteurs, qui enlevèrent le corps. Cela eut pour effet de redoubler les lamentations et les cris. Puis on retrouva le soleil qui, révélant une foule aux vêtements multicolores, mit sur ce deuil une lumière de fête champêtre. En un instant le chagrin parut dissipé.

« Nous n'irons pas au cimetière, dit Adrien. Ils préfèrent que nous n'assistions pas à la mise en terre, car ils se livrent là à des incantations auxquelles même le prêtre ne comprend rien. Leur paradis et leur enfer ne sont pas les nôtres. Laissons-les aller. »

Les parents de la morte vinrent remercier le maître. Il décréta que, pendant le reste de la journée, la famille endeuillée serait dispensée de travail.

« Les nègres, commenta le marquis, tandis qu'il ramenait Virginie, sont des êtres sentimentaux, mais sans pudeur. Ils donnent, comme vous l'avez vu, libre cours aux mouvements de leur cœur. Ils ne savent rien faire calmement. Ce sont des enfants un peu menteurs et paresseux, souvent rusés comme sont les bêtes des forêts, dont ils ont conservé une partie des instincts. C'est pourquoi nous nous devons de les gouverner fermement. La liberté leur donne de l'arrogance, mais aucun bonheur ! »

Au lendemain de ces funérailles, la pluie se mit à tomber, violente et drue. Elle dura une semaine, l'averse prenant parfois l'allure d'une tornade, hachant les feuilles, piétinant les azalées et les rhododendrons, arrachant aux magnolias et aux tulipiers leurs tendres fleurs, transformant les chemins en bourbiers. Un soir, comme Dandrige et le marquis retiraient leurs bottes crottées sur la véranda, ils entendirent, venant du petit salon, un air de musique.

« C'est le clavecin de ma mère, dit vivement Adrien. Je ne l'avais pas entendu depuis vingt ans... Vous croyez aux fantômes, Dandrige ?

— Non, Adrien, je ne crois pas aux fantômes. Je crois, par contre, aux talents et à... l'intelligence de votre filleule.

— Allons voir ça », fit le marquis en enfilant prestement les chaussures bien cirées que le vieux James lui tendait.

Virginie s'était mise au clavecin, en entendant les pas des chevaux. L'accordeur, envoyé par Corinne Tampleton, avait fort bien fait son travail ; l'instrument rendait des sons justes et moelleux. Jamais la jeune fille n'avait touché un clavier de cette qualité. Les notes aigrelettes résonnaient dans cette maison de bois avec une brillance particulière, les phrases y prenaient une suavité quasi sensuelle. Elle jouait une gigue, extraite des *Nouvelles Suites de pièces pour clavecin* de Jean-Philippe Rameau. La partition portait le millésime de 1728. Vieille de plus d'un siècle, cette musique avait la fraîcheur des jeux d'eau de Versailles au temps du Roi-Soleil. Adrien et Dandrige, au seuil du salon, attendirent la fin du morceau pour manifester leur présence. Virginie, qui les savait là, jouait avec élégance, faisant scintiller les harmoniques dans le médium et l'aigu, tirant des bancs sonores de graves roucoulades et soulignant les triolets descendants, pleins d'une joie tonique. La tête inclinée sous ses cheveux d'or roux, la jeune fille ressemblait à une rêveuse sylphide dont la musique aurait été la voix surnaturelle. Ses doigts déliés couraient sur le clavier avec virtuosité, le léger mouvement des plis de sa robe de soie aventurine indiquait qu'un pied invisible marquait la mesure !

« Bravo ! Bravo ! » s'écria le marquis.

Puis il se précipita vers la musicienne, qui s'était retournée en affichant un air de surprise, confuse, au son de cette grosse voix d'homme.

« Permettez-moi de vous embrasser, Virginie, je n'ai pas connu une telle joie depuis longtemps. Vous êtes une fée, ma petite. Venez dans mes bras. »

Adrien donna à sa filleule trois gros baisers appuyés, à la mode campagnarde. Elle, soulevée de terre par un homme qui était plus habitué à cajoler les chevaux que les femmes, sentit sa poitrine écrasée contre un torse dur. Par-dessus l'épaule du maître, elle vit Clarence demeuré sur le pas de la porte, mains au dos, souverainement calme, qui regardait cette scène touchante sans émotion. Elle lut dans le regard de jade de l'intendant un vague contentement. Celui d'un parieur, qui devine qu'il a toutes chances de gagner son pari.

Mais le marquis, tout à son bonheur naïf, se faisait expliquer comment et où Virginie avait retrouvé le clavecin, qui l'avait accordé. Tout en écoutant le récit, fait avec beaucoup de modestie par la jeune fille, il passait ses grandes mains sur les flancs de l'instrument, comme s'il voulait retrouver de très anciennes sensations.

« Jouez-moi le deuxième rigaudon, Virginie, c'était le préféré de ma mère, vous savez, celui en majeur sur lequel on chantait..., voyons... Ah! oui... Tra la la la, c'est toi que j'aime... Tra la la la, c'est pour longtemps... Pouvez-vous le retrouver?

— Celui-là, parrain, je le sais par cœur... »

Et aussitôt elle attaqua le morceau demandé, sorte de dialogue vif et ironique, évoquant la plaisante poursuite d'un berger et d'une bergère au bord de l'amour, dans un tableau de Watteau.

« Encore, dit Adrien quand la dernière note se fut éteinte, rejouez-le! »

Elle s'exécuta et quand ses mains retombèrent sur ses genoux, comme se posent des colombes, Dandrige vit une larme rouler sur la joue du maître de Bagatelle. La première, peut-être, qui tombait des yeux de ce Damvilliers auquel la mort de sa femme, il y avait quelques mois, n'avait arraché qu'un soupir résigné.

Le clavecin fut désormais l'instrument des joies domestiques. Son chant retrouvé avait coïncidé avec la fin de l'épidémie de fièvre jaune et l'éclatement dans les champs de coton des premières capsules libérant leurs fibres immaculées. La cueillette avait aussitôt commencé. Elle s'annonçait abondante et les esclaves passaient leurs journées à remplir les balles de flocons soyeux. Les jours de pluie, il fallait stimuler l'ardeur des Noirs pour ramasser les feuilles mouillées, qui eussent fait « rouiller » le coton en se plaquant sur le duvet. Du lever du jour à la nuit, la grande plantation vivait la récolte et l'on croisait sur les chemins au bord du Mississippi les charrettes de Bagatelle emportant à l'atelier d'égrenage des corbeilles d'or blanc.

Le marquis était triomphant, à sa manière. C'est-à-dire qu'il agitait son grand corps infatigable, comme si ses mouvements et ses déplacements pouvaient accélérer le rythme de la cueillette. Chaque jour, on le voyait dans les champs, surveillant les esclaves, pestant quand une touffe de fibres avait été prématurément enlevée, exigeant que l'on ramasse toutes celles qui tombaient des paniers, jurant quand le soleil ne séchait pas assez vite les plantes mouillées, exigeant à chaque instant des états et des comptes, houspillant les contremaîtres.

Parfois, il arrivait impromptu à l'atelier d'égrenage, se saisissait d'une poignée de graines, hurlait qu'on y laissait trop de duvet ou de mèche.

« Avec ce que vous laissez là, on remplirait vingt balles ! Je vais vous le faire égrener à la main, moi, si ça continue, le coton, comme vos pères, bande de fainéants ! On vous a donné des machines pour vous éviter de la peine, hein, c'est comme ça que vous vous en servez. Quel gaspillage !...-»

Il exagérait, bien sûr, et il mentait effrontément !

Virginie voulut visiter l'égrenage et tout savoir d'une invention qui avait révolutionné la culture du coton. Dandrige lui expliqua qu'au temps où l'on égrenait le coton à la main il fallait une journée à un esclave habile pour arracher une livre de fibre aux graines vertes, dissimulées dans la capsule.

« Un seul hectare de cotonniers, dit-il, représen-

208

tait environ quatre millions de graines, qu'il fallait « déplumer » une à une. Les esclaves y passaient l'hiver. C'était un travail d'une lenteur désespérante. »

Puis il raconta l'histoire du maître d'école Eli Whitney. Diplômé de Yale, le jeune homme, né en 1765, dans le Massachusetts, avait une passion : la mécanique. Pendant un voyage dans le Sud, ce garçon intelligent et ambitieux avait rencontré sur un river-boat du Mississippi la veuve d'un général, Mme Greene, qui possédait une plantation du côté de Savannah. Invité à visiter le domaine, il vit les Noirs employés à l'égrenage. Il entendit leurs chants mélancoliques rythmant le travail fastidieux. Son esprit inventif lui inspira aussitôt le principe d'une machine simple. Il s'agissait d'une planche hérissée de petits crochets, sur lesquels on pouvait passer et repasser la graine et lui arracher ainsi le coton. Les planteurs auxquels il montra son invention apprécièrent l'idée, mais observèrent que la perte était trop importante et que rien ne valait, pour l'égrenage, la main d'un esclave appliqué... et bien surveillé !

Whitney n'avait pas dit son dernier mot. Un peu plus tard, il présenta à Mme Greene et à ses voisins une autre machine composée de cylindres de bois tournant ensemble sur des axes parallèles par le moyen d'un engrenage et d'une manivelle. Certains cylindres portaient des crochets, d'autres des brosses. L'essai, cette fois, fut concluant. Les déchets représentaient une proportion acceptable par rapport au gain de temps enregistré.

L'inventeur, qui était aussi doué pour les affaires que pour la mécanique, demanda un brevet que George Washington, alors président de la République, signa, le 14 mars 1794. L'égreneuse connut tout de suite le succès. La Caroline du Sud vota 50 000 dollars de crédit à Whitney, la Caroline du Nord 30 000 et le Tennessee 10 000. La fortune était à portée du maître d'école, quand un autre inventeur, Hodgen Holmes, apporta à la machine de Whitney un perfectionnement. d'importance. En remplaçant les crochets des cylindres par des rangées de scies, il réduisit le déchet — les fibres restant attachées aux graines — à une quantité négligeable. Eli Whitney prit fort mal la chose et refusa de vendre ses machines aux planteurs. Par contre, il les leur loua, demandant pour loyer un tiers du coton égrené, ce qui parut à beaucoup exorbitant. Le résultat fut que les machines de Holmes se répandirent, pendant que le premier inventeur se ruinait en vains procès contre son rival.

Adrien avait acheté une série de machines Holmes et s'en trouvait d'autant plus satisfait qu'une fois la récolte égrenée il louait son atelier à d'autres planteurs. En investissant dans cette affaire le modeste héritage de Virginie, il avait fait, pour sa filleule, un bon placement. Elle vit donc avec plaisir fonctionner les machines qui lui procuraient une rente.

Quand elle raconta cette visite à Corinne Tampleton, cette dernière s'amusa beaucoup à l'idée qu'une femme pouvait s'intéresser à ces choses, dont les hommes ne parlaient qu'entre eux. L'amitié entre les deux jeunes filles était maintenant solidement établie. Il ne se passait pas de semaine sans que l'on se rendît visite. Willy, prévenu par sa sœur, s'arrangeait toujours pour être présent les jours où Virginie venait aux Myrtes et souvent il accompagnait sa sœur à Bagatelle. On faisait de la musique, on prenait le thé en croquant des biscuits aux noix de pécan, on débitait aussi des fadaises, qui ne faisaient rire que ces jeunes gens insouciants. Le fils Tampleton faisait sa cour avec dévotion, sans même se rendre compte que Virginie, d'allure primesautière, mais d'esprit ordonné, savait toujours maintenir la conversation dans le domaine des généralités sans danger. On parlait des amours des autres, des héros de roman, on évoquait les passions célèbres des dames et chevaliers du temps passé. Willy trouvait dans tous ces propos transposables de quoi nourrir ses espérances, la belle Virginie un subterfuge pour tenir à distance, sans le décourager, un amoureux qu'elle finissait par trouver fade comme un sorbet.

Ses rapports étaient bien différents avec Percy. Celui-ci, en chasseur émérite, avait deviné en Mlle Trégan une amoureuse dissimulée, à qui une bonne éducation tenait lieu de vertu. Lui seul, de toute la famille, avait appris par une indiscrétion du capitaine Wrangler, rencontré par hasard à Natchez, les raisons du duel qui s'était déroulé sur le *Prince-du-Delta*. Il savait aussi comment la prude Virginie avait embrassé Ed Barthew. Elle s'était tout simplement conduite comme une fille et la conspiration du silence, due à l'hypocrisie plus qu'à la discrétion, qui incitait tous les témoins de l'événement à oublier cet épisode déjà lointain lui donnait à penser que la filleule du marquis n'attendait peut-être qu'une allumette pour s'enflammer. Deux fois déjà, il lui avait fait un bout de conduite sur la route de Bagatelle, pendant des absences de son frère, et son instinct lui disait que l'approche serait affaire de circonstance. Car il lui aurait déplu de reconnaître que cette femme, facilement dédaigneuse, habile dans l'art du persiflage et très capable de vous remettre ironiquement à votre place, l'intimidait plus que toutes celles qu'il avait séduites. Don Juan excité par la difficulté, mais incapable de dissimuler des élans provoqués par la chair et non par le cœur, Percy Tampleton ne voulait pas se découvrir trop vite. Comme il aidait, un soir, Virginie à monter dans son cabriolet, il avait risqué un serrement de main prolongé. Elle s'était dégagée promptement, avec un sourire et un petit claquement de langue qui signifiait : « Allons, allons, monsieur Tampleton, ça ne se fait pas ! »

Percy se disait qu'une jeune fille vraiment pure aurait fait mine de ne rien ressentir et de ne rien remarquer. Cette petite rebuffade, en indiquant que Virginie savait à quoi s'en tenir sur les désirs des hommes, l'encourageait à poursuivre, prudemment.

12

Comme il l'avait annoncé à Dandrige lors de leur rencontre en mai, à La Nouvelle-Orléans, le jovial Abraham Mosley débarqua à Bagatelle, au moment où l'on achevait la cueillette du coton.

L'Anglais, qui venait d'accomplir une randonnée de plusieurs mois chez les trappeurs du nord des Etats-Unis et du Canada, afin d'acheter des peaux pour le compte de la Hudson Bay Company, ne cacha pas sa satisfaction de retrouver « la civilisation ». Bagatelle, sous la lumière de fin d'été, au milieu de l'exubérance de la végétation en pleine maturité, lui offrait la douceur de vivre, la cuisine raffinée de Maman Netta, le confort douillet d'une demeure bien organisée, bref, tous les éléments d'une hospitalité parfaite.

« Mon Dieu, Mosley, fit le marquis en accueillant le commissionnaire, vous n'avez pas très bonne mine. Nous allons vous refaire une santé !

— Si vous vous étiez nourri de morue et de viande d'orignal salée, avec des fèves sèches, et si vous aviez dormi dans des cahutes de rondins, en compagnie de gens malodorants, pendant deux mois, marquis, vous auriez la mine que j'ai !... »

L'Anglais apprécia certes la grâce de Virginie, sa vivacité d'esprit et son attention de maîtresse de maison déléguée, mais les petits plats de Maman Netta, qu'il proclamait la meilleure cuisinière du Sud, le réjouirent bien davantage. « La beauté d'une femme, avait-il coutume de dire, ne se mange pas au petit déjeuner ! » En quelques jours, il reprit son teint rose de bébé choyé par sa nourrice et son gilet retrouva les rondeurs perdues. Il raconta qu'il avait séjourné à New York pour ses affaires.

« C'est une ville, dit-il, d'une incroyable saleté. On y parle toutes les langues du monde, mais on y baragouine un anglais que les Londoniens ont du mal à comprendre. Les ordures sont abandonnées dans les rues, ce qui fait le bonheur des porcs et des chiens errants, sur lesquels la municipalité compte pour assurer le nettoyage. Dès qu'il pleut, on patauge dans un véritable cloaque et l'on risque sa vie à traverser Broadway, tant il y a de landaus, de coupés, de phaétons et même d'omnibus, filant à des vitesses folles. Les femmes sont le plus souvent vulgaires, vêtues de robes aux teintes criardes, empanachées de plumes d'autruche, comme des corbillards. Les hommes ont des boutons de cuivre pour fermer leur redingote, comme les cochers. Et dans les meilleures maisons on vous sert des fèves cuites et de la courge en purée, en affirmant que Lucullus n'eût pas trouvé mieux ! Le meilleur plat est une soupe de clams et de légumes, que l'on ne craint pas de vous faire manger dans des assiettes ébréchées !

— Eh bien, quel tableau ! Est-ce là le progrès, Mosley ? fit Adrien pour relancer la verve critique de l'Anglais.

— Quel progrès, marquis ? reprit l'autre. Savez-vous que j'ai vu à l'Astor House Hotel des gens se moucher dans leurs doigts et cracher partout le jus de leur chique, comme des mineurs gallois? Ils se gargarisent à table avec le rince-doigts, agitent leur serviette comme un drapeau, parlent fort, mangent goulûment comme s'ils prenaient leur dernier repas et portent leur assiette à potage à la bouche! Ils se lavent à peine et vont au théâtre en manches de chemise! Ah! le beau progrès! Ah! la belle civilisation qu'on nous prépare! Savez-vous que le salariat est un ferment révolutionnaire, que le Parti ouvrier a obtenu un tiers des voix à New York en 1828 et qu'un leader a dit : « La grande richesse devrait être enlevée à « ses possesseurs, comme on arrache à un voleur « une épée ou un pistolet » ? Et partout, poursuivit Mosley avec animation, il y a des femmes de mauvaise vie, fardées comme des marionnettes, qui lorgnent votre chaîne de montre. »

Prenant le relais du marquis pour relancer la fureur de l'Anglais, Dandrige observa :

« Mais, tout de même, Mosley, les gens du Nord sont actifs, entreprenants et, m'a-t-on dit, d'une grande cordialité!

— C'est une fausse cordialité, monsieur Dandrige. A Wall Street, on ne pense qu'à dépouiller l'étranger en lui proposant des affaires mirifiques. La mode vient aux chemins de fer et, depuis que le Baltimore Ohio Railroad est en service, un tas d'individus, qui n'ont pas le premier dollar pour acheter une traverse, vous invitent à devenir actionnaire des compagnies qu'ils ont créées et qui, à les croire, étendront bientôt sur le pays des réseaux dont le commerce et l'industrie ne peuvent pas se passer plus longtemps. Pourrais-je avoir un peu de votre vieux porto, marquis? » demanda Abraham Mosley, comme s'il avait besoin d'un cordial après cette évocation du monde yankee.

Dandrige le servit royalement.

« Et j'ai oublié de vous dire, ajouta l'Anglais en

regardant le vin ambré couler dans son verre, que l'hypocrisie a aussi sa place dans cette nouvelle société. Ainsi, les orateurs de l'American Society for the Promotion of Temperance, que ne gênent pas les activités immorales des péripapéticiennes, promettent l'enfer à qui boira un verre de gin ! Non, croyez-moi, messieurs, ces gens du Nord sont insupportables et, pour tout dire, infréquentables !

— Allons, allons, vous exagérez un peu, monsieur Mosley, tous ne sont pas ainsi..., dit le marquis.

— Oh ! il y a peut-être des exceptions, bien sûr. Quelques vieilles familles d'origine anglaise qui se respectent encore, concéda le commissionnaire, mais, croyez-moi, la majorité est perverse et ne pense qu'à amasser des dollars par tous les moyens, car il faut bien reconnaître que votre sacrée démocratie encourage des mœurs qu'on ne tolérerait pas ailleurs. La liberté conduit à la licence. C'est la pente naturelle des choses humaines. Les lois ne sont que freins dérisoires pour ceux dont l'intérêt commande qu'elles ne soient pas respectées. »

Puis il ajouta, se penchant vers M. de Damvilliers :

« Méfiez-vous de ces gens du Nord, ils ne pensent qu'à s'emparer des richesses nées du travail des autres. Ils ne rêvent que de soumettre l'aristocratie du Sud à l'intérêt du plus grand nombre. C'est-à-dire le leur. Vos façons de vivre les exaspèrent, ils vous traitent de tyranneaux attardés, parce que vous achetez des esclaves comme ils achètent des chapeaux. Mais il faut voir avec quel mépris ils traitent les nègres libres. La liberté est à leurs yeux un salaire suffisant pour ces pauvres bougres, qui dorment dans la bouc des rues et gagnent leur nourriture en faisant les besognes jugées indignes des Blancs.

— C'est bien pourquoi, Mosley, nous ne craignons pas les Yankees, qui ne savent rien tirer de la terre. Sans nos cotons, que feraient leurs tisseurs; sans notre canne à sucre et notre riz, sans les bœufs et les cochons de l'Ohio, sans notre froment et notre maïs, que mangeraient-ils? Quant aux usines, dont ils se disent si fiers, comment tourneraient-elles si l'Angleterre ne leur fournissait l'acier et le Missouri le plomb?

— Donnez-leur encore un peu de temps et ils fabriqueront des tas de choses, marquis, car ils savent manipuler l'argent et faire travailler les autres pour eux, rétorqua Mosley. J'ai visité les tissages du Massachusetts. Chez France Lowell, vous savez, cet homme qui a inventé un métier à tisser, il y a plus de cinq mille ouvriers. On commence à tirer du fer et du charbon de la Pennsylvanie et, à Boston, un ouvrier chapelier gagne six dollars par semaine. Un jour, l'Amérique pourra se passer des produits de la vieille Europe, dont on veut rejeter les mœurs et les traditions. C'est pourquoi le Sud, qui, aux yeux des Yankees, n'est pas encore assez américain, sera mis au pas, avec l'aide du gouvernement central!

— Quand viendra cette menace, si elle vient, observa gravement le marquis, nous saurons faire valoir ce que le dixième amendement de la Charte des Droits a stipulé, à savoir que dans certains domaines la souveraineté des Etats demeure et que l'autorité déléguée par eux au gouvernement fédéral a des limites. Si aucun Etat isolé ne peut seul résister au gouvernement central, plusieurs Etats peuvent le faire.

— Je connais les théories de M. Calhoun, fit l'Anglais, mais il se pourrait qu'un jour les gens du Nord, sous prétexte d'extirper l'esclavagisme du Sud, aillent jusqu'à employer la force pour faire appliquer des lois qui vous seront imposées par la majorité...

— Il n'y a pas que les intérêts matériels qui comptent, monsieur Mosley, les hommes ont des idées, des souvenirs, des habitudes, des préjugés parfois, qui diffèrent d'un Etat à l'autre. Le gouvernement central doit en tenir compte. L'Union n'existe que par consentement général. Elle ne peut être gérée par force. »

Puis il ajouta gravement en manière de conclusion, car ce genre de discussion avec un étranger ne lui plaisait guère :

« Si l'on devait un jour en venir à l'affrontement, monsieur Mosley, je crois que le Sud l'emporterait, parce que les hommes d'ici ont le même sens de l'honneur ! »

Toutes ces menaces, évoquées par Abraham Mosley, furent oubliées dans la préparation de la fête du coton.

A Bagatelle, M. de Damvilliers avait récolté mille quatre cents balles de coton d'excellente qualité, blanc, soyeux et sans la moindre tache de rouille. Mosley, sans discuter et avant même que tout le coton soit égrené, acheta la production au prix demandé par son hôte, auquel chaque balle de 478 livres net rapportait un bénéfice de 75 dollars. Plus de 100 000 dollars tomberaient ainsi dans l'escarcelle du marquis. Ce dernier, sans trop penser à la susceptibilité de sa filleule, réussit à faire accepter à la jeune fille une bourse de 5 000 dollars. Il présenta ce don comme un geste de reconnaissance pour la façon dont Virginie dirigeait la maison. Elle protesta pour la forme, fit mine de se fâcher, rougit puis, baissant les yeux, expliqua qu'elle se sentait elle-même redevable au marquis pour toutes les bontés qu'il avait à l'égard d'une orpheline. Finalement, elle accepta, calculant qu'avec le produit des égreneuses qui travaillaient pour elle, plus de 10 000 dollars viendraient grossir son compte d'ici à la fin de l'année.

Dans les plantations, la fête du coton représentait l'apothéose de la saison d'été. Virginie, chargée de son organisation à Bagatelle, décida qu'il fallait faire les choses somptueusement.

Il s'agissait tout d'abord de choisir une date, afin que les réjouissances de Bagatelle ne soient pas concurrencées par d'autres, organisées chez les planteurs voisins. Comme toutes les familles tenaient à participer au plus grand nombre de fêtes, les maîtresses de maison de la paroisse avaient coutume de se réunir, pour établir un calendrier. Elles se retrouvèrent donc chez Mme Tampleton, autour d'un thé, pour mettre au point le cycle des réceptions. Au cours de cette réunion, qui rassemblait les épouses des planteurs les plus riches, Virginie se comporta comme l'eût fait la maîtresse de Bagatelle. Ces dames se déclarèrent enchantées de voir la filleule du marquis souscrire à une tradition que la marquise de Damvilliers avait négligée. On admira son savoir-faire et son autorité, perceptible malgré l'attitude réservée et modeste que la jeune fille savait adopter. En faisant part aux femmes des planteurs de son peu d'expérience, elle obtint même que la fête de Bagatelle clôturât la série, ce qui lui permettrait, dit-elle, d'acquérir ainsi un peu d'expérience, pour organiser sa propre réception.

Tout en affirmant à Corinne qu'elle ne savait pas comment s'y prendre, Virginie avait déjà décidé que le barbecue de Bagatelle serait, de tous, le plus réussi.

La maison des Damvilliers étant un peu petite pour un grand bal, elle eut l'idée de faire construire un plancher, que les esclaves posèrent devant le perron, au bout de l'allée de chênes. Elle obtint le concours du meilleur orchestre de Natchez. Ainsi, on danserait, en plein air, sous des girandoles suspendues aux branches des arbres. Elle donna à Maman Netta autorité sur une douzaine d'esclaves, mères de famille, sachant se tenir devant un fourneau, pour assister la vieille cuisinière. Deux contremaîtres furent dépêchés à La Nouvelle-Orléans pour acheter des provisions de vin, champagne, whisky et chandelles. Les allées furent ratissées, les pelouses arrosées puis tondues, le portail repeint. Les menuisiers fabriquèrent des bancs, des tabourets et de longues tables qui, recouvertes de draps — car on manquait de nappes — permettraient l'installation des buffets, décorés de pièces d'argenterie et de fleurs. Elle exigea encore que tous les esclaves, sélectionnés par ses soins, pour assurer le service, soient identiquement vêtus de blanc et trois d'entre eux, qui faisaient office de tailleurs au village noir, se virent confier des pièces de cotonnade pour habiller tout le monde. Mignette, promue professeur, fut chargée de leur enseigner l'art de passer les plateaux et de verser le punch. Quand tout fut au point, Virginie annonça à la troupe rassemblée qu'elle donnerait un dollar à chacun si, au lendemain de la fête, elle était satisfaite du service. Un murmure approbateur salua cette innovation et mamselle Virginie ne rencontra plus désormais que des Noirs empressés à lui plaire. Elle eut aussi l'idée de faire confectionner deux cents boutonnières avec les dernières gousses éclatées qui seraient remises aux invités, à leur arrivée, par la petite Rosa qu'on habillerait, pour la circonstance, d'une belle robe de dentelle. Ainsi, tous les hommes porteraient l'insigne du Roi-Coton. Le marquis, ayant donné carte blanche à sa filleule, n'eut pas à s'occuper des préparatifs. Ce qu'il en apprenait flattait son orgueil de planteur. Il n'était pas mécontent de voir Bagatelle renouer avec des fastes que la défunte marquise, trop souvent souffrante, dédaignait.

Quand Virginie lui soumit la liste des invités, il n'y trouva rien à redire. Il s'enquit simplement de savoir qui était ce M. Edward Barthew, avocat.

« C'est le meilleur ami du docteur Murphy, répondit Virginie. Je l'ai rencontré sur le *Prince-du-Delta*, lors de la dernière étape de mon voyage. Il s'est montré fort aimable envers moi !

— Parfait, dit le marquis. J'aurai donc plaisir à le connaître. »

Pendant que la jeune fille, assistée de Mignette, surveillait les préparatifs de la fête, Abraham Mosley parcourait à cheval, en compagnie de Dandrige, les plantations du voisinage. Le coton de Bagatelle ne suffisait pas, en effet, au commissionnaire pour satisfaire toutes les demandes de ses pratiques, à Manchester et Liverpool. Il s'étonnait de n'en trouver que peu de quantités disponibles, les planteurs ayant déjà pris des engagements avec des facteurs quand leur récolte, par le jeu des prêts, souvent à taux usuraires, n'était pas depuis longtemps la propriété des banquiers. Cette situation tenait au manque d'organisation du marché. Rares étaient les planteurs, comme Adrien de Damvilliers, qui pouvaient vendre directement leur production aux représentants des filateurs européens. La plupart des producteurs de coton, qui ne disposaient même pas des machines nécessaires au conditionnement en balles du produit brut, remettaient leur récolte aux facteurs, qui classaient le coton en trois catégories : beau et fin, beau et bon, beau et moyen, suivant la longueur des fibres, leur blancheur, leur propreté, leur solidité. Le facteur stockait les balles ainsi triées et les vendait aux négociants ou à leurs représentants. Ces grossistes, qui, autrefois, finançaient seuls la production avec tous les risques que cela pouvait comporter, travaillaient maintenant pour payer les planteurs et recevaient directement, par les firmes de Manchester ou de Liverpool, des informations qui, sous forme de lettres privées, leur permettaient de se faire une idée des fluctuations des prix du coton sur le marché mondial.

Ces fluctuations, qui devaient être connues dans les meilleurs délais, permettaient aux financiers de réaliser des opérations fort profitables, dont le contrôle échappait aux planteurs. Ainsi les producteurs, principaux intéressés, se trouvaient de ce fait dans la situation de tous les colonisés. Comme l'Angleterre achetait, bon an, mal an, 70 p. 100 de la récolte américaine, dont une partie était réexportée, les hommes d'affaires britanniques jouaient les arbitres et se souciaient peu de voir s'ouvrir à La Nouvelle-Orléans cette bourse du coton réclamée par les planteurs les plus avisés.

Certains bars de la ville parmi les plus sélects, ajoutant à leur enseigne un panonceau : « Exchange » — appellation un peu surfaite — tenaient lieu de bureau d'informations. Les planteurs, les commissionnaires étrangers, les facteurs, les agents des filateurs du Nord s'y rencontraient. Des capitaines de bateaux marchands y venaient quelquefois, pour confirmer ou infirmer les cours du coton relevés en Angleterre ou en France par les correspondants des banquiers de La Nouvelle-Orléans. Souvent, on constatait que les informateurs des financiers locaux devaient avoir une mauvaise vue ou une oreille paresseuse, car les prix qu'ils indiquaient, par lettre privée, étaient généralement inférieurs à ceux annoncés par les marins désintéressés, dont on payait les services d'un verre de porto ou de gin !

Mais, de quelque côté qu'on s'informât, c'était bien de la demande anglaise que dépendait, dans une large mesure, et sous réserve des irrégularités de la récolte, le prix du coton américain. Grâce à ce système, des spéculateurs audacieux avaient, en peu de temps, édifié des fortunes considérables. On citait le cas de Vincent Otto Nolte, un Hambourgeois qui passait pour le plus grand « joueur au coton » que l'on ait connu. Installé en 1811 à New York, ce financier avait, dès 1818, fait imprimer la première mercuriale donnant les prix du coton dans le monde. Très vite, il avait acquis dans les milieux d'affaires la notoriété d'un spécialiste, capable de prévoir l'évolution du marché.

« Ce type, dit Mosley, avait fait une vraie fortune en peu d'années. On ne lui connaissait que des amis !

— C'est exact, observa Dandrige, mais il s'est montré trop gourmand et il a fini par perdre tout ce qu'il avait gagné !

— Et comment cela ? interrogea l'Anglais.

— Le plus simplement du monde, fit Dandrige. Un jour, cet intuitif s'est trompé... Il y a six ans, quand la récolte dans le Sud fut si mauvaise parce que le charançon avait détruit plus de la moitié des capsules, M. Nolte, avec deux firmes de Liverpool appartenant à des quakers et deux maisons de New York gérées, elles aussi, par des quakers, dont, vous le voyez, la morale n'interdit pas de gagner de l'argent par la spéculation, réussit à accaparer tous les stocks de coton.

— Je m'en souviens, ces gens-là firent monter les prix au cours de l'hiver 1824, de onze *cents* à vingt et un *cents* la livre. Nolte et ses amis firent de beaux bénéfices !

— Pendant quelques semaines seulement,

monsieur Mosley. Car nos spéculateurs n'avaient pas prévu que la hausse, qu'ils venaient de susciter artificiellement, inciterait les filateurs à suspendre leurs achats, en attendant des jours meilleurs. Loin de s'affoler devant une raréfaction de la matière première, indispensable au fonctionnement de leurs entreprises, les industriels préfèrent quelquefois mettre leurs ouvriers en chômage, plutôt que de payer le coton à des prix prohibitifs. Et ils eurent raison, car nos récoltes de 1825 furent abondantes et, cette année-là, les Brésiliens lancèrent sur le marché de grandes quantités de coton, ce qui fit tomber les cours !

— De ça aussi je me souviens, on payait alors le coton dix *cents* la livre !

— Et Nolte et ses amis, poursuivit Dandrige, n'eurent plus qu'à s'aligner, ce qui leur causa de grandes pertes. Souvenez-vous des faillites qui atteignirent des maisons solides et de la banqueroute, à La Nouvelle-Orléans, des associés de Nolte : Hollander et Parker. Je crois même que le directeur de cette dernière firme fut emprisonné à Londres, jusqu'à liquidation de l'affaire... Quant à Nolte, il réussit à quitter les Etats-Unis et nul ne sait ce qu'il est devenu !

— Oh ! je puis vous le dire, lança Mosley. Il est en France, où il fait, paraît-il, une nouvelle fortune dans le commerce des armes. Ce n'est pas un homme qui a les deux pieds dans le même sabot !

— Je connais quelques planteurs de par ici qui lui passeraient volontiers une corde au cou !

— Ils auraient tort, monsieur Dandrige, ils auraient tort ; car ce diable d'homme leur a enseigné la méfiance et, si tous les planteurs géraient leurs affaires comme le marquis de Damvilliers, refusaient les avances des facteurs et des banquiers, pour traiter directement avec les commissionnaires, ils priveraient les spéculateurs des moyens de... spéculer !

— Vous savez bien, Mosley, que beaucoup de planteurs sont contraints de vivre d'avance, que les armateurs, assureurs et industriels du Nord, protégés par les tarifs douaniers, nous vendent à crédit leurs marchandises ou leurs services, avec des taux d'intérêt élevés et après avoir majoré leurs prix. Le Sud, qui fournit les trois quarts de ce qu'exporte l'Union, enrichit le Nord, dont les hommes d'affaires se sont assuré le contrôle des exportations et des importations. Grâce à des gens comme vous, M. de Damvilliers expédie directement son coton en Europe, mais vous savez bien que quatre-vingts pour cent de nos produits passent par New York, comme tous ceux qui, expédiés d'Europe, nous sont destinés.

— Souvenez-vous de ce que je disais il y a quelques jours au marquis, fit Mosley, vous êtes dans un état de sujétion économique dont vous ne savez pas sortir. »

Puis, après un silence :

« Si vous ne méprisiez pas autant le commerce et l'industrie, si vous vous mettiez aux tâches qui ne rebutent pas les Yankees, si vous cessiez de considérer qu'il n'est de travaux nobles que ceux de la terre, si vous abandonniez vos attitudes arrogantes de seigneurs de droit divin, vous tireriez les justes profits de vos richesses, au lieu d'en abandonner la plus grosse part aux « jongleurs » de New York, de Boston ou de Philadelphie ! L'ordre nouveau, monsieur Dandrige, qui va régir le monde, c'est l'ordre industriel. Que cela vous déplaise, je le comprends, mais c'est une évolution qui nous dépasse. Les hommes sont avides et ceux qui sauront leur fournir de quoi satisfaire leur appétit seront les maîtres. La terre nourricière elle-même sera soumise à la machine et la science nous donnera peut-être un jour le pouvoir de commander à la pluie... »

Clarence Dandrige ne répondit pas tout de suite. Les chevaux allaient au pas, sur un chemin poussiéreux, bordé de cyprès chauves. A gauche s'étendaient les champs de coton maintenant abandonnés et roussis par le grand soleil. A droite, le Mississippi glissait, large et plat, reptile flâneur entre les saules obséquieux, dont les chevelures vert-jaune caressaient, au passage, l'eau dolente. Loin sur l'autre rive, on voyait, par-delà des boqueteaux de micocouliers ou de sassafras, les cases blanches d'un village d'esclaves engourdi par la chaleur. Dans une prairie, des vaches hébétées, vautrées à l'ombre de chênes, chassaient de leur queue molle les insectes accrochés à leurs flancs. Après l'effort et la sueur des récoltes, la nature semblait s'abandonner à la paresse. Le vol des oiseaux paraissait plus lent et une sorte d'apathie végétale gagnait les frondaisons, figées dans la lumière stagnante de l'après-midi. Le décor trop calme, plaqué comme une toile peinte sur la transparence de l'air, n'évoquait qu'indolence et irrésolution. L'été finissait.

Le cheval de Mosley s'arrêta pour happer une touffe de graminées. Dandrige retint le sien et, profitant de l'ombre d'un arbre, souleva un instant son panama pour se rafraîchir le front. Puis il posa ses mains croisées sur le pommeau de la selle et dit d'une voix lasse :

« Voyez-vous, Mosley, nous sommes comme ce pays, apparemment nonchalant et serein. Ces grands espaces que nous habitons nous habitent aussi. Nos dimensions de référence sont celles de ces paysages où le regard se perd, celles de ce fleuve lent et sinueux, qu'on ne peut détourner de son cours. Comme aux bêtes sauvages, il faut à chacun de nous, pour subsister, un territoire autour de sa maison où il puisse chasser, galoper, humer les vents, s'abandonner aux exaltations soudaines de son être, isoler sa mélancolie. Nous ne pourrons jamais nous plaire dans un monde construit par les hommes, des usines et des bureaux, fondant une solidarité factice sur l'acceptation de toutes les promiscuités. »

Abraham Mosley, s'épongeant le cou avec un mouchoir de batiste, dit :

« On dirait que vous n'êtes pas faits comme les autres, dans le Sud.

— Nous appartenons à une très vieille race, Mosley, qui comprend encore les signes de la nature. Nous sommes chevillés à nos terres, comme ces chênes. A nous voir passifs et réfléchis, les gens du Nord nous croient paresseux; parce que nous dépensons notre argent en plaisirs futiles, ils nous disent légers; parce que nous avons conscience d'être une aristocratie vivant hors des pâtures du veau d'or, nous passons pour méprisants. Ces lieux, ajouta Clarence avec un grand geste du bras, sont parmi les plus heureux du monde et dans un siècle les peuples de l'Union nous seront reconnaissants de les avoir préservés.

— Peut-être bien que vous avez raison, monsieur Dandrige. Peut-être bien que vous avez raison, mais bon nombre de gens du Nord, les politiciens, les banquiers quakers, les gens d'église et les journalistes entre autres, vous considèrent, suivant les cas, comme des pécheurs, des attardés ou des despotes. A leurs yeux, vous êtes les représentants d'une civilisation inférieure, qui nie le progrès. Ils ont l'intention de vous réformer et peut-être de vous châtier!

— Ah, ah! les beaux missionnaires que voilà, éclata Dandrige en remettant son cheval au pas, ils nous prennent pour des Séminoles! »

La conversation fut interrompue par un bruit

de galop. Les deux hommes se retournèrent sur leur selle et virent arriver, dans la poussière ocre du chemin, deux silhouettes familières, Virginie et Mignette. Ils se découvrirent pour les accueillir.

« Bravo, Mignette, lança Dandrige, quand les deux amazones les eurent rejoints, vous êtes maintenant une parfaite cavalière ! »

La jeune fille remercia d'un sourire en rétablissant l'équilibre de son petit chapeau d'écuyère, retenu par une mousseline blanche nouée sous le menton. La chevauchée rapide, imposée par sa maîtresse, lui avait mis le feu aux joues. Le regard de Mosley s'attarda sur la petite poitrine frémissante, dont les rondeurs fermes tendaient le tissu de la tunique.

« Vous ressemblez, mademoiselle, fit l'Anglais en arrondissant la bouche, à une gravure de Carle Vernet. »

A côté d'elle, Virginie faisait grande dame. La course n'avait même pas dérangé l'ordonnance de ses anglaises, strictement coiffées sous un tricorne classique et sévère. Le jabot de dentelle, un peu masculin, qui emplissait l'échancrure de sa jaquette de velours noir ne portait pas un faux pli. Ses gants de daim gris conservaient la fraîcheur du neuf. Le buste droit, le regard net et froid, le teint à peine coloré, la filleule du marquis de Damvilliers avait ce que Mosley appelait de la classe.

« Belle journée, fit Dandrige, nous n'en aurons plus beaucoup comme celle-ci.

— Un peu chaude à mon goût, ajouta Mosley en s'éventant de son chapeau.

— Vraiment, monsieur Mosley, vous souffrez de la chaleur ? Pour ma part, je trouve ce temps idéal ! »

Cela voulait dire — Dandrige, qui avait appris à

tenir compte des intonations de la jeune fille, traduisit mentalement : « Il n'y a que les gens vulgaires qui transpirent ! »

La petite troupe se remit en marche vers la plantation, où l'on souhaitait arriver pour l'heure du thé. Mignette et Mosley allaient devant en devisant gaiement. Dandrige avait réglé le pas de son cheval sur celui de la jument de Virginie.

« Tout est prêt, monsieur Dandrige, pour la fête de dimanche, mais il me vient subitement une crainte... Et s'il se mettait à pleuvoir ? Les invités ne tiendraient pas tous dans la maison !

— Quand on veut s'assurer la bienveillance du ciel et obtenir le beau temps pour un mariage ou une cérémonie, mademoiselle, il faut, disent les nègres, enterrer une pièce d'or, au moment où le soleil se couche, la veille du jour où l'on veut absolument convoquer le beau temps.

— Superstition, remarqua Virginie, un peu méprisante.

— Certes, car nos esclaves croient que l'or est la matière constitutive du soleil. Ils expliquent que ce dernier est attiré par la présence du métal jaune, qui lui aurait été dérobé par je ne sais quel dieu cupide. En enterrant une pièce en présence de l'astre, au moment précis où celui-ci est contraint de disparaître, on éveille son attention et l'on est sûr qu'il reviendra le lendemain, pour chercher l'or caché.

— C'est une jolie légende, monsieur Dandrige, mais je doute de l'efficacité d'une telle pratique.

— Comme toujours, mademoiselle, c'est une question de foi. Si l'on admet que celle-ci peut déplacer les montagnes, on peut croire qu'un « dixie[1] » fait venir le soleil !

— J'ai foi... en ma chance, monsieur

1. C'est ainsi que dans le Sud on appelait les pièces de dix dollars.

Dandrige », fit brusquement la filleule du marquis en se retournant vers l'intendant.

Son regard avait, quand elle dit cela, une intensité particulière.

« Moi aussi, j'ai foi en votre chance, rétorqua Clarence avec un sourire ambigu, que la jeune fille remarqua, et ma foi est d'autant plus solide dans ce domaine que vous savez fort bien aider la chance ! »

Virginie ne releva pas l'impertinence, pour elle chargée de sens. Son regard se fit soudainement affectueux, presque tendre. Comme le cheval de Dandrige manifestait quelque velléité de se rapprocher de la jument, les deux promeneurs se trouvèrent un instant très près l'un de l'autre.

« J'aimerais, monsieur Dandrige, que vous cessiez de me donner du *mademoiselle*. Je préférerais que vous m'appeliez Virginie, tout simplement. »

L'intendant fut un peu surpris de ce pas si vite franchi. C'était là une familiarité, flatteuse certes, qu'on lui proposait, mais il devinait confusément qu'elle pourrait, à l'avenir, soulever quelques difficultés de protocole. Comme il eût été discourtois de s'en offusquer, il acquiesça.

« Merci, Clarence, dit doucement la jeune fille, usant immédiatement du même droit qu'elle venait d'accorder; nous sommes, je crois, assez proches l'un de l'autre, par les goûts et les aspirations, pour devenir de vrais amis...

— Bien sûr, vous pouvez compter sur mon affection... respectueuse !

— C'est un beau jour, Clarence, que celui-là, car j'ai pour vous une grande estime et, si je me suis conduite sottement sur le *Prince-du-Delta*, je sais que vous avez compris qu'il s'agissait là d'un moment d'égarement et d'orgueil. Votre discrétion me l'a prouvé. »

Ces mots prononcés avec gravité avaient été accompagnés d'un sourire, qui eût comblé d'aise Willy Tampleton. Clarence Dandrige, lui, l'accepta comme un mouvement de gratitude et, avec toute la spontanéité dont il était capable, il tendit à Virginie une main qu'elle effleura en battant des cils. Et, comme chaque fois qu'il ne savait que dire, l'intendant s'en tira par une citation de circonstance :

— « La vertu d'une jeune fille qui s'est oubliée « un instant est plus difficile à vaincre que celle « d'une femme qui n'a jamais éprouvé de « séduction. » C'est un sage chinois qui, paraît-il, a dit cela... »

Cela convainquit Virginie qu'elle venait de triompher de la seule méfiance rencontrée à Bagatelle depuis son arrivée.

L'étroitesse du chemin obligea bientôt les cavaliers à prendre la file indienne. Clarence fermant la marche, le regard fixé sur la mince silhouette de Virginie, imaginait les ambitions de la jeune fille. « Quels que soient les moyens qu'elle osera employer, pensa-t-il, il sera intéressant de suivre son élévation. » Et il se dit encore que, même si elle y mettait quelques ruses et perfidies, il la soutiendrait dans les limites de l'honneur, parce qu'il ne pouvait, à ses yeux, y avoir de meilleure maîtresse pour Bagatelle, surtout si les orages qu'annonçait Mosley fondaient un jour sur le Sud.

13

La fête du coton chez le marquis de Damvilliers fut, de toutes celles organisées dans les plantations, la plus brillante. Un incident stupide faillit cependant la gâcher. Sans le sáng-froid d'Ed Barthew, il eût pu tourner au drame. Alors que, la nuit venue, on dansait sous les lanternes vénitiennes, un esclave chargé de remplacer les chandelles usées mit le feu à un arbre sec, qui s'enflamma comme une torche. Les demoiselles abandonnèrent leurs danseurs en poussant des cris aigus. Les hommes mirent un instant à réaliser l'étendue du danger.

« Un cheval... vite, et un lasso ! » hurla Barthew en se débarrassant vivement de sa redingote.

Bobo, qui en grande tenue présidait à la distribution du punch, derrière un buffet, courut jusqu'à l'écurie, tandis que quelques dames s'enfuyaient sous les chênes en relevant leurs jupes et que d'autres, à bonne distance du foyer, profitaient de l'occasion pour risquer un évanouissement discret, dans les bras des cavaliers occupés à leur conter fleurette.

Dandrige avait tout de suite compris ce que voulait l'avocat. Ayant jeté sa redingote à Corinne qui demeurait pétrifiée, la bouche ouverte devant l'arbre en flammes, l'intendant saisit la corde que rapportait Bobo et, tandis que Barthew sautait en selle, il contourna l'arbre incendié, serra la boucle du lasso et le jeta d'un geste précis à l'avocat. Puis il frappa la croupe du cheval avec une canne empruntée sans explication à un vieil invité qui, privé de son soutien, faillit tomber à la renverse. Le cheval hennit, se dressa et, stimulé par l'avocat, fonça droit devant lui sous les chênes en direction du fleuve. Il y eut un craquement de branches rompues, Barthew faillit être désarçonné, mais le petit frêne sec fut arraché à la terre, dans un grand jaillissement de brindilles enflammées. Les esclaves, sollicités par le marquis de Damvilliers et par des invités, arrivaient déjà avec des seaux d'eau. On vit Barthew entrer, avec son cheval, dans le fleuve, en traînant l'énorme torche. En un instant l'incendie fut ainsi conjuré. Quand Ed Barthew, trempé jusqu'à la taille, revint au pas de sa monture aux yeux exorbités par la violence du traitement qu'on lui avait imposé et par la vue des flammes, la foule applaudit spontanément l'exploit.

« Venez vous changer chez moi, Ed », lui lança Dandrige.

Déjà les musiciens, sur l'ordre du marquis, avaient repris leurs instruments.

Dandrige s'aperçut que le lasso avait sérieusement entamé la paume de la main droite de Barthew. L'intendant lui confectionna un pansement suffisant.

« Ça va aller comme ça, dit-il en terminant.

— Très bien, Dandrige, un verre de gin fera le reste, mais, franchement, j'ai eu peur. Avec toutes ces femmes en dentelles, je me voyais déjà plaidant quelques tristes causes.

— Il est vrai que vous êtes un spécialiste des incendies d'entrepôts, fit Dandrige en riant.

— Je suis un spécialiste des incendies qui rapportent, pas des feux... vraiment spontanés ! »

On savait en effet, dans tout le pays, que les compagnies d'assurances refusaient souvent et non sans raison d'honorer leurs contrats quand, comme cela était fréquent, des négociants affirmaient avoir tout perdu — y compris leurs livres de comptes ! — dans des sinistres survenant généralement en fin de saison. Le temps qu'on rassemble les pompiers bénévoles en pleine nuit, et tout était parti en fumée, affirmaient les victimes, incapables de prouver l'étendue de leurs pertes. C'est alors qu'Edward Barthew intervenait, trouvant témoins et fournisseurs frustrés. Il gagnait le plus souvent les procès de ce genre, d'où sa réputation de juriste habile auprès des assurés malchanceux et de franche crapule du côté des assureurs plus difficiles à duper que les juges de la paroisse.

Dandrige non plus n'était pas dupe, mais son affection pour Ed Barthew lui faisait admettre des procédés qui ne portaient en général préjudice qu'aux grandes compagnies yankees de New York ou de Boston. Et puis, comme le proclamait l'avocat, « la parole de mes clients vaut bien celle des assureurs, qui ont accepté le risque en empochant des primes, versées par des gens prévoyant leurs futurs malheurs ! »

« Savez-vous, Dandrige, que messieurs les assureurs sont en train de nous préparer une loi inique, aux termes de laquelle les dégâts et pertes de marchandises ne seront remboursables que si le feu prend ailleurs que chez l'assuré sinistré ?

— Diable, une telle loi va diminuer le nombre de feux d'entrepôts, Ed.

— A moins que ça ne les fasse se multiplier. En tout cas, ça compliquera la procédure et conduira, de ce fait, les défenseurs à réclamer des honoraires plus élevés... »

Dandrige, le gentilhomme scrupuleux, appréciait la franchise un peu cynique de Barthew. Au contraire de beaucoup de gens, qui fréquentaient les églises et s'abritaient derrière les apparences de la vertu pour mieux flouer leurs contemporains, l'avocat s'accommodait et même profitait des petites faiblesses humaines, avec désinvolture. Il savait bien que les grands escrocs restaient intouchables et que la condamnation des petits fournissait à une société où l'esprit de lucre régnait en maître les moyens de se donner bonne conscience.

Connu, cet accord de pensée entre l'intendant de Bagatelle et un avocat dont l'éthique n'avait rien de conventionnel eût scandalisé bon nombre de gens bien pensants. Dandrige, ayant le courage de ses amitiés, devinait exactement jusqu'où Barthew pouvait aller. Il savait aussi que l'homme méritait sa confiance.

Comme ils retournaient à la fête un moment plus tard, l'avocat le retint à l'écart de la foule :

« Je n'ai pas encore vu la belle Virginie, est-ce que ses cheveux ont repoussé ? »

Dandrige fut tenté d'avouer à Barthew que la filleule du marquis s'était moquée de tout le monde, au jour du duel. Mais il s'abstint. Le jeu stupide s'était terminé au mieux pour tous et le benêt de Willy Tampleton, qui portait sur son cœur, dans un médaillon, les cheveux d'une femme de chambre — hors série, il est vrai — paraissait encore plus à plaindre que Barthew.

« Je me demande pourquoi elle m'a fait inviter, Dandrige. Le marquis n'y aurait jamais pensé !

— C'est une fine mouche, Barthew, et je crois qu'elle vaut mieux que ce qu'elle parut sur le

Prince-du-Delta. A mon avis, elle sera richement mariée avant un an d'ici !

— Avec le petit soldat ?

— Ça m'étonnerait, c'est une terrienne, elle préférera un vrai planteur.

— Grand bien lui fasse, ami, et soit dit entre nous, je lui préfère sa soubrette. Elle a des yeux et une bouche qui promettent beaucoup ! »

Un peu plus tard, au cours de la soirée, tandis que l'avocat et le docteur Murphy, déjà un peu éméchés, comparaient, verre en main, les vertus du whisky et du gin, Virginie apparut au bras de Willy Tampleton. Le jeune lieutenant, pour la circonstance, avait endossé son uniforme de gala : tunique bleue, pantalon gris, épaulettes d'or et ceinturon à large boucle.

« Pardonnez-moi, monsieur Barthew, dit la jeune fille, j'ai raté l'intervention du héros qui sauve les plantations de l'incendie. Tout s'est passé, grâce à vous, si rapidement !

— C'est aussi bien, fit Ed d'une voix un peu pâteuse et en s'inclinant devant la filleule du marquis. Vous auriez pu y laisser encore une de vos anglaises ! »

Virginie ne releva pas l'allusion et enchaîna :

« Je tenais à ce que Willy vous dise lui-même que la blessure que vous lui avez infligée est guérie. Complètement guérie et oubliée, n'est-ce pas, Willy ? »

L'officier aux joues roses, au sourire aimable et de proportions aussi parfaites qu'un soldat de collection, était diablement fier d'avoir Virginie à son bras. Il tendit franchement la main à l'avocat. Ce dernier avança la sienne, bandée par les soins de Dandrige :

« Allez-y doucement, militaire, aujourd'hui, le blessé, c'est moi !

— Mon Dieu, fit Virginie, êtes-vous grièvement brûlé, monsieur Barthew?

— Ce n'est rien, mademoiselle, intervint le docteur Murphy. Le lasso a un peu entamé sa tendre chair... Mais une corde n'est vraiment dangereuse qu'au moment où l'on vous la passe au cou, au pied d'un chêne... Pas vrai, cher maître?

— Prenez donc un verre, vaillant défenseur de l'Union, coupa Ed Barthew. Où allez-vous servir?

— Au 15e du Kentucky, dans l'artillerie, monsieur Barthew; une belle unité, à ce qu'on dit.

— Etre militaire quand il n'y a pas de guerre à l'horizon, monsieur Tampleton, intervint le docteur Murphy, me paraît être la meilleure position pour un jeune homme de bonne famille...

— Mais nous devons être prêts, toubib, à faire respecter l'indépendance du pays! »

Murphy avait soigné la rougeole et dix maladies infantiles de Willy, ce qui expliquait la familiarité de l'officier.

« *Si vis pacem, para bellum...* », murmura Ed en remplissant les verres.

« Que pensez-vous de cette demoiselle, Murphy? interrogea l'avocat quand le couple se fut éloigné.

— Beaucoup de bien, mon vieux. Je la vois presque chaque jour à l'infirmerie des esclaves. Elle tient souvent à m'accompagner dans ma visite. Elle a bon cœur et, croyez-moi, c'est une vraie femme du Sud.

— C'est-à-dire?

— C'est-à-dire qu'elle peut mener un homme par le bout du nez, sans même qu'il s'en aperçoive... A ne pas trop fréquenter, croyez-moi!

— A ne pas trop fréquenter, répéta Ed. C'est mon avis, toubib... »

Tout en grignotant des gâteaux aux noix de pécan, les deux hommes regardaient le bal. A la lueur mouvante des lanternes, le spectacle ne manquait pas de charme. Les jeunes filles, dans leur robe à volants roses, blancs ou bleu clair, dansaient, la tête rejetée en arrière, béates comme le sont les êtres neufs et sans soucis. Les garçons, serrés dans leur redingote, sveltes et élégants, s'appliquaient à décrire les figures imposées par le quadrille. Tous semblaient prendre un plaisir évident à ce jeu familier, le seul où l'on pouvait décemment autoriser le corps à s'exhiber, à jouir de la grâce du geste. Les lumières douces tiraient des colliers et des bracelets des éclats brefs et, dans les groupes autour de la piste de danse, les rires fusaient. Au long des allées, dans la pénombre, des couples glissaient, échangeant des confidences. Le marquis de Damvilliers, enchanté de cette fête, promenait sa silhouette massive, passant de temps à autre la main dans sa tignasse bouclée, que l'humidité de la nuit rendait encore plus indocile. Il veillait à ce que chacun ne manquât de rien.

Il avait ouvert le bal avec sa filleule, la désignant ainsi comme l'héroïne de la soirée. Tous les hommes arboraient à la boutonnière la boule de coton, symbole du jour, et Mosley disait, à qui voulait l'entendre, que « cette nuit marquait l'apothéose du Sud ».

Percy Tampleton, venu sans sa femme qui attendait un bébé, avait, à plusieurs reprises, enlevé Virginie à son frère, avec l'autorité reconnue aux aînés. Stimulé par le vin de Champagne, il était entré en lice carrément, prodiguant à la filleule de son hôte des compliments que peu de Cavaliers eussent osés. Ses phrases, traduisant un désir exacerbé par l'ambiance, la nuit tiède, les parfums et la proximité d'une foule heureuse, Virginie les accueillait comme un hommage que d'autres femmes n'eussent pas apprécié. Il avait une façon de lui tenir la main, quand une figure de quadrille autorisait le geste, et de la conduire par la pointe du coude, la danse achevée, qui en disait long sur les rapprochements qu'il souhaitait. Virginie, au milieu des nymphes innocentes, ne s'y trompait pas. Elle faisait face au mâle, évaluant d'instinct le pouvoir exercé par sa beauté sur cet homme puissant, qui avait l'audace de mépriser les conventions hypocrites. Au contraire des jeunes filles prudes et romanesques, qui évoluaient avec leurs danseurs empesés et que les propos de Percy auraient scandalisées, elle riait, répliquait, soutenait le badinage, acceptait l'ambiguïté des mots et des regards. Sans rien promettre, elle ne décourageait pas. Ce Tampleton coureur de jupons, aux muscles durs, à la démarche assurée, qui lorgnait, sans dissimuler, son décolleté et brûlait de la saisir à bras-le-corps, devait faire un fameux amant.

« Vous savez que Willy rejoint son régiment la semaine prochaine ?

— C'est bien normal, un officier se doit à son devoir.

— On vous verra donc moins souvent aux Myrtes ?

— Qu'est-ce qui vous fait penser cela, Percy ?... J'aime beaucoup votre sœur.

— Et qui vous raccompagnera quand vous viendrez rendre visite à Corinne ?

— Mon Dieu, je puis très bien me déplacer seule, n'est-ce pas... Et puis il y a Mignette.

— Je pourrai vous servir d'écuyer à l'occasion, avait répliqué le beau Percy en découvrant, dans un sourire, des dents d'ogre affable.

— Ça, nous verrons..., s'était exclamée Virginie en riant, si votre femme vous en donne l'autorisation ! »

Percy avait haussé les sourcils et accentué son

sourire, comme si ce détail était sans importance. A cet instant, il lui avait semblé que la main de Virginie s'abandonnait soudain plus mollement dans la sienne. Mais, le galop final les ayant séparés, il en était resté sur cette impression équivoque. D'autres danseurs étant venus solliciter la jeune fille, Percy ne l'avait revue qu'au moment de prendre congé.

« C'était une merveilleuse fête, dit-il comme tous les autres, mais il ajouta, quêtant son regard : Nous vous attendons un jour prochain aux Myrtes, m'a dit Corinne; il faut en effet profiter des derniers beaux jours...

— Je saurai en profiter, Percy. »

L'aîné des Tampleton en conçut une vive et inavouable espérance.

Corinne aussi s'estima comblée. Clarence Dandrige ne s'était pas dérobé à ses devoirs de chevalier servant. Il l'avait invitée à plusieurs reprises après l'épisode de l'arbre brûlé et, quand elle avait observé, avec une audace dont elle ne se serait pas crue capable avant les fausses confidences de Virginie, que leur dernière rencontre datait de trois mois, il avait fourni des justifications si évidentes, que l'amour inquiet de Mlle Tampleton s'était senti rassuré.

Tandis que la jeune fille dansait avec Léonce Redburn, un fils de planteur, parfaitement interchangeable avec tous les autres garçons de son âge et de sa condition, Clarence s'était un peu éloigné du bal pour fumer un cigare. De la véranda, il observait la fête. Cette foule dans le parc, sous les girandoles multicolores, lui apparaissait soudain un peu bête. « Ils sont là, pensait-il, comme des poissons dans leur bassin. Heureux et fort satisfaits de leur petit univers conventionnel, jouissant de leur sécurité et installés, pour l'éternité, dans leurs privilèges innocents. Et cependant, quelle passions agitent les cœurs et les esprits de ces dames et de ces demoiselles corsetées ! Quelles jalousies, quelles ambitions, quelles haines peut-être habitent ces hommes, qui s'appliquent à ressembler au modèle du parfait Cavalier défini par leur père ! Combien oseraient exprimer à haute voix leurs aspirations du moment, désigner les femmes qu'ils aiment en secret ?... »

Il imagina, par jeu pervers, que tous les messieurs, jeunes ou vieux, qui avaient été les amants de Mme Tampleton, de Mme Redburn ou de Mme Tiercelin levaient la main, que toutes les femmes trompées embrassaient leur rivale, que les jeunes filles dénouaient leur ceinture en déclamant le montant de leur dot, que leurs père et frères avouaient les sommes perdues sur les show-boats ou dans les tripots de La Nouvelle-Orléans.

« Vous couvez vos songes, Dandrige ! fit la voix du marquis qui, comme lui, s'était isolé pour fumer.

— Non, je jouis du beau spectacle, Adrien, du beau spectacle de tous nos amis insouciants.

— Mais encore ? fit le marquis en tirant sur son cigare ; je vous connais assez, Clarence, pour deviner que le spectacle vous inspire quelques réflexions... originales.

— Eh bien, Adrien, je les vois tous comme des danseurs de corde, attirés par le vide, mais se maintenant sur le fil en équilibre grâce à un invisible balancier qui aurait à un bout, dans un filet transparent, toutes nos conventions, nos préjugés, nos lois et nos traditions ; à l'autre, dans un sac de cuir noir...

— ... la somme des vices et des péchés inavouables, interrompit M. de Damvilliers ; c'est cela, n'est-ce pas ?

— Vous avez oublié les instincts réprimés et les passions trahies! ajouta Dandrige.

— Diable, vous les croyez donc si compliqués? Vous vous trompez, Dandrige, ce sont des gens simples, rustiques, aux appétits normaux. La philosophie vous égare et vous conduit à disséquer les êtres avec des idées préconçues. Vous avez l'esprit trop riche et votre tamis est trop fin pour eux. Moi, je les aime comme ils sont. Je les prends entiers, avec le bon et le mauvais que Dieu a mis en tout homme. Et ce soir, croyez-moi, je suis pleinement heureux et je me demande même si le paradis n'est pas un grand barbecue permanent et inépuisable! »

Clarence sourit. Son affection pour Adrien, qui ne savait pas ruser avec la vie, parce qu'il était fort et pur, l'obligea à se taire. Cet homme rude et bon appartenait à cet univers des illusions rassurantes qui constituait la civilisation du Sud.

« Vous avez peut-être raison, Adrien; si j'étais un homme comme les autres, je me contenterais des apparences.

— Et vous seriez plus heureux, mon ami. Quand je vois cette petite Corinne qui se consume d'amour pour vous, j'ai mal, Clarence. Car je devine vos scrupules.

— Moi, je n'ai pas mal, Adrien, rassurez-vous, mais je souffre de la perspective qu'elle entretient d'un bonheur impossible. Que dois-je faire?

— Rien, Clarence. Ne faites rien. Dieu, qui vous a rendu tel que vous êtes, pourvoira à la solution. Laissez-la jouir de l'illusion qui est en elle, sans l'attiser, bien sûr, mais sans l'étouffer brutalement. »

Ils demeurèrent un instant silencieux, regardant en contrebas les gens qui s'amusaient, buvaient, mangeaient, dansaient comme ces figurants de théâtre auxquels on a recommandé de jouer joyeusement à la fête, tandis que, dans les coulisses, se préparent un autre décor et quelques tableaux dramatiques.

« Si nous allions faire un tour chez nos nègres ? dit le marquis. J'avais promis à Télémaque de passer un moment au village. Pour eux aussi, c'est la fête. Là au moins, ajouta-t-il tandis qu'ils se mettaient en route, vous n'aurez pas à imaginer, mon cher Clarence, leurs têtes d'esclaves pleines d'obscures passions contrariées ou de spéculations romanesques et confuses. Ce sont de braves bêtes qui se laissent porter par leurs instincts élémentaires.

— Qu'en savez-vous, Adrien ? fit Dandrige assez brutalement. Il y a peut-être parmi eux une jeune négresse qui, tout comme Corinne, souffre de la froideur incompréhensible de l'homme qu'elle aime ! »

Adrien de Damvilliers s'arrêta, stupéfait, et se mit à rire :

« Ça alors, Dandrige, je ne le crois pas. Dieu, dans sa grande bonté, leur a peut-être donné une âme, mais il ne leur a pas fait la cervelle philosophique ! »

Ces gens dénués de cervelle philosophique accueillirent avec gentillesse le maître et son intendant, auxquels s'étaient joints le docteur Murphy, Ed Barthew, Mosley et Mignette, qui voulait « voir les danses nègres »...

Dès leur arrivée, sur un ordre de Télémaque, les chanteurs et les joueurs de caisse se rassemblèrent. Une étrange mélodie plaintive et rythmée s'éleva entre les cases blanches, toile de fond exotique d'un décor illuminé par les torches de résine. Les esclaves chantèrent d'abord la légende de « l'arbre-mouton », hommage traditionnel au Roi-Coton, dont ils étaient les serfs. Puis ils se mirent à danser, frappant la terre de leurs pieds nus, tandis qu'un seul tambour continuait à crépiter sous les doigts secs d'un vieil homme qui, les yeux fermés, se retrouvait peut-être, par la pensée, au sein de sa tribu natale, sur les rives du fleuve Sénégal. Une voix puissante et gaie entonna la complainte composée pour la circonstance :

> *Michié Marquis li donné grand bal*
> *Li fait nèg payé pou sauté un pié*
> *Dansé Calinda, boudouou, boudouou !*
> *Michié Marquis, li capitaine bal*
> *Son cocher Bobo ti maite cérémonie*
> *Dans l'équiry la yavé grand gala*
> *Ma cré cheval la yeté bien étonné*
> *Yavé des négresses belles passé maîtresse*
> *Yé volé lébelle dans l'armoire mamzelle*[1]...

On acclama le soliste dès la fin du premier couplet, et M. de Damvilliers plus fort que tout le monde. Dans le cercle murmurant des Noirs, on aurait pu remarquer des regards inquiets, observant la réaction des Blancs à l'audition de ce chant plein d'humour. Les applaudissements rassurèrent les esclaves. Le maître et ses amis ne se fâchaient pas, on pouvait donc donner libre cours aux rires.

Mignette, découvrant qu'elle était la seule femme blanche au milieu de ce sabbat noir, se tenait entre Mosley et Barthew, un peu craintive. Télémaque, majordome superbe, vêtu d'une grande tunique de cotonnade rouge et brandissant un long bâton, pourvu d'une crosse faite de cornes de bélier et d'un panache de coton, avait offert des tabourets à ses invités. Ceux-ci, pour

---

1. D'après une chanson d'esclaves citée dans *Sud*, de Pierre de Lanux, Editions Plon, 1932.

sacrifier au rite de l'hospitalité, durent boire, dans des coloquintes, du jus de canne fermenté, où avaient macéré des noix de pécan. Le breuvage, doux et parfumé, brûlait comme un alcool. Cela expliquait peut-être la surexcitation de certains danseurs qui, les yeux vagues, effectuaient de bizarres contorsions, en tournant autour d'un feu de camp. *Dansé Calinda, boudoubi, boudoubi,* reprenaient les chœurs, et la nuit s'emplissait d'échos africains.

Ed Barthew battait des mains en mesure, le docteur Murphy sirotait en silence, Adrien et Dandrige bavardaient avec les enfants éblouis par les chaînes de montre qui barraient les gilets de soie. Mosley expliquait à Mignette comment ces êtres frustes avaient été enlevés par les négriers anglais et français, sur les côtes d'Afrique.

« Ils sont plus heureux ici, croyez-moi, disait le commissionnaire, car M. de Damvilliers est un bon maître, qui les nourrit et les soigne bien. D'ailleurs, voyez comme ils sont joyeux ! »

Mignette approuvait, n'osant pas dire que cette joie bruyante lui mettait au cœur une curieuse sensation de mélancolie. Ces hommes et ces femmes, qu'on achetait et vendait comme des meubles, elle avait appris à les connaître par les confidences de la petite Rosa. Elle savait qu'ils constituaient deux catégories bien différentes. D'un côté, les domestiques de la maison — une vingtaine à Bagatelle, si l'on comptait, avec Maman Netta et James le maître d'hôtel, les femmes de service, les femmes de chambre, la blanchisseuse, la couturière, les jardiniers et les gens des écuries — de l'autre, ceux qu'on employait aux travaux des champs. Les premiers faisaient presque partie de la famille, ne manquaient de rien. On tolérait leurs fantaisies et parfois leur paresse, on acceptait leurs conseils, on se répétait leurs naïves boutades, on les appelait par leur nom. Les autres, confinés dans le village, ceux qui présentement dansaient devant le maître, constituaient la foule anonyme des travailleurs, d'où émergeaient les charretiers, houeurs, conducteurs de charrue, maçons, charpentiers et menuisiers. Ils travaillaient dur, sous la direction des contremaîtres, et souvent détestaient leurs frères, serviteurs de la grande maison, dont ils enviaient les positions. Rosa avait expliqué à Mignette qu'elle ignorait ce qu'était devenue sa mère, une des filles de Maman Netta. En 1824, lors de la crise du coton, le marquis, contraint de réduire son personnel, l'avait vendue avec d'autres esclaves. Il s'était bien engagé à la racheter, mais les années avaient passé sans que la femme réapparaisse sur la liste d'un encanteur.

« Comment ces gens simples peuvent-ils bien être heureux ? se demandait Mignette. Ils vivent sous la menace permanente d'une séparation qui disperserait leur famille, eux qui, justement, ne peuvent prétendre à d'autre bonheur que de travailler ensemble jusqu'à leur mort. »

Ed Barthew parut remarquer la tristesse de la jeune fille.

« Que pensez-vous de cette belle fête, mademoiselle ? Elle vaut bien l'autre, non ?

— Je ne sais pas, fit Mignette en écartant son genou du contact de celui de l'avocat, je me demande si ces gens ne dansent pas pour oublier leur condition ?

— Ça, c'est une réflexion de Parisienne. Il y a longtemps qu'ils ont oublié. Ils vivent au jour le jour et acceptent leur sort comme une fatalité ancestrale.

— Je ne crois pas que la liberté s'oublie jamais, monsieur Barthew. »

Puis elle ajouta :

« Il suffirait de le leur demander.

— Oh! oh! mais ce n'est pas une question à poser à des nègres, ça, mademoiselle.

— Pourquoi? C'est défendu?

— Non, mais ils ne comprendraient pas. Car voyez-vous, pour eux, *liberté*, c'est un mot blanc! »

En se levant, le marquis avait déjà donné le signal du départ. Alors que Télémaque reconduisait, une torche à la main, la petite troupe vers le parc où s'achevait la fête des planteurs, Adrien fit les remerciements d'usage et prononça la phrase qu'attendait le Noir :

« Quand mes invités seront partis et que viendra le jour, Télémaque, tu iras prendre les restes de notre barbecue pour la famille... sauf les alcools, bien sûr! »

A cet instant, Mignette méprisa le marquis et Dandrige et Mosley et Barthew qui la serrait d'un peu près. « Comme on donne un os à un chien », pensa-t-elle. Mais Télémaque, reconnaissant et rendu audacieux par le jus de canne, se penchait et embrassait la main du maître.

Mignette se détourna, pour qu'on ne vît pas la larme qui roulait sur sa joue.

14

Les labours venaient de commencer quand Dandrige apprit, par Bobo, que Mignette avait un amoureux à Pointe-Coupée. Il s'agissait du maréchal-ferrant, Albert Schoeler, un Alsacien, ancien marin qui avait déserté pour rester en Louisiane. Le consul de France l'avait fait rechercher un temps, puis il l'avait oublié, comme beaucoup d'autres marins dans le même cas. Schoeler gagnait honnêtement sa vie, ne buvait pas et faisait des économies pour s'acheter un domaine. Il était déjà propriétaire de deux esclaves. Sa forge, dans la rue principale du village, retentissait de bruits d'enclume, du matin au soir. L'ancien marin, peu loquace, mais débonnaire, affichait une force tranquille. Ayant cinq années de résidence, il venait d'être fait citoyen américain, ce qui lui donnerait, aux prochaines élections, le droit de voter.

Accompagnant Bobo quand il conduisait les chevaux à ferrer, Mignette s'était éprise du robuste forgeron. Lui, qui n'avait pas de goût pour les femmes noires, s'était découvert un penchant pour la suivante de Mlle Virginie. On avait échangé des sourires et ces phrases banales que les amoureux décryptent comme des messages secrets. Avec simplicité, on en était arrivé aux aveux, puis à un projet d'union, dont on préférait différer l'annonce publique, Albert Schoeler n'étant pas certain que le marquis de Damvilliers souscrirait facilement au mariage d'une jeune fille de sa maison.

Mignette avait beau expliquer à Albert qu'elle était libre de ses mouvements, que Mlle Virginie ne ferait pas d'objections et que la situation d'épouse de forgeron lui agréait, le garçon manifestait des doutes.

« Ma maison, à côté de Bagatelle, n'est qu'une masure et vous pourriez regretter le confort auquel vous êtes habituée. Attendons que j'aie gagné assez d'argent pour acheter une terre et me faire planteur ! »

L'ambition paraissait louable, mais les baisers tendres et maladroits dont le forgeron couvrait Mignette quand, le samedi après-midi, les amoureux se rejoignaient dans un petit bois de hêtres à mi-chemin de Bagatelle et de Pointe-Coupée, donnaient à la jeune fille des impatiences nuptiales. Car, respectueux des convenances et bons chrétiens, les jeunes gens n'envisageaient l'amour que dans le mariage. Pour stimuler son amoureux, Mignette lui racontait que M. Mosley lui faisait les yeux doux, que M. Barthew, l'avocat de Bayou Sara, avait tenté de lui prendre la taille et que le meilleur moyen de se protéger de ces assauts serait d'annoncer leurs fiançailles. Un peu jaloux, mais encore plus prudent, Albert comptait sur le hasard bienveillant pour apprendre aux gens de Bagatelle une idylle fort honnête. Bobo, naïf et indiscret, plus observateur que le pensait Mignette, ayant fait des confidences à M. Dandrige, le secret fut éventé. L'intendant se garda de le divulguer, mais il entra un matin dans la forge, le sourire aux lèvres.

« Alors, Albert, on s'apprête à enlever une jeune fille, paraît-il ? »

Le forgeron laissa retomber son marteau sur l'enclume, remit son fer au feu et fit face, vaillamment.

« Ah ! vous savez, monsieur Dandrige... Mais c'est pour le bon motif.

— Je n'en doute pas. Mais pourquoi attendre et vous cacher, comme des fautifs ? M. de Damvilliers et Mlle Virginie seraient peinés d'apprendre cela par... la rumeur publique !

— Et s'ils s'opposent, monsieur Dandrige ? »

Clarence eut un air étonné.

« Et pourquoi s'opposeraient-ils à vos fiançailles, Albert ? Vous êtes tout à fait digne d'épouser Mlle Mignette, elle est tout à fait libre de vous accepter pour mari. Ce n'est ni un membre de la famille Damvilliers ni une esclave blanche ! »

Puis, comme le forgeron, le visage ruisselant de sueur, se taisait :

« Voulez-vous que j'en parle au marquis et à Mlle Virginie ?

— Eh bien, ma foi, fit le forgeron, visiblement soulagé, ça me plairait assez, parce que Mignette, enfin Mlle Mignette, commence à dire que je ne l'aime pas assez, que j'ai honte de sa position de domestique... Vous vous rendez compte, moi, petit maréchal... »

Clarence esquissa un sourire.

« C'est donc qu'elle est impatiente, Albert. Elle veut que vous vous décidiez promptement ; je m'occupe de votre affaire. »

Dandrige s'en occupa, et fort bien. Le marquis fit quelques plaisanteries à Mignette, qui ne sut que rougir ; Virginie exigea qu'on lui amène le forgeron et que la mère de sa « demoiselle de compagnie » soit mise au courant, par sa fille, de ce soudain désir de convoler avec un inconnu, à trois mille lieues du Morvan !

Quand, fin octobre, Dandrige s'embarqua pour La Nouvelle-Orléans en compagnie de M. Mosley qui, lui, s'apprêtait à regagner l'Angleterre, la date du mariage était fixée au mois de mai suivant. Le marquis, toujours généreux, avait annoncé qu'il doterait Mignette « comme si elle lui appartenait ». Le chemin du bonheur, pour la jeune Morvandelle et son forgeron, s'ouvrait au seuil de l'hiver, lisse et débarrassé de tout obstacle.

« J'en aurais bien fait ma tisanière, de cette petite, plaisanta Abraham Mosley, qui connaissait les mœurs du Sud.

— Elle vaut mieux que ça, Mosley. Cette jeune fille a plus de vertu que beaucoup de dames que nous connaissons.

— Un peu trop de vertu à mon goût, fit l'Anglais en riant, mes approches n'ont pas été bien accueillies et, sans la gentille servante que le marquis m'avait donnée, j'aurais dû pratiquer l'abstinence, ce qui n'est pas bon pour un homme de mon âge. »

Clarence se dit que le commissionnaire avait dû concourir, sans scrupule, à l'augmentation du nombre des esclaves de Bagatelle. Ce qui, bien sûr, ne tirait pas à conséquence !

Sur le quai Saint-Pierre, à La Nouvelle-Orléans, les deux hommes se séparèrent. Le commissionnaire avait retenu les deux prochaines récoltes de coton de Bagatelle, qu'un de ses agents se chargerait d'expédier. On ne le reverrait donc pas avant trois années à la plantation. Dandrige suivit du regard la silhouette boulotte de l'Anglais, qui s'acheminait vers l'embarcadère, suivi d'une demi-douzaine de porteurs. Il ôta son panama pour lui adresser de loin un dernier adieu. Le reverrait-il jamais ?

La ville gisait dans la boue. Les ondées d'automne avaient grossi le Mississippi, qui s'étalait, prenait ses aises jusque dans les faubourgs. Les rues pavées échappaient au cloaque, mais les autres se couvraient d'une fange jaunâtre, où le pied s'enfonçait. Les cabriolets et les landaus, capotes closes, avançaient au pas. Des chevaux rétifs s'abattaient parfois, après une glissade, entre les brancards.

Chez les frères Mertaux, Dandrige apprit que le señor Ramirez, remis de sa blessure, avait été, durant un mois, la risée des dames de petite vertu, auxquelles le coup d'épée de l'intendant avait fait perdre quelques poignées de piastres. L'Espagnol jurait, paraît-il, devant qui voulait l'entendre, qu'il « hacherait menu », à la première occasion, l'homme de confiance du marquis de Damvilliers.

« La prochaine fois, je ne pique pas, je coupe », fit Clarence, que cette menace n'impressionnait pas.

Les avocats jumeaux hochèrent la tête symétriquement et ouvrirent les dossiers qui intéressaient l'intendant.

C'est au cours de son séjour que Dandrige apprit les événements qui avaient secoué la France au mois de juillet. Il lut avec retard la déclaration des députés invitant le duc d'Orléans à prendre la lieutenance générale du royaume et l'intervention du marquis de La Fayette exigeant la promesse de garanties libérales. Le renversement des Bourbon n'était pas pour l'émouvoir, non plus que l'avènement de Louis-Philippe, « le roi des barricades ». Il apprit aussi que c'était à bord du *Charles-Caroll,* le navire qui avait amené Virginie Trégan à La Nouvelle-Orléans, six mois plus tôt, que le roi Charles X aurait dû s'embarquer pour l'exil. Le souverain déchu avait finalement préféré le *Great-Britain*, plus luxueux, mais appartenant au même armateur, M. Patterson, ex-beau père de Jérôme Bonaparte. L'intendant de Bagatelle, en bon fils d'Albion, apprécia l'humour d'un hasard qui expédiait un Bourbon sur un vaisseau associé au souvenir de Napoléon !

Dandrige était encore à La Nouvelle-Orléans le 1er novembre, pour assister, sur tous les vaisseaux français ancrés sur le Mississippi, au changement de pavillon national. Il vit amener le drapeau à fleurs de lis et monter les trois couleurs, sans émotion particulière. Le soir, il y eut dans les cabarets de la ville beaucoup de marins français ivres.

A la Maison de France, où l'amena une série de formalités pour le compte du marquis, le consul, M. Guillemain, lui montra la lettre, fort opportuniste, que le représentant venait d'adresser à La Fayette.

Dans leur admiration pour l'héroïque population de Paris, écrivait le consul, *les citoyens de La Nouvelle-Orléans, constamment attachés de cœur à leur ancienne patrie, se sont empressés d'ouvrir une souscription en faveur des Parisiens blessés, des veuves et des orphelins de ceux qui ont succombé dans les glorieux combats de la fin juillet. Les Gallo-Américains se sont joints à eux. Je saisis avec empressement cette occasion pour offrir à l'ami de l'immense Washington, au héros américain de 76, au généreux Français et au sage patriote de 1830, le tribut de ma sincère admiration, ainsi que l'assurance directe et personnelle de ma haute considération...* Ayant lu, Dandrige ne put qu'ajouter son obole. Le nouveau ministre des Affaires étrangères, le comte Molé, ne pourrait qu'être satisfait par le zèle d'un fonctionnaire qui avait servi le gouvernement de Charles X avec la même foi !

L'intendant de Bagatelle rendit visite au cordonnier Mathias, pour prendre livraison des chaussures commandées au printemps, rencontra dans quelques « bars exchange » des planteurs venus conclure les dernières ventes de coton de la saison et commanda chez Perret les provisions de l'hiver. Le bœuf salé valait 7 piastres le baril, le whisky 3 dollars 77 le gallon, le tabac des Natchitoches devenait introuvable, mais les fourreurs payaient 2 piastres la peau de castor.

Sous la pluie battante, il embarqua sur le *Zebulon Pike* pour rejoindre Pointe-Coupée. Le voyage, comme toujours en cette saison, fut lent et difficile. Les eaux boueuses du fleuve en crue charriaient des troncs d'arbres arrachés aux rives. Ils constituaient pour la navigation un handicap supplémentaire. La coque résonnait de coups sourds, quand les bois, à la dérive, heurtaient le bateau. Le capitaine avait fort à faire pour éviter que ces épaves naturelles ne s'engagent entre les pales de la roue motrice, qui broyait les branches, mais que les troncs pouvaient bloquer et endommager. Les passagers du *Zebulon Pike* virent avec étonnement, à quelques milles de Baton Rouge, un vapeur posé au milieu des champs devenus marécages. Le Mississippi, gonflé par les pluies, l'avait dérouté, avant de l'abandonner en regagnant son lit. Le grand bateau, hors de son élément, ressemblait à une construction inutile, née de l'esprit d'un architecte fou. Le steamboat qui transportait l'intendant dut offrir son aide à un vapeur échoué sur un banc de sable, d'où il ne pouvait se dégager seul. Le vent de nord-ouest, contrariant la marche du bateau, fit, avec tous les incidents du voyage, que le *Zebulon Pike* mit quatre jours pour atteindre Pointe-Coupée.

A Bagatelle, Clarence Dandrige retrouva ses habitudes d'hiver. Il aimait cette saison chère aux sédentaires. Un bon feu dans sa cheminée, il passait des journées entières à sa table de travail, au milieu de documents et de dossiers, à rédiger cette « Histoire des Damvilliers » dont le marquis venait parfois lire quelques pages. Mic et Mac, les dalmates, détestant se mouiller les pattes, rechignaient pour accompagner leur maître. Ils préféraient sommeiller devant le feu de bois. Dans la grande maison, Mignette préparait son trousseau de mariage et Virginie achevait une tapisserie représentant le village de Damvilliers-sur-Meuse, fief des ancêtres d'Adrien. Dandrige lui avait fourni le blason de ces marquis exilés, qu'elle voulait broder dans un coin de ciel. Adrien, pestant contre le mauvais temps, qui limitait ses promenades, errait, les jours où les averses interdisaient toute sortie, de la bibliothèque à la véranda. Le soir, il demandait à sa filleule de se mettre au clavecin. Seules les visites et les réceptions venaient rompre la monotonie d'une existence de marmotte.

Willy Tampleton, ayant obtenu l'autorisation d'écrire à Virginie, envoya, en décembre, une longue lettre pleine de soupirs, dans laquelle il décrivait sa vie au 15e régiment d'artillerie du Kentucky. Il participait, semble-t-il, à plus de bals que de manœuvres et regrettait les Myrtes où Corinne et Percy avaient la chance d'accueillir fréquemment la filleule du marquis de Damvilliers.

C'est à peu près à la même époque que Maman Netta tomba malade. La vieille femme, qui logeait dans une case proche de la grande maison, souffrait d'une fièvre froide que le docteur Murphy se déclara incapable de combattre. Elle ne s'alimentait plus et dépérissait à vue d'œil. Adrien et Virginie lui rendaient visite et le marquis, malgré son optimisme naturel, s'inquiétait. Il était attaché à sa nourrice comme tous les planteurs, qui avaient passé le plus clair de leur enfance dans les jupes de ces esclaves dévouées. Avec elle, pendant des années, il avait récité ses prières du matin et du soir, et souvent elle avait dissimulé ses espiègleries pour lui éviter la correction paternelle.

« Alors, Murphy, il faut la remettre sur pied, elle gémit de ne pouvoir recuire les confitures de groseilles !

— Elle est usée jusqu'à la corde, répondit le médecin. Elle s'éteint comme une lampe sans huile. Il n'y a rien à faire. Les saignées ne font que l'affaiblir davantage et les emplâtres sont sans effet. Il faut vous résigner, marquis, à la voir s'en aller ! »

Les enfants et les petits-enfants de Maman Netta savaient déjà, d'instinct, que la mort guettait la vieille femme. Hors de leur présence, la cuisinière pleurait doucement. Rosa expliqua à Mignette que son chagrin venait de ne pas voir à son chevet sa fille préférée, mère de la petite esclave qui faisait cette confidence. Mignette ne dit mot, mais elle fit part à Albert Schoeler d'une idée qui lui était venue. Il fallait retrouver Anna, que le marquis avait vendue en 1824, et la ramener près de sa mère mourante. Le forgeron, qui ne s'apitoyait pas facilement sur le sort des Noirs, aurait volontiers dit à sa fiancée de réserver son émotion pour d'autres circonstances, mais il était très amoureux de Mignette, et il se mit à interroger les contremaîtres et les palefreniers des plantations qui lui amenaient les chevaux à ferrer.

Il apprit ainsi qu'une esclave nommée Anna appartenait au maître de Barrow House, Clément Barrow, cet unijambiste chez qui M. Dandrige allait, au moins une fois par semaine, jouer au billard. Mignette, avec l'assurance tranquille d'une femme certaine du bien-fondé de sa démarche, fit part à l'intendant de son projet. Ne pouvait-il l'aider à savoir si l'esclave des Barrow était bien la fille de Maman Netta ?

Dandrige accepta en faisant observer que les Barrow étaient de braves gens, qui ne refuseraient pas d'accorder une permission à une esclave pour se rendre au chevet de sa mère mourante. Il proposa même à Mignette de l'accompagner à Barrow House, à l'occasion d'une éclaircie. Clément Barrow et ses sœurs confirmèrent qu'une certaine Anna figurait au nombre de leurs lingères. On la fit venir.

« Je suis sûre que c'est elle ! s'exclama Mignette en voyant une forte femme gravir le perron.

— Comment cela, vous êtes sûre ? interrogea Adèle Barrow, qui hésitait encore à proposer une tasse de thé à une demoiselle qui devait à la générosité — et peut-être à la faiblesse — du marquis de Damvilliers de ne plus figurer au rang de domestique.

— Ben, elle ressemble à sa mère ! fit Mignette.

— Toutes les négresses se ressemblent, mon petit », fit d'un ton dédaigneux la vieille fille.

C'était bien la fille de Maman Netta. La lingère, en apprenant la maladie de sa mère, manifesta bruyamment son chagrin et se jeta incontinent aux pieds de Mignette.

« Emmenez-moi, mamselle, s'il vous plaît, emmenez-moi. »

Adèle Barrow congédia l'esclave d'un geste sec.

« Nous allons voir, Anna, retournez à la lingerie, nous allons réfléchir. »

Clément Barrow, appuyé sur ses béquilles, intervint mollement.

« Je crois qu'il serait bon de l'autoriser à s'en

aller quelques jours à Bagatelle, Adèle, puisque M. Dandrige nous le demande et que la fille de cette négresse est au service de Mademoiselle. »

Jusque-là Clarence n'était pas intervenu. Il observait le visage fermé de la suivante de Virginie, qui s'attendait à plus de spontanéité chez ces gens réputés bons maîtres.

« Je vais vous proposer autre chose, Clément, finit-il par dire en se tournant vers l'infirme. Comme nous aurons, à Bagatelle, besoin d'une femme pour remplacer la vieille Netta, je vous achète Anna si vous êtes disposé à la vendre.

— Ce n'est pas une très bonne lingère, intervint Adèle Barrow, elle est paresseuse, geignarde et sale. Je dois vous prévenir. Mais nous pouvons vous la céder, si cela peut faire plaisir au marquis... et à cette demoiselle, conclut-elle en se tournant vers Mignette.

— Très bien. Votre prix, Barrow, sera le mien...

— Oh ! dit l'infirme en regardant sa sœur, je ne sais pas..., il faut voir..., nous pourrions dire...

— Trois mille piastres », trancha Adèle Barrow.

C'était le prix d'un esclave en pleine santé et très actif. Chez un encanteur, la pauvre Anna n'aurait pas trouvé preneur à douze cents piastres. Mignette, qui ignorait tout des tarifs pratiqués, paraissait gênée par cette conversation, dont un être humain, fait de chair et de sang, comme cette vieille fille à guimpe de dentelle et ce pâle infirme, était l'objet.

« C'est bon, fit Clarence, trois mille piastres. Je vous apporterai l'argent dans quelques jours.

— Et nous vous enverrons cette Anna, répliqua Adèle ; elle se mettra en route demain.

— Si vous voulez bien, nous l'emmènerons tout de suite, mademoiselle, intervint Mignette. Sa mère peut passer d'un moment à l'autre.

— Vous l'emmènerez comment ? Dans votre cabriolet ? interrogea Barrow, surpris.

— Oui, nous nous serrerons un peu », expliqua Dandrige.

Adèle Barrow, que sa sœur venait de rejoindre, souffla entre ses lèvres pincées, marquant par là qu'elle désapprouvait cette façon de faire. Son éducation lui interdisait de voyager au contact d'une esclave noire dans un cabriolet étroit. Les nègres devaient aller à pied.

« Voulez-vous prendre une tasse de thé ? » finit-elle par proposer à ses visiteurs.

Elle venait, après tout, de conclure une bonne affaire. Cette Anna, dont elle se débarrassait, ne valait pas le porc et le maïs dont on la nourrissait.

Ce jour-là, Dandrige trouva aux « buckwheat-cakes » arrosés de vermont-syrup, dont il faisait habituellement ses délices, un goût amer. Mignette, au contraire, s'en régala. « Ce Dandrige, pensait-elle en étalant le sirop d'érable sur les crêpes tièdes, a plus de cœur qu'il ne paraît. Son idée d'acheter l'esclave arrange bien les choses : la petite Rosa, perdant sa grand-mère, retrouvera sa maman. » Elle eût volontiers embrassé l'intendant aux yeux verts, sur les deux joues.

On enterra Maman Netta dans le petit cimetière des esclaves et Anna, lingère médiocre, mais cuisinière de bon lignage, prit la place de sa mère à la direction des fourneaux. La petite Rosa, à la fois heureuse et chagrine, jura à Mignette une reconnaissance éternelle. Adrien de Damvilliers sut gré à la suivante de Virginie d'avoir donné à sa vieille nourrice l'ultime joie de revoir sa fille et à Dandrige de s'être décidé à tenir un engagement que lui-même avait oublié. Avant de rendre calmement son âme à Dieu, la vieille Netta prit le temps de léguer à celle qui allait lui succéder les secrets de quelques recettes. Ce fut sa façon à elle de se perpétuer. On appela désormais à Bagatelle le fameux cake aux noix « gâteau Netta ».

Virginie étonna Mignette en lui adressant des reproches pour avoir agi sans son consentement et mêlé M. Dandrige à une affaire qu'elle aurait aussi bien pu régler elle-même. Elle tenta de savoir combien avait coûté à l'intendant l'acquisition d'Anna, mais Mignette, devinant que la dépense risquait de paraître exagérée, n'en dit rien. La filleule du marquis se promit d'interroger Dandrige à la première occasion, mais elle accepta l'invitation de Corinne Tampleton d'aller passer une semaine aux Myrtes, avant les fêtes de Noël, et sa curiosité se dilua dans le flux des événements.

Si Clarence appréciait le spectacle de l'hiver, les grands arbres mouillés et nus, le fleuve grondant, le silence mélancolique de Bagatelle, le marquis ne savait que faire de ses soirées. Le clavecin muet, le trictrac abandonné, le grand salon vide lui faisaient regretter de ne pas posséder, comme beaucoup de planteurs, une maison à La Nouvelle-Orléans où le théâtre, les concerts et les réceptions proposaient des loisirs agréables.

« Si je vous disais que notre Virginie me manque, Clarence, me croiriez-vous ? dit un soir Adrien.

— Le fait est que la maison paraît déserte sans elle. Elle n'est jamais à court d'idées pour nous distraire et Mignette est si occupée de son mariage qu'elle ne sait que parler chiffon avec les lingères. « Le soleil et la femme semblent s'être « partagé l'empire du monde, l'un nous donne les « jours, l'autre les embellit[1] ! » cita Clarence.

— C'est bien vrai, fit le marquis, pensif. Si

1. Sanial Dubay.

nous débouchions une bouteille de vieux porto, Clarence, peut-être verrions-nous les choses autrement ? »

Le vin capiteux rendit Adrien plus loquace.

« J'ai l'intention d'offrir un cadeau à Virginie pour Noël. Un sautoir d'or qui appartenait à ma mère, par exemple. Pensez-vous que ça lui plaira ?

— Connaissez-vous une femme, Adrien, qui n'apprécie pas les bijoux ?

— Mais ce n'est pas une femme ordinaire et j'avoue ne pas connaître très bien ses goûts. Depuis qu'elle est à Bagatelle, elle s'est surtout appliquée à satisfaire les miens. Son père était un homme curieux, doux et têtu, mais ne livrant que rarement ses sentiments. Virginie a hérité ce caractère, semble-t-il.

— Avec en plus, compléta Dandrige, de la lucidité et la volonté de réaliser ce qu'elle entreprend, qualité que ne possédait pas le père Trégan.

— Ne croyez-vous pas aussi, Clarence, qu'il faudra un jour ou l'autre que je m'occupe de son avenir ?... Willy Tampleton ferait-il un bon mari pour elle ? J'ai cru comprendre qu'il en est fortement épris.

— Willy ferait certainement un bon mari pour n'importe quelle jeune fille de notre société, Adrien, mais, si vous voulez mon sentiment, je pense qu'il faut à Virginie plus qu'un bon mari, au sens un peu mièvre où nous entendons l'expression. Il faut à Virginie un homme...

— Ah ? fit Adrien, surpris par un distinguo dont la subtilité lui échappait. Et Willy, n'est-il pas un homme, Clarence ?

— Disons que la personnalité du jeune Tampleton me paraît un peu fade à côté de celle de Virginie. Il lui faudrait quelqu'un de moins aimable,

de moins foncièrement aimable et de plus domi-
nateur !

— Ah ! se contenta de dire le marquis, sur le
ton de la constatation étonnée.

— Mais je crois aussi, Adrien, que vous ne
devez pas vous tourmenter pour l'avenir de votre
filleule, elle saura bien en décider elle-même. »

Cette conversation laissa les deux hommes pensifs. M. de Damvilliers, à travers les remarques de
Dandrige, entrevoyait Virginie comme une femme
inconnue, paraissant soudain difficile à conduire,
moins souple qu'il croyait jusqu'alors. Le marquis
acceptait les êtres comme ils se montraient, sans
imaginer aux esprits des rouages compliqués.
L'intendant, de son côté, s'étonnait de voir le
maître de Bagatelle faire état de préoccupations
qui dissimulaient peut-être inconsciemment des
sentiments mal définis. Virginie demeurait une
question, pouvant donner lieu à des réponses
diverses, voire contradictoires. Ce dont il était
certain, c'est qu'on ne devait attendre d'elle que
l'inattendu !

Deux jours avant Noël, il en eut la preuve. Virginie avait annoncé son retour pour la veille de la
fête ; or elle regagna la plantation avec vingt-quatre heures d'avance. Il faisait nuit noire, la pluie
avait cessé et un vent froid soufflait en bourras-
ques. Clarence venait d'éteindre sa lampe, la dernière lumière de Bagatelle, après une longue veillée passée à lire dans sa chambre, quand Mic et
Mac dressèrent l'oreille et se mirent à grogner. Il
les fit taire, entrouvrit sa porte et s'avança sur la
passerelle de bois qui reliait son appartement à la
véranda de la grande maison. Dans la pénombre,
car une lune pâle roulait au-dessus des chênes,
dans la ouate mouvante des nuages, il distingua
vaguement un buggy arrêté sous les arbres, puis
une robe claire, gonflée par le vent comme le

suaire d'un fantôme, et enfin une silhouette sombre. Ces deux dernières apparitions, un instant, se confondirent en une seule masse floue, celle de deux corps enlacés, puis la femme s'avança vers l'escalier, tandis que l'homme retournait au buggy. C'est alors que Clarence entendit distinctement la voix de Virginie :

« Adieu, dit-elle, et souvenez-vous que ces jours n'ont jamais existé. »

Puis, sans doute en réponse à une phrase confuse, prononcée par une voix grave et qu'il ne comprit pas :

« Jamais plus ! Jamais plus ! »

La robe blanche gravit l'escalier et disparut à la vue de Dandrige, tandis que le buggy, évitant l'allée au gravier sonore, contournait la maison, roulant silencieusement sur la pelouse. Cette manœuvre obligea l'attelage à passer au pied du balcon où se tenait l'intendant. Il reconnut l'homme conduisant le cheval par le mors. C'était Percy Tampleton.

Clarence referma sa porte sans bruit, calma d'une caresse les deux dalmates qui, oreilles dressées, guettaient dans l'entrée et se mit au lit, la tête pleine de points d'interrogation. Il venait de découvrir une nouvelle Virginie, non moins inquiétante que celle du *Prince-du-Delta*.

Tôt le lendemain, tandis que la maison s'éveillait, la nièce du marquis apparut, avant l'heure du breakfast. Dandrige, qu'un soleil incertain avait incité à sortir avec ses chiens, fut le premier à la rencontrer.

« Quelle surprise, on ne vous attendait qu'en fin d'après-midi !

— J'ai avancé mon retour, simplement pour préparer la veillée de Noël. Percy Tampleton, qui s'en allait prendre le bateau à Pointe-Coupée, m'a ramenée à l'aube. N'avez-vous pas entendu la voiture ?

— Mes chiens ont grogné, en effet, fit l'intendant d'un ton indifférent, mais il m'avait semblé que le jour n'était pas encore levé. Il est vrai que, volets clos et rideaux tirés, on perd facilement la notion de l'heure. »

Le regard bleu de Virginie se déroba, elle se pencha pour passer une main fine sur la tête de Mac, qui flairait sa robe, et murmura d'une voix douce :

« Il paraît que les chiens rêvent parfois, comme les humains. Mais, hélas ! ils ne peuvent raconter leurs songes !

— C'est dommage, fit Dandrige en s'avançant vers le breakfast-room, ils seraient peut-être riches d'enseignement ! »

Le marquis ne cacha pas sa joie de revoir sa filleule. Il ne se posa pas même la question de savoir quand et comment elle avait regagné la plantation.

« La fée du logis est revenue, s'écria-t-il, et nous aurons le soleil pour Noël. Alléluia ! Alléluia ! »

Puis il passa à plusieurs reprises et vivement sa grande main velue dans sa tignasse bouclée, tic que sa mère avait toujours combattu.

Deuxième époque

LA DAME DE BAGATELLE

1

Au commencement de l'année 1831, un événement mit le Sud en effervescence.

Dans son premier numéro, un nouveau journal de Boston, ayant pour titre *The Liberator,* publia un article de son fondateur, William Lloyd Garrison, qui constituait, d'après les planteurs, une véritable déclaration de guerre contre l'esclavagisme. Le journaliste, un modeste imprimeur de vingt-six ans, s'en prenait avec une vigueur inconnue jusque-là, non seulement aux propriétaires d'esclaves, qu'il traitait de tortionnaires, mais à la Constitution des Etats-Unis, qualifiée de « contrat avec Satan » parce qu'elle tolérait une pratique jugée par lui déshonorante.

Le texte, que l'on commenta, à Bagatelle comme ailleurs, indiquait nettement la volonté de son auteur de détruire « l'institution particulière » sans laquelle le Sud ne pouvait décemment cultiver ses champs. Garrison, avec passion, exigeait la libération de tous les Noirs et écrivait : *Je combattrai avec acharnement pour l'affranchissement immédiat des esclaves; [...] sur ce sujet, je n'ai nullement l'intention de penser, de parler ou d'écrire avec modération [...] Je suis de bonne foi [...] Je ne reculerai pas d'un pouce et je me ferai écouter!*

« Cet homme est sans doute fou, observa le marquis de Damvilliers, et c'est un calomniateur! Son article est un véritable appel à la révolte des nègres, qui, heureusement, sont plus sensés que lui! »

Comme les esclaves ne savaient pas lire et que la loi interdisait de leur apprendre, la fureur de M. Garrison fit long feu en Louisiane. S'il avait osé se montrer à La Nouvelle-Orléans pour tenir des meetings, comme il en avait, paraît-il, eu l'intention, un lynchage en règle l'aurait ramené à une plus juste appréciation des convenances. Il se serait même trouvé des gens et une bonne corde, au besoin, pour l'envoyer dans un monde meilleur demander l'opinion de Dieu et des saints sur une institution considérée comme « un bien positif » par les chrétiens raisonnables.

Seule Mignette, à Bagatelle, osa émettre l'opinion que M. Garrisson n'avait peut-être pas complètement tort. Un regard acéré de Virginie suffit à faire taire la fiancée du forgeron. Le marquis fit comme s'il n'avait pas entendu cette réflexion incongrue. Clarence, en qui la suivante croyait avoir un allié, n'émit, sur le moment, aucune opinion, mais il profita, plus tard, d'un tête-à-tête avec la jeune fille pour lui donner son point de vue.

« Voyez-vous, Mignette, dit l'intendant, vous jugez avec vos sentiments et votre cœur. Il faut être plus réaliste. L'esclavage serait une position odieuse et insupportable pour des gens comme vous et moi, qui savons nous diriger, qui avons le sens du devoir et auxquels une éducation, dispensée par nos parents et nos maîtres d'école, nous a donné les moyens d'affronter les difficultés de la vie. Les nègres ne sont pas ainsi, les laisser libres d'agir à leur guise, dans notre société, serait les contraindre au suicide. Ils sont insouciants, simples, gais, imprévoyants et ils comptent sur les Blancs pour s'occuper d'eux. En échange, ils travaillent et se soumettent aux volontés de leurs maîtres, qui ne sont pas tous méchants comme le dit M. Garrison. Avez-vous vu un esclave battu à Bagatelle ? Avez-vous vu une négresse malade abandonnée ? Les enfants noirs, qui jouent autour des cases, sont-ils tristes ? Est-ce que Maman Netta, avant de mourir, n'a pas remercié Dieu et le marquis de lui avoir donné une bonne vie ?

— Oui, bien sûr, monsieur, concéda Mignette. Rosa aussi est heureuse depuis qu'elle a retrouvé sa mère, mais tous les maîtres ne valent pas M. de Damvilliers et, si l'on apprenait aux nègres ce qu'il faut savoir pour se diriger seuls dans la vie, ne pensez-vous pas qu'ils pourraient le faire ?

— Je ne suis pas certain qu'on y parviendrait, Mignette, car les facultés des nègres sont comme atrophiées et il faudra peut-être des centaines d'années de vie au contact des Blancs pour qu'elles se développent. Livrés à eux-mêmes, les nègres reviennent à leurs superstitions, à leur paresse, aux mœurs sauvages. Seuls leurs instincts les gouvernent. On dit même qu'ils sont capables de renouer avec le cannibalisme. Alors ?

— Alors, il fallait les laisser chez eux, pardi !

— Mais dites-moi, Mignette, quels sont ceux qui sont allés les capturer et les enlever en Afrique sans même qu'ils pensent à résister ? Ce sont nos donneurs de leçons d'aujourd'hui ! Les armateurs nantais, bordelais ou londoniens et même nos quakers hypocrites de la Pennsylvanie. Ils ont fait des fortunes, en les vendant à ces planteurs du Sud qu'ils dénoncent aujourd'hui comme damnés de Dieu ! Et je doute, voyez-vous, bien sincèrement, moi aussi, que les nègres soient perfectibles!

— Il faudrait peut-être essayer pour savoir et non pas les empêcher d'apprendre à lire, pour dire après qu'ils ne savent même pas l'alphabet! Et puis on m'a dit que dans le Nord de l'Union ils vivent bien sans maîtres... et puis... et puis..., fit la jeune fille en s'exaltant, c'est une affaire de dignité, là! »

Clarence, que cette fougue juvénile généreuse attendrissait, sourit amicalement.

« Une affaire de dignité... pour qui?

— Pour les Noirs et pour les Blancs, tiens! »

L'intendant se tut, un peu interloqué. C'était drôle d'entendre cette petite bonne femme rieuse parler de dignité, un mot que jamais personne n'avait prononcé dans un tel débat. En philosophe, Clarence se promit d'y réfléchir tranquillement.

« Voyez-vous, finit-il par dire à la jeune fille, personne, en Louisiane, n'est devenu propriétaire d'esclaves de gaieté de cœur. Mais la terre ne peut être cultivée sans eux. Un jour viendra, sans doute, où l'on trouvera à cette nécessité naturelle de faire pousser le maïs, le coton et la canne à sucre une autre solution que celle de l'esclavage. En attendant, il faut nous acquitter, tant bien que mal, de nos tâches, en admettant le paradoxe que les lois sont toujours mieux défendues par ceux qui n'ont pas à les appliquer. Et dites-vous bien, jeune fille, qu'entre la servitude volontaire de l'ouvrier noir de Boston et la servitude involontaire de l'esclave de plantation, il n'y a qu'une différence : c'est l'idée abstraite que les penseurs se font de la liberté. »

Avec le retour des jours secs, quand le Mississippi eut regagné son lit, on se mit à réparer les levées, que le fleuve en crue avait parfois submergées. Dans les plantations, des esclaves furent employés à la réparation des dégâts causés par l'hiver, d'autres commencèrent à préparer la terre, qui devrait bientôt accueillir les graines de cotonnier. Désormais, les journées parurent courtes, le renouveau de la nature, annoncé par des signes qui ne trompent pas, exigeant des hommes qu'ils sortent de l'engourdissement frileux où les avait plongés la période des pluies froides.

Clarence avait remarqué, depuis Noël, que Virginie s'était abstenue de se rendre aux Myrtes. Cela tenait, bien sûr, au fait que Corinne Tampleton séjournait, comme chaque année, à La Nouvelle-Orléans, chez son oncle. De nombreuses filles de planteurs allaient ainsi passer l'hiver en ville, pour profiter de la saison d'Opéra et des manifestations mondaines, qui se succédaient pendant les mois de janvier et février. Mais il y avait peut-être une autre raison, pensait l'intendant, au peu d'empressement que la filleule du marquis mettait à rendre des visites ou à lancer des invitations. Il ne faisait aucun doute pour Clarence qu'elle désirait ne plus rencontrer Percy, avec lequel — il connaissait bien l'aîné des Tampleton — la filleule du marquis avait dû vivre une brève et condamnable aventure. Chaque semaine, Corinne écrivait de La Nouvelle-Orléans, commentant pour son amie les bals, les réceptions, les représentations théâtrales et les concerts auxquels elle avait assisté. Virginie recevait aussi des épîtres de Willy Tampleton. Celui-ci venait d'annoncer, Virginie en informa tout le monde, qu'il effectuerait un court séjour dans sa famille au moment de Pâques. Ce qu'elle ne dit pas, sauf à Mignette, sa confidente ordinaire, c'est que l'officier se risquerait à demander au marquis la main de sa filleule, si celle-ci l'y autorisait. Il parut à la fiancée du forgeron de Pointe-Coupée que cette

proposition, tout en donnant à réfléchir à sa maîtresse, avait peu de chances d'être aussi vite
agréée. Mignette, faisant référence au trouble
délicieux qu'éveillait en elle l'homme qui serait
bientôt son mari, décida que Mlle Trégan ne
paraissait pas le moins du monde éprise du beau
militaire. Sans doute Virginie avait-elle ses raisons. Mignette osa même les lui demander.

« Soit dit entre nous, mademoiselle, M. Tampleton est un jeune homme fort plaisant, un vrai
prince charmant, beau, riche, parfait homme du
monde. Que vous marquiez à son égard autant de
froideur ne peut qu'étonner... On pourrait croire
que votre cœur est déjà pris !

— N'essayez pas de finasser avec moi,
Mignette. Il y a assez peu d'hommes épousables
dans la paroisse pour que vous me parliez ainsi,
mais sachez que je ne tiens pas au mariage pour
le mariage. Bien sûr, j'ai déjà dix-neuf ans, mais
rien ne presse cependant. Pour moi, le mariage
n'est pas un aboutissement, c'est un départ...

— Et vous n'avez pas envie de partir avec
M. Tampleton...

— Non, en effet, je n'ai pas envie de partir !

— Et avec M. Dandrige..., par exemple, vous
n'auriez pas envie de rester ?

— Mon Dieu, Mignette, qui peut vous faire
croire que M. Clarence Dandrige s'intéresse aux
femmes ? Je crois que c'est le type même du futur
vieux garçon !

— Tss, tss, tss, fit Mignette, moqueuse. Il a
beau avoir le regard glacial, il vous voit, mademoiselle..., et il est rudement bel homme.

— S'il se marie, ce sera avec la petite Tampleton, voyons !

— Oh ! celle-là est bien gentille, mais j'ai plutôt
l'impression qu'elle l'agace un peu, avec sa

272

patience d'ange et ses yeux baissés. A mon avis, c'est un autre genre de femme qu'il lui faut...

— Ah ?

— Une femme qui ait plus d'autorité, plus d'ascendant, plus de charme..., quelqu'un de plus compliqué..., je ne sais comment dire, une femme de tête, quoi !

— Eh bien ! Mignette, vous en savez des choses !

— J'en sais assez pour me demander si, M. Dandrige et vous, vous n'êtes pas en train de vous guetter, comme ça, pour jouer à qui abattra une carte le premier !

— Vous déraisonnez, Mignette. M. Dandrige est l'intendant de mon parrain... et ce n'est pas parce que je ne suis pas disposée à épouser M. Tampleton qu'il faut en déduire que mon cœur est déjà pris « par quelqu'un d'autre », comme vous dites.

— D'ici Pâques, qui nous ramènera le lieutenant Tampleton, il coulera pas mal d'eau dans le Mississippi...

— Qu'est-ce à dire, Mignette ?

— Qu'il y a des silencieux qui parleront peut-être et des bavards qui se tairont... et qu'on verra peut-être surgir un mystérieux troisième homme...

— Vous êtes impertinente, Mignette, mais j'aime votre impertinence... Si vous voyez le troisième homme, prévenez-moi... »

2

Un drame allait survenir, qui eut pour conséquence annexe de ramener le lieutenant d'artillerie du « 15ᵉ Kentucky » plus tôt que prévu au sein de sa famille.

Un après-midi de février, alors que le marquis parcourait son domaine, pour contrôler l'avancement des labours, et que Virginie, accompagnée de Mignette, rendait visite aux demoiselles Barrow, un homme aux vêtements maculés de vase, à l'œil hagard, pâle comme un mort et trempé des pieds à la tête, arriva en courant à Bagatelle. Clarence, occupé à graisser ses fusils, dans un atelier derrière la maison, vit soudain ses chiens détaler en aboyant furieusement. Il les suivit par curiosité et entendit l'inconnu, en si piteux état, crier à James venu sur la véranda à l'appel des dalmates :

« Vite, par pitié, préviens tes maîtres, le *Rayon-d'Or* vient d'exploser à trois milles d'ici, vite, vite, il faut du secours ! »

Ayant parlé, l'homme s'effondra sur les marches du perron, aux pieds du maître d'hôtel, qui se mit à hurler le nom de Dandrige sans même s'apercevoir que l'intendant, ayant rappelé ses chiens, s'approchait à grands pas.

« On voit la fumée, monsieur, lui lança l'homme en désignant, entre les chênes, un panache noir qui s'élevait au loin sur le ciel limpide; il faut se dépêcher, il y a des gens brûlés, c'est horrible, et d'autres qui se noient! »

On ne comptait plus les accidents de ce genre, très fréquents sur le fleuve. Deux ans plus tôt, le *Saint-Louis* avait heurté le *Bison-Blanc* dans la boucle de Pointe-Coupée et les deux bateaux avaient flambé comme des torches. On avait compté plus de cent morts.

Aussitôt, Clarence, sachant exactement ce qu'il fallait faire, appela Bobo, lui demanda d'atteler le landau et les trois cabriolets et lui intima l'ordre de le suivre avec tous les domestiques qu'il pourrait rassembler. Il envoya aussi un palefrenier prévenir le docteur Murphy et le shérif de Pointe-Coupée, puis il se mit en selle et, tête nue, sans plus s'occuper du rescapé inconnu, auquel Anna apportait déjà un verre d'alcool, il lança sa monture au galop, sous les chênes, en direction du Mississippi.

Dès qu'il atteignit le chemin de la berge, il comprit, en situant plus précisément, grâce à la densité de la fumée, l'emplacement du bateau, que la catastrophe serait d'importance. A l'endroit de l'accident, le fleuve devait avoir au moins quinze mètres de profondeur et une largeur de trois quarts de mille. Si les passagers du vapeur incendié n'avaient pas eu le temps d'enfiler leurs brassières de sauvetage, on déplorerait un grand nombre de noyés. Emergeant ventre à terre d'un boqueteau, il vit à un quart de mille le grand bateau à demi couché par le travers du fleuve. Ses cheminées de tôle noire, inclinées comme des canons menaçant la forêt, disparaissaient, par moments, derrière les volutes de fumée sale. Les flammes montaient, verticales et drues, des ponts superposés, dévorant les cloisons des cabines ou tirant des langues rouges par les ouvertures. Au ras de l'eau roulait une vapeur blanchâtre, indiquant que les chaudières éclatées livraient au Mississippi les eaux bouillantes contenues dans leurs flancs de cuivre.

En approchant de toute la vitesse de son cheval, Clarence perçut les cris des êtres torturés par les flammes ou en proie à la plus extrême frayeur. Sur la berge — car la proue du bateau pointait à moins de cent mètres de celle-ci — gisaient des gens hébétés. D'autres rampaient sur la levée herbeuse, exténués, implorant qu'on les tire de là.

Des femmes échevelées, ressemblant avec leur robe collée au corps à des quenouilles mouillées, couraient inutilement en faisant de grands gestes et en criant des phrases inintelligibles. Des hommes essoufflés, dégoulinant d'eau limoneuse, cassaient les branches basses des saules pour les tendre à ceux qui, ayant pris pied, avançaient en titubant vers la rive. D'innombrables têtes émergeaient de l'eau autour du brasier, d'où tombaient par instants, tels des pantins désarticulés, des hommes et des femmes. Sur le fleuve, des bras s'agitaient d'une façon désordonnée. On s'interpellait, on s'encourageait, on se désespérait aussi. La scène, trop souvent vue, se déroulait dans une odeur âcre de peinture brûlée. Le bateau craquait, comme une grosse bûche jetée sur les braises; des pans de balustrade, des quartiers de pont s'affalaient sur l'eau, dans des jaillissements d'étincelles, qui relançaient les cris de terreur.

Sans même s'arrêter près des blessés, Clarence força son cheval à entrer dans le fleuve. Il saisit de chaque main et au hasard des bras qui se tendaient, ramenant à la berge, sans ménagement, des hommes et des femmes épuisés, claquant des dents, meurtris par l'explosion et vomissant de l'eau. Vingt fois il fit la navette, jusqu'au moment où apparurent les attelages de Bagatelle. Munis de longues cordes, les esclaves dirigés par Bobo, entrèrent dans l'eau, déroulant les lassos auxquels s'agrippèrent aussitôt les mains les plus valides, tandis que des Noirs, bons nageurs, allaient chercher, jusque sous le brasier, ceux et celles qui luttaient contre la noyade.

Quand, un moment plus tard, le squelette à demi consumé du vapeur s'effrita comme une charpente ruinée, une de ses roues à aubes apparut, nue et dressée, pareille à celles de ces loteries de foire, où l'on ne gagne jamais rien.

Des plantations voisines, alertés par la fumée qui courait sur la campagne, des hommes arrivaient. Blancs et Noirs, au coude à coude, ne pensaient qu'à arracher au Mississippi les victimes que le feu lui avait jetées en pâture. Sous les saules, on alignait des corps sans vie, quelques-uns défigurés par d'atroces brûlures. Des blessés gémissaient en remuant doucement la tête, de gauche et de droite, et tournant vers le ciel impavide des regards déjà occupés par la mort.

C'est en marchant d'un groupe à l'autre, au milieu des pleurs, des plaintes, des bavardages sans suite des rescapés hallucinés, que Clarence aperçut Corinne Tampleton.

La jeune fille reposait sur un tertre, où l'avaient déposée des sauveteurs. Immobile, elle paraissait intacte, pareille à une poupée enroulée dans des chiffons mouillés. Quand Clarence se pencha, elle eut un sourire rassurant.

« Où avez-vous mal, Corinne ?

— Je n'ai pas mal, dit-elle en articulant avec peine, d'une voix bizarre, comme étrangère. Je n'ai pas mal, mais je ne peux plus bouger mes... membres ! »

Jamais, Mlle Tampleton n'eût prononcé le mot « jambes », c'eût été indécent comme de dire ventre, ou sein, ou fesse.

« C'est le choc. Je vais chercher Murphy qui doit être par là et je vous emmènerai à Bagatelle. »

Quand il revint, ayant trouvé le médecin en manches de chemise, occupé à la réanimation d'un noyé, Corinne lui parut plus pâle.

« Voyez ce qu'elle a, Murphy, faites vite et dites-moi si je peux la porter jusqu'à Bagatelle. »

En grommelant, mais avec des précautions de vieille nourrice, le médecin s'agenouilla près de la jeune fille. Clarence s'éloigna pour chercher Bobo et lui demander d'approcher le landau, mais aussi pour respecter la pudeur de Corinne. Quand il fut de retour, Murphy était debout.

« Ça ira, dit-il à haute voix, mais il faut la transporter à plat..., rigoureusement à plat. Elle a la colonne vertébrale... endommagée. »

Puis, remontant le tertre, il tira l'intendant par la manche, afin de l'éloigner de la blessée, dont le regard inquiet impressionna Dandrige.

« Elle a le dos cassé, mon vieux. Elle ne peut plus remuer ni bras ni jambes.

— Peut-elle mourir ? » interrogea Clarence.

Le médecin, on le savait, n'avait pas pour habitude de dissimuler la gravité d'un cas, même au malade lui-même.

« Oui, mon vieux, elle va mourir... bientôt. Emmenez-la chez le marquis et faites prévenir aux Myrtes. Je passerai plus tard. J'ai encore à faire ici.

— Est-ce qu'elle souffre ? demanda encore Clarence.

— Non, je ne crois pas... Elle est comme privée de nerfs. »

Bobo réussit à trouver, parmi les objets flottant autour du bateau incendié, un matelas trempé. Avec d'infinies précautions, Clarence y déposa Corinne, puis quatre Noirs chargèrent la blessée et sa civière de fortune dans le landau et l'on se mit en route, sur la berge maintenant encombrée d'attelages, promus au rang d'ambulances.

Clarence, debout sur le marchepied, se tenait près de la jeune fille, recommandant à chaque instant au cocher d'éviter les cahots. L'intendant, anxieux, guettait sur le visage de Corinne des signes de douleur, mais elle souriait, docile, le visage serein, au milieu de ses cheveux étalés qui, en séchant, retrouvaient leurs ondulations naturelles. Jamais elle ne parut à Clarence aussi belle, aussi douce, aussi indépendante de ce monde stupide où, pour satisfaire de vaines ambitions, des hommes fabriquaient des machines capables de tuer les jeunes filles.

En voyant apparaître le grand landau, au pas lent des chevaux, sous l'allée de chênes, Virginie, informée dès son retour de la catastrophe du *Rayon-d'Or* par Anna et James, courut au-devant de la voiture, ne sachant qui l'on ramenait ainsi.

« C'est Corinne, dit Clarence en sautant du marchepied. Elle est plus mal qu'il ne paraît. Il faut envoyer quelqu'un aux Myrtes, tout de suite ! »

Virginie se hissa sur la pointe des pieds et passa une main tremblante sur le front de son amie.

« On va la mettre dans ma chambre, dit-elle d'une voix blanche. Allez vous changer, Clarence, vous grelottez ! Je m'occupe de tout. »

Murphy revint dans la soirée, harassé de fatigue. Il fut aussitôt assailli par Mme Tampleton, en proie à une crise de nerfs.

« Il faut sauver ma petite fille, Murphy, hurlait-elle, il le faut, vous comprenez ! »

M. Tampleton, lui, était abattu, prostré dans un fauteuil du salon comme un homme qui découvre que le malheur existe. Le marquis, ne sachant que faire ni que dire, se tenait debout près du planteur, les mains au dos, raide et crispé. Les domestiques se déplaçaient silencieusement, comme si le moindre bruit eût pu attirer l'attention de la mort sur le reste de vie qui reposait au milieu des oreillers de dentelle, dans une chambre aux rideaux tirés.

Le médecin, assisté de Virginie, fit un nouvel examen. Il confirma son diagnostic :

« Bientôt elle ne parlera plus et n'entendra plus, dit-il tristement à la filleule du marquis. Si quelqu'un doit s'entretenir avec elle, il est encore temps. Elle passera sans même s'en apercevoir. »

Virginie quitta la chambre et, pendant que le médecin préparait les Tampleton à l'inéluctable, elle alla chercher Dandrige qui marchait de long en large sur la véranda.

« Allez la voir, Clarence... Ce sera son dernier bonheur. »

Lentement, Dandrige s'approcha du lit.

« M'entendez-vous, Corinne ? » dit-il en prenant la main sans vie qui reposait sur le drap.

Elle essaya de dire oui, mais aucun son ne suivit le mouvement à peine perceptible de ses lèvres sèches. Alors, lentement, elle ferma et ouvrit les yeux, pour faire comprendre qu'elle entendait.

« Si vous le voulez bien, Corinne, dit Dandrige, la gorge nouée par une émotion jamais ressentie, si vous le voulez bien, nous nous marierons dès que vous serez guérie... »

Cette phrase parut agir comme un stimulant exceptionnel. La jeune fille réussit à proférer un mot vague qui signifiait peut-être « merci », puis son regard devint interrogateur.

« Oui, Corinne, je vous aime, dit l'intendant, je vous aime depuis longtemps... Je veux votre bonheur ! »

A cet instant, les Tampleton firent irruption dans la chambre, Virginie retenant la mère de Corinne pour qu'elle ne se jette pas sur le lit de sa fille. Tous restèrent un moment à regarder le pauvre corps immobile. Seuls les yeux vivaient intensément. Ils allaient de Clarence aux Tampleton, comme si, par ce mouvement du regard, la jeune fille voulait inviter les uns et les autres à une conversation. Seul Clarence comprit.

« Monsieur Tampleton, dit-il d'une voix forte qui fit sursauter l'épouse de l'interpellé, Corinne et moi avons décidé de nous marier... J'aurais dû vous en informer plus tôt, mais, puisque nous sommes tous réunis, dites-moi, monsieur Tampleton, si vous m'accordez sa main.

— Dites oui, murmura Virginie à l'oreille du vieil homme abasourdi par cette demande hors de propos.

— Oui..., bien sûr... », dit-il, se ressaisissant.

Puis, acceptant de tenir son rôle dans cette étonnante comédie jouée devant la mort, il ajouta :

« Dès qu'elle sera sur pied, Dandrige, et nous serons tous... très... heureux..., ajouta-t-il avec un sanglot dans la gorge.

— Tous très heureux, ma chérie, reprit Mme Tampleton en ravalant ses larmes.

— Nous serons heureux, Corinne », fit aussi Clarence avec plus de conviction en fixant la jeune fille.

Il crut voir un grand sourire agrandir son regard, cette même joie qu'il y avait lue, avec un peu de gêne, au soir de la fête du coton, chaque fois qu'il l'avait invitée à danser ou quand, à son bras, elle marchait au milieu de la foule joyeuse.

Un moment s'écoula dans un silence que soulignait comme un battement de cœur le tic-tac de la pendule à balancier. Clarence approcha son visage de celui de la jeune fille et, tendrement, déposa un baiser sur les lèvres entrouvertes. Puis il se redressa. Alors qu'elle le fixait toujours aussi intensément et avec une si totale confiance, une larme apparut qui roula sur sa joue blême.

Un instant plus tard, on s'aperçut que Corinne était morte.

3

PRÉVENU par un courrier du « Louisiana Express »,
dont les porteurs montés parcouraient au galop
et de relais en relais des centaines de milles, Willy
Tampleton arriva assez tôt pour les funérailles de
sa sœur. Un officier devant rester digne et droit
en toute circonstance, il domina son chagrin,
alors que Percy donnait libre cours au sien. Cela
fit dire aux gens, venus nombreux aux Myrtes
assister à l'enterrement de la benjamine des Tampleton, que « le fils aîné aimait mieux sa petite
sœur que le cadet, lequel ne quittait pas Virginie
Trégan du regard, même à l'église ! »

La catastrophe du *Rayon-d'Or* avait fait soixan-
te-deux morts et beaucoup de blessés. Plusieurs
familles de planteurs connaissaient le deuil, le
bateau ramenant, comme d'autres en cette saison, des gens aisés ayant passé une partie de l'hiver à La Nouvelle-Orléans.

Ce n'est que plusieurs semaines après le drame,
au moment où commençaient les semailles, alors
que les esclaves courbés sur les poquets enfouis-
saient les graines de cotonnier, que le marquis de
Damvilliers osa faire, sans trop de tact, devant
Clarence une allusion à la mort de Corinne.

« L'aimiez-vous un peu, Clarence, cette malheureuse enfant ?

— Si quelqu'un sait à quoi s'en tenir là-dessus, Adrien, c'est bien vous, dit l'intendant un peu sèchement.

— Je voulais plutôt dire, balbutia le marquis, étiez-vous profondément sincère quand vous... lui avez proposé de l'épouser ?

— A cet instant, oui, bien sûr, mais je ne crois pas qu'elle a été dupe, Adrien, et je me demande si ma... déclaration soudaine ne l'a pas persuadée qu'elle allait mourir. Maintenant que j'y réfléchis, je me dis que j'ai joué un jeu sinistre...

— Détrompez-vous, Clarence, intervint Virginie, Corinne vous a cru. Elle pensait fermement que vous alliez, un jour ou l'autre, lui demander de devenir votre femme... Elle me l'avait dit. Elle attendait cet instant. La mort lui a fait ce cadeau. »

L'intendant demeura un long moment silencieux. De la véranda, où se tenait le petit groupe, après le déjeuner, il revoyait, sous les chênes hérissés de bourgeons, le bal de la fête du coton. La jeune vie effacée ne reviendrait pas dans les effluves du printemps. Corinne, toujours un peu précieuse et timide, dans ses toilettes impeccables, sa mémoire pourrait en rappeler l'image, parmi celles d'autres souvenirs, mais la réalité ne réapparaîtrait jamais.

La seule notion d'éternité qu'il soit donné aux hommes d'apprécier, pensait Clarence, tient dans la contemplation du vide laissé par la mort, la sensation d'absence définitive. Ceux que dispersent les hasards de la vie ont toujours une chance, même si les océans ou les continents les séparent, même si l'immensité du monde les laisse dans l'ignorance de leurs destins réciproques, de se rencontrer. La mort les rend inaccessibles. Les êtres s'y dissolvent.

Le marquis et sa filleule respectaient la méditation de l'intendant. Dandrige, sa tasse à la main, se balançait lentement sur son fauteuil à bascule, dont les patins grinçaient sur le parquet grossier de la véranda. Virginie savait que de tous ceux qui avaient aimé Corinne, ses parents, ses frères, ses amies, elle-même, Clarence serait celui qui s'en souviendrait le plus intensément. Le marquis, lui, s'arrêtait aux regrets qu'inspire toute vie trop tôt fauchée. La mise en terre d'un corps était une manifestation concrète et triste, mais sa foi chrétienne lui donnait l'assurance de lointains rendez-vous avec les disparus, dans la fluidité indéfinissable d'un ciel de catéchisme. Au soir de la fête du coton, quand il avait évoqué l'amour de Corinne Tampleton pour son ami incapable d'y répondre, il se souvenait d'avoir dit : « Dieu pourvoira à la solution. » Et Dieu y avait pourvu. D'une façon cruelle et apparemment injuste aux yeux des humains, mais par une voie qu'ils n'auraient pu imaginer.

« Allons, Clarence, finit-il par dire d'un ton presque enjoué, Corinne, grâce à vous, est morte heureuse. Comme une fiancée. Les Tampleton vous en sont reconnaissants et Murphy dit que la pauvre fille a passé sans se rendre compte de rien !

— Mince bonheur, fit Clarence, amer. J'aurais voulu à cet instant échanger ma vie contre la sienne, mais Dieu, n'est-ce pas, votre Dieu, Adrien, n'a jamais admis ces marchandages. Il réserve ses miracles pour des circonstances plus édifiantes !

— Parce que, fit le marquis, se redressant sur son siège, le regard fulgurant comme un Moïse exalté, parce qu'il ne souscrit pas aux penchants égoïstes des hommes, Clarence, et qu'il choisit ceux auxquels il rend la mort aisée et ceux auxquels il laisse une vie difficile. C'est vous, je le crains, qui avez la mauvaise part !

— J'envie votre certitude, Adrien, votre admirable faculté d'acceptation d'une volonté suprahumaine, d'une souveraine et infaillible sagesse. Mon dieu à moi, c'est le Doute, une sorte de Janus gazeux, qui est à la fois Tout et le contraire de Tout et nous regarde jouer à pile ou face, au-dessus du néant !

— Vous blasphémez, Clarence, fit le marquis d'un air chagrin. La mort de Corinne vous révolte, mon ami, parce que vous doutez... même de votre doute !

— Cette mort ne me révolte pas, Adrien, elle me remplit de honte, parce que je l'ai nourrie d'un mensonge.

— Mais non, intervint Virginie avec une vivacité qui étonna Clarence tout autant que le marquis, la mort de Corinne vous remplit de honte... parce qu'elle vous tire d'un dilemme sans vous apporter la paix ! »

Clarence lui lança un regard froid, suprêmement insolent et quitta son fauteuil :

« A chacun sa paix, n'est-ce pas. Les uns la trouvent en suivant leur nature, les autres en s'y opposant... Comme dirait Mignette, c'est une question de dignité ! »

Cette sortie laissa le marquis pantois et Virginie courroucée.

« Vous avez été un peu dure avec Clarence, observa Adrien. Vous ignorez beaucoup de choses qui expliquent le comportement de cet homme, dont je n'ai jamais pris la loyauté en défaut.

— Ce que je sais, par contre, rétorqua Virginie, voulant à tout prix justifier sa maladresse, c'est qu'il est d'un orgueil incommensurable !

— Peut-être, mais dans son cas, croyez-moi, Virginie, l'orgueil est une qualité que votre jeunesse ne vous permet pas d'apprécier. »

Cette scène n'eut aucune influence sur le comportement de Dandrige. Il évita simplement de se trouver, au cours des jours qui suivirent, en tête-à-tête avec la filleule du marquis. Il devinait que celle-ci aurait voulu reprendre la discussion et, peut-être à sa manière, formuler des excuses, mais il tenait à lui éviter une humiliation de convenance. Car il sentait bien que l'interprétation qu'elle avait donnée de sa réaction devant la mort de Corinne était juste.

A l'époque de la floraison du coton eut lieu le mariage de Mignette et Albert. Le marquis, avec sa générosité sans exclusive, voulut, pour cette jeune Française amenée à convoler loin de sa famille, que ce soit une vraie noce. Il la conduisit à l'autel, dans l'église de Sainte-Marie, comme autrefois les seigneurs accompagnaient les rosières. Toute la population blanche du village, artisans, contremaîtres, commerçants et petits cultivateurs, assistait à la cérémonie. On vit même arriver à la sacristie quelques riches planteurs qui, pour faire honneur au marquis de Damvilliers, oublièrent les préjugés sociaux de leur caste et vinrent embrasser la jolie mariée et serrer la main du forgeron, un peu emprunté dans sa redingote et ses bottines vernies.

« Tout ce beau monde m'impressionne », confia Albert à Mignette qui, dans sa robe blanche, aurait pu rendre jalouses les demoiselles les plus accomplies.

Le repas de noce eut lieu à la plantation et Anna se surpassa, pour plaire à la jeune femme qui l'avait ramenée à Bagatelle.

Le forgeron, fier et ennuyé de se retrouver à la table du maître de Bagatelle, assis à côté de

Mlle Virginie, qui faisait tout pour le mettre à l'aise, utilisa fort convenablement sa fourchette et sa cuillère, quoique ces instruments parussent, dans ses grandes mains calleuses, plus pesants et moins aisés à manier que marteaux et tenailles.

Un bal clôtura la journée, dans la salle d'œuvres paroissiale. M. de Damvilliers, sa filleule et Clarence Dandrige vinrent y passer un moment, ce qui donna à Virginie l'occasion de prouver qu'elle était sans manières et dansait aussi bien le reel que le quadrille.

Mignette versa une larme au moment de se séparer de Virginie. Devenue l'épouse du forgeron, elle devait s'installer dans la maison de celui-ci, au-dessus de la forge. Mais elle promit de venir souvent à Bagatelle, où, déclara-t-elle, elle avait été si heureuse.

Très discrètement, M. de Damvilliers avait glissé à Albert Schoeler une bonne enveloppe contenant de quoi aider le jeune couple à monter convenablement son ménage.

Les demoiselles Barrow trouvèrent que le marquis avait un peu dérogé en traitant la suivante de sa filleule comme un membre de la maison. Adèle attribua cette générosité et cet empressement à d'obscures raisons, donnant ainsi à entendre à ses amies que la jeune Mignette avait peut-être eu pour M. de Damvilliers des bontés secrètes, dont ce benêt de forgeron se préparait à assumer en connaissance de cause les conséquences!

Il s'agissait de propos tenus autour d'une tasse de thé entre demoiselles d'âge mûr, laissées-pour-compte de quelques riches familles, héritières trop exigeantes, trop prudes ou franchement laides, qui n'avaient pu pêcher un mari dans leur milieu. Les médisances d'Adèle Barrow ne trouvèrent pas d'écho, la moralité du marquis de Damvilliers demeurant au-dessus de tout soupçon.

Le maître de Bagatelle allait d'ailleurs fournir aux « ragoteuses » un sujet de conversation autrement intéressant.

Willy Tampleton, n'ayant eu que deux jours de permission pour enterrer dignement sa sœur, n'avait pu s'entretenir avec Virginie du seul sujet qui le préoccupait : se faire agréer comme candidat officiel à la main de celle-ci. Les circonstances interdisaient toute démarche de ce genre et, si Virginie avait su trouver les mots convenables pour parler de son amie défunte et apaiser le chagrin de l'officier, elle s'était, par contre, dérobée à toute conversation intime. Le beau Willy avait regagné son régiment plus amoureux que jamais, après avoir déclaré à ses parents que Virginie, au cours de la cruelle épreuve, s'était comportée « comme un membre de la famille ».

Le père et la mère de Corinne, accablés de tristesse, n'avaient pas relevé l'expression qui, dans l'esprit de leur plus jeune fils, voulait indiquer que Virginie Trégan était en tous points digne d'entrer dans le cercle Tampleton. Quant à Percy, qui s'attendait d'un jour à l'autre à être père, il s'était abstenu de tout commentaire, constatant simplement que « les gens de Bagatelle avaient été très bien, dans cette triste affaire ».

Avec le retour des chaleurs printanières, Bagatelle retrouvait ses habitudes de vie en plein air. Ainsi, le breakfast était servi sur la galerie, devant le grand salon, et non plus dans la petite salle à manger, où l'on avait coutume de le prendre pendant la mauvaise saison.

Depuis le mariage de Mignette, Virginie, qui jusque-là se faisait monter un plateau dans sa chambre et grignotait quelques rôties en bavardant avec sa suivante, rejoignait chaque matin Adrien et Clarence pour le petit déjeuner.

« J'ai horreur de prendre mon premier repas seule, avait-elle dit en minaudant un peu. Si vous m'acceptiez au breakfast, cela me ferait plaisir ! »

Le marquis s'était écrié que les hommes ne pouvaient qu'être flattés d'une si matinale présence féminine et chaque jour, vers sept heures trente, la jeune fille se retrouvait, entre Clarence et son parrain, autour de la table dressée par Anna.

Dans le parfum composite et appétissant, né des effluves du pain tiède, du thé fumant, du chocolat au lait, on échangeait des banalités, chaque convive évaluant l'humeur des autres, au début d'une journée qui avait toute chance de ressembler à la précédente.

La théière d'argent, grosse poire à base octogonale et couvercle en dôme, qui appartenait aux Damvilliers depuis l'époque où la reine Anne régnait sur l'Angleterre, trônait à côté de la grande bouilloire assortie à anse mobile reposant sur un support tarabiscoté, sous lequel brûlait une lampe à huile, qui maintenait l'eau à bonne température. Chaque matin, la vue de ces pièces, dues, d'après Abraham Mosley, au grand orfèvre Joseph Ward, et que Virginie avait exhumées, réjouissait le marquis, dont les armes gravées ornaient les flancs polis de ces luxueux récipients, comme ceux de la chocolatière de même style.

« Manger est une nécessité un peu vulgaire, se plaisait à dire Adrien. Seuls les ustensiles et le décor peuvent conférer à nos repas une certaine élégance. »

Aussi, sur une nappe de dentelle, les fines porcelaines de Limoges, l'argenterie et les cristaux composaient un ensemble raffiné, propre à stimuler les appétits et à exorciser les gourmandises.

« Ce sont les dernières confitures faites par Maman Netta, observait parfois Adrien en reprenant de la gelée de groseille, je me demande si Anna les réussira aussi bien que sa mère ! »

A cette cérémonie, Virginie apparaissait d'ordinaire en longue robe de chambre de velours cramoisi, mais un matin, le thermomètre ayant pris quelques degrés, elle se présenta dans un déshabillé en plumetis de coton blanc. Sans qu'elle s'en doutât — mais ne s'en doutait-elle pas ? — la lumière du soleil, franchissant le mince rempart des voiles de coton, révéla au marquis, assis à l'ombre, le dessin d'un corps aux proportions parfaites, libéré à cette heure-là du carcan d'un corset et de l'épaisseur des jupons.

Tandis que Virginie allait et venait avec l'aisance de Salomé dansant devant Hérode, prenant son temps pour verser le thé, se relevant pour appeler Anna qui oubliait toujours le sucre, le marquis de Damvilliers ne pouvait détacher ses yeux de cette silhouette, appréciant l'innocente indécence de sa filleule, qui lui valait un si joli spectacle. Clarence avait remarqué l'intérêt que portait Adrien à ces transparences imprévues :

« Ne craignez-vous pas de prendre froid ? dit-il à Virginie; ce n'est pas encore l'été et vous paraissez très légèrement vêtue. »

La jeune fille perçut dans le ton la même ironie discrète qu'elle pouvait lire dans le regard de l'intendant.

« Ce tissu est plus chaud qu'il ne paraît, Clarence, fit-elle du ton le plus naturel, et puis, ce matin, le temps est si beau et je me sens si bien que j'avais envie d'inaugurer cette robe, pour faire plaisir à mon parrain ! »

En disant ces mots, elle ouvrit largement les bras comme une mouette qui va prendre son vol,

rejeta la tête en arrière et lança avec la spontanéité d'une petite fille :

« Les jours comme aujourd'hui, je me sens
espiègle, prête à courir dans les prés, à jouer au
cerceau autour du pigeonnier, à chanter des
comptines... »

Son geste exubérant venait de révéler au marquis deux seins dressés, fermes et ronds, dont les
aréoles roses se devinaient sous le voile tendre.
Ils semblaient s'offrir sans modestie, Virginie
ignorant — mais l'ignorait-elle ? — que cette
nudité atténuée apparaissait plus suggestive que
la nudité vraie !

Le brave Adrien, qui n'avait jamais osé demander à la défunte marquise de retirer sa camisole
en pilou au cours des étreintes conjugales, vite
espacées, tentait de détourner son regard sans y
parvenir. Sa tasse de chocolat fumant à la main,
les pommettes empourprées par un afflux de
sang, il s'efforçait à l'indifférence avec tant d'application que Clarence comprit que la magicienne
le tenait sous le charme. L'inquiétante candeur de
Virginie, sa libre beauté de rousse aux yeux turquoise, le mélange de vice dissimulé et de grâce
ingénue qui habitait ce corps de déesse, avertie de
son pouvoir, lui rappelaient un tableau de Ber-
nardino Luini, aperçu dans un palais de Lugano,
représentant la fille d'Hérodiade occupée à
séduire son oncle. La vierge équivoque, langoureuse et faussement puérile, torche prompte à
allumer le désir, n'avait-elle pas, d'après la
légende, obtenu la tête de saint Jean Baptiste ?

Au contraire de la bacchante lydienne, Virginie
demeurait immobile, mais un air de flûte eût
peut-être suffi à la jeter, frémissante et lascive,
dans le tourbillon d'une danse fascinante. Si, à
cet instant, Clarence avait entendu le marquis
bégayer comme Hérode : « Demande-moi ce que

tu voudras et je te le donnerai », il n'eût pas été autrement étonné. Quand Virginie, la dernière tasse de thé avalée, disparut dans un frou-frou au bout de la galerie ensoleillée, poursuivant, par jeu, Mic et Mac venus quêter les reliefs du petit déjeuner et livrant de dos, aux regards des deux hommes, sa silhouette mouvante et sculpturale, dans la fluidité du voile brodé, un bizarre silence s'abattit. Puis Adrien passa vigoureusement sa main dans ses cheveux bouclés et dit d'une voix de fausset que Dandrige ne lui connaissait pas :

« Belle matinée, hein! Un petit galop dans la campagne nous ferait du bien! »

La scène se renouvela chaque matin pendant une bonne semaine, Clarence observant son ami qui, de plus en plus, estima-t-il, ressemblait à ces planteurs en goguette que l'on voit seuls, assis au premier rang dans des cabarets de La Nouvelle-Orléans, où les danseuses fardées exhibent leurs jarretières.

Manifestement, Adrien attendait l'heure du spectacle, l'apparition de sa filleule qui, dans les jeux d'ombre et de lumière, passait du rôle de la parfaite jeune fille, vêtue d'une irréprochable robe du matin, à celui de l'odalisque provocante.

Une intervention de Rosa mit fin à ce que Clarence appelait en lui-même la danse de la séduction et au plaisir inavouable du marquis! Virginie apparut un matin dans une tenue plus commune et d'une décence qu'eût appréciée Adèle Barrow.

« Savez-vous que Rosa m'a fait des observations? dit-elle en mimant la confusion d'une fillette résolue à avouer qu'elle a mis les doigts dans la boîte à fards de sa maman. Elle estime que ma robe de plumetis ne peut être portée hors de ma chambre..., tout simplement. »

Comme le marquis restait pantois, alors que la

révélation de Virginie appelait un commentaire, Clarence vint à son secours :

« C'est bien dommage, cette robe vous allait à ravir, elle mettait en valeur votre beauté... impulsive. Je suis certain qu'Adrien en appréciait comme moi le charme matinal... »

Le ton, légèrement persifleur, indiqua à Virginie, tapie comme une chatte, qu'une fois de plus Dandrige n'avait pas été dupe de son manège.

« N'en parlons plus », dit-elle; et, se tournant vers le marquis, interloqué comme un voyeur découvert : « Comment est le coton ce matin, parrain ? La récolte s'annonce-t-elle aussi belle que celle de l'an passé ? »

Avec volubilité, car il était toujours intarissable sur ce sujet, M. de Damvilliers s'engagea dans un exposé technique, heureux de s'évader d'un univers charnel qui sentait le soufre.

Quelques jours plus tard, le courrier apporta à Virginie une lettre de Willy Tampleton, calligraphiée comme un acte notarié, dont on a pesé tous les termes. Elle contenait, cette fois, une sollicitation précise, venant après une grande page de déclarations, ne laissant aucun doute sur la force des sentiments du lieutenant. Le texte parut à Virginie niais et sirupeux. *Dites-moi,* concluait le jeune homme, *si vous accepteriez, après un temps convenable de fiançailles, de devenir ma femme et si je peux m'ouvrir de ce projet à mes parents, avant de présenter ma demande à Monsieur de Damvilliers. Je ne veux pas envisager un refus de votre part, qui me jetterait dans le désespoir, car je vous aime depuis le premier jour où je vous ai vue et vous le savez bien !*

Virginie réfléchit longuement à la conduite à tenir. Elle passa l'après-midi sur la véranda, dans un fauteuil, feuilletant un livre qu'elle ne lisait pas, suivant d'un air passif le vol des cardinaux, triturant ses anglaises, comme quelqu'un à court d'inspiration.

C'est Dandrige, apparaissant avant le retour du marquis, qui lui fournit l'occasion de se prononcer. Comme il s'asseyait près d'elle, après avoir réclamé à James un verre d'eau fraîche, elle aborda carrément le sujet.

« J'ai reçu ce matin une lettre de Willy Tampleton, Clarence. Il me demande de l'épouser. »

Ayant parlé sans la moindre émotion, sur le ton dont elle aurait annoncé que la jument baie avait mis bas ou que le chanoine de Pointe-Coupée venait dîner, elle attendit, embusquée dans un soudain silence, le résultat de cette déclaration.

« Eh bien, toutes mes félicitations, Virginie. C'est un beau parti que le jeune Tampleton, il finira par être général ! »

Et il enchaîna :

« Nouvelle pour nouvelle, Percy Tampleton est depuis hier papa d'une grosse fille !

— Sa femme souhaitait un garçon, observa Virginie, mais le père Tampleton sera satisfait. Depuis la mort de Corinne, il n'y avait plus de fille dans la famille... Quant à la proposition que me fait Willy, je ne suis pas disposée à l'accepter. »

Clarence, son panama sur les genoux, haussa les sourcils, jouant l'étonnement. Il tira sur son gilet de nankin, croisa ses longues jambes et, fixant Virginie de son regard net :

« Vous avez sans doute vos raisons !

— Je le trouve trop jeune, un peu benêt et je n'ai pas envie d'épouser un militaire. J'ai le sang végétal d'une terrienne. Willy est charmant, parfait Cavalier, riche et sérieux, mais non, vraiment, il ne m'attire pas comme mari. Je vais donc devoir lui faire de la peine, je le crains. »

Puis, concentrée, un peu narquoise, ses sens vigilants de fauve en alerte, elle attendit.

« En somme, vous ne l'aimez pas, tout simplement, fit Clarence, fataliste. C'est loyal à vous de le reconnaître. Mais peut-être, insinua l'intendant, s'est-il mépris sur votre gentillesse et l'intérêt que vous sembliez lui porter. Les garçons d'ici se trompent parfois sur les sentiments qu'ils inspirent. Ils sont à la fois timides et trop sûrs d'eux-mêmes... et les jeunes filles sont si réservées !

— Willy est un romantique, assurément, mais le mariage constitue un engagement définitif. Je ne veux pas être ainsi encagée. Ma nature me pousse plutôt vers des hommes mûrs, ayant l'esprit de décision et, pour tout dire, plus d'autorité morale que Willy.

— Evidemment, fit Clarence avec malignité, son frère Percy est d'un tempérament tout différent, mais il est marié et, maintenant, le voilà père de famille. »

Virginie sursauta :

« Pourquoi me dites-vous cela, Clarence ? »

L'intendant hésita un instant, observant cette femme qui ne dérobait pas devant l'obstacle. Mais l'occasion était trop belle de lui prouver qu'il ne pouvait y avoir de naïveté dans leurs rapports.

« Parce que j'ai assisté à votre retour, la nuit où vous avez regagné Bagatelle, peu avant Noël, et que j'en ai déduit certaines choses !

— Vous pensez que j'ai eu une aventure avec Percy Tampleton ?

— Oui... Est-ce que je me trompe ?

— Cela ne regarde que moi... Croyez-vous qu'il n'y ait que les hommes qui recherchent le plaisir sans suite ? J'ai appris dans ce domaine à me comporter comme un garçon. Je n'ai de comptes à rendre à personne... »

Clarence devina que cette irritation était feinte.

« Ne vous fâchez pas. Je ne suis pas un moraliste, mais, voyez-vous, dans le Sud les mœurs sont moins libres qu'à Paris. Dans notre société de plantation, les gens ont peu d'occasions de se distraire, ils passent leur temps à s'observer les uns les autres; la moindre imprudence suffit à ternir la réputation d'une femme.

— C'est de l'hypocrisie, car il est admis que les hommes, célibataires ou non, aient des négresses pour maîtresses...

— C'est de l'hypocrisie, j'en conviens, mais manquer à l'hypocrisie est aussi un péché social, Virginie. »

Elle eut un geste de la main, signifiant qu'elle faisait fi de telles considérations. Son regard magnétique, son visage isocèle, encadré par les torsades élastiques de ses cheveux, sa bouche à demi ouverte, découvrant des dents luisantes, lui conféraient à cet instant une beauté sauvage. Clarence se fit amical, compréhensif, complice.

« Je pense qu'il y a en vous, Virginie, l'étoffe d'une grande dame, une force qui fait défaut à beaucoup de femmes de ce pays, un appétit de vivre intensément au mépris des préjugés. Or, dans le Sud, les femmes ne vivent pas intensément. Leur destin est tracé. Il suit une voie immuable, comme le fleuve. Les entorses aux règles, aussitôt connues, sont condamnées sans nuances. C'est votre imprudence, plus que votre aventure avec Percy Tampleton, qui m'a inquiété. J'ai eu peur pour vous, Virginie, comme autrefois sur le *Prince-du-Delta*... »

Elle comprit tout de suite que s'obstiner à la ruse avec Dandrige n'aboutirait qu'à éloigner d'elle cet homme étrange qui pouvait la comprendre.

« Avez-vous de l'affection pour moi, Clarence,

297

ou me prenez-vous pour une gourgandine ou une évaporée ? »

Clarence se pencha, fit basculer son fauteuil et posa sa main sèche sur le bras de Virginie.

« J'ai une grande affection pour vous. Qui d'ailleurs résisterait à votre charme ? C'est pourquoi je ne voudrais pas que vous ratiez votre but, par provocation, par maladresse, ou par... précipitation. »

Virginie observa un moment Dandrige, évaluant la portée de ses propos. Son regard limpide se fit soudain voltigeur, sous celui de l'intendant, inévitablement clair et froid, un regard de logicien tolérant et sceptique.

« Je vibre, je ne raisonne pas, moi, Clarence. Je désire tout posséder, non seulement goûter, mais saisir, pas uniquement ce que la vie peut donner, mais ce qu'on peut lui arracher. Je n'ai pas envie du petit bonheur tranquille que m'offre Willy Tampleton. Je veux trouver ma place et faire que mes jours soient tous des éclosions. Vous n'auriez pas voulu non plus du bonheur que rêvait de vous apporter la pauvre Corinne... Je crois que nous nous ressemblons assez, non ?...

— Autrefois, je vous ressemblais, Virginie, et c'est bien pourquoi il peut exister entre nous une certaine connivence, pourquoi je comprends votre comportement, vos audaces... et tout le reste !

— Et vous avez abdiqué ?

— Oui, par la force des choses... Mais c'est une pénible histoire que je vous conterai peut-être un jour... Quand nous serons vieux !

— J'aime que vous me parliez ainsi, Clarence, dit la jeune fille avec un authentique mouvement d'abandon; je suis comme un joueur qui, ayant un beau jeu, ne sait quel pion avancer pour l'emporter le plus totalement.

— Et quel pion avez-vous envie de jouer présentement, mademoiselle Trégan ? fit Dandrige d'un air badin, presque gai.

— Le marquis de Damvilliers, souffla-t-elle avec, dans le regard, une radieuse convoitise.

— Votre robe de plumetis si... légère, chère Salomé, répliqua Clarence, émoustillé par ce jeu de la vérité auquel il prenait avec bonne conscience un plaisir un peu pervers, vous a permis de marquer beaucoup de points. Vous pouvez gagner un titre de marquise et Bagatelle..., mais, s'il vous plaît, épargnez Jean Baptiste ! »

Ils riaient fort librement quand survint Adrien. Fatigué et couvert de poussière, le marquis se laissa tomber plus qu'il ne s'assit dans un fauteuil qui gémit et craqua sous le choc de ce corps lourd.

« A boire, par pitié, lança-t-il. Pendant que vous riez, jeunes gens, les charançons attaquent les capsules. Il va falloir arracher des plants, quelle plaie ! Comme je vous envie, Virginie, de ne pas connaître ces soucis !

— Mais, parrain, vos soucis sont les miens. Que puis-je faire pour vous distraire ?

— Jouez-moi le rigaudon que j'aime entendre, petite. La musique me fera peut-être oublier la bêtise des contremaîtres et la paresse des nègres... »

Virginie disparut dans la maison, et un instant plus tard le chant aigrelet du clavecin leur parvint par les portes-fenêtres du salon largement ouvertes. Le marquis poussa un soupir de satisfaction, s'étira, se fit retirer ses bottes par James, vida, coup sur coup, deux grands verres d'eau fraîche, coupée de jus de citron, et se frictionna vigoureusement la tête avec le sans-gêne d'un animal qui s'ébroue.

« Bon Dieu, Dandrige, qu'il est bon de rentrer

chez soi et de retrouver ceux qu'on aime ! J'ai une faim de loup et je boirais le Mississippi... »

Pendant les jours qui suivirent, ni Clarence ni Virginie ne firent allusion à la conversation de ce tranquille après-midi. Désormais, leurs pensées cheminaient à l'unisson, comme celles de deux partenaires habitués à jouer ensemble, qui comprennent leurs appels réciproques et savent amener l'atout.

L'intendant, sachant à quoi s'en tenir sur les ambitions de la jeune fille, les approuvait. Le risque était pour Adrien, son ami, mais il souhaitait le voir heureux, avec une belle femme dans son lit, douée pour l'art de vivre, et qui avait déjà donné maintes preuves de ses capacités de maîtresse de maison. Il savait que la robustesse morale du marquis, alliée à une tendresse rugueuse, suffirait à maintenir cette cavale dans les limites des pâturages autorisés. Il croyait être certain que, son but atteint et sa place trouvée, Virginie saurait se comporter exactement comme il conviendrait et cela d'autant plus aisément que, sachant la valeur des choses, elle ne dérogerait pas d'un pouce, afin d'en jouir au mieux.

Les semaines passèrent sans événement notable. La vie de la grande maison, où la nature entrait, portant jusque dans les salons l'ambiance salubre du printemps, suivait le rythme immuable des travaux. Virginie, ayant terminé la tapisserie commencée l'année précédente, l'offrit à Adrien au jour de son quarante et unième anniversaire. Elle représentait le bourg de Damvilliers, tel le modèle fourni par une ancienne gravure. Dans un angle, les armoiries des seigneurs meusiens « de fucule, à la bande d'or, accompagnée en chef d'une demi-fleur de lis du même, boutonnée d'argent, de trois phéons aussi d'argent, posés en orle » avaient été brodées avec soin au-dessus de la devise *Passer outre*.

Le marquis ne cacha pas sa satisfaction. Il embrassa à plusieurs reprises sa filleule, avec, parut-il à Clarence, un peu plus d'insistance qu'il ne convenait. Elle, câline, lui caressa la joue. Le contact de cette peau satinée rendit Adrien fort guilleret et au cours du dîner, puis de la soirée qui suivit, il ne quitta pas des yeux la « petite », si bonne pourvoyeuse de joie.

Virginie se retira tôt ce soir-là et les deux hommes se retrouvèrent, comme souvent à la belle saison, seuls sur la galerie, une bouteille de vin de Porto à portée de la main, sur un plateau d'argent. Les cigares allumés, ils appréciaient la tiédeur de la nuit, qu'emplissaient les chants râpeux des grenouilles.

« Je me demande, fit le marquis, ce qui empêche encore le petit Tampleton de demander la main de Virginie. Le respect du deuil familial, peut-être ? Qu'en pensez-vous, Clarence ?

— Il n'y aura pas de demande de ce genre, Adrien.

— Comment ça ? J'avais cru comprendre...

— Vous aviez mal compris, Virginie n'en a pas voulu. »

Le marquis se redressa si vivement qu'il faillit être vidé de son fauteuil à bascule.

« Elle ne veut pas se marier ?

— Pas avec Willy Tampleton, en tout cas !

— Il n'y a pas de meilleur parti actuellement, Clarence, je ne comprends pas. Aime-t-elle ailleurs ?

— Probable, Adrien.

— Mais qui ? Elle ne fréquente assidûment que les Tampleton... C'est peut-être vous, Clarence, qui plaisez... encore une fois !

— Oh ! non, Adrien, s'esclaffa l'intendant, ce

n'est pas moi. C'est vous..., *parrain,* qui plaisez, comme vous dites. »

S'il avait fait moins sombre, Dandrige eût vu les joues du marquis, déjà rosies par le repas et les libations, virer au rouge vermillon.

« Qu'est-ce que vous me chantez là ? Voyons, je l'ai connue haute comme ça. Pour elle, je suis presque un vieux monsieur !

— Vous abordez tout juste la quarantaine, Adrien, vous êtes dans la force de l'âge. Virginie aime qu'un homme soit fort et raisonnable. Vous lui plaisez, vous dis-je, mais comment diable voulez-vous qu'elle vous le fasse savoir...

— Elle vous a fait des confidences...

— Oui et non, enfin j'ai cru comprendre que si vous cessiez de jouer les parrains affectueux et que vous la considériez comme une femme, et non comme une petite fille, elle serait heureuse !

— C'est cocasse, bon Dieu, que c'est cocasse, Clarence ! Je plairais, moi, à cette belle fille, à cette princesse qui nous est tombée du ciel ! »

Adrien paraissait prodigieusement excité. Il se versa une grande rasade de porto.

« Elle ferait une jolie marquise, bien sûr, mais que diraient les gens, à me voir épouser une jeunesse de vingt ans, moi le veuf, le paysan du Mississippi ?... Nous rêvons, Clarence, nous rêvons...

— Je pense qu'il ne tient qu'à vous de lui donner la place et le bonheur qu'elle mérite.

— Eh bien, si j'avais cru ça, Clarence ! C'est cocasse, vraiment cocasse. Les jeunes filles ont de drôles de penchants ! »

Le marquis devint soudain sérieux, presque grave. Il s'adossa confortablement, vida son verre, sans même s'en rendre compte, et reprit :

« Et puis, en admettant même que je souhaite la prendre pour femme, on ne manquerait pas de dire qu'elle a cédé par reconnaissance pour ce que j'ai fait pour sa famille, qu'elle est pauvre et qu'en somme elle se donne pour payer les vieilles dettes de Trégan.

— Qui oserait dire cela, Adrien ?

— Les sœurs Barrow, d'abord, et quelques autres demoiselles rances que je n'ai pas envie d'épouser !

— Vous êtes le maître de Bagatelle et j'imagine que cela suffit, d'autant plus que Virginie n'est pas de celles qui se sacrifient pour honorer des dettes qu'elles n'ont pas contractées.

— C'est cocasse, vraiment trop cocasse, moi et Virginie, Virginie et moi, quel attelage, hein, ami, quel attelage !

— Pas un attelage, Adrien, et ce n'est pas parce que vous jouez le bœuf solard que vous n'êtes pas un homme capable de faire avec Virginie un couple fort présentable.

— Vous croyez ? C'est cocasse tout de même, ce que vous me dites là. Vous avez dû boire trop de porto. Allons nous coucher. J'ai là de quoi faire de curieux rêves. »

Comme ils traversaient le salon, leur candélabre à la main, Adrien se retourna vers Dandrige. La lueur frémissante des chandelles avivait les yeux couleur de café du marquis de Damvilliers, son nez puissant faisait une ombre sur son visage massif, il ressemblait à un grand lion sous sa crinière épaisse et frisée.

« Si elle ne trouve pas mieux, Clarence, je la prendrais bien, moi, cette petite, mais, tout de même, j'ai bien du mal à vous croire ! »

Et de son pas lourd, qui faisait tressauter les bibelots sur les étagères et gémir sous les tapis les vieux parquets gorgés de cire, Adrien s'en fut, la tête pleine d'images inavouables.

Quant à Dandrige, il décida qu'il s'en irait dès

le lendemain matin à La Nouvelle-Orléans, où il devait se rendre depuis un certain temps déjà.

Il rédigea un billet pour Adrien, s'excusant de ne pas l'avoir prévenu plus tôt de ce voyage, et il secoua James, qui somnolait en attendant de fermer la maison, afin qu'il prévienne Bobo de tenir le cabriolet prêt pour le conduire, à l'aube, à Pointe-Coupée, où il prendrait le premier bateau. Ce déplacement, dicté comme chaque printemps par les affaires de la plantation, n'avait aucun caractère d'urgence, mais l'intendant ne tenait pas à se trouver entre Adrien et Virginie à un moment où parrain et filleule auraient sans doute des choses à se dire ou, ce qui serait encore plus gênant, n'oseraient rien se dire.

Tandis que le vapeur descendait le fleuve, il aperçut dans une anse les débris du *Rayon-d'Or*. La coque calcinée avait été tirée près de la rive et tout le bois récupérable s'en était allé sur le dos des esclaves, vers les foyers domestiques. Les dépouilles du grand bateau servaient ainsi à cuire le porc et le maïs. Bientôt il ne resterait plus que des déchets promus souvenirs : boutons de porte, chromos épargnés par l'incendie, fourchettes et couteaux repêchés par les bateliers fouinards, plats d'étain, grosses vis rouillées, poulies fendues, que l'on reconnaîtrait dans les cases des Noirs, innocents pilleurs d'une épave que personne n'aurait réclamée.

Accoudé au bastingage, Clarence regardait ce tertre vert où Corinne avait reposé, ne soupçonnant pas sa fin si proche. Il ferma les yeux, s'efforçant de rappeler à sa mémoire l'image de ce visage aux contours doux, aux yeux candides. Il essaya d'imaginer le timbre de sa voix, son accent chantant de fille du Sud et le poids de ce corps abandonné dans ses bras, quand il le déposa sur le matelas spongieux. Mais les morts ne sont pas fidèles aux vivants. Ils n'acceptent pas, sur une simple convocation de la mémoire, de présenter un à un, comme des tableaux, les moments de leur vie que les humains souhaitent revoir. Les défunts ont, eux aussi, leurs intermittences et leurs caprices. C'est leur façon d'agacer nos remords ou de vivifier nos regrets, quand dans le silence ils refusent de paraître derrière nos yeux clos aux rendez-vous secrets de l'esprit. C'est leur manière aussi de nous troubler, de nous confondre, peut-être de se venger quand ils surgissent, ombres portées importunes, dans un bruit de pas, un mot prononcé par un étranger, un site où l'on passe, ou dans le sillage parfumé d'une inconnue.

Une main se posa sur l'épaule de Dandrige, alors qu'il perdait de vue la berge frangée de saules noircis. C'était Murphy, qui s'en allait à Baton Rouge. Le vieux médecin, ivrogne sans malice, avait attendu que le bateau se soit éloigné des lieux de l'accident.

« Vous pensiez à la petite Tampleton, Dandrige, dit-il, le chapeau sur la nuque et la cravate de travers, moi aussi. De tous les morts de ce jour-là, c'est à elle que je pensais... et pourtant jamais je ne souhaite revoir ceux que j'ai vus mourir, ça me prendrait tout mon temps !

— C'est bizarre, fit Clarence, j'essayais de me la rappeler telle que je l'ai trouvée sur la rive, telle que vous l'avez vue aussi, et je n'y parvenais pas.

— C'est trop récent. Il faut laisser aux morts le temps de s'épanouir, de s'y reconnaître dans leur foutu domaine. Son image vous reviendra un jour, quiète et fraîche, quand le temps aura dissous votre chagrin...

— Si nous allions prendre un verre au bar ? suggéra Clarence, pour couper court à ces tristes considérations.

— Bonne idée, Dandrige, il commence à faire chaud ! »

A La Nouvelle-Orléans, l'intendant descendit, comme d'habitude, au Saint-Charles, rendit visite aux frères Mertaux, au cordonnier Mathias, flâna dans quelques « bars exchange » pour se faire une opinion sur les promesses de la récolte et le prix des cotons en stock, dont les acheteurs retardataires discutaient les prix *cent* à *cent*.

La ville s'était encore agrandie de constructions neuves, surtout dans le quartier des Américains, qui se peuplait rapidement de gens venus du Nord. Le développement de la cité donnait lieu à des spéculations sur les terrains à bâtir. Les maisons, qui valaient en 1830 5 000 ou 6 000 piastres, s'enlevaient à 30 000 ou 40 000 et les immigrants ne trouvaient pas à se loger. Les banques regorgeaient de capitaux et l'on obtenait facilement du crédit, quand un endosseur connu acceptait de donner sa garantie. Les hommes d'affaires, à l'affût de « bons coups », se cautionnaient réciproquement, sans exiger de commissions, et l'on pouvait fonder une banque avec dix millions de francs. La fièvre jaune et le choléra étant oubliés jusqu'à l'été, la ville connaissait une animation prodigieuse et, comme chaque année en cette saison, des fortunes dont il ne resterait peut-être rien à l'automne s'édifiaient en quelques semaines.

Les bons esclaves, qui coûtaient avant l'épidémie de fièvre jaune de 6 000 à 8 000 francs, se vendaient un tiers plus cher. On louait des mulâtres « sans talent et pleins de vices », comme disait Mme d'Arcy, de 100 à 160 francs par mois, une femme de chambre de 65 à 80 francs.

Le nouveau consul de France, auquel Dandrige fit une visite de courtoisie, se plaignait de « ce pays ruineux ». « Il faut pour chaque service d'une maison conduite avec économie, observait avec amertume le digne diplomate, au moins deux personnes, car un jour un esclave vole et se retrouve en prison et l'on court ainsi le risque de perdre en peu d'heures la moitié de son personnel! Hier, par exemple, un homme que j'avais loué s'est échappé et un mulâtre qui m'avait été recommandé comme le meilleur sujet de La Nouvelle-Orléans et que j'avais payé 6 000 francs s'est sauvé en emportant pour 500 francs d'effets. »

Les gens aisés, les négociants notamment, avaient au moins cinq serviteurs à demeure, les riches créoles dix à douze, ce qui expliquait les profits des encanteurs, toujours prêts à s'entremettre avec les capitaines de bateaux marchands, capables d'importer des Noirs du Dahomey, les préférés de la colonie française. L'importation d'esclaves était interdite depuis 1807, mais les profits que l'on pouvait tirer du « bois d'ébène » paraissaient si alléchants que des armateurs, bravant la loi, prenaient le risque de voir leur bateau confisqué pour introduire clandestinement la main-d'œuvre servile. Depuis qu'un bâtiment de guerre hollandais avait débarqué, en 1619, à Jamestown (Virginie) les vingt premiers Noirs enlevés en Afrique, la traite était devenue un commerce comme un autre et les colons du Sud pestaient contre les politiciens du Nord qui, méconnaissant les intérêts économiques des planteurs, prônaient l'abolition de l'esclavage.

Mais ces préoccupations chroniques ne tenaient pas une grande place dans les conversations. Dandrige constata que l'on commentait plutôt la déportation des Indiens Choctaws, auxquels on s'efforçait de faire passer le Mississippi pour qu'ils aillent s'installer à l'ouest du fleuve, où, disait-on, des territoires leur étaient réservés.

On tentait d'y envoyer aussi les Cherokees, les Chickasaws, les Creeks, les Enchees et les Séminoles. Et cela ne se passait pas sans mal, les Indiens rechignant à quitter leurs terres, riches et fécondes, pour s'établir dans une région déshéritée. La construction de Fort Gibson, en 1824, n'avait pas constitué un attrait suffisant pour les Blancs, qui préféraient mettre en cultures les territoires d'où l'on chassait les Indiens plutôt que d'aller courir l'aventure de la Frontière et des terres vierges.

On venait d'apprendre à La Nouvelle-Orléans qu'un régiment de dragons et des unités d'infanterie allaient être engagés dans la chasse à l'Indien et des bruits couraient la ville, faisant état de massacres dont auraient été victimes des Blancs. Dandrige, qui connaissait les tribus en cause, estimait qu'on exagérait volontiers la « sauvagerie » des Indiens, dont il avait eu personnellement à souffrir en d'autres temps.

A chaque séjour, la ville lui déplaisait davantage. Une population interlope, attirée par le mouvement des affaires, emplissait les bars. Les aventuriers côtoyaient les gens respectables, prêts à leur proposer de mirobolantes combinaisons, afin de leur soutirer de l'argent. Les marins déserteurs, les émigrants faméliques, les prostituées, des gens venus on ne sait d'où et ne parlant aucune langue compréhensible, hantaient les rues et les tripots. On ne comptait plus les vols et les agressions. Chaque nuit, des rixes éclataient entre ivrognes et les juges avaient fort à faire pour évaluer les escroqueries auxquelles se livraient de faux gentlemen verbeux ayant un revolver en guise de carte de visite.

Le shérif raconta à Dandrige que John Murrell, un bandit bien connu qui, avec sa bande, attaquait parfois les chalands sur le Mississippi, pour piller les cargaisons, après avoir tué les bateliers, se promenait impunément à La Nouvelle-Orléans, fréquentant les bordels où il ne comptait que des amis, étant lui-même fils d'une tenancière. Arrogant, bien habillé, hâbleur, le bandit montrait volontiers ses pouces, portant, gravées au fer rouge dans sa chair, les lettres H.F. (Horse Filcher[1]). C'était le souvenir indélébile que lui avait laissé sa comparution pour vols de chevaux devant le juge de Nashville (Tennessee), lequel lui avait fait donner en prime une trentaine de coups de fouet.

« Sûr qu'il mijote des mauvais coups, avait dit le shérif. La loi est trop douce pour des types comme lui. On devrait les pendre sans discussion ! »

C'est donc sans regret que Clarence reprit le bateau pour Pointe-Coupée, emportant une provision de livres achetés chez un libraire de la rue Bourbon, dont trois ouvrages de Walter Scott : *Kenilworth, Quentin Durward* et *Le Talisman*; deux volumes de Keats : *Isabelle, La Veille de la Sainte-Agnès*, et *La Vision du Jugement*, de Byron. La remontée du fleuve donnait à Clarence, contraint au farniente, le goût de la méditation. Il passait le plus clair de son temps sur un fauteuil de pont, à l'abri du vent, évitant de se mêler aux conversations des passagers, dont plusieurs le connaissaient comme intendant de Bagatelle.

Il lisait ou regardait se dérouler le paysage, dont la monotonie facilitait le libre jeu de la pensée, occupant le regard sans mobiliser l'esprit.

Il s'interrogeait sur sa propre attitude devant Virginie et se défendait mal d'un curieux sentiment, mélange de confiance raisonnée et de crainte instinctive, à l'égard de cette femme, qui

1. Voleur de chevaux.

pourrait être une broyeuse d'hommes. A travers la conversation décisive qu'il avait eue avec elle, la veille de son départ, il s'était engagé, sous les apparences d'une duplicité feutrée, dans un duel d'intelligences. Il jouissait par personnes interposées, comme un stratège, du déroulement d'une aventure où il aurait joué deux rôles. L'amitié vraie qu'il portait à Adrien ne l'empêchait pas de concevoir pour Virginie une certaine forme d'amour sans amour, qui le troublait. Il profitait de ces deux êtres pour étayer sa vie affective, comme celui qui, n'ayant aucun goût réel pour la boisson, mais aspirant à la griserie qu'elle procure, se plaît dans la compagnie d'ivrognes fervents.

Clarence classait Virginie dans cette catégorie de femmes qui savent d'instinct reconnaître chez l'homme l'instant de vulnérabilité. Alors que les plus ordinaires sont les instruments dociles de la Fatalité, les femmes exceptionnelles savent tirer parti de la déesse ironique. Celle-ci paie leur complicité active en plaisirs et en pouvoirs, comme le mécène abandonne à l'artiste, qu'il a découvert et soutenu, gloire et argent.

« Virginie, pensait Clarence, peut obtenir plus de la fille du Hasard que le commun des mortelles. » Il la croyait même capable de ravir à la Fatalité une part de sa force occulte. Il la voyait tantôt corrosive comme un acide, tantôt mousseuse et melliflue comme un nectar, mais toujours identique à elle-même. Elle ne se déguisait pas. Une et multiple, elle pouvait devenir autre sans changer, comme ces décors de théâtre qu'un éclairage suffit à transformer. De cette faculté particulière la jeune fille avait donné des preuves évidentes. Elle pourrait rendre Adrien heureux, mais ce n'est qu'en elle-même qu'elle trouverait son propre bonheur. Clarence devinait confusément qu'elle recherchait, à travers les simples jouissances humaines, l'accès à une certaine paix, n'excluant ni les passions brûlantes ni les satisfactions de l'esprit. Elle était prodigieusement vivante.

Cette perspective rassurait l'intendant, conscient de la responsabilité qu'il endossait en poussant le maître de Bagatelle sur une voie où l'attendait une embuscade préparée de longue main.

A l'escale de Baton Rouge, Clarence fit dépêcher un courrier à la plantation pour que Bobo soit au débarcadère quand il arriverait à Pointe-Coupée. Puis il chassa Virginie de ses pensées, ouvrit son Byron, relut ce passage du « Pèlerinage de Childe Harold » où il croyait se reconnaître : *Il se contentait de regarder sans se mêler à la foule. Pourtant il ne voyait pas les hommes avec la haine d'un misanthrope. Il eût désiré parfois prendre part à la danse et aux chants. Mais comment sourire, quand on succombe sous le poids de sa destinée?*

Au contraire de Childe Harold, Clarence acceptait de vivre sans exiger le bonheur et c'est avec la curiosité d'un entomologiste qu'il observait l'agitation des autres, lancés dans la quête commune.

Bobo était au rendez-vous.

« Alors, quelles nouvelles ?

— Ben, m'sieur Dand'ige, le coton va bien. Un peu sec à ce que l'on dit. Mais y a une aut'e nouvelle, m'sieur Dand'ige, m'selle Virginie et le maît'e vont s'mayer bientôt! C'est Anna qui dit ça! »

Le cocher semblait avoir vocation pour dévoiler les idylles et trahissait naïvement les secrets qu'on ne lui avait pas expressément demandé de garder.

« Ça, c'est une nouvelle, Bobo, une bonne nouvelle », fit l'intendant en montant dans la voiture.

Décidément, pensa-t-il, Virginie n'avait pas perdu de temps. Il avait hâte de savoir comment Adrien s'y prendrait pour lui annoncer l'événement.

Il avait à peine mis pied à terre derrière la grande maison et s'apprêtait à monter chez lui, quand le marquis, qui devait guetter son arrivée, apparut sur la galerie.

« Bon voyage, ami ? interrogea-t-il joyeusement comme s'il lui importait de connaître, toutes affaires cessantes, les potins de la ville.

— Le temps de me rafraîchir et j'arrive, Adrien », fit l'intendant en gravissant l'escalier de son appartement tandis que Mic et Mac se trémoussaient en miaulant, comme des fauves amoureux.

Mais Adrien n'eut pas la patience d'attendre. Il franchit en quelques enjambées, pesantes et sonores, la passerelle de bois qui séparait la grande maison du logement de Clarence et apparut sur le seuil avant même que ce dernier l'ait franchi.

« J'ai hâte de vous dire, Clarence, que je suis diablement heureux. Vous ne vous étiez pas trompé, Virginie veut bien m'accepter comme époux !... Et moi, bien sûr, je veux bien d'elle pour femme. C'est incroyable, non, ce qui arrive... »

Adrien était tellement excité qu'il posa le pied sur la patte de Mac, tirant au dalmate une plainte aiguë.

« Eh bien, félicitations, Adrien. Vous savez tout le bien que je vous souhaite. »

Mais le marquis, emporté par son enthousiasme, ne prit même pas garde à ce que pouvait dire Dandrige.

« Et savez-vous ce qu'elle m'a dit ?... Que si je ne m'étais pas décidé avant l'été, elle serait retournée en France, chez sa tante Drouin...

— Heureux homme, fit Dandrige, auquel la joie

du marquis, rajeuni de dix ans par son exaltation, faisait sincèrement plaisir.

— C'est à vous que je dois d'avoir ouvert les yeux, ami. Sans vous, je n'aurais jamais osé... parler de ça à Virginie.

— N'y aviez-vous pas pensé quelquefois, en secret, Adrien ? »

Le marquis parut troublé comme un collégien par cette insinuation :

« Ah ! c'est que... c'est qu'on peut toujours penser à des choses agréables, sans être certain qu'on les désire vraiment, pas vrai ! J'étais un peu devant Virginie comme le renard du père La Fontaine devant les raisins... Vous m'avez, si j'ose dire, Clarence, fait la courte échelle ! »

Les deux hommes rirent franchement, car à cet instant le bonheur simple du marquis emportait Dandrige dans son tourbillon.

« On a mis le champagne à rafraîchir pour ce soir. Anna a préparé un dîner... spécial. Virginie ne voulait pas fêter l'événement sans vous, car elle vous aime bien, Dandrige.

— Mais lui avez-vous fait part de notre conversation d'il y a deux semaines ? fit Dandrige, un peu inquiet sur la façon dont le marquis avait pu aborder le sujet avec sa filleule.

— Bien sûr, pardi ! Je lui ai dit comme ça, et ne m'en veuillez pas..., je lui ai dit : « Ce petit malin « de Dandrige m'a laissé entendre que vous ne « vouliez pas de Willy Tampleton et que c'est un « homme dans mon genre qu'il vous faudrait « pour mari », et j'ai ajouté en me moquant un peu : « Dandrige a de drôles d'idées, c'est « cocasse ! »

Adrien avait pris son air matois de paysan pour rappeler cette scène.

« Et alors ?

— Alors, elle n'a rien répondu, rien... Je ne

savais plus quoi faire... Je me sentais bête comme un gaffeur... et, là-dessus, elle s'est mise à pleurer, comme une madeleine, en me regardant par en dessous. Finalement, elle s'est levée toute droite et m'a jeté d'un air pas content du tout : « On ne « plaisante pas avec ces choses-là..., Adrien ! » Oui, elle m'a appelé Adrien !

— Et alors ?...

— Alors... je l'ai embrassée... et puis on a parlé... et j'ai pas fermé l'œil de la nuit... Le lende-main matin, c'est elle qui m'a embrassé. Je m'étais dit qu'elle aurait changé d'avis. Pas du tout. Et ce soir on se fiance, comme ça, entre nous. Ça fait une semaine que j'ai la tête à l'en-vers, Clarence. Peut-être bien que c'est de l'amour, conclut timidement le marquis. J'avais oublié que ça fait tant d'effet !

— Quand comptez-vous vous marier ?

— Eh bien, il y a plus d'un an que Dorothée est morte, les délais convenables sont donc écoulés. Je voulais attendre la cueillette, mais Virginie est impatiente, oui, mon vieux, impatiente... Le plus tôt sera le mieux... C'est pas la peine de faire attendre le bonheur !

— Vous avez raison, Adrien, le bonheur ne doit pas attendre... »

4

ADRIEN DE DAMVILLIERS décida d'annoncer ses fiançailles au cours d'un barbecue qui réunirait à Bagatelle les familles des planteurs amis. Le marquis entendait ainsi sacrifier à une tradition mondaine, exigeant que tout événement heureux soit prétexte à une fête, dans une contrée où l'éventail des distractions demeurait limité. Il tenait aussi à faire savoir publiquement son remariage avant que l'on ne puisse se livrer à des supputations sur la brièveté de son veuvage. Il fut donc convenu, entre les habitants de la plantation, qu'on ne soufflerait mot du projet. Celui-ci ne serait divulgué qu'au jour de réception prévu.

La décision prise et la date fixée, le marquis eut à résoudre un petit problème de convenances auquel, en Sudiste bien pensant, il attachait de l'importance. Si, en tant que filleule du maître de Bagatelle, Virginie pouvait habiter, sans que quiconque y trouvât à redire, sous le même toit que son parrain, sa position nouvelle de fiancée risquait de rendre aux yeux de certains conformistes cette cohabitation plus ambiguë. Et cela d'autant plus que la jeune fille était, depuis le mariage de Mignette, la seule personne blanche de son sexe à résider à Bagatelle. On ne manquerait pas d'observer, dans les plantations, que cela constituait une situation curieuse et les bonnes langues ne se priveraient pas de suggérer que le marquis et la belle orpheline avaient pu fêter la Trinité avant Pâques !

Après avoir envisagé d'envoyer Virginie passer le temps de ses fiançailles dans une famille voisine — on pensa aux Barrow, arbitres reconnus des mœurs — le marquis, devinant qu'une telle perspective ne pouvait sourire à la jeune fille, opta pour une solution qui permettrait à celle-ci de demeurer à Bagatelle sans que l'on puisse concevoir le moindre soupçon quant à la réserve que les fiancés devaient observer.

Adrien, plus amoureux qu'il ne le laissait paraître et tout ébloui par le bonheur qui venait de lui échoir, ne voulait pas se priver, même pour un temps, et pour des raisons purement conventionnelles, de la présence de celle qui, avant l'été, partagerait officiellement son lit.

La solution satisfaisante pour tous consistait à doter Virginie d'un chaperon offrant aux yeux du monde les meilleures garanties. On choisit donc d'inviter à Bagatelle, pour tenir ce rôle, la mère supérieure des ursulines de La Nouvelle-Orléans, vague cousine des Damvilliers. Cette religieuse, née Marguerite de Bonnifet, en religion mère Jean-Philippe du Saint-Sauveur, passait pour un parangon de vertu. Son père, le capitaine de Bonnifet, avait épousé une des dernières « filles à la cassette », envoyées par le roi de France pour concourir au peuplement de la colonie. Ces épouses, que l'on avait expédiées ainsi aux colons de la Louisiane, étaient des orphelines de bonne famille, « élevées dans la vertu et la piété », auxquelles la générosité royale fournissait un trousseau et qui, encadrées par des religieuses, acceptaient de prendre mari en s'exilant. Les unions prévues furent nombreuses et, si la plupart des émigrantes épousèrent des artisans, des petits colons ou des militaires subalternes, quelques-unes, les plus jolies, eurent le bonheur d'être remarquées par des officiers qui, après s'être satisfaits un temps des services des « sauvagesses » indiennes ou des esclaves noires, désiraient fonder une famille.

Bon nombre de jeunes héritières arrogantes et de gandins de La Nouvelle-Orléans comptaient ainsi, parmi leurs ancêtres, des filles « à la cassette » quand ce n'étaient pas des « femmes et des filles prises pour fraudes », envoyées de force en Louisiane, pour se refaire une vertu. Après trois générations, on confondait volontiers les secondes avec les premières, afin de faire passer pour honorables des ascendances qui ne l'étaient pas toujours.

Comme les autres enfants du capitaine de Bonnifet, Marguerite, qui n'était pas laide, aurait pu prétendre à un bon établissement. Elle choisit d'entrer en religion chez les ursulines, auxquelles ses parents avaient confié son éducation.

Quand elle fut sollicitée, par courrier spécial, de se rendre à Bagatelle pour chaperonner Virginie Trégan, la mère supérieure allait sur ses soixante-dix ans. Elle conservait un teint de lis et des manières douces, la gaieté propre aux âmes saines et ne détestait pas la bonne cuisine. La perspective d'un séjour dans une grande plantation l'enchanta. Il arrive que le service de la vertu ne soit pas désagréable. Virginie, dont elle ne gardait qu'un souvenir flou, avait été l'élève des ursulines de La Nouvelle-Orléans pendant un an, avant de rejoindre Paris, avec sa tante Drouin, où d'autres ursulines avaient achevé son instruction. Rien ne s'opposait donc à ce que la religieuse aille cautionner la vertueuse cohabitation du marquis de

Damvilliers et de sa fiancée. Elle se mit en route d'un cœur léger, emportant dans ses bagages un ouvrage édifiant, rédigé par un capucin anonyme, sans doute plus pieux que compétent, sur « le saint bonheur du mariage chrétien ».

Virginie, de son côté, se déclara satisfaite de la solution, même si elle échangea, au moment où le marquis la lui proposa, un sourire un tantinet insolent avec Clarence Dandrige, lequel ne voyait dans ce chaperonnage tardif qu'une manifestation d'hypocrisie sociale. La jeune fille évoqua avec humour le vieux couvent de la rue de Chartres, à La Nouvelle-Orléans, un des premiers bâtiments construits dans la ville en 1727, dont les sombres couloirs exhalaient l'odeur propre à tous les couvents : un mélange d'effluves de potage réchauffé, d'encaustique, de chandelles mal mouchées et d'encens.

« C'est l'odeur de la vertu, ma chère, fit Adrien en risquant une caresse sur la main de sa filleule.

— J'espère que la révérende mère ne la transporte pas avec elle ! observa Dandrige. Je préfère à ces parfums conventuels ceux du vétiver et de l'eucalyptus dont Anna, comme sa défunte mère, nous environne quelquefois ! »

Depuis que le marquis et Virginie avaient choisi d'unir leurs destinées, l'ambiance de Bagatelle s'était transformée. La vieille maison, malgré les pluies diluviennes qui marquèrent ce printemps 1831, paraissait rajeunie et prête à des coquetteries inattendues. Déjà, depuis l'arrivée de Mlle Trégan, elle était sortie de la léthargie où tombaient facilement ces grandes demeures de planteurs, difficiles à entretenir tant il fallait surveiller quotidiennement les planches de cyprès dont elles étaient faites, l'âme du bois réagissant insidieusement aux averses et à la violence du soleil.

Centenaire, la demeure des Damvilliers avait toujours fait l'objet de soins attentifs, mais le tempérament rustique de ses propriétaires successifs portait davantage ceux-ci à s'occuper de la solidité et de l'étanchéité de leur maison que de son aspect. Ils s'inquiétaient du fléchissement d'une poutre, d'une gouttière bouchée ou du gauchissement d'une colonne, mais ne s'offusquaient pas d'une balustrade branlante ou d'une marche disjointe. Remplacer une planche de cyprès voilée, par une neuve, sur la façade, s'imposait, mais refaire la peinture qui dissimulerait le rafistolage paraissait sans urgence. Ainsi, au fil des saisons, la maison conservait sa robustesse, mais perdait sa grâce.

Virginie, Clarence le devinait, avait décidé de remédier à cette carence. Aidée par Mignette, qui, mise dans la confidence des fiançailles prochaines, s'était écriée : « C'était bien lui le troisième homme ! », elle avait fait changer tous les rideaux des fenêtres. Des voilages de coton fin, laissant passer la lumière, remplaçaient les épais filets « au crochet » qui jusque-là obscurcissaient les pièces.

Elle fit aussi gratter les parquets, qui, sous les rabots maniés par les esclaves, reprirent un ton plus clair, que les servantes avivèrent encore avec une encaustique dont Maman Netta avait laissé la composition. Les grands tapis furent lavés à l'eau tiède et au savon adouci de cendres de bois, les moustiquaires remplacées, les rocking-chairs rempaillés et vernis et l'on suspendit sur la véranda des poteries contenant des plantes vertes.

« Quant aux peintures extérieures et intérieures, dit un soir Virginie, on les refera pendant que nous serons en voyage de noces !

— Et où irez-vous ? interrogea Clarence, à qui la fiancée d'Adrien annonçait ces travaux.

— En Europe !

— Vous avez décidé Adrien à bouger un peu ?...
fit Clarence, stupéfait, car le marquis n'avait
jamais quitté la Louisiane et proclamait son horreur des voyages.

— C'est lui qui me l'a proposé. Pendant ce
temps-là, cher Clarence, vous surveillerez la
remise en état de Bagatelle. Je veux que l'an prochain ce soit la plus belle maison de la paroisse ! »

La jeune fille s'exprimait avec une autorité nouvelle et Clarence comprit qu'elle saurait remplir
parfaitement le rôle qu'elle avait choisi de jouer
désormais, celui de dame de Bagatelle.

Comme l'instant paraissait propice aux épanchements, l'intendant interrogea :

« Etes-vous heureuse, au moins ? »

— Je le suis et je le serai plus encore. Vous
n'imaginez pas, Clarence, ce que peut être, pour
une femme, la stabilité conquise, la responsabilité
d'un foyer. Adrien est l'homme le plus exquis que
je connaisse sous ses dehors un peu rugueux.
C'est aussi une force en laquelle on peut avoir
confiance. Il me paraît impérissable. Je pense que
nous ferons un bon duo. Sans vanité, je crois pouvoir dire que je suis exactement la femme qu'il lui
fallait.

— Et qu'il fallait à Bagatelle. Mais resterez-
vous longtemps absents ?

— Six mois environ. Adrien veut rencontrer
des tisseurs à Liverpool et des courtiers à Londres. Et je tiens à l'initier à la vie parisienne, dont
il se fait, quand je lui en parle, un univers de
perdition.

— N'est-ce pas un peu cela ?

— On peut se perdre partout, même en Louisiane, le tout est de savoir esquiver le danger à
temps. »

Peut-être faisait-elle allusion à son aventure

avec Percy Tampleton, ce qui rappela à Clarence l'existence de Willy.

« Avez-vous informé Willy de votre mariage avec Adrien ?

— Non, Adrien souhaite que rien ne transpire de nos projets avant l'annonce officielle de nos fiançailles, qu'il veut faire lui-même, vous le savez. J'ai simplement écrit à Willy que je ne voulais pas l'épouser. Sans donner d'explications...

— Il va être très malheureux, surtout quand il apprendra que votre parr... qu'Adrien est l'élu !

— Peut-être sera-t-il malheureux, Clarence. Mais je pense qu'il comprendra, justement parce que j'épouse M. de Damvilliers, que je n'étais pas faite pour lui. Etre la femme de Willy Tampleton eût été une partie trop facile. Je n'aime pas les adorateurs-nés, ni les hommes qu'on domine aisément en se servant des seuls arguments féminins.

— Mais vous avez dominé Adrien et avec... vos arguments de femme, justement ! Il n'y a qu'à le voir pour s'en convaincre.

— Détrompez-vous. On ne domine pas Adrien. Il y a en lui l'homme et le maître. L'homme, on peut le rendre heureux ou le faire souffrir et jusqu'à un certain point le conduire, mais le maître demeure inviolable. Il a trop l'habitude de commander pour obéir, même par amour. De l'homme je disposerai ; quant au maître, je le servirai de mon mieux ! »

En disant cela, Virginie paraissait sincère et déterminée. Dandrige s'en félicita pour Adrien. Il avait remarqué, tandis que la jeune fille s'exprimait, la prunelle en fusion, le buste droit, le ton grave. C'était un peu comme si devant lui elle prenait un engagement solennel. Cette femme, pensa-t-il en l'admirant, voit jusqu'au fond des cœurs. Une question indiscrète lui brûlait les lèvres. Il crut pouvoir la poser à cet instant où, seuls sur la véranda, ils attendaient le retour du maître.

« Etes-vous amoureuse, Virginie ? dit-il doucement.

— Cela, Clarence, fit-elle sans paraître offusquée, je vous le dirai plus tard ! »

Il apprécia sa franchise et cette nouvelle preuve de leur complicité. Il devina qu'elle le faisait spontanément dépositaire de sa plus secrète aspiration.

« A cet instant, pensa-t-il, elle est plus proche de moi que d'Adrien. » Et il se souvint d'une phrase de son ami, qui lui avait dit un jour : « Vous êtes un homme dont toute la vie se passe dans la tête ! » Sa façon à lui d'aimer les êtres était de les comprendre. Ils demeurèrent un moment silencieux, regardant arriver l'orage qui s'annonçait par un grand rassemblement de nuages noirs au-dessus du Mississippi.

« Pour peu qu'il tarde, Adrien sera trempé », dit-elle.

Mais à peine avait-elle achevé sa phrase qu'on entendit le galop d'un cheval sur le chemin de la berge. Une minute plus tard, sous les chênes, dans une bourrasque, souffle avant-coureur de l'ondée, le maître apparut. Virginie dévala prestement l'escalier, pour courir au-devant du cavalier.

Clarence siffla ses chiens et s'en fut par la galerie jusqu'à son appartement. Quand il se retourna avant d'y pénétrer, les fiancés avançaient vers la maison. Adrien avait posé sa grosse main velue sur l'épaule de Virginie. Ils se souriaient comme tous les amoureux du monde. De grosses gouttes molles se mirent à tomber. Clarence alluma un cigare et considéra l'arbre généalogique des Damvilliers épinglé au mur et qu'il avait dessiné avec soin. Il l'en détacha, prit une règle et une plume et ajouta au bout d'un trait qui contournait le nom de Dorothée Lepas, marquise de Damvilliers, flanqué d'une croix noire, le nom de Virginie Trégan.

5

La révérende mère Jean-Philippe du Saint-Sauveur — Marguerite de Bonnifet avait pris pour nom, en entrant en religion, le prénom de deux de ses frères morts en bas âge — se révéla pour Clarence une compagnie agréable. Cultivée et perspicace, la religieuse s'intéressa aux travaux de l'intendant portant sur l'histoire des Damvilliers. Elle rappela l'installation des ursulines à La Nouvelle-Orléans, à laquelle le premier marquis Claude-Adrien n'avait pas été étranger. Botaniste et fervente d'histoire naturelle — car, disait-elle, la contemplation et l'étude de la nature suffisent à démontrer l'existence de Dieu — elle fit avec Clarence de longues promenades en buggy. Chaque matin, pendant son séjour, elle se rendit à l'hôpital de la plantation, plaisantant volontiers avec ce mécréant de Murphy, qui ne lui reprochait que de ne pas boire de whisky.

Pour Virginie et Adrien, elle fut le plus discret des chaperons, sachant fort bien que sa présence n'avait été sollicitée que pour éviter les ragots et satisfaire aux usages. C'était une grande femme à la voix sonore, à la démarche vive. Son habit, son voile et sa collerette empesée lui conféraient une sorte de majesté. Les esclaves domestiques la regardaient au début comme une apparition un peu inquiétante, mais leur méfiance tomba quand ils s'aperçurent qu'elle ne donnait jamais aucun ordre, faisait elle-même le ménage de sa chambre et appréciait les recettes d'Anna. Rompue aux contacts de la vie en communauté, qui ne sont pas toujours empreints de charité chrétienne, habituée aux mœurs et aux caprices des filles de planteurs dont elle avait dirigé l'éducation, la religieuse observa le comportement de Virginie et s'en déclara satisfaite.

« Ce sera un bon ménage, dit-elle à Clarence au cours d'une promenade. Le cousin Adrien a l'âme claire comme une source et Virginie me paraît fort capable d'assumer les charges d'une grande maison. Je vois avec plaisir que Paris ne l'a pas gâtée, mais lui a donné ce brillant, ce piquant qui font si souvent défaut aux jeunes filles de notre Etat. »

La révérende mère faisait volontiers les oraisons auxquelles l'astreignaient les règles de son ordre en se promenant dans le parc. Les écureuils et les pies s'étonnaient de cette grande silhouette noir et blanc sans en être effrayés. Adrien, qui la regardait déambuler depuis la véranda, la comparait au chevalier du guet.

Les cotonniers étaient déjà vigoureux quand le grand barbecue — on avait envoyé plus de deux cents invitations pour le premier samedi de juin — fit converger vers Bagatelle les attelages des planteurs. Certaines familles arrivaient de fort loin pour participer à la première fête de l'année. Les femmes arboraient des toilettes neuves et s'attendaient à être remarquées; les jeunes hommes comptaient découvrir parmi leurs amies d'enfance, plus âgées d'une saison, des cavalières nouvelles. Les Barrow eux-mêmes s'étaient déplacés. Clément, dont l'infirmité requérait la présence permanente d'un robuste esclave, toujours prêt à le soutenir, accompagnait ses sœurs. Les Tampleton, encore endoloris par la mort de Corinne, effectuaient à cette occasion leur première sortie en famille. Percy était venu avec Isabelle, sa femme. On vit même apparaître à leur côté un invité que personne n'attendait : le beau Willy, qui, bénéficiant d'une permission, saisit l'occasion de revoir celle qui l'avait éconduit, ce qui l'autorisait à promener un air chagrin que les gens prenaient pour de la gravité militaire.

Cette fois-ci, on danserait dans la maison, des averses pouvant survenir à tout instant, mais un grand buffet avait été dressé sous les chênes. Le marquis de Damvilliers, très à l'aise dans une redingote gris souris, ayant noué sur sa chemise à jabot empesé une cravate de soie mousseuse et mauve, faisait les honneurs. Virginie portait une robe de dentelle anglaise à volants, d'une simplicité qui plut à la mère supérieure des ursulines. Sous la coiffure « à la Sévigné », le visage de porcelaine rosé et les grands yeux turquoise de la jeune fille lui donnaient, plus que jamais, la beauté conforme aux canons sudistes, fixé par les portraits que peignait cinquante ans plus tôt, pour les riches familles, Josef de Salazar, dont les œuvres académiques ornaient de nombreux salons de planteurs, comme ceux des Forstall ou des Mathew.

Quand elle aperçut Willy, Virginie réprima un sursaut. Le lieutenant d'artillerie se montra tristement amical, comme savent l'être les gens résignés et de bonne éducation.

« Vous ne jugez pas ma présence importune ?

— Nullement, Willy. Je suis et reste votre amie. Et, ajouta-t-elle pour le préparer à une nouvelle qui ne pouvait que le peiner, vous apprendrez tout à l'heure quelque chose de plus... »

Ed Barthew, qui, s'approchant pour saluer Virginie, avait entendu la fin de sa phrase, se retourna vers Mignette venue au bras de son mari.

« Que va-t-elle nous annoncer ? questionna-t-il. Vous devez être dans le secret de la princesse, madame Schoeler ?

— Dans le secret de la princesse, non..., fit-elle, espiègle... Mais dans celui de la marquise... peut-être...

— Vous voulez dire que Virginie pourrait épouser le...

— Chut, ne soyez pas si pressé... et gardez vos déductions pour vous, cher maître. »

Mais quand un moment plus tard, estimant que la plupart des invités étaient arrivés, le marquis, du haut de la véranda, frappa dans ses · mains pour réclamer silence et attention, Ed Barthew fut des rares initiés sachant ce que le maître de Bagatelle allait annoncer aux gens de son monde.

« Mes amis, commença Adrien d'une voix forte, je veux que vous soyez les premiers à connaître une nouvelle qui, je pense, vous réjouira. J'ai décidé de me marier... »

Un murmure approbateur et enjoué parcourut l'assistance. Parmi tous les regards levés vers le marquis, Clarence repéra celui de Willy Tampleton, indifférent. « Le pauvre garçon ne se doute de rien », pensa l'intendant, tandis que M. de Damvilliers attendait que toute l'attention de l'auditoire lui revînt pour continuer.

« Et je vais maintenant, reprit le marquis, rayonnant, emphatique comme un bonimenteur de foire sur son estrade, je vais vous présenter ma fiancée... »

La foule retint son souffle, les cous se tendirent et, quand la porte de la maison s'ouvrit et que Virginie apparut sur la galerie, il y eut un bref instant d'étonnement, vite submergé par les applaudissements.

« Vous connaissez tous Virginie, lança le marquis en tendant la main à sa gracieuse filleule, qui, en comédienne consommée, rougissante et les cils palpitants, esquissait une révérence qui relança les vivats du public.

— Un baiser! un baiser! » crièrent quelques jeunes gens, soutenus par le chœur des invités.

Le marquis, après un temps d'hésitation, s'exécuta avec une franchise pataude, Virginie avec la fougue contrôlée qu'autorisait la circonstance.

« Je vous invite tous maintenant à vous réjouir avec nous... et un verre à la main. »

Dans le brouhaha qui, sous les chênes, succéda à cet intermède théâtral, dont le marquis, estima Dandrige, s'était élégamment tiré, sans doute dans une mise en scène de Virginie, personne, sauf l'intendant et Ed Barthew, ne se soucia des réactions du lieutenant Tampleton. Tandis que les gens se pressaient autour des fiancés pour exprimer les félicitations d'usage, que les jeunes filles, exubérantes et toujours émoustillées par la perspective d'un mariage, embrassaient Virginie, que les hommes glissaient à l'oreille du marquis des appréciations qui lui mettaient aux joues le rouge de la gêne, Clarence repéra l'ancien soupirant de Virginie. En compagnie du docteur Murphy, il vidait des verres de champagne avec l'avidité de ceux qui désirent atteindre rapidement l'euphorie qui précède l'ivresse et confère aux choses et aux événements une fluidité particulière.

Ed Barthew, qui avait aperçu le médecin, son complice habituel, se retrouva au côté de l'intendant, en train de marcher vers le buffet. L'avocat, dont la mèche rebelle barrait le front comme un accroche-cœur, paraissait au mieux de sa forme.

« Etonnant, non, ce mariage-surprise?

— Etonnant pour qui ?

— Pas pour vous, bien sûr ! Mais pour nous autres, et en particulier pour ce pauvre Willy, qui m'a l'air parti pour se soûler. Lui aurait-on appris à boire dans l'armée ou, une fois de plus, sacrifie-t-il au conformisme le plus banal qui veut qu'un homme de qualité tente de noyer son chagrin dans le vin ?

— Il semble avoir le geste assez spontané », observa Clarence en riant.

Comme les deux hommes approchaient du buffet vers lequel, les effusions terminées, la foule commençait à refluer, Willy Tampleton les interpella, l'œil déjà brillant et l'air agressif.

« Venez arroser ça, Dandrige : Virginie Trégan, marquise de Damvilliers, c'est une belle histoire d'amour, non ? »

Manifestement, le champagne commençait à faire son effet. Jamais on n'avait vu le digne Willy aussi provocant. Murphy lui tendit un nouveau verre, afin qu'il puisse accompagner Dandrige et Barthew. Le jeune Tampleton le vida goulûment, s'essuya la bouche d'un revers de main, ce qui surprit, et continua :

« Savez-vous, Dandrige, que je lui avais offert ma main et qu'elle l'a refusée ? Les Tampleton ne sont que des planteurs descendant d'un major-dome anglais, tandis que les Damvilliers, hein, c'est autre chose. Ils ont été cocus par le roi de France... »

Les hommes et les femmes qui se pressaient autour des tables surchargées de victuailles et de boissons, entendant cette déclaration faite d'un ton gaillard et ironique, se regardèrent, mi-surpris, mi-amusés. Les uns sourirent, les autres parurent offusqués. Des femmes commencèrent à papoter, faussement indifférentes, quelques-unes au contraire se rapprochèrent, espérant des révélations complémentaires. Dandrige sentit que le scandale menaçait.

« Voyons, Willy, calmez-vous. Ce n'est ni le lieu ni le moment d'étaler votre déception. Vous n'avez rien à reprocher à qui que ce soit ici !

— Je ne reproche qu'à moi, Dandrige, de m'être conduit comme un imbécile. J'aurais dû comprendre que Mlle Trégan a des ambitions qui me dépassent, tout comme Corinne aurait dû le comprendre de vous ! »

Dandrige pâlit et, n'eût été l'état du lieutenant, il eût répliqué vertement, prêt à risquer le duel.

« Ne parlez pas de ce que vous ignorez, mon vieux, fit le docteur Murphy, et buvez ça... »

Il lui tendit un verre de gin étendu d'eau fraîche.

« Vous ne pensez pas, Willy, que vous avez assez bu ? » intervint durement Clarence, les maxillaires crispés.

Barthew, qui avait suivi l'algarade d'un air chagrin, se pencha vers l'intendant et, sans être entendu du lieutenant qui, docilement, buvait l'alcool à petits coups, le regard perdu dans les frondaisons :

« Laissez faire Murphy. Il va l'achever et nous irons le coucher dans une voiture, à l'ombre... »

Sans que personne s'en soit aperçu, Percy, sans doute prévenu par quelque invité que son frère « disait des bêtises », s'était approché. Fermement, l'aîné, l'air courroucé, prit le cadet par le bras.

« Viens avec moi, avant de te mettre un duel sur les bras ! »

Et il essaya de l'entraîner. Mais le jeune Tampleton se débarrassa d'un geste brusque de la main de Percy.

« Je dirai ce que je veux, à qui je veux et je me battrai si bon me semble, contre n'importe qui, hein », lança-t-il dans un hoquet en parcourant l'assistance d'un regard flou, où il voulait mettre de l'assurance et du défi.

Autour du petit groupe, les conversations avaient cessé et la voix pâteuse de Willy s'entendait à trente pas. Le marquis, qui, en compagnie de Virginie, s'entretenait avec Clément Barrow pour lequel on avait avancé un fauteuil d'osier, se redressa, dominant de la tête la foule tournée vers le buffet d'où venait l'éclat.

« Je vais voir ce qui se passe », dit-il, visiblement contrarié.

Virginie voulut lui emboîter le pas.

« Restez ici avec nos amis, Virginie, je reviens. »

Le ton était net, catégorique, comme un ordre. La jeune fille le comprit.

« Que se passe-t-il, Willy, mon champagne est mauvais ? » interrogea d'un air bon enfant le maître de Bagatelle, qui, en trois enjambées, avait franchi le cercle brusquement ouvert des spectateurs du petit scandale.

La vue du maître de Bagatelle, puissant et sûr de lui, décontenança Willy.

« Je n'ai rien à dire, monsieur, fit-il d'un ton penaud, ni pour le champagne ni pour le reste..., et je vous souhaite bien du bonheur... Moi, je m'en vais... »

Si Barthew et Percy n'avaient pas été là pour le soutenir, le beau militaire se fût étalé de tout son long comme une poupée de son.

« Conduisez-le dans la maison et qu'il se repose, ordonna le maître. Anna lui fera un café fort. »

Ayant parlé, il tourna les talons et rejoignit Virginie, demeurée près des Barrow.

« Le bonheur des uns peut parfois causer de la

peine aux autres... », insinua Adèle d'une voix sucrée.

Mais un regard d'Adrien l'empêcha de poursuivre.

« L'incident est clos, dit-il à Virginie. Willy est ivre. Les artilleurs ne savent pas boire. On ne commente pas une chose aussi triviale. »

C'était sa façon d'avertir tout le monde que le maître de Bagatelle ne supporterait pas d'autres allusions à cette fausse note. On s'interrogerait certes dans les familles, les témoins de l'incident seraient sollicités de rapporter dans tel ou tel salon les propos exactement tenus par Willy Tampleton au jour des fiançailles du marquis, mais personne n'oserait s'en souvenir devant les gens de Bagatelle.

Tandis que, pensifs ou soulagés, les invités âgés reprenaient leurs conversations, roulant sur des futilités ou des considérations sans portée, sur le remariage du marquis, que les planteurs échangeaient des impressions sur les récoltes, déplorant unanimement l'abondance des pluies qui retardaient la floraison des cotonniers, que d'autres commentaient l'évacuation des Indiens de l'Illinois où de bonnes terres allaient devenir disponibles, les jeunes gens et les jeunes filles se cherchaient et se trouvaient, formaient des couples qui, plus tard, participeraient au quadrille. Percy Tampleton avait emmené son frère derrière la maison. Calme et flasque, Willy s'efforçait à la dignité avec le sérieux exagéré qui caractérise le stade de l'ivresse consciente. Loin de la fête, l'aîné des Tampleton fit allonger le lieutenant dans un coin tranquille, au pied d'un arbre. Il lui cala sous la tête un coussin emprunté à un landau.

« Tu ne connais rien aux femmes, mon pauvre Willy, fit-il d'une voix douce, et, crois-moi, c'est plutôt une chance pour toi d'avoir échappé à Mlle Trégan.

— Mais je l'aime », avoua à mi-voix et d'un air lamentable le beau lieutenant, couché sur la mousse.

Sous son chêne, le col ouvert, la tunique déboutonnée, il ressemblait à une caricature de Bayard mourant et reprochant au connétable de Bourbon sa trahison.

« Foutaise, mon vieux », lui lança Percy en s'éloignant.

Il ne pouvait supporter de voir un Tampleton la lèvre tremblante et l'œil embué de larmes. Il faillit lui dire qu'il avait couché avec son idole comme avec une servante. Qu'elle s'était comportée à cette occasion comme toutes les autres femmes qu'il avait possédées, mais il se retint, peut-être pour ne pas augmenter le chagrin éthylique de son frère, mais aussi parce qu'il se demandait si cela était vraiment arrivé. L'inaltérable Virginie lui faisait un peu peur.

Celle qui inspirait tant de sentiments divers obtint au lendemain de cette journée, par ailleurs très réussie, les confidences de Clarence, qui, en tête-à-tête, lui narra par le détail la conduite de l'amoureux déçu.

« Quelle chiffe ! fit-elle d'un air méprisant. J'espère qu'il n'osera plus se montrer à Bagatelle.

— Je l'ai vaguement entendu murmurer qu'il allait se porter volontaire pour commander un détachement engagé contre les Indiens, dit Clarence.

— Qu'il aille se couvrir de gloire facile et me laisse en paix...

— Les flèches des Cherokees valent bien celles de Cupidon, avança Clarence d'un ton qui laissait deviner une certaine tendresse pour le lieutenant malheureux. Il saura mieux se tenir sur un champ de bataille que dans un boudoir.

— Le courage physique, conclut Virginie, n'a jamais été une preuve d'intelligence et les bons soldats sont souvent des imbéciles ! »

Dandrige estima l'épitaphe cruelle... et suffisante.

6

A L'AUTOMNE, M. et Mme de Damvilliers s'embarquèrent pour Liverpool à bord d'un clipper
renommé pour son confort et sa rapidité. Ils
emportaient de leur mariage un souvenir ébloui.
La cérémonie et la fête qui avait suivi demeurèrent dans les annales de Pointe-Coupée comme
l'exemple des plus parfaites réjouissances du Sud
mondain. Abraham Mosley avait, de tous les amis
lointains, envoyé le plus somptueux cadeau : une
pendule et deux candélabres en vermeil prove-
nant, affirmait-il dans sa lettre de félicitations, de
la chambre à coucher de la reine Anne, à War-
wick Castle. *Cette Stuart*, précisait le commissionnaire, *occupait le trône d'Angleterre avant
que les Damvilliers ne s'installassent sur les
bords du Mississippi, mais, sachant que l'argenterie anglaise emportée de France par le premier
marquis datait de son règne, j'ose espérer que
mon présent sera en harmonie avec le décor de
votre chère Bagatelle.* En lui adressant de chaleureux remerciements, Adrien avait annoncé sa
visite au gentleman épicurien, pour le début de
novembre.

Les nouveaux mariés, débarquant à Liverpool,
trouvèrent un temps humide et froid, un ciel gris

de plomb, des nuages courant au ras des toits. Pour la première fois de sa vie, Adrien endossa un paletot et se coiffa d'un feutre épais. Virginie lui apprit à se servir d'un parapluie. Son bonheur présent le mettait hors d'atteinte des éléments, qui eussent rendu tout habitant des régions enso- leillées maussade et mélancolique. Il constata simplement que la nature semblait absente de ce port, que la Mersey au rivage de pierres n'était, comparée au Mississippi, qu'une rivière ridicule, poussant vers une mer vert-de-gris des eaux char- bonneuses. L'immense port en plein essor, ses docks, ses bassins clos, ses quais de granit, les murs sales des entrepôts, l'impressionnèrent davantage que la forêt des mâts, donnant à pen- ser que tous les bateaux du monde avaient élu domicile devant cette ville-débarcadère.

Ils passèrent une nuit dans un hôtel de Lord Street et le lendemain, tandis que Virginie som- nolait sur un sofa râpé, Adrien se rendit dans Dale Street, chez un banquier, pour faire honorer une lettre de crédit. Au passage, il jeta un regard sur Town Hall, l'un des plus anciens bâtiments de la ville, construit en 1754 sur les plans de John Wood. Contemporain de Bagatelle, cet immeuble lui parut prétentieux et sans charme et, pour tout dire, en plus mauvais état que sa vieille maison.

Le banquier le reçut aimablement, M. de Dam- villiers, planteur en Louisiane, n'était-il pas de ceux qui concouraient à faire la fortune de Liver- pool, où le coton d'Amérique arrivait par bateaux entiers ? Et ses ancêtres n'avaient-ils pas, eux- mêmes, assuré de bons revenus à la ville, quand les vaisseaux négriers y revenaient, rapportant aux armateurs d'innocentes cargaisons exotiques, mais aussi l'or de la traite ? Sans avoir jamais vu de nègres, les bourgeois de Liverpool leur devaient une partie de leur fortune. Ils voulaient

336

ignorer comment s'y prenaient leurs capitaines pour capturer sur les côtes d'Afrique les esclaves que l'Amérique achetait. Ils ne voulaient pas savoir non plus les conditions atroces réservées à ces passagers embarqués de force. Tout cela eût attristé leurs épouses bigotes, qui ne connaissaient de l'Afrique que les plumes d'autruche et les noix de coco.

« Hâtons-nous de quitter cette ville, suggéra Adrien en retrouvant son épouse. Les gens ne me plaisent guère et il pleut de la suie ! »

Ils louèrent donc une voiture et, conduits par un cocher qui jurait comme un charretier, dans un anglais heureusement incompréhensible, ils prirent la route de Manchester, qui se révéla plus détestable que les plus mauvais chemins de Louisiane.

Manchester, sur l'Irwell, petit affluent de la Mersey, leur parut aussi sombre et inhospitalière que Liverpool. Jamais Adrien n'avait vu région plus peuplée de gens mal vêtus, marchant comme abêtis vers des usines tristes où, paraît-il, on transformait en tissu « ses » cotons. Il regarda Virginie qui, blottie au fond de la voiture, emmitouflée dans ses châles, supportait vaillamment les cahots. Il lui prit la main, l'embrassa tendrement et tous deux, en voyant leur mine déconfite, éclatèrent de rire. Ils s'efforçaient d'imaginer le raffiné Mosley dans ce décor lugubre, au milieu de gens moroses. Le fait que leur ami habitât Mosley Street, une rue qui portait le nom de sa famille, les rassurait un peu. La demeure du jovial Abraham serait certainement plus propre et plus confortable que cet hôtel de Liverpool d'où ils rapportaient à coup sûr des puces ! Adrien se demandait comment serait le lit !

Virginie, depuis leur mariage, s'était révélée une parfaite épouse. Adrien, qui la contemplait souvent, comme à cet instant dans cette berline fatiguée, roulant à travers une banlieue minable, avec ce regard chargé de tendresse et de vénération qu'on voit aux moines de Sodoma dans les fresques de Monte Oliveto Maggiore, nageait littéralement dans le bonheur. Virginie se montrait prévenante et pleine d'initiatives heureuses. Pas un jour ne s'était écoulé, depuis ce matin de juillet — la veille de l'Independence Day exactement — où ils avaient échangé leurs anneaux dans l'église de la plantation, restaurée avec soin pour la circonstance, sans qu'elle lui fît une surprise propre à le combler d'aise. Elle avait su partager les soucis que lui avait donnés la récolte, en cette année peu favorable au coton.

Et que dire des nuits ! Adrien ne pouvait éviter d'y penser. Depuis son mariage, il n'avait plus cherché à prolonger les bavardages du soir avec Clarence. Il ne souhaitait, quand un laps de temps convenable s'était écoulé après le dîner, que rejoindre Virginie dans le grand lit à baldaquin, parfumé et frais, où elle lui livrait sans retenue son corps admirable.

Elevé dans la méfiance de la chair, Adrien avait longtemps cru que le plaisir qu'on en tirait était corrupteur de l'âme et ne pouvait être que la fugace et regrettable récompense de l'acte sacré de la procréation. Le marquis de Damvilliers devait le plus clair de sa curiosité amoureuse à quelques gravures de Fragonard, de Noblin de La Gourdaine ou de Gabriel de Saint-Aubin, reproduites dans un ouvrage dont il ignorait comment il était parvenu sur le rayon le plus élevé de la bibliothèque de son père. L'idée qu'il se faisait des rapports sexuels se résumait à un mélange de pruderie spontanée et de lubricité inconsciente. La défunte Dorothée ne lui avait pratiquement rien révélé de l'anatomie féminine, subissant les yeux clos, les narines pincées, en silence et dans l'obscurité la plus complète, les assauts désordonnés auxquels il se livrait, de temps à autre, avec une détermination d'explorateur.

Virginie lui avait offert l'amour, inspiré l'art et la manière de le pratiquer à la lueur des lampes d'opaline, corps nus et sans honte. Sans qu'il puisse rien soupçonner, elle avait guidé ses initiatives, suggérant les caresses préliminaires fatalement timides et maladroites. Puis, sous prétexte de réciprocité, comme il sied entre époux, paraissant imiter ses gestes, elle les répétait avec plus de subtilité, plus d'audace, plus de compétence. Elle l'avait amené ainsi à perfectionner son jeu jusqu'à ce qu'elle y prît vraiment plaisir. La sensualité de la jeune femme se satisfaisait de la robustesse de son mari. En peu de temps, elle avait su discipliner la virilité paysanne de celui-ci, améliorer la mécanique rudimentaire de son désir. Comme un chef maîtrise un orchestre et lui fait rendre le meilleur de la partition, Virginie s'était, en peu de nuits, façonné un amant acceptable, qui la laissait au matin lucide et épuisée, légère comme un nuage.

Après l'amour, Adrien, frémissant de reconnaissance, lui agaçait le bout des seins de ses doigts durs, s'émerveillait de pouvoir enserrer tout entière la taille de sa femme dans ses grandes mains. Puis, quand elle sombrait dans le sommeil, avec des précautions d'antiquaire emballant un biscuit de Sèvres, il s'en allait au fond du lit tirer les draps, pour couvrir ce corps à l'abandon qu'il jubilait de posséder.

Il lui arrivait encore, quand Virginie, toute à sa jouissance, râlait sans retenue, de lui fermer la bouche, d'un lourd baiser ou de lui dire « Chut », comme si demeurait en lui, par rapport au monde, une vieille honte. Mais enfin il ne lui demandait plus, comme les premières nuits, d'un air inquiet : « T'ai-je fait mal ? »

La seule frustration, bien minime, dont aurait pu souffrir Adrien, tenait à ce qu'il ne pouvait décemment pas entretenir Clarence de ses extases nocturnes. En quittant la plantation, toutes consignes passées, alors qu'il allait se séparer de son ami, celui-ci avait questionné :

« Etes-vous heureux, Adrien ?

— Oh ! oui, avait répondu le marquis, très heureux, Clarence, complètement heureux, heureux de toutes les façons... »

L'intendant avait souri, comprenant tout ce que le pudique marquis se retenait de dire. Dandrige avait ainsi acquis la certitude que Virginie s'était imposée sur tous les plans...

Les servantes, que la minceur des cloisons ne pouvait laisser dans l'ignorance des plaisantes ardeurs des époux, auraient pu confirmer la réussite de cette union. Celles qui restaient encore vierges et celles qui n'avaient pas connu de Blanc tentaient d'imaginer les délices du grand lit à baldaquin, qu'elles trouvaient, au matin, plein d'effluves aphrodisiaques et d'oreillers fripés !

A Manchester, retrouverait-on ces extases ? se demandait M. de Damvilliers.

Mosley habitait une maison de brique culottée par les fumées comme une vieille pipe, de façade étroite, haute de deux étages et pourvue d'un perron en éventail, s'élevant en quatre marches jusqu'à une porte de chêne patinée. Deux lanternes éclairaient l'escalier au pied duquel la berline s'était immobilisée, dans un ultime grincement. Tandis que le cocher tirait l'anneau d'une cloche qui, loin derrière les murs, émit un tintement exténué, les Damvilliers, engourdis par quinze heures de route, firent quelques pas sur un trottoir gras où Virginie hésitait à poser ses escarpins. Adrien huma l'air nocturne.

« Curieuse odeur, c'est un mélange de suie mouillée et de soufre chaud. Ce doit être le parfum des villes à usines ! »

Un grand majordome en habit, à visage de bois, apparut enfin. Informé de l'identité des visiteurs, il se retourna vers un hall chichement éclairé et, sans prononcer une parole, leva le bras comme un officier de cavalerie ordonnant la charge. Deux valets à gilet rayé jaillirent de la maison pour se saisir des bagages. L'homme en noir, raide comme un bedeau, invita d'un nouveau geste les voyageurs à franchir le seuil.

A peine le couple avait-il fait quelques pas sur un parquet luisant, dans une vaste entrée aux murs tendus de tissu beige, meublée d'une grande patère à miroir, d'un guéridon de marqueterie et d'une banquette recouverte de velours vert, que M. Mosley surgit d'une pièce contiguë, en robe de chambre de soie ponceau à brandebourgs noirs, le visage poupin fendu d'un sourire.

« Je ne vous attendais pas si tôt... ou pas si tard. J'aurais pu envoyer une voiture vous chercher à Liverpool, que ne m'avez-vous prévenu ! »

On s'excusa de part et d'autre et le commissionnaire déçut beaucoup Adrien quand il annonça que « Dieu merci, les chambres étaient prêtes... », ce qui signifiait que le marquis se trouverait séparé de Virginie. Cette dernière fut conduite au premier étage, dans une immense chambre pourvue d'un lit d'acajou surmonté d'un dais de mousseline et meublée en Chippendale. Le marquis se vit attribuer la pièce voisine, où trônait un grand lit de cuivre aussi grinçant que la berline de Liverpool. Mosley lui fit remarquer avec un clin d'œil qu'une porte de communication existait entre les deux chambres, puis il attendit que le marquis ait découvert, accrochée au mur, une aquarelle représentant Bagatelle, œuvre du maître de céans. Adrien, en se frictionnant mollement le crâne, signe évident d'émotion, dit combien cette attention le touchait, encore que Mosley avait un peu flatté la maison du planteur. Sous son pinceau enthousiaste, elle avait pris les dimensions d'un palais florentin égaré dans la forêt vierge !

Virginie, exténuée, choisit de se mettre aussitôt au lit, mais le marquis, par courtoisie pour son hôte, accepta de descendre au salon où lui furent servis une tranche de jambon d'York et un verre de vieux bordeaux. Dans les fauteuils à oreillettes, devant une cheminée où flambaient des bûches qui lui parurent minuscules, Adrien eut conscience de découvrir enfin l'Angleterre civilisée et aristocratique. Tout chez Mosley indiquait une recherche de confort raffiné. Les meubles d'acajou patiné, les boiseries cirées, les bibelots rares, les tapis moelleux, les appliques de bronze sculpté, jusqu'au verre de cristal taillé où le vin prenait l'éclat du rubis, prouvaient le bon goût du courtier, à l'aise comme un lord dans son château.

« Savez-vous que, pour venir de Liverpool à Manchester, vous auriez pu prendre le chemin de fer ? fit observer Mosley avec fierté.

— Le chemin de fer ? Ça existe chez vous ?

— Et comment donc ! Depuis le 15 septembre 1830, la locomotive de M. Stephenson tire cinq voitures de voyageurs entre Liverpool et Manchester. Quand tout marche bien, on parcourt les trente-quatre miles en deux heures et quinze minutes, arrêts compris. C'est extraordinaire, non..., le progrès ! »

Le marquis prit un air dubitatif. Il ne connaissait que par ouï-dire le chemin de fer qui, depuis

1830, transportait du charbon dans les environs de Charleston (Virginie) et celui de la Delaware Hudson Company assurant un service semblable entre le port de Honesdale et les mines de Carbondale. M. Mosley, avec fierté et un rien de chauvinisme, fit un cours sur ce qu'il appelait « la grande aventure du rail ». Il expliqua comment un horloger de Wylan, nommé George Stephenson, né dans un bourg situé au nord de l'Angleterre, était devenu ingénieur et fabricant de locomotives. Comment en 1829, au cours d'une compétition organisée à Rainhill par la Compagnie du Chemin de Fer de Liverpool à Manchester, sa « Fusée » avait battu les trois autres machines engagées, en parcourant, à la vitesse fabuleuse de quarante-six kilomètres à l'heure, un mile et demi.

« Le chemin de fer, c'est l'avenir, marquis, croyez-moi. J'ai déjà investi un peu d'argent dans une aciérie qui fabrique des rails, car des sociétés cherchent crédits et capitaux pour construire wagons et locomotives. Le Parlement est assailli de demandes de création de lignes et les spéculations sur les terrains susceptibles de recevoir les voies ferrées et les gares vont vite !

— Je sais qu'il existe aussi de grands projets du même genre dans le nord des Etats-Unis, Mosley, mais je crains qu'ils soient des pièges à gogos. Et puis je me suis laissé dire que le chemin de fer était préjudiciable à la santé, que la vitesse provoquait des suffocations et je ne sais quoi encore. Sans compter les risques d'explosions de ces bouilloires sur roues... — nous en savons quelque chose en Louisiane avec les bouilloires des bateaux... C'est dans un de ces accidents que la pauvre Corinne Tampleton a trouvé la mort... », conclut Adrien, pensif.

Mosley avait horreur des évocations de ce genre.

« Je suis impardonnable, dit-il, de vous faire veiller alors que vous êtes fatigué... Mais je vous montrerai notre chemin de fer et, même, je vous ferai rencontrer George Stephenson et son fils Robert, si vous le souhaitez. Vous verrez que ce ne sont ni des fous ni des utopistes. »

M. de Damvilliers, ayant regagné son appartement, ouvrit doucement la porte qui faisait communiquer celui-ci avec la chambre où reposait Virginie. Un chandelier à la main, il s'avança à pas feutrés jusqu'au lit. Sa femme dormait, les lèvres entrouvertes. Ses longs cils soulignaient d'une frange ombreuse le dessin de ses paupières closes. Il admira un instant le visage si parfait dans sa forme, puis remonta le drap sur une épaule nue et s'en fut comme il était venu, heureux et prodigieusement confiant dans cet avenir que Mosley voyait voué au chemin de fer.

Le courtier, qui, dès le lendemain, offrit un cocktail en l'honneur de ses hôtes, afin de leur présenter la gentry affairiste et industrielle de Manchester, sut organiser le séjour des Américains avec tact et intelligence, ce qui lui valut de la part de Virginie un surcroît d'estime. Pendant qu'elle se rendait à des « tea-parties » données par des ladies bizarrement accoutrées et croquait, dans les salons les plus huppés, des sucreries colorées et écœurantes, Adrien visitait des usines de tissage, des filatures, des fabriques, suivant avec intérêt la transformation du coton qui, pour lui, demeurait un produit de la terre, même sous forme de toile, de drap ou de voile à chemises. C'était l'époque où Carlyle philosophait : « Le travail est sain. Tout travail, même filer le coton, est noble. Le travail seul est noble. » Car on travaillait dur à Manchester. L'indolence sudiste eût paru ici un dévergondage. Les couturiers, les négociants, les banquiers, les commissionnaires ne traitaient pas leurs affaires à domicile, mais se rendaient chaque matin à leur « office », aussi tôt levés que les milliers d'ouvriers et d'ouvrières qui se hâtaient dès les premières heures du jour vers les usines.

Adrien, à qui le spectacle de cette activité donnait le vertige, s'en ouvrit à Mosley.

« Mais ces gens ne prennent donc pas le temps de vivre ?

— Ici tout le monde travaille librement, marquis, c'est ce qui est beau. Nous n'avons pas d'esclaves noirs, nous. Ces gens, qui passent quinze heures dans les fabriques ou les bureaux, reçoivent un juste salaire dont ils disposent à leur gré.

— A voir leur mine et leur dégaine, ils me paraissent moins heureux et plus fatigués que mes nègres, Mosley. Et que font-ils quand ils sont sans travail ?

— Le travail ne manque pas, croyez-moi, et seuls les fainéants pâtissent. Le maître, ici, c'est l'argent, comme partout. Pour en avoir, il faut le gagner.

— Mais les faibles, les estropiés, les malades, les vieux, que deviennent-ils ? Qui s'occupe d'eux ? Chez nous, ils sont assurés d'un toit et d'une portion de porc au maïs jusqu'à leur mort, même s'ils ne font pas grand-chose.

— Ces gens auxquels vous faites allusion sont, chez nous, à la charge de leurs parents... et puis il y a l'hôpital ! On n'a pas le temps de s'occuper des improductifs !

— L'esclavage, fit Adrien mélancoliquement, que vos philosophes condamnent, me paraît offrir une meilleure sécurité de vie. La liberté, c'est bon finalement pour ceux qui ont les moyens de l'assumer. Ces gens ne sont libres qu'en apparence.

Je peux vendre mes nègres à un autre planteur, qui les prendra en charge et les fera travailler; vos industriels peuvent renvoyer leurs ouvriers et les laisser dans le dénuement. Pour moi, ces gens ne sont pas libres, ce sont comme on dit chez nous *des esclaves sans maître* !

— Il y a une chose que vous devez comprendre, marquis, dit Mosley posément. La liberté de ces hommes et de ces femmes, c'est l'espérance. Vos esclaves n'ont aucune chance de sortir de leur condition. Ils meurent comme ils naissent, tandis que nos ouvriers peuvent s'élever par leur travail, comme tout citoyen, gagner plus, devenir contre-maîtres et, s'ils font des économies, propriétaires de quelque chose. Regardez M. Stephenson, ce n'était qu'un ouvrier horloger. Aujourd'hui, c'est un industriel.

— Mais ces gens qui tendent la main au coin des rues, espérant leur pain de la charité publi-que, ces femmes en haillons, ces marins man-chots ou unijambistes, ces vieillards adossés aux façades, quelles espérances peuvent-ils avoir ?

— Ceux-là sont les rebuts, les déchets de notre société. Souvent, ils n'ont que ce qu'ils méritent, on ne peut s'intéresser à eux. L'Angleterre gran-dit, avance vers le progrès et la richesse. Les traî-nards, les poids morts sont livrés à eux-mêmes. C'est la loi du monde nouveau !

— Une loi assez peu juste, fit Adrien en dési-gnant un enfant d'une dizaine d'années, écrasé sous le poids d'un ballot deux fois plus lourd que lui. Jamais je n'oserais obliger un petit nègre à porter une charge pareille !

— Vous êtes un sentimental, marquis, et vous savez bien qu'il existe chez vous des plantations où l'on peut voir pire spectacle. Personne n'oblige ce gosse à porter un tel poids..., non, personne ne l'oblige à faire ce travail; il peut, s'il veut, aller jouer aux billes !

— Oui, il peut aller jouer aux billes, mais s'il ne fait pas ce travail, hein, bernique pour manger...

— Demandez-le-lui ! » fit Mosley, excédé.

Le marquis s'approcha du gosse, qui pour se reposer s'était adossé à une barrière sans lâcher sa charge.

« Comment t'appelles-tu ?

— Timmy.

— Et que portes-tu ?

— Des draps pour l'hôtel Bertram.

— C'est lourd ?

— Ben, pas trop, fit le gosse, méfiant devant la sollicitude suspecte de cet étranger bien vêtu, qui avait retiré son chapeau de soie et passait sa main gantée de daim dans des cheveux frisés comme de la chicorée.

— Et combien gagnes-tu ?

— Quinze shillings par semaine, m'sieur, je suis coursier.

— Que font tes parents ?

— J'en ai pas... Mais faut que je me sauve, m'sieur, je vais me faire attraper.

— Laisse-moi soupeser ton paquet, Timmy, je voudrais savoir comme tu es... fort ! »

Sans grand plaisir, le gosse s'exécuta. Adrien souleva le ballot de linge.

« Il est plus lourd que toi, fit-il avec un sourire.

— J' sais pas, m'sieur, mais si je m'en vas pas, je vas perdre ma place.

— Eh bien, Timmy, va et prends ça, c'est un dollard américain en argent. »

Le gosse mit la pièce dans sa poche sans la regarder, chargea son ballot et, sur ses jambes grêles, s'esquiva en trottinant.

« Vous voyez, marquis, qu'il ne se plaint pas,

347

cet enfant, et qu'il est consciencieux », commenta Mosley en regardant le petit portefaix s'éloigner.

Qu'aurait dit M. de Damvilliers s'il avait vu les enfants travaillant dans les mines... Mais le courtier estima que cet homme d'un pays de soleil et d'espace n'était pas préparé à un tel spectacle. Il ne lui proposa pas de visiter une houillère où il avait des actions. Il aurait trouvé que l'Angleterre, exemple de libéralisme, traitait ses ouvriers plus mal que les esclaves du coton.

« Je vais vous conduire au Club du Négoce, fit-il en prenant le bras du marquis devenu pensif. On vous servira un bon sherry et vous rencontrerez des gens qui comptent !

— Je ne suis pas mécontent tout de même d'avoir rencontré un gosse qui ne compte pas, Mosley. Je saurai quoi dire aux quakers de Boston, quand ils viendront nous donner des leçons de liberté ! »

Et il ajouta, sans évaluer l'outrecuidance de sa phrase :

« C'est égal, Mosley, si j'étais anglais, je serais socialiste ! »

Le courtier sursauta.

« Vous dites cela parce que le petit Timmy a la peau blanche, marquis, et que vous n'êtes pas habitué à voir travailler durement les Blancs !

— Peut-être, consentit Adrien ; les nègres, c'est autre chose ! »

Au cours de ses promenades dans la ville, qui comptait déjà plus de trois cent mille habitants, M. de Damvilliers révisa le jugement qu'il avait hâtivement porté au soir de son arrivée. Dans leurs tons gris, les rues paraissaient moins tristes qu'il ne l'avait estimé et le décor des cheminées d'usines ne manquait pas d'une certaine originalité. Cependant, la rareté des arbres l'étonnait. Ceux que l'on voyait dans les jardins ou sur les places avaient le même aspect chétif que le petit Timmy; comme Adrien, ils devaient avoir du mal à respirer dans une atmosphère qui ternissait en une matinée un jabot de chemise. Les maisons des bourgeois, bien construites, sobres d'aspect, le surprenaient par l'étroitesse des façades. Mais Mosley lui avait expliqué que, le prix des terrains étant élevé, on préférait prendre ses aises en hauteur. Ces solides bâtisses abritaient des intérieurs cossus, où abondaient les beaux meubles, les tapisseries et les tableaux.

« Ces Anglais, estima M. de Damvilliers, ne souhaitent pas étaler leur fortune aux yeux du peuple. Ils en réservent les signes pour l'intimité. »

Chaque soir, quand il retrouvait Virginie, les époux échangeaient de longs commentaires sur les aspects de ce pays, où, ils en tombèrent d'accord, on étouffait dans la pierre et la brique. Aussi furent-ils satisfaits quand Mosley, les ayant confiés à son cocher et à un valet, les mit en voiture pour Londres, après leur avoir tracé un itinéraire touristique qui les amènerait dans la plus grande ville du monde, en passant par le jardin de l'Angleterre, les Cotswolds.

Par de modestes vallées, ils descendirent, avec la sage lenteur que le cocher imposait aux beaux chevaux de Mosley, jusqu'à Stratford upon Avon. Evitant Birmingham, ses usines et ses houillères, contournant le « Pays noir », ils se régalaient de paysages à demi roussis par l'automne, de montagnettes, de villages aux toits de chaume, tout en appréciant le confort d'une berline bien suspendue, qui fleurait bon le cuir neuf. Adrien retrouvait sa gaieté dès qu'il s'éloignait des villes et que ses regards pouvaient explorer jusqu'à l'horizon le moutonnement des collines. A Stoke on Trent, ils logèrent dans un relais de poste, à l'enseigne de « la Couronne et l'Ancre », découvrirent les poteries du Staffordshire et s'aimèrent dans un grand lit dont les draps rudes sentaient les prés.

Ils entrèrent enfin dans le « pays de Shakespeare », dont Virginie connaissait intimement les œuvres. En ce mois de novembre particulièrement doux, alors que de fines pluies lavaient périodiquement un ciel où couraient d'inoffensifs nuages, entre lesquels, par des trouées bleues, le soleil se frayait un chemin, la campagne anglaise leur apparut dans toute sa maturité automnale. Certains matins, elle s'essayait à l'hiver, derrière un paravent de brumes, puis réapparaissait dans les éclaircies de la demi-journée encore parée des tons chauds de l'été, comme ces comédiennes qui reviennent en scène au moindre rappel.

« Je comprends que Clarence ait parfois la nostalgie de ces tendres paysages, fit Adrien, et nous aurions dû rendre visite à son père, cela lui eût fait plaisir.

— Il ne nous l'a pas demandé, objecta Virginie.

— Dandrige ne demande jamais rien, ne l'avez-vous pas remarqué? C'est l'homme le plus discret que je connaisse. Sans lui, je n'aurais pu abandonner Bagatelle aussi longtemps. Actuellement, il doit surveiller l'égrenage du coton et l'expédition de la mélasse, tout en dirigeant les travaux de restauration que vous lui avez confiés. Je l'imagine allant jouer au billard chez les Barrow, ou lisant dans la grande maison vide. Peut-être s'ennuie-t-il de nous. Il faudra lui écrire. »

Les Damvilliers élurent domicile à Broadway, dans le Worcestershire, au milieu d'un rassemblement de collines arrondies, à quinze miles de Stratford upon Avon. « De là, leur avait dit Mosley, vous pourrez visiter quantité de sites réputés et l'auberge " The Lygon Arms " est une des meilleures d'Angleterre. » Broadway était un gros bourg, renommé pour ses foires et qui s'étendait de part et d'autre d'une allée d'arbres séculaires, derrière lesquels étaient alignées, parfaitement conservées et entretenues, de belles maisons du XVIᵉ siècle.

Quant à l'auberge The Lygon Arms, c'était une demeure historique, qui servait déjà de relais de poste en 1520. Derrière l'étroite façade s'élevant en triangle sous la pente des toits, l'intérieur n'était qu'un vaste labyrinthe de couloirs, d'escaliers, de paliers, de recoins. Les chambres ouvraient sur la campagne, dans une ambiance monacale. Partout, de très vieux meubles fleurant la cire, des sièges de bois aux accoudoirs lustrés par l'usage, des tableaux, des gravures, des objets, qui semblaient avoir, depuis le Moyen Age, conservé leur place familière. C'est là qu'avait logé Cromwell, avant de livrer la fameuse bataille de Worcester, en septembre 1651.

L'aubergiste, un petit homme replet, qui avait tout de suite jugé de la qualité de ses hôtes, recommandés par M. Mosley, courtier connu de Manchester, qui ne manquait jamais de s'arrêter pour déguster un cuissot de chevreuil, leur donna aussitôt la chambre historique, autrefois occupée par l'animateur de la Révolution, qui envoya Charles Iᵉʳ à l'échafaud.

« J'ai l'impression d'habiter dans un musée », fit Adrien en tâtant le lit de bois noir, profond comme un tombeau.

La salle à manger de l'auberge, décorée de massacres de cerfs, d'armures, d'arbalètes, les impressionna vivement. Une haute cheminée, où l'on venait de jeter un tronc de chêne, occupait un mur, les autres portaient des armoiries et des devises peintes. Pour un homme épris, comme Adrien, de récits de chevalerie, ce fut un plaisir de dîner à la lueur de torchères, sous ces énormes poutres qui avaient retenti autrefois des rires des barons, lors des grandes agapes. Tandis que l'on venait de servir sur un chariot à dôme d'argent une selle d'agneau grillée, Adrien prit la main de Virginie.

« Quel bonheur pour moi que ce voyage! fit-il. J'ai l'impression de vivre un rêve. Nous sommes seuls, naviguant dans un autre âge. Je voudrais, Virginie, que ces instants soient interminables! »

Mme de Damvilliers n'était pas habituée à ces épanchements lyriques. Elle soupçonna le « claret » d'avoir délié la langue du planteur, mais, très sincèrement, elle ressentait pour son mari, depuis qu'ils avaient débarqué en Angleterre, une profonde tendresse. Elle lui tendit à baiser une main que le marquis prit avec dévotion. Tout en appréciant le regard intense dont le maître de Bagatelle la couvrait et qui promettait une nuit voluptueuse dans le lit de Cromwell, elle se souvint de la question de Clarence Dandrige : « Etes-vous amoureuse, Virginie? » Ce soir, si l'intendant avait eu l'indiscrétion de la renouveler, elle eût été bien près de répondre « Oui ».

Au cours des jours qui suivirent, ils visitèrent quantité de ruines historiques, puis se fixèrent à Stratford upon Avon, patrie de Shakespeare.

On affirma aux deux Américains que la maison à colombage de Henley Street où était né en 1564 le génial poète contenait encore les meubles qu'il avait connus enfant, au foyer de ses parents. Rares étaient les maisons du village dont les propriétaires ne possédaient pas un souvenir de l'auteur de *Hamlet*.

Pèlerins consciencieux, Adrien et Virginie se rendirent à l'église, pour voir un buste polychrome représentant le père d'*Othello* une plume d'oie à la main, rasé de frais, rose, gentil, dodu, portant moustache et barbiche de greffier. Virginie acquit, chez un antiquaire, une assiette de faïence à l'effigie du dieu local et Adrien acheta, à prix d'or, pour l'offrir à Clarence, une édition ancienne du *Roi Lear* ayant appartenu, lui affirma le vendeur, à ce duc de Marlborough qui, le 13 août 1704, remporta, en Bavière, la victoire de Blenheim. Au soir de ce pèlerinage shakespearien, ils logèrent dans une auberge rustique d'un inconfort qui affligea Adrien.

« L'Angleterre est un vieux pays qui a beaucoup de choses à raconter au voyageur, mais expliquez-moi pourquoi, Virginie, les lits y sont si durs et si étroits. »

Les rats qui hantaient leur chambre étaient gras et nullement impressionnés par la présence des Américains dans une pièce qu'ils occupaient, manifestement, depuis plusieurs générations. Virginie, qui contrairement à la plupart des femmes ne poussait pas de cris à la vue des rongeurs, émit l'hypothèse que l'un d'eux, vieux, pelé et lent, pouvait être contemporain de Shakespeare. Blottie dans les bras de son mari, elle s'assoupit, tandis que le marquis, une canne à portée de la main, veillait, comme Mars sur le repos de Vénus.

« Une femme ne peut donner plus belle preuve de confiance que de s'endormir, au milieu des dangers, sur l'épaule de l'homme qu'elle aime », avait dit Virginie en fermant les yeux.

Adrien passa à Stratford upon Avon une nuit blanche mais heureuse.

7

Ils prirent enfin la route de Londres vers la fin
novembre, au moment où les vents froids, avant-
garde galopante de l'hiver, dépouillaient les
arbres et pillaient les halliers.

Si la jeune marquise connaissait Londres, où
elle avait des amis, Adrien n'imaginait la capitale
de l'Angleterre qu'à travers les gravures de
Hogarth, dont sa première femme possédait une
collection.

Fort heureusement, le grand hôtel où ils descendirent à Hyde Park appartenait à un autre
monde que M. Hogarth n'avait peut-être pas
voulu peindre. De leurs fenêtres, les Damvilliers
apercevaient, au milieu du grand parc aménagé
sous le règne de Charles Ier, l'arc de marbre blanc
érigé trois ans auparavant par l'architecte Nash
pour servir de porte d'honneur au palais de
Buckingham.

Virginie, aussitôt ses robes suspendues, fit porter sa carte à une amie de pension, mariée à un
lord. Deux heures plus tard, les Damvilliers
étaient invités à une brillante réception, où des
femmes couvertes de bijoux, parlant du bout des
dents en aspirant des syllabes entières comme si
elles manquaient d'air, complimentèrent les voya-

geurs. Ces ladies, parfois empanachées comme des chevaux de corbillard et poudrées comme des pierrots, parurent à Adrien capables de bavarder ainsi que des pies, pendant des heures entières. Quant à leurs maris, aux joues vernies, aux favoris roux ou blancs et au gilet festonné de chaînes d'or qui eussent pu servir de laisse à des griffons, ils abordèrent l'Américain avec un rien de condescendance.

Le marquis de Damvilliers n'était pas de ceux que la morgue impressionne. Il passa frénétiquement sa main dans ses cheveux bouclés, ce qui ne manqua pas d'étonner l'assistance, et attaqua de front un sujet qui ne pouvait manquer d'intéresser, estimait-il, ces hommes hauts et gras, dont Virginie lui avait affirmé à mi-voix qu'ils faisaient la loi dans la banque et les affaires.

« Il semble, dit-il, provocant comme savent l'être les timides, que vous soyez dans ce pays à la veille de la révolution... »

Si le marquis recherchait l'effet, il l'obtint, immédiatement. Un silence de cathédrale s'établit dans le salon. Des hommes, qui n'appartenaient pas au groupe que formait M. de Damvilliers avec trois gentlemen, se retournèrent en entendant cette phrase, prononcée sur un ton plus adapté aux ordres lancés sur les champs de coton qu'à une conversation mondaine. Les ladies elles-mêmes cessèrent de pépier, lancèrent au grand Américain aux cheveux frisés des regards — certaines à travers leur face-à-main — qui révélaient une incommensurable surprise. Un bruit organique ou incongru n'eût pas causé plus d'étonnement. Virginie, qui possédait un sens inné de son rôle d'épouse, s'absorba dans la contemplation du petit bronze que lui montrait, au moment de l'intervention du marquis, la maîtresse de maison.

« Comme il est élégant ! » fit-elle de sa voix musicale en caressant de son index ganté le torse d'un David visiblement inspiré de Praxitèle.

Dans le silence, son appréciation parvint jusqu'aux oreilles d'Adrien. Il comprit que sa femme lui criait casse-cou, mais, sa question ne pouvant décemment demeurer sans réponse, le débat était lancé.

« Nous avons horreur du mot révolution, monsieur, fit un des massifs gentlemen. La révolution, c'est bon pour les Latins, peut-être pour les colons américains, mais pas pour les Anglais. Nous comptons sur la sagesse du roi Guillaume et celle de la pairie, à laquelle plusieurs de ces messieurs appartiennent, pour que la réforme électorale soit renvoyée aux oubliettes, dont elle n'aurait jamais dû sortir ! »

S'il n'avait pas appartenu à cette race de libéraux formés à la démocratie américaine, qui, conscients des intérêts et privilèges de leur classe, entendent les défendre loyalement et avec les mêmes armes que celles mises par les lois à la disposition des classes moins fortunées pour conquérir de meilleures positions, Adrien de Damvilliers eût jugé la réponse suffisante. S'il avait été anglais, rompu aux conventions d'une politesse hypocrite, il se fût tu. Hélas ! demeurait en lui ce vieux fonds français d'outrecuidance et d'ironie, qui le poussait toujours à dénoncer les aveuglements politiques des autres.

« En 1830, dit-il, des incendiaires ravagèrent les comtés de Kent, de Hampshire, de Sussex et de Surrey, enthousiasmés par la révolution de Juillet qui venait de chasser de France le roi Charles X. Ils peuvent recommencer, si vous ne donnez pas à votre peuple une loi électorale juste. Je me suis laissé dire que l'été dernier, après la dissolution de la Chambre, la populace de Londres a attaqué les maisons des antiréformistes et que l'hôtel du duc de Wellington n'a pas été épargné !

— Le roi, répondit d'un ton rogue son interlocuteur, qui semblait être le porte-parole de tous les hommes faisant face à M. de Damvilliers, a prorogé le Parlement, qui s'assemblera à nouveau le 6 décembre. Lord John Russell proposera une nouvelle loi, qui sera peut-être adoptée par les Communes, mais que les lords refuseront, sauf peut-être Haddington...

— Alors, le peuple abolira la pairie tout entière, fit calmement Adrien, et vous connaîtrez cette chose dont le nom vous fait horreur..., monsieur..., la révolution ! »

Il y eut dans l'assistance des haussements d'épaules, des grognements excédés. Virginie comprit que son mari, emporté par sa fougue, risquait d'aller trop loin, en évoquant devant ces aristocrates interloqués une nuit du 4 août à l'anglaise. La maîtresse de maison intervint fort opportunément pour proposer aux Damvilliers une visite de sa belle demeure, qui contenait quelques tableaux dont elle était assez fière. Adrien fut ainsi entraîné devant une série de portraits de Joshua Reynolds, tandis que les gentlemen s'indignaient entre eux, et en termes à peine courtois, qu'un marquis français de vieille souche ait ainsi viré au radicalisme démocratique tout en fouettant ses esclaves !

Dans la soirée, quand les Américains quittèrent leurs hôtes, un gentleman rond à souhait, qui avait suivi sans rien dire l'algarade verbale, prit Adrien par le bras alors qu'il marchait en compagnie de sa femme vers sa voiture.

« Je m'appelle Grey, dit-il, et je ne partage pas l'opinion de mes collègues de la Chambre des lords. Vous avez raison, monsieur le marquis, de les traiter d'autruches. Il faut, pour le contentement et le bien-être du peuple, que la réforme électorale soit votée, que les bourgs pourris disparaissent, que les quartiers de Londres non compris dans l'enceinte de la Cité obtiennent le droit d'être représentés. Voyez-vous, ajouta le lord avec philosophie, l'Angleterre n'est pas la jeune Amérique que vous nous avez ravie... Permettez-moi, monsieur le marquis, de serrer la main d'un homme juste et clairvoyant. Grâce à vous, je sais maintenant pourquoi et comment Washington a pu fonder une nation exemplaire. »

Adrien remercia, sous le regard amusé de Virginie, qui portait ce jour-là une robe de soie puce, mettant en valeur la fraîcheur de son teint.

« Je ne vous savais pas si combatif, dit la jeune femme avec un peu de malice, tandis que la berline de Mosley roulait vers Hyde Park.

— Ces propriétaires anglais, héritiers repus des seigneurs, ne comprennent rien, ne veulent rien voir, fit Adrien d'un ton vif. C'est par maladresse et par orgueil qu'ils ont perdu leurs colonies américaines. C'est par ignorance de l'évolution des idées et par vanité de classe qu'ils perdront dans leur propre pays leurs privilèges et leur pouvoir. Un monde nouveau est en marche, Virginie, Mosley a raison. Ce monde nous plaira peut-être moins que celui de nos pères, mais, sans que je croie à ces principes de liberté, d'égalité et de fraternité que les Français ont toujours à la bouche, c'est tout de même vers eux que tendent les peuples d'Europe. L'Amérique peut servir d'exemple, c'est une terre de liberté, où aucune classe ne demeure ignorée et muette !

— Que faites-vous des esclaves que les Anglais ne manquent jamais de nous reprocher, Adrien ?

— C'est une autre affaire, Virginie. Nous les traitons mieux que les Anglais ne traitent leurs ouvriers de Liverpool ou de Manchester...

— Mais chez les nègres aussi, les idées révolutionnaires feront peut-être un jour leur chemin, surtout si les gens du Nord leur montent la tête ! Que ferons-nous alors, Adrien ?

— Nous les renverrons en Afrique, ma chère, dit le marquis en riant franchement, et les Anglais, n'ayant plus de coton, n'auront plus de chemises. Nos beaux lords et nos belles ladies iront fesses nues comme des Iroquois ! »

Londres ne déplut pas à Adrien autant que Virginie l'avait redouté. Lui qui avait horreur des villes, où, disait-il, « la vie paraît canalisée », fut tout de même subjugué par cette métropole, à cheval sur la Tamise, toute bouleversée de chantiers d'où émergeaient des palais et des bâtisses de pierre de taille. La pluie froide, le brouillard charbonneux et malodorant, les contrastes entre la quasi-misère de certains citadins et l'opulence admise de certains autres lui donnèrent le sentiment que le monde moderne, dont Mosley parlait si souvent, prenait ici son essor.

L'animation méthodique de la City, où il y avait plus de bureaux et de banques que de logements, où des hommes graves brassaient les affaires d'une société vouée à l'industrie, au commerce et à la navigation, lui révéla les dimensions réelles des fortunes. Que représentait, au milieu de ces gens, un planteur du sud des Etats-Unis ? Aurait-il pu, avec son argent, s'offrir un seul de ces hôtels particuliers, où vivaient, entourées d'une nuée de domestiques bien vêtus, les familles des hauts mercantis ?

Les salons de la gentry s'étaient ouverts facilement devant ce couple d'Américains fortunés. Les hommes trouvaient la jeune marquise jolie, spirituelle, enjouée et beaucoup moins fade que les femmes de leurs amis. Quant aux ladies, Virginie avait su s'attirer leurs bonnes grâces, en admirant sans réserve leur maintien, leurs toilettes, leurs équipages et en marquant de l'intérêt aux généalogies de leurs époux, toujours rattachés par une radicelle ou un rameau à la famille royale.

Adrien, lui, suscitait la curiosité. Depuis qu'on savait avec quelle naïve outrecuidance ce planteur propriétaire d'esclaves, mais de bonne noblesse française, avait sermonné quelques lords conservateurs et joué les pythonisses en parlant de révolution prochaine, tout ce qui comptait à Londres voulait l'approcher. Les dames jetaient des regards intéressés sur ce gaillard aux cheveux frisés, à la voix forte et qui, au contraire de leur mari ou de leur amant, n'avait ni bedaine ni bajoues, qui montait les escaliers quatre à quatre, sans paraître essoufflé, et pratiquait le baise-main avec une grâce... particulière. Si les tories évitaient, en présence du marquis de Damvilliers, toute allusion à la politique — depuis M. de La Fayette, ils se méfiaient des marquis passés en Amérique — les whigs et les libéraux ne manquaient jamais de le questionner sur les institutions américaines. Du coup, Adrien oubliait ce qui le séparait en tant que Sudiste des conceptions des Yankees et brossait de la démocratie un tableau que n'eût pas désavoué un sénateur nordiste.

« Mais vous êtes français, monsieur le marquis », observa un jour Lord Marwin-Carsberg, qui devait son élévation à la dot de sa femme et à la persévérance qu'il mettait à chasser le renard en compagnie des gentilshommes de la cour.

Adrien réfléchit un moment.

« Je suis français comme on est brun ou blond. C'est un caractère héréditaire que les Damvilliers conserveront toujours, mais mon père avait choisi d'être américain, non pas en reniant sa patrie, mais en faisant la distinction entre la naissance et la nationalité. Je suis donc américain, fils et petit-fils de colons qui se sont taillé un fief dans le Nouveau Monde. La France, où, soit dit entre nous, je n'ai jamais mis les pieds, est pour moi comme un livre d'histoire qui s'achève à la mort de Louis XV. Le volume suivant, pour nous, Damvilliers, commence sur les bords du Mississippi.

— Ce doit être une drôle de sensation que d'être né en même temps que le pays où l'on vit. »

Adrien haussa les sourcils, étonné, se frictionna le crâne en se souvenant que Virginie combattait ce tic, qui ne manquait pas de surprendre ses interlocuteurs.

« Aucune sensation spéciale, monsieur, si ce n'est le sentiment d'un privilège, qui devrait être accordé à tous les hommes, celui de choisir son pays sans renoncer aux origines de son sang! Vous devez comprendre cela, puisque la France et l'Angleterre sont, au monde, les deux nations qui ont le plus fait pour la civilisation! »

Le jour où Virginie et Adrien quittèrent Londres, ils apprirent par les gazettes — le 6 décembre 1831 — que le roi Guillaume IV venait d'ouvrir en personne la session du Parlement. Adrien lut son discours : « Je regarde comme mon premier devoir, avait dit le souverain, de recommander à votre considération la plus attentive les mesures qui nous seront proposées par la Chambre des communes. Une solution prompte et satisfaisante de cette question devient chaque jour plus importante et plus urgente pour la sécurité de l'Etat, le contentement et le bien-être de mon peuple. » Adrien savait par Grey que la Chambre des lords serait prochainement saisie d'un nouveau projet de constitution parlementaire : « Si elle résiste, avait commenté le pair, dont le marquis s'était fait un ami, le roi fera une nouvelle fournée de pairs, ce qui permettra à son gouvernement de l'emporter. »

« Les Anglais ont encore une chance de faire l'économie d'une révolution, dit le marquis à Virginie. Sauront-ils en profiter ? »

8

DE l'autre côté de la Manche, Adrien et Virginie trouvèrent la France de Louis-Philippe dans l'agitation qu'ils avaient laissé entrevoir à l'Angleterre. Les républicains se sentaient frustrés de leur révolution de juillet 1830. Celle-ci, née de la colère populaire, après la promulgation, par Charles X, d'ordonnances suspendant la liberté de la presse, modifiant la loi électorale et dissolvant la Chambre récemment élue, avait eu raison, en trois jours d'émeutes sanglantes, de la monarchie des Bourbons. Les Français attendaient donc une transformation profonde de la vie politique, alors que les parlementaires se satisfaisaient de mesures suffisantes pour « mettre hors des atteintes d'un coup d'Etat royal les droits établis par la Charte ». La nouvelle monarchie et le « Roi-Citoyen » souhaitaient faire évoluer le régime dans un sens de plus en plus conservateur, ce qui faisait dire à Casimir Perier, répondant à un député de gauche : « Le malheur de ce pays est qu'il y a beaucoup de gens qui, comme vous, s'imaginent qu'il y a eu une révolution en France. Non, monsieur, il n'y a pas eu une révolution, il n'y a eu qu'un simple changement dans la personne du chef de l'Etat[1]. »

L'aimable Mme Drouin, tante de Virginie, était un pur produit de la classe montante qui détenait la fortune : la bourgeoisie. Comme beaucoup de femmes de sa condition, elle se piquait de littérature, mais appartenait en matière politique à la race des autruches. Elle accueillit les jeunes mariés avec de grandes démonstrations de tendresse, des baisers mouillés et des soupirs de rescapée.

« Heureusement, dit-elle, que nous avons enfin un roi intelligent et qui sait naviguer. En juillet 1830, nous avons cru un moment à une nouvelle Terreur, mais les gens raisonnables ont été entendus, la populace matée et les légitimistes bornés décrassés de leurs illusions. Dieu merci, nous pouvons respirer. M. Casimir Perier a dit qu'il maintiendrait l'ordre intérieur sans sacrifice pour la liberté et qu'il assurerait la paix au-dehors sans qu'il en coûte rien à l'honneur. Nous avons une police, une garde nationale, la rente qui était tombée à cinquante-deux francs remonte, on vient d'abolir l'hérédité de la pairie et M. Drouin a commandé six nouveaux bateaux pour commercer avec l'Amérique. »

La monarchie bourgeoise, inaugurée par le fils de Philippe Egalité, que l'on rencontrait dans Paris coiffé d'un chapeau gris, son parapluie sous le bras, rassurait les possédants. Le nouveau souverain, élevé par Mme de Genlis selon les préceptes interprétés de Jean-Jacques Rousseau, ne s'offusquait pas d'un « républicanisme » qui inquiétait si fort les nantis. Libéral sous l'Ancien Régime, proscrit en 1793, mais tenu à l'écart par les émigrés, il jouissait alors d'un crédit de

1. Souvenirs posthumes d'Odilon Barrot.

confiance dans tous les milieux. La condescendance polie qu'il affichait pour le peuple, allant jusqu'à bavarder avec des ouvriers maçons rencontrés au cours de ses promenades, sa grande faculté de travail, son aisance bonhomme, la simplicité familiale instaurée aux Tuileries, une spontanéité dans l'expression qui dissimulait une certaine rouerie politique donnaient à penser que le bon sens, enfin, occupait le trône.

Mme Drouin et ses semblables s'imaginaient protégés des affres d'un bouleversement par un monarque capable de jeter du lest sans céder sur l'essentiel. Et cependant, une agitation confuse régnait dans le pays. Les commerces de luxe souffraient d'une situation économique difficile. On ne comptait plus les chômeurs. Chaque jour, de nouvelles faillites étaient déclarées, les intellectuels des clubs traduisaient le mécontentement populaire et souvent des ouvriers se formaient en cortège pour accompagner les porteurs de motions jusqu'au seuil du Palais-Royal ou des ministères. Mme Drouin ne se souvenait plus des troubles qui, l'année précédente, avaient marqué le procès des ministres de Charles X, ni des émeutes du 14 février provoquées par la maladresse politique des légitimistes célébrant à Saint-Germain-l'Auxerrois un service funèbre à la mémoire du duc de Berry et moins encore de la récente révolte des « canuts » de Lyon. Elle évoquait par contre les insultes dont les prêtres étaient parfois l'objet dans la rue et préférait commenter pour Virginie les fêtes données à l'occasion du séjour à Paris de don Pedro, empereur du Brésil.

« Quel homme charmant, que cet empereur, disait-elle, quelle splendide générosité! On eût dit qu'il fabriquait l'or avec du sable. »

Elle montrait d'étonnantes turquoises, cadeau d'un écuyer de don Pedro « brun, nerveux, aux yeux de braise » qui, venu prendre le thé chez elle, n'en était reparti qu'une semaine plus tard.

Dans son hôtel de la rue du Luxembourg[1], l'épouse de l'armateur nantais — un oncle vagabond que Virginie n'avait jamais vu et qu'il ne lui serait pas davantage donné de rencontrer pendant son séjour — menait une vie de femme entretenue, libre de ses mouvements comme de son cœur. Petite, potelée, vive et gloussante, Félicie Drouin ressemblait à ces précieuses gallinacées de concours, qu'un zéphyr ébouriffe et que la chute d'une feuille effraie. Admiratrice de Napoléon Ier, elle possédait sous globe un chapeau, « celui de la campagne d'Egypte ». Le mobilier de son hôtel reflétait la pompeuse pesanteur du style Empire.

Adrien jugea tout de suite ses fauteuils inconfortables et les abeilles d'or qui grimpaient aux tentures prétentieuses. Arborant des décolletés que les demoiselles Barrow eussent, à coup sûr, jugés indécents, mais qui mettaient en valeur comme des présentoirs une gorge parfaitement ronde et blanche, la tante de Virginie coulait en permanence sur les hommes des regards veloutés à travers des paupières bistrées de noctambule.

Epanouie dans sa quarantaine, cette femme ne manquait pas de charme et, vouée aux plaisirs de la chair, qu'une stérilité opportune rendait sans conséquence, elle proclamait avec franchise que l'amour restait la grande affaire de sa vie. Evoluant perpétuellement entre la délicieuse mélancolie d'une rupture et l'excitation d'une poursuite, elle sélectionnait dans son salon, où de niais poètes réactionnaires venaient débiter leurs odes, de quoi garnir son alcôve. Au contraire de Mme Récamier, qui, ayant de plus célèbres amou-

---

1. Exactement rue Neuve-du-Luxembourg; de nos jours rue Cambon.

reux, ne cédait jamais, Félicie Drouin cédait toujours. Il suffisait d'un sonnet pour être agréé, d'une ballade pour franchir les frêles défenses, élevées par convention plus que par pudeur.

Adrien eut des jalousies rétrospectives, en imaginant Virginie adolescente, dans un milieu où les dames accueillaient sans sourciller les hommages des galants. L'intimité de la nièce et de la tante le troublait. Leurs conciliabules, leurs petits rires étouffés en disaient long sur les plaisirs autrefois partagés, mais il se garda bien d'interroger sa femme. Il eût été rassuré de savoir que la bonne dame enseignait aux jeunes filles, que des mères imprudentes ou non conformistes lui confiaient quelquefois, les frontières à ne pas franchir sur la carte du Tendre. Aux pucelles, Félicie Drouin divulguait volontiers la théorie, mais interdisait la pratique. Le marquis ignorait par contre que les dangers autrefois côtoyés par Virginie en connaissance de cause devaient être maintenant, aux yeux de sa tante, complètement exorcisés par le port d'une alliance. De son côté, la jeune marquise de Damvilliers comprit, aux regards portés par sa parente sur le robuste planteur, que celle-ci évaluait la virilité de ce produit franco-américain, encore que l'expérience lui eût appris que « les meilleurs coqs sont petits et secs ».

Dans cette atmosphère, où dominait un parfum de concupiscence à peine tempéré par l'éducation raffinée des habitués de l'hôtel, le marquis de Damvilliers n'était pas à l'aise. Il avait la nostalgie des grands espaces du delta, du chaud soleil sur les champs de coton, des fortes et saines pluies qui faisaient fumer la terre, des chants des esclaves au travail, des chevaux galopant sous les chênes au bord du Mississippi. Dans l'air confiné de ces maisons parisiennes aux rideaux mi-clos, sous les lumières tamisées, près des cheminées autour desquelles le froid et la brume sale de l'hiver rassemblaient des oisifs, il avait la sensation de vivre des jours inutiles et factices. Ces gens qui traînassaient du petit déjeuner tardif à l'heure du théâtre, en parlant pour ne rien dire, lui portaient sur les nerfs. Il lui prenait des envies de parler fort, de marcher sur la neige qui, à peine posée, tournait en boue, de soulever des meubles pour voir si ses muscles obéissaient encore. Mais, inconsciemment, le planteur, qui disait lui-même « ne respirer qu'à demi », subissait les effets de ce qu'il devinait être un poison de l'âme. Quand la nuit lui rendait Virginie rassasiée de mondanités et de persiflages, la jeune épouse s'étonnait des ardeurs répétées de son mari. Adrien, à Paris, faisait l'amour comme on se venge : avec rage et application. Elle ne s'en plaignait pas.

En bonne Parisienne et parce qu'elle redoutait que l'ennui pousse le marquis à la rébellion, l'ancienne élève des ursulines promena le maître de Bagatelle à travers la capitale. Heureux, il eût pris plaisir à découvrir une ville que le monde entier trouvait belle. Mélancolique et crispé, M. de Damvilliers n'admira que Notre-Dame, la Sainte-Chapelle et le Pont-Neuf. Il trouva la Seine étroite comme un canal, la Sorbonne triste comme une prison, les avenues tracées sans souci de la géométrie et les Parisiens insolents et bousculeurs. Dans la calèche de Mme Drouin, attelée de deux chevaux gris, ils parcoururent, emmitouflés comme des Esquimaux, des artères encombrées. Adrien faillit rosser un cocher grossier, dont le fiacre barrait une rue étroite. Il traita de voleur un chapelier, qui voulait lui faire prendre pour castor du lapin rasé, et un après-midi où Virginie l'avait abandonné un moment, pour faire des emplettes, il donna gravement l'heure à une jeune effrontée, dont il avait mal compris le bafouillage et qui lui proposait, justement, un peu de bon temps !

Souvent, les promenades du couple aboutissaient boulevard des Italiens, ancien boulevard de Gand, cet axe fameux de la vie parisienne, où l'on pouvait rencontrer dans les cafés et les restaurants à la mode tout ce que Paris contenait de célébrités des lettres, du journalisme, des arts, du théâtre et de la finance. Virginie semblait avoir une prédilection perverse pour cette chaussée bordée d'immeubles, d'hôtels et de boutiques de luxe. On risquait sa vie chaque fois qu'on la traversait, tant la circulation des landaus, des tilburies, des coupés et des fiacres y était dense.

« Mais, affirmait-elle, on ne sait rien de Paris si l'on n'a pas dîné chez Tortoni, dégusté les crèmes aux fruits du Café Anglais et acheté des colifichets " Aux Bayadères ". »

Au milieu d'une foule arrogante de gens mis à la dernière mode, dont le caquetage rappelait les bruits de basse-cour, Adrien gardait la bouche close comme une huître et jetait des regards furieux à quiconque osait frôler sa femme. Virginie s'amusait de la mine du planteur, lui citait des noms. Un soir, elle lui montra M. Alexandre Dumas, au chef frisé comme celui d'Adrien, une autre fois ils croisèrent M. de Chateaubriand qui venait de produire une brochure sur le « Bannissement de Charles X et de sa famille ». Dans un restaurant du Palais-Royal, un garçon qui parlait sans qu'on l'interrogeât leur désigna une beauté qui avait nom Lola Montès et un Turc qui, pour calmer l'échauffement de ses pieds, faisait verser dans ses bottes des sorbets à trois sous !

« Ces Parisiens sont impossibles, grognait M. de Damvilliers. Quand travaillent-ils ? Les cafés sont toujours pleins alors que les affaires vont, paraît-il, si mal ! On croirait, à les voir, qu'ils ont tous des fortunes à jeter par les fenêtres, que leur vie n'est qu'une fête et que le reste du monde est une lande aride peuplée de sauvages ! Dieu, comme ils sont suffisants et légers ! Ils mangent, ils boivent, ils fument, font des œillades aux femmes, palabrent, se congratulent et s'empressent de médire, avec le dernier qu'ils rencontrent, de celui qu'ils viennent de quitter après force démonstrations d'amitié. Ma parole, ils se prennent tous pour des seigneurs... »

Les hôtes du salon de la tante Drouin n'étaient pas de taille à le rendre plus indulgent. Tous ces beaux parleurs, se disant gens de lettres ou philosophes, appartenaient à la valetaille des Muses. Ils auraient troqué Tacite contre un bon repas et Shakespeare contre une rente. Tel qui venait de produire péniblement une brochure de cent pages, éditée à compte d'auteur, se prenait pour l'égal de Victor Hugo qui publiait *Feuilles d'automne* et *Notre-Dame de Paris* ou pour Balzac dont on dévorait *La Peau de chagrin*.

Adrien soupçonnait ces plumitifs opportunistes de toutes les lâchetés et les rangeait en bloc dans la catégorie de ce Pons de Verdun, responsable de l'envoi à l'échafaud de quatorze jeunes filles appartenant à de nobles familles d'une ville dont le rimailleur insipide portait — sans doute abusivement — le nom. L'ancien fief des Damvilliers étant proche de la cité aux vierges sacrifiées, il n'en fallait pas plus pour que le marquis ressentît ce crime multiple comme une offense personnelle. Parmi ces égreneurs de rimes à cravate douteuse, il y en avait un, bellâtre roux à la voix de fausset, qui avait le don d'exaspérer le marquis. Surtout quand ce « pommadé » glissait à l'oreille de Virginie des mots qui semblaient l'amuser. Cet écrivaillon, que la tante Drouin tenait pour un redoutable pamphlétaire, bien qu'aucun libraire n'eût encore imprimé ses textes explosifs, commit un jour l'imprudence de s'adresser au marquis, d'un air supérieur.

« C'est le français du XVIIe siècle, monsieur, que vous parlez, avec un accent de terroir désuet... et, comment dirais-je..., émouvant..., oui, émouvant..., c'est le mot. »

Le polygraphe à la chevelure rouillée semblait se gargariser de son verbiage. Adrien, déjà insatisfait, parce que son cigare était trop sec, se redressa comme un bœuf qu'un taon chatouille. Il souffla un jet de fumée bleue, qui fit cligner les yeux de son interlocuteur.

« Je parle le français que m'a appris mon père, monsieur, et quelques pères jésuites qui n'avaient pas usé leurs soutanes dans les salons. Ce français-là est compris des gens honnêtes. Et je me moque comme d'une guigne de ceux auxquels mon accent ne plairait pas, et spécialement des faiseurs de vers de mirliton... »

Le beau rouquin demeura interdit, chercha du secours du côté de Virginie, que la franchise de son mari réjouissait fort. Il lut dans son regard bleu-noir une ironie désagréable. Adrien, jetant son mauvais cigare dans la cheminée, attendit une réplique qui ne vint pas. Le pamphlétaire acerbe était déjà à court d'arguments. Désormais, il évita le marquis, qu'il qualifia, dans ses conversations avec les croqueurs de gaufres de son acabit, d'ours mal léché et de paysan à l'esprit épais !

Mme Drouin, qui se rendait bien compte que le mari de sa nièce ne participait pas aux jeux de sa petite cour, proposa un soir :

« Voulez-vous rencontrer M. de La Fayette ? Il a organisé la Garde nationale, qui nous garantit aussi bien des désordres populaires que des abus du pouvoir. Tout ce qui vient d'Amérique lui est cher. Il serait certainement heureux de bavarder avec vous !

— Moi, pas, fit Adrien d'un ton rogue. Je trouve qu'on a fait la part un peu trop belle à ce petit marquis auvergnat, qui choisit de faire la guerre des Américains parce qu'il s'ennuyait avec sa femme et voulait se donner un peu de gloire. D'autres Français se sont battus au moins autant que lui pour notre indépendance, Jean-Baptiste de Vimeur de Rochambeau et l'amiral de Grasse, entre autres. Et ceux-là ne passaient pas le plus clair de leur temps à chanter les louanges du grand Washington. M. de La Fayette, passé maître dans l'art de ménager la chèvre et le chou, vit sur sa réputation. Grand bien lui fasse. Quand il vint chez nous, en 1824, accompagné d'une Ecossaise bavarde comme une pie-grièche, il ne cacha pas ses sympathies pour les Yankees anti-esclavagistes; nous ne pourrions donc échanger que des politesses.

— Vous devez tout de même, observa Félicie Drouin, déroutée par cette sortie, lui manifester un peu de reconnaissance !

— Il n'est pas dans mon naturel d'être reconnaissant, madame ! »

Les choses en restèrent là. Les Damvilliers ne virent pas M. de La Fayette, fort occupé d'ailleurs à ce moment-là par l'organisation de son armée de contribuables, qui élisaient leurs officiers au vu de l'originalité des uniformes que les candidats pouvaient s'offrir !

Les Damvilliers avaient prévu de demeurer à Paris jusqu'aux premiers jours de février, mais, tandis qu'on se préparait à fêter Noël 1831, Adrien trépignait d'impatience. Une lettre de Clarence, qui avait mis près de deux mois à lui parvenir, faisait état d'une récolte de coton satisfaisante, encore que la fibre fût d'une moins bonne qualité que l'année précédente. *Les travaux de la grande maison sont heureusement achevés,* écrivait l'intendant. *Votre demeure est comme neuve, toute blanche. Willy Tampleton a reçu une flèche d'un Séminole qui lui voulait du bien, puisqu'elle portait en guise de pennon un galon de capitaine.*

Tout cela donnait au marquis l'envie de regagner Bagatelle. Il devenait taciturne et se frictionnait la tête de plus en plus souvent, sans tenir compte des regards désapprobateurs de Virginie. Celle-ci, par contre, paraissait tout à fait à l'aise dans ce Paris de fantaisie. Elle passait son temps en visites, en emplettes et Adrien voyait croître de jour en jour le volume des malles qu'il faudrait embarquer pour l'Amérique. Elle avait même commandé chez Pleyel un nouveau piano parce que ce facteur était le fournisseur de M. Chopin !

Trois jours avant Noël, un petit drame et un grand bonheur allaient précipiter les choses.

Comme il rentrait d'un office à Saint-Sulpice, Adrien, pénétrant dans le salon de Mme Drouin sans avoir rencontré de domestique, trouva le poétaillon rouquin, seul avec Virginie et lui tenant la main.

« Sacrebleu, fit le marquis d'une voix qui fit tressaillir les pendeloques des lustres, qu'est-ce qui vous prend ?

— Madame ne se sent pas bien », bégaya l'autre en se redressant comme un coq.

Virginie, en effet, s'appuyait, pâle et défaite, au dossier du fauteuil.

« Vos vers lui donnent la nausée, sans doute. Débarrassez le plancher au plus vite...

— Mais, monsieur, c'est... la maison de Mme Drouin...

— Et c'est la main de ma femme, qui n'appartient qu'à moi. »

En trois enjambées, Adrien fut sur l'homme

roux, fait comme une gravure de mode. Il le saisit d'une main, à la nuque, par le col de son habit, de l'autre par le fond de son pantalon, le souleva comme une mesure de mélasse, traversa le salon, descendit l'escalier, intima l'ordre au maître d'hôtel d'ouvrir la porte, s'avança sur le perron et jeta le poète, paralysé par la peur, sur un tas de neige mélangée de crottin.

« Si vous revenez ici, je vous étrangle », lança le marquis d'une voix qui fit se retourner les rares passants.

Puis il claqua la porte avec une telle violence que le chapeau de Napoléon glissa de guingois sous son globe, dans le salon du rez-de-chaussée.

« Mon manteau, s'il vous plaît », fit l'expulsé d'une voix plaintive en essayant de s'extraire de la fange glacée.

De retour au premier étage, aussi promptement qu'il l'avait quitté avec son fardeau gesticulant, le marquis ne paraissait pas d'humeur commode.

« Alors, ce malaise, madame — c'était la première fois qu'il appelait Virginie ainsi — pouvez-vous me l'expliquer? Voulez-vous un peu d'air frais? On étouffe ici! »

L'interpellée, toujours blottie dans son fauteuil aux accoudoirs en col de cygne, ne paraissait nullement émue, plutôt joyeuse. Elle avait retrouvé ses couleurs.

« Asseyez-vous, Adrien. J'ai quelque chose à vous dire. »

Le ton serein de sa femme rendit le marquis perplexe.

« Arrêtez de vous frictionner la tête et écoutez-moi. Tout d'abord, vous avez bien fait de me débarrasser d'un importun, qui profitait d'une situation à laquelle il était étranger. Vous auriez pu le faire avec moins de... vigueur, mais la colère vous va bien et je ne suis pas fâchée d'avoir pour mari un homme qui ne tergiverse pas quand la vertu de sa femme est en cause.

— M'mumm, grogna le marquis, mais ce malaise, Virginie ?

— Eh bien, apprenez, monsieur le marquis, que vous allez être père et que la faiblesse où je suis tombée en présence de cet olibrius n'a pas d'autre cause que celle-là, fort naturelle au demeurant.

— Sacrebleu ! lança le marquis en sautant sur ses pieds, ce qui eut pour effet de déclencher dans le salon une suite de tintements, comme si les bibelots frissonnaient de peur. C'est vrai ? C'est bien vrai ?... Ah ! Virginie, Virginie, que je suis heureux ! Vous ne pouviez me faire un plus beau cadeau de Noël ! »

Il lui prit les mains, les baisa avec une violence qui fit apparaître une grimace sur le visage de la future maman. Puis il tomba à genoux.

« Ainsi, vous allez nous donner un petit marquis.

— Ou une petite marquise, Adrien.

— Oui, bien sûr », fit-il, un peu décontenancé par cette incertitude fort commune.

Doucement, Virginie passa sa main fine dans la toison de son mari, gros caniche ému par cette perspective de paternité.

« Mais alors, fit-il en se redressant, le visage tragique, il va nous falloir rester à Paris... en attendant ?...

— Pourquoi donc ? Je tiens à ce que notre fils naisse à Bagatelle.

— Mais la traversée en cette saison risque d'être mauvaise...

— Eh bien, ça lui fera le pied marin. Si vous voulez me faire plaisir, Adrien, bouclons nos malles et rentrons chez nous. »

Ainsi toutes les joies étaient offertes à la fois au

planteur. Il allait être père et quitter cette ville, qui ne lui plaisait guère. Il amorça un pas de gigue écossaise avec la grâce pataude d'un ours découvrant un pot de miel, ce qui mit en branle les pendeloques tintinnabulantes du lustre et fit apparaître à la porte du salon Mme Drouin.

« Mon Dieu, que se passe-t-il? J'ai trouvé un de mes amis grelottant sur mon seuil et réclamant son manteau... Vous l'avez, paraît-il, jeté dehors comme un paquet et je vous vois dansant comme un satyre devant ma nièce! »

Surpris, Adrien demeura un pied en l'air.

« Il se passe, madame, que je suis heureux, comme un homme auquel on vient d'annoncer que sa descendance est assurée et qui, soit dit sans vouloir vous faire de peine, s'apprête à rentrer chez lui avec sa femme...

— C'est tout? Cela ne mérite pas que vous ébranliez mes planchers, terrorisiez les domestiques et mettiez à la porte un doux poète, auquel je porte de l'intérêt. »

Le ton était celui d'une bourgeoise offensée. Mais rien en cet instant ne pouvait altérer le bonheur de M. de Damvilliers.

« Parlons-en, du beau roussot qui faisait la cour à ma femme, profitant d'un léger malaise dû à son état. Oui, madame, je l'ai jeté dehors comme un barbet trop affectueux. Mais il vous reviendra dès que nous serons partis. »

Avisant sur un canapé le paletot de sa victime, Adrien, avec un entrain d'écolier achevant un canular, se saisit du vêtement, ouvrit la fenêtre du salon :

« Hé! greluchon, cria-t-il, attrapez votre guenille et allez vous mettre au lit avec une bouillotte...

— Que vont dire les voisins? » soupira

Mme Drouin, qui ne pouvait se défendre d'une certaine admiration pour ce mâle expéditif.

Virginie riait aux éclats et deux domestiques accourus se tenaient sur le seuil du salon, la bouche ouverte, les yeux ronds !

« Hou ! Hou ! » leur fit Adrien avec une grimace.

Ils disparurent après avoir échangé un regard traduisant l'opinion peu flatteuse qu'ils avaient de l'état mental de l'Américain. Mme Drouin eut un mouvement d'épaules résigné et s'assit au milieu de ses coussins.

« Alors, c'est vrai, Virginie, déjà un enfant ! Je suis heureuse qu'il ait été conçu chez moi.

— Non, pas chez vous, ma tante, mais plutôt dans le lit de Cromwell, à Broadway, en Angleterre !

— Ah ! fit la dame, étonnée d'une telle précision. En tout cas, il naîtra chez moi, ce sera une vraie fête.

— Non, pas chez vous, madame, intervint le marquis, mais à Bagatelle, en Louisiane, comme son père et son grand-père ! Car nous quittons Paris. »

Vaincue sur tous les fronts, Félicie Drouin mit de l'ordre dans sa guimpe et sourit.

« Vous ne pensez pas que traverser l'Atlantique en cette saison..., pour une femme enceinte... »

Virginie se leva, vint embrasser sa tante.

« C'est décidé, nous rentrons. L'air du large est vivifiant, ma tante, et je ne serai pas la première à voyager en cette posture !

— Mais M. de Damvilliers ne devait-il pas se rendre dans l'Est pour revoir les terres de ses ancêtres ? risqua encore la bonne dame.

— Nos terres sont au bord du Mississippi, madame, répliqua Adrien d'une voix adoucie. Ici, je me sens comme étranger et j'ai hâte de retrouver mes nègres et mon coton.

— Si vous êtes vraiment décidés...

— Nous le sommes, ma tante. Nous passerons Noël et le jour de l'An avec vous et nous prendrons le premier bateau de l'année en partance pour New York.

— Je vais écrire à Clarence dès que j'aurai retenu nos passages », conclut Adrien, joyeux comme un militaire à la veille d'une permission exceptionnelle.

Il laissa les deux femmes à leur tête-à-tête, prit son paletot, son chapeau et sa canne et dévala l'escalier avec une célérité de postillon.

Dans le hall, tandis qu'il attendait que le cocher eût attelé, il ramassa un billet plié en quatre, sans doute tombé de la poche du petit rouquin. Il lut :

> *Déesse du Missisippi,*
> *L'amour vous attend à Paris,*
> *Sur un signe il saisit sa lyre*
> *Pour chanter ce que ne peut dire*
> *La voix rude d'un gros mari*
> *Pour qui demain sera tant pis.*

« Eh! allez donc! grinça M. de Damvilliers en froissant le poulet avant de l'expédier d'une chiquenaude sur le tas de neige où avait atterri son auteur, un moment plus tôt. Le don Juan aux cheveux rouges ne sait même pas l'orthographe!

— Plaît-il, monsieur? fit le cocher qui, découvert, invitait Adrien à monter dans la calèche.

— Je dis que Mississippi s'écrit avec quatre *s*, mon brave, et que le temps est au dégel! »

9

CLARENCE appartenait à cette catégorie d'hommes qui ne redoutent pas la solitude. Aussi l'absence des Damvilliers ne lui pesait-elle pas. Responsable de la bonne marche de la plantation, il usait d'une autorité différente de celle du marquis, mais tout aussi efficace. Adrien tenait son ascendant sur le personnel et les esclaves d'une source naturelle et héréditaire. Seigneur de droit divin, sa présence suffisait à maintenir chacun à sa tâche et à ses devoirs. L'intendant, lui, s'imposait par la force tranquille qui émanait de sa personne et par la confiance absolue dont on le savait investi. Sa compétence garantissait le bien-fondé de ses ordres et, comme il parlait peu et ne montrait aucune familiarité envers quiconque, aussi bien les Noirs que les contremaîtres blancs respectaient ce représentant du maître, sorte de grand vizir, détenteur, par délégation, de toute la puissance. Tandis qu'Adrien s'annonçait de loin, sur son cheval, à travers champs et pâturages, Dandrige, silencieux et discret, apparaissait sans prévenir, là où on l'attendait le moins.

Sa silhouette blanche, surmontée du panama, émergeait soudain d'un bosquet d'arbres, surgissait derrière une levée, à moins qu'elle ne se dressât au bout d'un layon. Les esclaves, bavards impénitents, stratèges expérimentés des pauses camouflées, se méfiaient de lui davantage que du maître. Adrien passait, en vitupérant la paresse des uns et des autres, mais ne revenait que rarement sur ses pas, estimant l'admonestation suffisante pour un certain temps. Dandrige, au contraire, effectuait de soudains demi-tours, s'attardait à l'ombre d'un chêne ou même se plantait en plein soleil. S'il lui arrivait de surprendre des esclaves mollement allongés et se croyant à l'abri d'une incursion patronale, il ne criait pas comme le marquis son indignation. Il arrêtait son cheval, regardait le ou les coupables se remettre précipitamment au travail et disait parfois, d'un ton calme, comme se parlant à lui-même : « Les jours ont grandi. On pourra travailler une demi-heure de plus ce soir », ou : « Viens donc avec moi, Sam, il y a une souche à déterrer, qui gênera pour le labour. » Et le Noir ainsi interpellé se retrouvait seul, à l'écart des autres, loin de tout abri, à manier la bêche et le pic, peinant sous l'œil du cavalier qui, les mains au pommeau de la selle, restait là, un bon quart d'heure, à fumer un fin cigare, dont le grisant parfum se mêlait à l'odeur âcre de la terre remuée.

Il agissait de même avec les domestiques de la maison. S'il conservait sa place à table, même lorsqu'il dînait seul, laissant au bout du plateau d'acajou celle du maître inoccupée, il rentrait parfois au milieu de l'après-midi, à l'heure où la sieste tolérée devait être achevée, pour prendre un livre dans la bibliothèque, boire un verre d'eau ou constater l'avancement des travaux des menuisiers et des peintres occupés, suivant les directives laissées par Virginie, à la restauration de Bagatelle.

Son œil reptilien détectait infailliblement la

cheville mal ajustée ou le coup de pinceau hâtif. Il indiquait du doigt la déficience constatée et revenait un moment plus tard, le lendemain ou trois jours après, pour voir si tout était en ordre.

Chaque matin, il se rendait à l'hôpital où il rencontrait le docteur Murphy, visitait les malades et les accouchées. Son sourire était apprécié des femmes, sa voix calme rassurait les hommes. Moins démonstratif que le maître, qui parlait avec ses esclaves le français bâtard des Noirs, il s'adressait dans les mêmes termes au contremaître et à la vieille femme exténuée. Les esclaves, inconsciemment, se sentaient respectés, en tant qu'êtres humains, et surveillés, en tant que travailleurs. Avec M. Dandrige plus qu'avec le maître, la servilité leur paraissait un état naturel.

Les Damvilliers n'avaient pas encore quitté Bagatelle, quand on avait appris par le détail la rébellion de Nat Turner, un esclave marron qui, ayant levé une bande de ses semblables en Virginie, avait assassiné cinquante-sept Blancs, le 22 août 1831. Les révoltés avaient été capturés et pendus, mais, en Virginie et dans tout le Sud, les planteurs avaient mesuré les risques qu'ils couraient, eux et leur famille. Si les fanatiques, ayant mal assimilé l'enseignement religieux comme ce Turner et voulant réaliser la prédiction biblique « les premiers seront les derniers et les derniers seront les premiers », décidaient de passer à l'action, on pourrait craindre le pire. Même une révolte générale n'aurait pas livré le pouvoir aux Noirs, mais on ne devait pas exclure la possibilité de massacres, surtout si les abolitionnistes du Nord encourageaient quelques mauvais sujets. Les rares tentatives de ce genre, dont Clarence eut connaissance, échouèrent toutes, les esclaves noirs attachés à la famille de leur maître ayant dénoncé les comploteurs, qui furent éliminés sans ménagement.

Depuis l'affaire Nat Turner, de nombreux planteurs avaient recruté des gardes blancs, auxquels ils confiaient leur famille pendant leurs absences. Marins déserteurs, propres à rien ou ivrognes, ces sicaires avaient fort mal compris les consignes, suscitant chez les domestiques des sentiments de haine qui leur étaient jusque-là étrangers, pillant les celliers et garde-manger, quand ils ne s'enfuyaient pas avec les bijoux et l'argenterie de la maîtresse de maison. L'inquiétude dissipée, les planteurs s'étaient vite débarrassés de ces collaborateurs de mauvais aloi, qui finissaient par leur inspirer plus de méfiance que leurs esclaves.

A Bagatelle, Dandrige crut sage de ne rien changer aux habitudes. Il avait simplement fait courir le bruit, en choisissant dans la population noire de la plantation quelques vieux esclaves écoutés, « que des nègres marrons incitaient les bons esclaves à déserter, pour les livrer à des trafiquants blancs, qui les revendaient dans l'Ouest à des aventuriers ». Du coup, tous les Noirs étrangers à la plantation, aperçus aux environs de celle-ci, furent désignés aux contremaîtres. Aucun de ceux que l'on interpella ne se révéla hors-la-loi.

Le jugement et la pendaison de Nat Turner et de ses acolytes, événements auxquels les planteurs donnèrent publicité, suffirent à rappeler à tous les rigueurs de la justice.

C'est aussi pendant l'absence des Damvilliers que le forgeron Albert Schoeler et son épouse Mignette décidèrent d'aller tenter leur chance dans l'Ouest. Ne pouvant s'offrir un domaine en Louisiane, en raison du prix élevé des terrains, ils choisirent de se mêler aux flots des émigrants en route pour la conquête des terres vierges, dont bon nombre de fonctionnaires fédéraux, qui n'y avaient jamais mis les pieds, vantaient l'étonnante fertilité. Le gouvernement des Etats-Unis, souhaitant activer le peuplement des régions qui s'étendaient au-delà du Missouri et du pays des Osages, vendait des concessions à un dollar vingt-cinq l'acre. Et puis le voyage jusqu'au territoire des Apaches et des Padoucas avait un parfum d'aventure, que l'intrépide Mignette trouvait enivrant.

« Si c'est pour finir benoîtement dans la peau d'une femme d'artisan, autant retourner dans le Morvan », disait-elle. Elle avait lu à haute voix à son flegmatique époux, quand le soir il fumait sa pipe, un livre de Fenimore Cooper paru en 1826 : *Le Dernier des Mohicans*. Aussitôt, Albert le placide s'était vu chassant l'ours, trafiquant avec les Indiens, dressant sa forge au milieu d'un village de pionniers, regardant pousser son maïs jusqu'à l'horizon et engraissant des troupeaux dans des vallées inconnues.

Ils commandèrent un « wagon » dernier modèle à Conestoga, petite ville de Pennsylvanie, qui s'était fait une spécialité de la construction des longs et lourds chariots capables d'affronter le « velours côtelé » des pistes et de transporter les aventuriers nomades, avec leur famille et leurs meubles.

Albert le voulut bleu et rouge, ce qui lui donna fière allure avec sa toile blanche tendue en manière de toit sur des arceaux de fer. Après avoir discuté avec des amis compétents des mérites respectifs des bœufs, des mules et des chevaux, on choisit ces derniers pour constituer l'attelage. Les bœufs étaient robustes et résistants, mais ils allaient lentement et s'enlisaient dans les sables et les marécages. Les mules, qui avaient beaucoup de partisans, se nourrissaient de peu, mais leur mauvais caractère et leur goût pour les fugues en faisaient des compagnes difficiles. Les chevaux, plus fragiles, moins obstinés, ne pouvaient tirer de trop lourdes charges, mais le forgeron les connaissait bien et savait les soigner. Six belles bêtes à la croupe large et luisante furent choisies par Albert, conseillé par Bobo, le palefrenier de Bagatelle. Quatre tireraient le chariot aux grandes roues, deux le suivraient en réserve et serviraient à l'occasion de montures aux voyageurs.

On entasserait dans le « conestoga » les outils du forgeron — y compris son enclume — quelques malles contenant des vêtements et des ustensiles ménagers, des sacs de farine — au moins cent livres par personne — des tonneaux de jambon salé et de lard fumé, du café, du thé, du sucre, des haricots, des fruits secs, du riz, des épices, des haches, une scie, des pelles, des pioches et, bien sûr, deux fusils avec quelques centaines de balles de plomb, que le placide Albert fondait à temps perdu. On ajouterait à cette panoplie et à ces réserves de vivres les fanfreluches parisiennes, parfaitement déplacées dans la garde-robe d'une femme de coureur de Prairie, mais auxquelles Mignette tenait autant qu'au bicarbonate de soude constituant la base de sa pharmacie. Les robes du soir, les dentelles, les chapeaux citadins, offerts autrefois par Virginie à sa suivante, ne constituaient-ils pas pour celle-ci les seules preuves tangibles de son existence passée?

Une petite discussion s'éleva entre Mignette et son époux quand il fallut décider du sort des deux esclaves, propriété du forgeron, qu'on ne pouvait emmener. Albert les avait formés au métier de charron-maréchal-ferrant. Leur vente aurait représenté une rentrée de quatre mille dollars au moins, somme appréciable pour un couple dont les économies ne pesaient pas lourd. Mais Mignette s'opposa véhémentement à la remise, par Albert, à l'encanteur de Sainte-Marie des deux Noirs, nommés Clovis et Armand, bons chrétiens et joyeux lurons aux muscles d'acier. La jeune femme s'était mis dans l'idée de les émanciper, afin qu'ils puissent continuer, à leur compte, la petite industrie de son mari.

Un matin, elle prit le bac pour Bayou Sara, la ville située sur l'autre rive du Mississippi, afin de consulter l'avocat Edward Barthew.

Ed, dont le bureau occupait le premier étage d'une maison assez mal entretenue, et qui abritait dans son rez-de-chaussée le journal de James M. Bradford, *The Time Piece,* reçut aimablement la visiteuse.

La loi de la Louisiane permettait à tout citoyen propriétaire d'esclaves d'émanciper ceux-ci, sous certaines conditions, s'ils étaient âgés de plus de trente ans et s'ils n'avaient fait l'objet d'aucune plainte depuis quatre ans. Cette dernière condition n'était pas nécessaire si l'esclave avait sauvé la vie de son maître, de la femme ou des enfants de celui-ci. Le maître désirant émanciper un esclave devait faire, devant le juge du district, la déclaration de son intention et le juge devait publier, par affiche, la demande à lui adressée, afin de susciter d'éventuelles oppositions de la part de citoyens ayant eu à se plaindre des Noirs auxquels on envisageait d'octroyer la liberté.

Si aucune opposition ne se manifestait, le juge rédigeait l'acte d'émancipation et réclamait au maître une caution de mille dollars par esclave libéré. En renonçant ainsi à ses droits de propriété, le maître s'engageait « à faire sortir de l'Etat dans un délai d'un mois les Noirs devenus libres ». Une clause annexe prévoyait que le dénonciateur d'un esclave émancipé « qui n'était pas sorti » empochait la moitié de la caution, l'autre moitié restant acquise au Trésor de l'Etat.

« C'est une loi stupide, remarqua amèrement Mignette. Jamais Albert ne voudra verser deux mille dollars pour Clovis et Armand. J'ai déjà eu assez de mal à le convaincre de ne pas les vendre. »

Barthew releva d'un index jauni par le tabac la mèche de cheveux gras qui lui barrait l'œil droit.

« Il y a des arrangements possibles. Si le maître veut émanciper ses esclaves pour les récompenser de lui avoir rendu un service notoire et si cette raison est acceptée par le jury de la paroisse, les Noirs libérés peuvent continuer à résider dans l'Etat. A condition toutefois que les trois quarts des membres du jury, et par deux fois au cours de réunions différentes, aient donné leur consentement par écrit. Cela n'exclut pas le cautionnement habituel, mais le maître répond alors de la bonne conduite des émancipés vis-à-vis des tiers. Et il doit toujours s'engager formellement, j'ai oublié de vous le dire, à nourrir l'esclave devenu libre et à pourvoir à ses besoins dans les cas où la maladie, la vieillesse ou toute autre cause rendrait l'ancien esclave incapable d'assurer lui-même sa subsistance.

— Ça ne facilite pas les choses. Mais je me refuse à vendre les ouvriers de mon mari comme du bétail de ferme. Si Albert avait trouvé un forgeron pour prendre sa suite, Clovis et Armand auraient changé de maître sans changer de vie. Mais personne ne s'est présenté pour acheter la forge. »

L'avocat parut soudain intéressé.

« On pourrait peut-être exposer au jury — et je le ferai volontiers pour Albert, sans qu'il vous en coûte une piastre — que, Schoeler parti, il n'y aura plus de forgeron ni de maréchal-ferrant à

Sainte-Marie. Les planteurs devront alors traverser le fleuve, pour venir à Bayou Sara faire ferrer leurs chevaux ou réparer leurs cabriolets. Si vos deux nègres émancipés — Albert répondrait bien sûr de leur honnêteté et de leurs compétences — s'engageaient, devenus libres, à prendre la suite de votre mari, peut-être pourrions-nous l'emporter. Ce serait une sorte de « service notoire » qu'aux termes, un peu interprétés, de la loi ils rendraient à la communauté.

— Bonne idée. Albert leur laisserait même quelques outils.

— Attendez, fit Barthew pour calmer l'enthousiasme de la femme du forgeron. En admettant que le jury accepte cet argument, il faudra tout de même trouver les deux mille dollars, car, de cela, le jury ne vous fera pas grâce !

— Ah ! fit Mignette, déçue, le problème de l'argent demeure. Albert est un brave homme, mais il est près de ses sous... et d'ailleurs nous n'en avons pas beaucoup ! »

Ed baissa le ton.

« Vous êtes assurés, n'est-ce pas, pour la forge et pour votre logement, situé au-dessus de celle-ci ?

— Bien sûr, à cause des risques d'incendie, ça nous coûte assez cher !

— Alors, nous allons faire payer l'assurance, madame Schoeler. Ce n'est peut-être pas très régulier, mais la générosité de la cause excuse les moyens employés pour la faire triompher.

— Et comment cela, monsieur Barthew ?

— Vous n'avez pas besoin d'en savoir davantage pour le moment, madame Schoeler. Quand vous aurez chargé, la veille de votre départ, tout ce que vous devez emporter dans le « conestoga », je demanderai à Murphy de donner, en votre honneur, un dîner d'adieu. Il serait bon ce soir-là que vos nègres soient notoirement absents de Sainte-Marie... Je ne sais pas, moi, envoyez-les à Bagatelle, ou ailleurs, pour réparer une charrette ou une charrue... Vous me comprenez ? »

Mignette posa ses paumes fraîches sur la main de l'avocat.

« Je crois que je comprends..., mais, si jamais Albert se doute de quelque chose, il est capable de m'écraser la tête d'un coup de marteau... Il respecte les lois, Albert ! »

Ed Barthew se renversa dans son fauteuil.

« J'ai connu il y a quelques années, dit-il, quand j'étais avocat à Boston, un très jeune type nommé Henri David Thoreau, petit-fils d'un flibustier normand venu, on ne sait comment, en Amérique. Sa famille habitait Concord, une bourgade située à quelques miles au nord-ouest de la ville et que tous les Yankees connaissent, parce que c'est là que fut tiré, en avril 1775, le premier coup de fusil de la guerre d'Indépendance. J'appartenais à cette époque à la commission des bourses de l'université Harvard et j'avais eu connaissance d'une demande présentée par le père Thoreau, pour son fils. Le brave homme s'y était pris avec une bonne avance, certain que son rejeton serait un jour capable d'entrer à l'université. Je voulus voir ce phénomène, je le vis. C'était un garçon malingre, aux épaules basses, plutôt petit, avec une tête osseuse. Mais il avait le regard flamboyant d'un saint ou d'un fou. Il me posa une question, en tant que juriste, à laquelle j'ai mis longtemps à répondre : « Croyez-vous, monsieur, « que toutes les lois soient bonnes et qu'un hon- « nête homme ne doit pas parfois leur désobéir si « sa conscience le lui commande ? » A mon avis, on entendra un jour parler de ce jeune type... de Concord, madame Schoeler.

— Et quelle a été votre réponse, monsieur Barthew ?

— J'ai appris à respecter les lois respectables, madame Schoeler, et à désobéir aux autres, sans causer, si possible, de tort à mon prochain... »

Un moment plus tard, il écarta ses rideaux, pour suivre du regard la femme du forgeron qui descendait la rue principale. Elle allait à petits pas rapides, la tête haute, balançant son ombrelle. En connaisseur, il apprécia la finesse de la taille, la grâce du déhanchement, mais il convint que ce n'était pas ce qui lui plaisait le plus chez Mignette Schoeler. « Sacrée petite femme, murmura-t-il, exactement ce qu'il m'aurait fallu. »

Puis il alluma un cigare et se versa une bonne rasade de whisky qu'il but d'un trait. Un moyen comme un autre de se réchauffer le cœur quand on l'a frileux.

10

QUAND, au milieu de l'automne, la remise en état
de Bagatelle fut achevée, l'égrenage du coton mis
en train, les pains d'indigo alignés sur des claies
pour le séchage et que les esclaves purent allumer
les feux sous les marmites à mélasse, Clarence
Dandrige estima le moment venu de retourner à
ses travaux personnels, à ses livres et à sa méditation. Les gazettes de La Nouvelle-Orléans donnaient, comme d'habitude, un bilan approximatif
des ravages annuels causés par la fièvre jaune et
le choléra. Comme d'habitude, aussi, ces maladies
avaient choisi la plupart de leurs victimes — plus
de deux mille personnes — parmi les étrangers et
les nouveaux venus en Louisiane. Les vents et les
grandes pluies de la fin de l'été, enrayant l'épidémie, venaient d'assainir l'atmosphère. On attendait l'arrivée de l'hiver qu'à certains signes, tels
que l'apparition prématurée des corbeaux et la
fuite des flamants, le vieux James annonçait froid
et sec.

Jamais la vie n'avait paru à Dandrige plus sta-
ble, plus calmement fidèle à son rythme saison-
nier. L'avenir de Bagatelle semblait fixé pour de
longues années. Virginie mariée au maître saurait, comme toutes les femmes de planteurs,

conduire la maison et rendre agréable la routine quotidienne. Les mois passeraient, ponctués de fêtes et de réceptions. Après l'arrachage des plants de coton maintenant stériles, viendraient les labours, puis les semailles. Avec la même inquiétude sans fondement, on guetterait l'apparition des fleurs, puis celle des gousses, on chasserait les parasites en supputant le volume de la récolte à venir. Enfin, la fibre blanche apparaîtrait comme une divine moisissure de la terre en fermentation et l'on procéderait à la cueillette. Ainsi, on se retrouverait à l'automne suivant au bout d'un cycle, auquel un autre succéderait, tout semblable. On connaîtrait quelques alarmes, certes, des gelées inattendues, des ouragans auxquels les masures des pauvres ne résisteraient pas, les crues du fleuve et, dans le petit monde des planteurs, des intrigues, des deuils, des naissances. Mais ce ne serait là qu'incidents, incapables de troubler profondément l'immuable déroulement d'une existence vouée à la dépendance absolue de la nature.

Pour un homme de la trempe de Clarence Dandrige, dénué d'ambition, n'ayant d'autres responsabilités sociales que celles de sa fonction, ne s'offrait qu'une perspective à échéance certaine, mais imprévisible : la mort. Souvent il y pensait, sans crainte ni curiosité. Surgirait-elle inopinément dans le flux et le reflux des saisons, pour le foudroyer comme un cyprès un jour d'orage ? Ou la verrait-il se profiler de loin, sur son chemin solitaire ? En attendant, il goûtait la vie à sa manière un peu fataliste, sans rien faire pour en modifier le cours.

Mystique, il eût peut-être été tenté par une aventure spirituelle. Altruiste, il aurait pu choisir d'aller au-devant des autres et se charger de peines et de tourments qui lui étaient épargnés. La politique en ce pays neuf aurait pu lui apporter aussi la griserie du pouvoir. Mais Clarence, habité par un doute universel et ne voyant dans la création qu'une intelligente imbrication de hasards et de nécessités, que la science expliquerait peut-être un jour, ne désirait rien. Sinon, comme les passagers fortunés des grands vaisseaux — mais cela relevait du physique et du superficiel — une cabine confortable, pour le temps de la traversée. Tout en ayant conscience d'être un élément du grand Tout, ainsi que la feuille appartient à l'arbre, il se sentait, par contre, étranger à la fourmilière humaine. Sans mépris ni réel intérêt, il en observait l'évolution, convaincu de l'irrévocable solitude de tous et de chacun.

Individualiste, il estimait que chaque être doit vivre suivant sa nature, toutes les contraintes, acceptées ou imposées, ne pouvant que fausser le jeu des forces qui assurent l'équilibre du monde. C'est pourquoi il se méfiait des philosophies, des religions et des morales, carcans moraux et spirituels destinés, selon lui, à remplacer l'harmonie par l'ordre et l'incertain par le préconçu. En cataloguant le Bien et le Mal, comme on trie le coton, les chrétiens s'étaient enfermés dans un dualisme dont ils exceptaient Dieu par commodité. Seuls les contemplatifs lui paraissaient sincères, parce que, sereins et disponibles, ils guettaient les signes que les autres ne pouvaient voir. Tolérant, Clarence ne portait que rarement des jugements sur ses semblables, comme il s'interdisait de prononcer deux mots : « toujours » et « jamais », parce qu'ils contenaient pour lui toute l'outrecuidance du vocabulaire humain. C'est pourquoi son héros favori demeurait Childe Harold, « génie fatal et souffrant placé entre les mystères de la matière et de l'intelligence... », bien qu'au contraire de Byron il ne regardât pas la vie

« comme un sourire pervers du mal », mais plutôt comme la libre manifestation des forces faisant contrepoids au néant.

Malmené ou comblé, il estimait que l'homme doit se laisser porter par son destin, comme le bois flotté par l'océan, sa conscience et ses instincts, éléments propres à sa nature, devant suffire à le guider dans les atterrissages dangereux et l'inspirer dans le commerce de ses semblables.

Face à l'allée de chênes de Bagatelle, il aimait, le soir venu, en se balançant dans un rocking-chair, ses chiens à ses pieds, s'abandonner à la sensation de vide conscient que lui procurait la parfaite intégration de son être à la nature environnante. Il réussissait parfois à se persuader qu'il n'était plus qu'un principe de vie, comme celui qui habitait l'arbre, l'oiseau, le fleuve. Il imaginait alors que, dans l'absolu, l'énergie inconnue et indéfinissable qui faisait croître le magnolia, voler le cardinal, couler le Mississippi, se mouvoir et penser l'homme, provenait d'une même et unique source, distribuant suivant un subtil dosage des parts interchangeables de vie.

Un ancien pasteur unitarien, Ralph Waldo Emerson, qui était allé interroger en Europe les grands esprits de l'époque, commençait à prêcher une doctrine non conformiste se rapprochant des théories très personnelles de Dandrige.

Une chaîne subtile d'anneaux sans nombre,
Du proche au lointain, relie toutes choses,

avait écrit ce Bostonien qui sentait passer en lui « les courants de l'Etre universel ». On ignorait encore à peu près tout, dans le Sud, des gens qui se rencontraient à Boston dans la librairie des sœurs Peabody. Mais le peu que savait l'intendant de la doctrine assez floue, qu'ils professaient pour un petit cercle, lui donnait à penser que ces gens acceptaient la réalité de l'intuition. Evidemment, c'était une doctrine, une de plus, mais qu'il conviendrait d'étudier, puisqu'elle semblait ne considérer que « la vie de la vie ».

Le seul homme avec lequel Dandrige puisse discuter de ces sujets, inexistants pour Adrien de Damvilliers, profondément assuré, quant à lui, que seule la religion chrétienne détient la vérité, était Edward Barthew, curieux et sceptique comme lui.

Aussi, quand l'avocat le convia à un dîner chez le docteur Murphy à l'occasion du prochain départ des Schoeler pour l'Ouest, il accepta immédiatement l'invitation.

« Bien que je ne connaisse rien à ces choses, fit Barthew, il serait peut-être bon que vous vous assuriez que le matériel agricole de Bagatelle n'a pas besoin de réparations urgentes. Vous allez perdre le seul maréchal-ferrant installé de ce côté-ci du fleuve... »

Convoqués, Bobo ainsi que le contremaître responsable des charrues et des charrettes trouvèrent qu'il serait bon, en effet, de faire venir l'artisan de Sainte-Marie ou ses aides noirs pour effectuer de menus travaux de remise en état. C'est ainsi que Clovis et Armand furent, comme le souhaitait M. Barthew, éloignés de la forge au jour prévu.

Car ce fut un bel incendie que celui de la forge de Sainte-Marie. Il naquit soudainement et prit une extension rapide. Les flammes frénétiques, atteintes d'une incompréhensible boulimie, ne laissèrent qu'un tas de cendres, hérissé de poutres calcinées, nettes comme des os qu'un chien aurait convenablement rongés. Alors que les invités du docteur Murphy s'apprêtaient à passer à table pour dévorer un porcelet grillé cuit par

Céline, la cuisinière noire du médecin, le tocsin donna l'alarme. Les pompiers bénévoles, surpris au milieu des veillées familiales de l'hiver, déboulèrent à travers le village, courant vers la pompe à bras entreposée près du tribunal. Ils traînèrent l'engin, acquis grâce à une souscription des citoyens, du côté des lueurs qui embrasaient le ciel, au bout du village. Quand ils s'aperçurent qu'il s'agissait de la maison du forgeron Schoeler, bâtisse isolée, leur combativité tomba. L'incendie paraissait trop bien parti pour qu'on puisse espérer l'éteindre et ne menaçait aucune autre maison. Ils firent cependant de leur mieux, comme le commandait leur devoir.

Les plus proches voisins du forgeron, au courant de son départ prévu pour le lendemain matin à l'aube, s'étaient empressés de tirer le « conestoga », déjà pourvu de son chargement, du hangar où Albert l'avait enfermé, sous la garde de son grand chien jaune, lequel, par pure conscience canine et parce que le crépitement du feu l'effrayait, mordit au gras du mollet le premier inconnu qui mit la main sur le timon du wagon.

« Heureusement que ces gens prévoyants avaient fait leurs bagages, sinon ils n'auraient pas eu besoin d'une pareille voiture pour emporter ça », dit le curé en désignant la maison anéantie.

Ce qu'ignorait le bon père, c'est combien Mignette avait dû insister pour que tout soit prêt avant le dîner d'adieu offert par le docteur Murphy...

Les chevaux, mis au pacage chez un cultivateur ami, étaient eux aussi à l'abri. En somme, cet incendie dont il serait vain de rechercher les causes apparaissait comme un moindre mal... Et puis la maison du forgeron n'était-elle pas, avec son contenu, convenablement assurée ?

Ce fut aussi l'opinion du forgeron quand il arriva sur les lieux du sinistre.

« J'avais cependant bien éteint le feu de la forge, après avoir envoyé Clovis et Armand à Bagatelle rapporter les roues et le soc que m'avait confiés Bobo. Je ne comprends pas comment ce feu a pu prendre ici. »

Les pompiers, qui n'en étaient pas à leur premier incendie inexplicable, suggérèrent que le vent avait pu ranimer, en se glissant sous la porte mal jointe de la forge, des scories encore chaudes. Cette explication fut adoptée comme plus vraisemblable que d'autres, avancées par des gens imaginatifs : un éclair sec, une vengeance d'esclave ou même une météorite, comme le proposa la secrétaire du tribunal. Elle avait lu dans un journal de l'Illinois que des « pierres de feu » détachées d'un astre lointain pouvaient allumer des incendies sur la terre...

On se préparait donc à festoyer chez Murphy, quand le tocsin avait fait se précipiter tous les invités du médecin sur la galerie de la maison. Il y avait là M. Clairborne, le juge; M. Dandrige; le boulanger Blanchet, dit « Criquet », et sa femme; Fernand Poygras, le maître d'école; les demoiselles Pernoud, leur père; le charpentier de Bayou Sara et M. Barthew, arrivé le dernier, comme toujours. Schoeler et son épouse avaient reçu des cadeaux modestes et utiles. Murphy leur avait préparé une petite pharmacie de voyage, les demoiselles Pernoud avaient tressé pour eux des chapeaux de paille, le maître d'école s'était démuni, à leur intention, d'un ouvrage d'astronomie, qui ne pouvait manquer d'intéresser des gens contraints désormais de coucher à la belle étoile !

On avait su, par un pompier, que l'incendie se situait à l'autre bout du village, du côté du chemin de Fausse-Rivière. Personne n'avait pu retenir Schoeler d'aller voir ce qui se passait dans son quartier. Mignette — toute bizarre depuis le début de la soirée, mais Albert mettait la nervosité de sa femme sur le compte d'une émotion bien compréhensible à la veille du départ — voulait accompagner son mari. Le médecin l'en dissuada :

« Laissez donc ce curieux prêter main-forte aux pompiers. Nous l'attendrons en vidant une bouteille de claret que j'ai mise à rafraîchir pour vous ouvrir l'appétit... et la route de l'Ouest... »

On avait assis Mignette à la place d'honneur, près de M. Dandrige, que la compagnie était flattée de compter au nombre des convives. Ed Barthew paraissait décidé à bien boire. Il avait complimenté Mignette pour sa toilette et fait confirmer par le juge Clairborne que le jury de la paroisse accepterait certainement d'émanciper Clovis et Armand en les autorisant à demeurer dans le pays.

Le retour du forgeron, pâle et essoufflé, fit soudain cesser les conversations et les rires.

« C'est notre maison qui a brûlé, Mignette... Il n'en reste rien... Le conestoga est sauf...

— Buvez ça, mon vieux, fit Barthew en lui tendant un verre de Claret... J'espère que vos nègres sont étrangers à cette affaire !

— Ils sont à Bagatelle jusqu'à demain, intervint Dandrige, Bobo avait besoin de leurs services. On ne peut donc pas les soupçonner d'avoir mis le feu ! »

Mignette s'était mise à pleurer doucement. Son mari lui entoura les épaules de son bras.

« C'est triste, bien sûr, de voir brûler sa maison, mais nous ne perdons pas grand-chose puisque tu avais tenu à ce que nous chargions le chariot. Alors, console-toi. »

La jeune femme accepta le mouchoir que lui tendait la femme du boulanger et s'adressa à Barthew qui vidait le reste du claret dans son verre :

« Nous sommes assurés pour le feu, j'espère que l'assurance nous dédommagera...

— Je ne pense pas qu'il y ait de difficultés, madame Schoeler. M. le juge peut témoigner que ni votre mari, ni vous-même, ni vos esclaves n'ont pu allumer l'incendie... Les accidents existent, n'est-ce pas ?...

— Que cela ne nous coupe pas l'appétit, mes amis, fit Murphy. Le cochonnet de Céline ne peut attendre davantage... A table ! »

Malgré le drame, la soirée fut joyeuse. Chacun porta un toast aux voyageurs. Celui du juge Clairborne, en faisant allusion à l'incendie, « qui semblait vouloir effacer jusqu'aux souvenirs d'un couple sympathique », amena des larmes dans les yeux de Mignette. Elle préféra les paroles de M. Dandrige, qui souhaita au forgeron et à sa femme de revenir un jour à Pointe-Coupée où les gens de Bagatelle seraient toujours heureux de les revoir.

« Puisque c'est moi qui vous ai accueillie en Louisiane, conclut-il, rappelant le jour où, à La Nouvelle-Orléans, Virginie, devenue marquise de Damvilliers, avait débarqué avec sa suivante, je puis dire à tous que vous êtes une bonne recrue pour ce pays... »

Au cours d'un de ces silences de fin d'agapes qu'on attribue au passage d'un ange, Mignette prit soudain la parole. Le vin de Champagne avait coloré ses joues, ses yeux verts pétillaient d'une fausse inquiétude.

« Mais où allons-nous coucher cette nuit ? Nous n'avons plus de toit...

— Ici, bien sûr, dit aussitôt Murphy, il y a de la place... »

Au moment des adieux et des embrassades à la mode française, Mignette se montra tout particulièrement affectueuse avec Ed Barthew. Ce dernier avait rapidement conclu un arrangement avec Schoeler. L'argent que ne manquerait pas de verser l'assurance serait conservé par l'avocat jusqu'au retour du forgeron, ou lui serait envoyé quand il aurait une adresse dans l'Ouest. Sur la somme recueillie, M. Barthew se rembourserait des deux mille dollars qu'il aurait à avancer pour cautionner l'émancipation de Clovis et Armand. Mignette demanda en plus que leur soient prêtés trois cents dollars afin qu'ils pussent installer une nouvelle forge sur les ruines de celle de son mari.

« Entre gens honnêtes et généreux, les arrangements sont toujours possibles. Vous êtes tous de bons citoyens », moralisa le juge Clairborne.

Comme les Schoeler se déshabillaient pour se mettre au lit, un peu émus par les libations et la rupture avec leur passé, que venaient de consommer le dîner chez Murphy et l'incendie de la forge, Albert tendit à Mignette un objet plat.

« Tiens, j'ai trouvé ça près de la maison, dans les décombres; c'est un étui à cigares en peau de serpent... Quelque pompier aura dû le perdre... Il faudra le laisser au docteur Murphy. Il pourra peut-être retrouver son propriétaire. »

Mignette, avec cette parfaite maîtrise d'elle-même que lui avait enseignée autrefois, par l'exemple, Mlle Virginie, se retint de dire qu'elle avait reconnu l'objet. Il appartenait à Ed Barthew.

« Sûr que le docteur Murphy saura trouver son propriétaire. Je le lui donnerai demain matin. »

Elle enferma l'étui dans son sac, avec la promptitude de quelqu'un qui n'est pas décidé à s'en dessaisir facilement.

Trois jours plus tard, alors que l'attelage des Schoeler venait de passer le gué de la rivière Rouge, face au soleil couchant, Mignette ouvrit son sac pour y prendre une pastille de menthe.

« Mon Dieu ! s'écria-t-elle avec une spontanéité parfaitement feinte, l'étui que tu as trouvé, j'ai oublié de le laisser au docteur Murphy. Je devrai le conserver jusqu'à ce que nous revenions à Pointe-Coupée..., si nous y revenons jamais... »

Les femmes les plus honnêtes ont ainsi le goût des souvenirs secrets.

11

CLARENCE DANDRIGE venait de recevoir une lettre du marquis de Damvilliers, par courrier rapide. Il lui en coûta deux dollars, car la compagnie anglaise qui assurait par clippers le transport des messages à travers l'Océan avait pour règle de faire payer une partie du port au destinataire. Par cette missive, d'une brièveté bien dans le style d'Adrien, celui-ci annonçait son retour pour la mi-février. Il avait dû embarquer avec Virginie sur le *Borcas*, un des bateaux les plus rapides de la ligne Le Havre-New York, qui mettait en moyenne trente-huit jours pour effectuer la traversée. Aussi, quand le capitaine Tampleton se présenta à Bagatelle, sachant les Damvilliers absents, l'intendant put-il lui annoncer que le voyage de noces du planteur touchait à sa fin.

La guerre, même celle fort peu glorieuse que les soldats des Etats-Unis menaient contre les Indiens, avait sensiblement mûri Willy, très fier de son galon de capitaine, obtenu au cours d'un engagement qui n'avait rien d'héroïque. La blessure reçue au bras par le frère de Corinne était oubliée. Elle lui avait valu, outre un avancement flatteur, une permission de convalescence. L'officier avait su mettre celle-ci à profit pour plastronnër dans les réceptions. Quantité de jeunes filles de la bonne société lui avaient tendu leur carnet de bal avec l'espoir d'obtenir plus qu'un quadrille. Cent fois déjà, il avait raconté la charge de sa brigade — sans omettre un détail ni embellir son rôle , car le cadet des Tampleton paraissait toujours aussi dénué d'imagination. Dandrige lui trouva une allure plus virile. Bronzé, musclé, ayant perdu, avec ses joues roses, cet air poupin d'adolescent trop nourri, commun à beaucoup de fils de planteurs, le capitaine affichait une désinvolture un peu surfaite de briscard revenu de tout.

Après le dîner auquel l'intendant l'avait convié, alors qu'un feu de bois crépitait dans la cheminée du salon et que James venait de servir le porto, Willy tira de sa vareuse un médaillon.

« J'aimerais que vous me rendiez le service de restituer ceci à Vir... à Mme de Damvilliers. Avec discrétion, bien sûr. »

Un hochement de tête approbateur incita l'officier à poursuivre :

« Il s'agit de la mèche de cheveux qué la marquise perdit au jeu sur le *Prince-du-Delta*..., vous vous souvenez... Maintenant qu'elle est mariée, et après ma stupide conduite lors du barbecue au cours duquel le marquis annonça ses fiançailles, je ne peux décemment pas conserver un pareil souvenir. »

Clarence glissa le médaillon dans sa poche.

« Ce sera fait avec toute la discrétion souhaitable, encore que ce n'est pas à Mme de Damvilliers que ce... trophée devrait revenir !

— Que voulez-vous dire ?

— Simplement, mon cher Willy, que ces cheveux n'appartiennent pas à Virginie.

— Je vois, fit le capitaine en riant, ils appar-

402

tiennent maintenant à son mari, comme le reste de sa personne... »

Dandrige regarda l'officier, de l'air affligé d'un maître d'école constatant qu'un élève n'a rien compris au texte qu'il est chargé d'expliquer. « Décidément, pensa-t-il, la guerre fortifie peut-être le corps, mais n'améliore pas l'intelligence. » L'intendant, avec quelque impatience dans le ton, précisa :

« Non, pas au marquis non plus. Ces cheveux appartiennent à une jeune femme nommée Mignette, aujourd'hui Mme Schoeler et présentement occupée, avec son époux, à courir les pistes de l'Ouest... »

Un chef indien apparaissant soudain dans le salon, son tomahawk à la main, n'aurait pas causé plus d'étonnement à Tampleton.

« Vous dites, Dandrige, vous dites, en somme, que Virginie s'est moquée de moi et aussi de Barthew.

— C'est une forme féminine de l'humour, Willy. Aujourd'hui, vous ne pouvez lui en vouloir, cette affaire est oubliée. »

L'officier demeura silencieux, les lèvres pincées, boudeur et ne sachant que dire. Cette mèche de cheveux roux qui ne l'avait jamais quitté, qu'il déposait le soir à son chevet avec sa montre, qui lui avait valu à West Point tant de plaisanteries de la part de ses camarades, appartenait à une servante ! A la surprise succédaient la colère et la honte.

« Mais quelle femme est-elle donc, Dandrige, pour se conduire pareillement avec des gentlemen qui ont risqué leur vie pour elle ? C'est une...

— Chut, calmez-vous, Willy, vous êtes ici sous son toit. Ne prononcez pas de mots que vous regretteriez. J'ai hésité à vous livrer ce petit secret, mais je pense, puisque vous vous débarrassez de ce médaillon, que cela n'a plus, pour vous, aucune importance. Il vient toujours un moment dans la vie où il faut rendre à César ce qui lui appartient.

— A César ou à Proserpine... Allons, rendez-moi ce médaillon ! »

La voix était autoritaire, Dandrige obtempéra. Certain de ce qui allait se passer, il étendit les jambes et croisa les mains, comme un spectateur attentif et détendu, attendant l'épilogue prévu d'un mélodrame.

Sa prévision se révéla juste : ayant saisi le bijou, Willy Tampleton le jeta rageusement dans la cheminée, puis d'un trait vida son verre de porto.

« Il arrive qu'on brûle ce qu'on a adoré, murmura l'intendant avec un sourire amical.

— Je vous remercie en tout cas de m'avoir détrompé, Clarence. C'est comme si l'on venait de m'arracher une mauvaise dent... Parlons d'autre chose. »

Quand la bouteille de porto fut vide, l'officier enfila son grand manteau de cavalier et demanda son cabriolet. Un vent froid agitait la mousse espagnole suspendue aux branches des chênes et poussait les nuages vers le sud. Dandrige suivit des yeux la lanterne cahotante puis regagna le salon. Lorsque James se fut retiré, après avoir clos la porte, il saisit un tisonnier, fouilla les cendres, en retira le médaillon d'or, brûlant et noirci. Quand celui-ci fut refroidi, il le nettoya avec son mouchoir, constata que le verre était brisé, mais qu'à l'intérieur la boucle de cheveux, en forme de point d'interrogation, était intacte : il l'empocha et regagna sa chambre. Ayant deviné ce que Barthew avait fait pour Mignette, une semaine plus tôt, il se dit que l'avocat ne serait peut-être pas fâché de recevoir un souvenir qui signifierait enfin quelque chose !

Les Damvilliers regagnèrent Bagatelle une semaine plus tôt que l'avait prévu Clarence Dandrige. Le capitaine du *Borcas*, marin téméraire et amateur de primes, avait choisi, pour réduire le parcours, la route la plus difficile, qui passait sur le banc du Grand Bahama. Cinq fois, au risque de se perdre corps et biens, le vaisseau avait heurté des récifs. Les passagers européens s'étaient plaints de cette folie, mais les Américains, admirant l'audace du navigateur et enchantés de vivre un exploit qui ferait date, avaient encouragé l'équipage et traité de poules mouillées les geignards. Quand La Balise fut en vue, à l'embouchure du Mississippi, tous, par contre, poussèrent des hourras qui s'entendirent du poste des pilotes : les uns pour remercier Neptune de les avoir conduits à bon port, les autres — Adrien et Virginie en étaient — pour faire ovation au marin qui leur avait donné de si fortes émotions. La future maman, même par gros temps, n'avait laissé voir qu'un symptôme inhérent à son état : un appétit de nurse anglaise, qui soulevait le cœur des ladies victimes du mal de mer.

« Quel bonheur, Dandrige, de retrouver sa maison et de vous revoir ! dit Adrien. L'Europe m'est apparue comme une vieille femme, tourmentée par des vices qui ne sont plus de son âge. Partout on ne parle que de révolutions, de bouleversements, sans même concevoir par quoi remplacer ce que l'on veut détruire. Les Anglais veulent une monarchie fagotée comme une république, et les Français une république gouvernée par un roi. Quant aux Hollandais, aux Polonais, aux Belges, aux Allemands, ils sont prêts à imiter les uns ou les autres...

— Je suis, moi aussi, content de vous revoir,

Adrien. Certains soirs d'hiver, dans cette grande maison vide, je me suis surpris à errer comme une âme en peine. »

Quant à Virginie, elle parut si heureuse de distribuer des cadeaux et de se laisser brosser les cheveux, « comme aucune servante ne savait le faire en Europe », par la gentille Rosa, tout émue d'avoir reçu un savon parfumé à la violette, que Dandrige trouva en elle une femme nouvelle, épanouie, heureuse et sincère. Sa maternité future la rendait plus belle encore, plus désirable, aurait pensé un autre que l'intendant. Elle ne paraissait préoccupée que du bonheur des gens et d'abord de celui de son mari. Adrien, euphorique, annonça à la délégation de travailleurs qui vint lui souhaiter la bienvenue qu'il offrait deux jours de repos à tous les esclaves de la plantation.

« Le bonheur, ça existe, Dandrige, et je me sens une force de taureau pour conduire Bagatelle. Nous allons vers de beaux jours, vers de belles années. Si Virginie me donne, comme je l'espère, un petit marquis, je construirai un hôpital pour les pauvres de Sainte-Marie, car je ne peux être complètement heureux sans rien faire pour ceux qui ont moins de chance que moi ! »

En cette année 1832, le bonheur du marquis semblait être contagieux. Le Sud tout entier vivait ce que plus tard les historiens appelleraient « l'âge d'or ».

La Louisiane et le Mississippi avaient produit, au cours de la saison précédente, 132 363 balles de coton qui s'était fort bien vendu puisque les magasins de La Nouvelle-Orléans n'en contenaient plus que 7 000 balles. Les recettes de l'Etat de Louisiane avaient atteint un chiffre record : 507 291 dollars, et, malgré des investissements de toutes sortes, le trésorier venait d'annoncer qu'il restait encore 167 235 dollars dans la Caisse publique. On avait construit à La Nouvelle-Orléans un nouvel hôpital de charité qui avait coûté 17 000 dollars et, à travers les paroisses, de nombreuses écoles publiques, valant au total 45 000 dollars. Les licences sur les jeux, versées par les propriétaires de cabarets ou par les armateurs de showboats, avaient rapporté 41 000 dollars. Il était vrai que, dans le même temps, les poursuites criminelles et l'entretien des prisonniers d'Etat avaient coûté aux citoyens 35 000 dollars. Le trésorier n'avait versé que 900 dollars pour indemniser les propriétaires d'esclaves exécutés pour crimes.

Les banques de La Nouvelle-Orléans regorgeaient d'argent et, si la ville attirait chaque année davantage de spéculateurs, on y comptait également de plus en plus d'hommes d'affaires sérieux. Si, pendant plusieurs mois chaque été, la peur de la fièvre jaune et du choléra ne l'avait pas emporté sur l'ambition pécuniaire, la capitale du Sud eût grandi encore plus vite.

Tout était donc pour le mieux dans le meilleur des mondes possibles, pensaient les planteurs et les négociants, dont l'arrogance et les fortunes irritaient les gens du Nord occupés à creuser des mines et à construire des chemins de fer, activités qu'on ne pouvait comparer au plaisir de regarder pousser le coton, la canne à sucre ou le tabac.

Tous les habitants du Sud ne profitaient pas aussi largement d'une prospérité à laquelle le travail des esclaves — on en comptait 4 264 dans la seule paroisse de Pointe-Coupée, contre 622 mulets — contribuait pour une large part. Il y avait les « petits Blancs », pour lesquels Adrien s'était engagé devant Dandrige à construire un hôpital, pour peu que le Seigneur lui octroyât le fils désiré. Exploitant de minuscules concessions dans « le poulailler », zone ceinturée par l'ancien bras du Mississippi, devenu lac et dénommé par les pionniers Fausse-Rivière, ils maniaient, comme les Noirs, la pelle et la pioche. Ces gens, qui avaient tout juste les moyens de louer un ou deux esclaves à vingt ou trente dollars par mois, vivaient avec leurs familles dans des maisons sans confort, fabriquaient eux-mêmes leurs meubles, achetaient à crédit le jambon fumé, ne buvaient que de l'eau, cultivaient comme un luxe un carré de melons et quelques groseilliers, faisaient des manières pour payer leurs impôts et négligeaient d'envoyer leurs enfants à l'école. Chatouilleux comme personne quand il s'agissait de leurs libertés, ils se battaient dans les réunions électorales et posaient aux candidats des questions saugrenues. On ne trouvait guère au-dessous de ces « petits Blancs » que des gens sans foyer ni attaches, coureurs de bois et de bayous, tantôt trappeurs et chasseurs, grands tueurs de rats musqués, de ragondins et d'alligators, quelquefois charbonniers, à l'occasion éleveurs de bétail ou pêcheurs, dont la seule supériorité sur les Noirs tenait à la couleur de leur peau. L'aristocratie des planteurs ignorait cette catégorie d'individus, venus d'Europe dans on ne savait quelles conditions. Quand on faisait allusion à leur existence, c'était en général pour se gausser de leurs mœurs ou s'indigner du mauvais exemple qu'ils donnaient aux esclaves. Ces derniers ne respectaient d'ailleurs que leurs fusils et les désignaient, comme leurs maîtres, de noms peu flatteurs : Red-Neck, ou Pecker-Wood[1]

Au mois d'août 1832, par une chaleur insoutenable, qui rendaient floches les feuilles des cotonniers, dont les tiges exténuées se courbaient sous le poids léger des gousses, Virginie fit appeler le

1. Cou-Rouge et Pivert.

docteur Murphy. L'enfant qui remuait dans son ventre ne tarderait pas à naître.

« Ça se passera bien, dit le médecin au marquis. Votre femme a le masque, ce qui est bon signe, et je ne serais pas étonné si vos vœux étaient exaucés. Le bougre est diablement remuant. Ce sera, je pense, pour la fin du mois. »

Depuis plusieurs semaines déjà, Virginie faisait l'objet de toutes les attentions. Le trousseau du futur marquis était prêt et des couturières de la plantation avaient garni de dentelles neuves le grand berceau, en forme de nef, où Adrien avait fait ses premiers rêves. Les domestiques, que régentait avec une autorité héritée de Maman Netta la grosse Anna, avaient un respect religieux de la maternité.

Les mystères de la naissance exprimaient à leurs yeux le meilleur de la volonté divine. Aussi, à chaque instant Rosa, la fille d'Anna, qui se consacrait entièrement au service de la dame de Bagatelle — ce dont cette jolie fille n'était pas peu fière — se précipitait pour glisser un coussin sous les pieds de sa maîtresse, mobilisait une soubrette de rang inférieur pour l'éventer, lui proposait du lait. Elle montait aussi la garde à la porte de la chambre la plus fraîche où Virginie reposait l'après-midi, nue sous une chemise en batiste. Adrien, dont la fébrilité augmentait au fur et à mesure que s'approchait l'heure de l'accouchement, quittait à tout moment les champs pour venir s'enquérir « si tout allait bien ».

Dandrige, entrant à l'improviste dans la bibliothèque, l'avait trouvé, à plusieurs reprises, occupé à feuilleter un traité d'anatomie, comme s'il voulait apprendre par le détail le processus de la naissance.

« Rien n'est plus naturel que la venue au

monde d'un enfant, Adrien. Cessez de vous inquiéter.

— Ce doit être tout de même affreusement douloureux et Virginie n'est pas une négresse... Il paraît que plus les femmes sont minces et plus leur accouchement est difficile. Je ne peux m'empêcher de penser aux risques qu'elle va affronter. Heureusement que Murphy sera là... Pourvu qu'il ne soit pas ivre au moment où l'on aura besoin de lui ! Je me demande si je ne devrais pas, dès aujourd'hui, le garder à la maison pour l'avoir sous la main et en état d'agir, si les choses se précipitaient !

— Murphy doit soigner ses malades et la maternité n'est pas une maladie. Ce serait faire preuve d'égoïsme que de le retenir inutilement...

— En ce qui concerne Virginie, je suis égoïste, Clarence, et je veux que nous mettions toutes les chances de notre côté. »

Quand Virginie fut prise des premières douleurs, dans l'après-midi du 15 août, le médecin se révéla introuvable. On sut, par les estafettes envoyées dans toutes les plantations, puis par Bobo qui visita la plupart des maisons de Sainte-Marie, que le praticien devait se trouver à Port Hudson, de l'autre côté du Mississippi, à deux bonnes heures de Bagatelle.

« Trouvez un bateau et allez le chercher, ordonna Adrien à Clarence tandis que Virginie, surveillée par Anna et sa fille, mordait des mouchoirs humectés de vinaigre.

— Si le docteur pas venir, fit Anna avec autorité, on va chercher Planche, c'est elle qui aide toutes les femmes nègres !

— Jamais de la vie, coupa le marquis, excédé. Il faut joindre Murphy et l'amener ici ! »

Clarence avait disparu, sachant où trouver un bateau et des rameurs pour rejoindre Port Hudson. Comme M. de Damvilliers tournait autour du lit de sa femme, se frottant la tête à deux mains, sous les regards craintifs d'Anna, Virginie étendit le bras, lui prit le poignet au passage et dit d'un ton qui n'admettait pas de réplique :

« Qu'on aille chercher Planche et sortez d'ici, Adrien, vous me donnez le vertige ! »

Et, comme le marquis se préparait à élever une objection :

« Je ne suis pas faite différemment des autres femmes, mon ami. »

Planche, ainsi nommée à cause d'une maigreur squelettique et d'une peau grise, comme les pièces de bois longtemps exposées aux intempéries, remplissait au village des esclaves les fonctions de sage-femme. Un peu sorcière, connaissant les herbes qui guérissent, elle était tenue par certains pour jeteuse de sorts, ce qui lui valait une considération fondée sur la crainte. C'était une femme avec laquelle il valait mieux être en bon termes. Peu loquace, vivant seule dans une cabane au bord du fleuve, elle excellait à l'égrenage du coton. Ses longs doigts secs, d'une souplesse et d'une adresse rares chez les Noirs, inquiétaient au moins autant que ses yeux clairs, lesquels dénonçaient, comme la couleur de sa peau, quelque lointaine ascendance blanche.

A Rosa, qui courut la prévenir à l'atelier d'égrenage que la maîtresse la réclamait d'urgence, elle dit en redressant fièrement son buste maigre :

« Je savais qu'on aurait besoin de moi... »

Sur les talons de la jeune servante, Planche pénétra furtivement dans la maison. Adrien, qui faisait les cent pas sous la galerie, répondit à son salut sans oser rien ajouter. Posément et avec application, la sage-femme se lava les mains et les bras dans la cuisine, exigeant pour s'essuyer une serviette neuve que la petite Rosa lui tendit sans plaisir.

« Fais bouillir de l'eau, beaucoup, petite, et porte des serviettes dans la chambre de la maîtresse. »

Puis elle tira d'un sachet de cuir qu'elle portait suspendu au cou un mince lien d'herbes tressées, qu'elle mit à tremper dans un verre de vin qui lui fut servi à sa demande. Toutes ces opérations quasi rituelles furent exécutées lentement, comme si rien ne pressait. Enfin, Planche se fit conduire à la chambre de la marquise, après avoir encore exigé une pièce de cinq dollars en or et une paire de ciseaux d'argent, qu'elle trempa dans le verre de vin et essuya avec soin. Rosa, les yeux écarquillés, avait suivi ces préparatifs en priant Dieu que le docteur Murphy apparaisse, le maître n'ayant pas caché la méfiance que lui inspirait la femme grise. Quand cette dernière eut clos la porte de la chambre, après avoir expédié d'un geste la grosse Anna, qui transpirait au moins autant que sa maîtresse, il n'y eut plus qu'à attendre, en guettant les bruits de la maison, devenue silencieuse comme un sépulcre.

A plusieurs reprises, Adrien vint rôder au salon, puis dans la cuisine.

« Mais, enfin, que se passe-t-il ? J'aimerais savoir tout de même... Je vais aller voir...

— Faut pas, maître. Planche veut personne autour d'elle et m'ame Ma'quise non plus ! »

Enfin, la sorcière entrouvrit la porte pour demander la bassine d'eau chaude. Elle la referma et la tension augmenta. Dans l'idée d'Adrien, une femme ne pouvait mettre un enfant au monde sans gémir ni crier. Il guettait donc sur la véranda, à deux pas d'une fenêtre aux rideaux tirés, les plaintes de Virginie qui lui indiqueraient que le travail était commencé. Dieu voudrait peut-être que Murphy arrivât avant ce moment-là, avec sa science rassurante.

Il sursauta quand Planche, venue jusqu'à lui, sans qu'il entendît son pas de félin, dit dans son dos :

« C'est un beau garçon, bien blanc, maître.

— Et la maîtresse ?

— Tout est bien », fit Planche d'un ton professionnel.

Le docteur Murphy arriva trois heures plus tard, sérieusement éméché.

Il trouva Adrien penché sur le berceau où reposait un bébé rougeaud, à la peau fripée, aussi laid que tous les autres, mais déjà pourvu de quelques cheveux bruns. Virginie, les bras sous la nuque, ses anglaises bien coiffées par Rosa, souriait en entendant son mari répéter avec un rien d'inquiétude :

« Comme il est petit !... comme il est petit !... »

Le médecin examina la mère et l'enfant. Il trouva la première en parfait état et le second propre comme un sou neuf. Planche avait coupé le cordon ombilical après la ligature effectuée au moyen de ses herbes tressées. Puis elle avait appliqué, entre deux bandes, sur le nombril du nouveau-né une pièce de cinq dollars, destinée à maintenir le cordon coupé « pour que le petit marquis ait un joli petit ventre ».

« Tout de même, fit Adrien, vous auriez pu être là, Murphy ; confier Virginie à cette négresse m'a donné des sueurs froides.

— Je n'aurais pas fait mieux et même j'aurais fait moins bien, certainement. J'ai vu opérer Planche plus d'une fois et, si un jour j'avais une femme prête à faire un enfant, c'est elle que j'irais chercher. Je suis sûr que Virginie n'a pas souffert, cette sorcière a ses secrets...

— Elle m'a donné à mâcher une boule d'herbe

et je dois dire que je n'ai plus pensé à rien. C'était comme si une autre avait souffert à ma place!

— Et, quand le cordon a été coupé, ne vous a-t-elle rien dit? fit le médecin.

— Si, elle m'a dit : « Le petit marquis a le signe du feu! »

— Qu'est-ce que ça veut dire? intervint le marquis, bourru; encore une histoire de sorcière...

— Ça veut dire, je pense, que votre fils aura un tempérament de feu, comme son père! N'est-ce pas, Murphy?

— C'est probablement ça, oui », fit le médecin, pensif, l'œil vague et attribuant peut-être à la déclaration de Planche un sens différent.

Il eut assez de bon sens, malgré les vapeurs de whisky, qui l'auraient facilement rendu bavard, pour tenir sa langue. La dernière fois que Planche avait dit à une esclave accouchée que son bébé avait le signe du serpent, l'enfant était mort piqué dans son berceau par un reptile vert. Planche, il l'eût volontiers reconnu, possédait une science particulière bien différente de celle qu'on enseigne aux apprentis médecins dans les universités du Nord.

Le futur marquis de Damvilliers, quatrième du nom en Louisiane, reçut au baptême les prénoms accolés de Marie-Adrien, puisque né le jour de la fête de la Vierge. Plus tard, quand il hériterait le titre, qui déjà n'était plus qu'un titre, il abandonnerait son premier prénom pour devenir Adrien de Damvilliers, comme tous les autres Damvilliers qui l'avaient précédé sur cette terre. En attendant, il se révélait vorace, braillard, gesticulant, débordant d'une vitalité qui réjouissait son père, mais donnait à sa nourrice, une esclave nommée Imilie, plus d'occupation que les six enfants qu'elle avait eus elle-même d'un contre-maître allemand.

L'année de la naissance de Marie-Adrien fut marquée en Louisiane par une récolte de coton relativement médiocre. L'Etat produisit 97 000 balles de moins qu'en 1831, ce qui eut pour effet de faire monter les cours et de fournir aux spéculateurs de bons bénéfices. Les planteurs, qui purent ainsi écouler leurs stocks de deuxième choix, se passionnaient davantage cependant pour ce qui se passait à Washington, où l'on devait discuter le Nouveau Tarif, ensemble de taxes et de droits que percevait le Trésor fédéral sur les produits manufacturés en provenance d'Europe et dont le Sud faisait une grosse consommation. En 1828, les protectionnistes du Nord avaient obtenu du gouvernement fédéral un tarif que les partisans du libre-échange, pour la plupart sudistes, trouvaient scandaleux. Il s'agissait donc pour les représentants des Etats du Sud d'arracher, sinon la suppression des droits de douane, du moins une réduction substantielle du montant de ceux-ci.

Les planteurs de Louisiane, comme les hommes d'affaires de La Nouvelle-Orléans, comptaient pour cela sur l'autorité du président des Etats-Unis, le général Andrew Jackson. Militaire valeureux, il avait empêché les Anglais de prendre La Nouvelle-Orléans, au cours de ce qu'on appelait la seconde guerre d'Indépendance, et leur avait infligé, le 8 janvier 1815, une défaite dont on commémorait chaque année le glorieux souvenir. Le président possédait aussi, dans le Tennessee, une plantation de coton où il faisait travailler des esclaves, ce qui rassurait les électeurs des Etats esclavagistes, toujours en butte aux abolitionnistes. Enfin, le général Jackson restait le condottiere audacieux qui, en 1818 — en outrepassant un peu les droits octroyés par le président Monroe — avait mis les Séminoles à la raison, annexé les Florides et exécuté deux Anglais soupçonnés d'intelligence avec les Indiens.

Duelliste redoutable, il ne déplaisait pas aux Cavaliers du Sud. Politicien réaliste, il inspirait confiance aux démocrates nordistes. Quand la modernisation du vieux parti de Jefferson s'était imposée, le sénateur Martin Van Buren, de New York, avait su flatter sa vanité patriotique et convaincre le héros national de poser sa candidature à la présidence des Etats-Unis. Tout le monde avait oublié que le candidat des démocrates avait été autrefois l'ami de cet Aaron Burr, accusé de haute trahison en 1807 par le président Jefferson. Elu, Andrew Jackson s'était déclaré, comme le souhaitaient ses partisans, hostile aux monopoles et à la bourgeoisie, industrielle et commerciale, dont l'influence ne cessait de grandir dans le nord-est de l'Union.

D'un tel homme, né sur la frontière des deux Carolines, les Sudistes n'espéraient que compréhension et appui. Ils furent un peu déçus. D'abord parce que le « Vieux Noyer », comme on l'appelait familièrement, avait inauguré dès sa prise de fonction, en 1829, le système dit « des dépouilles », qui consistait à distribuer toutes les fonctions publiques fédérales de quelque importance aux membres du parti qui avait facilité son élévation. Ensuite, parce qu'on avait compris, à son attitude, qu'il subordonnerait tout au renforcement de l'Union. Le système des « dépouilles » avait eu pour première conséquence de promouvoir une nouvelle catégorie de citoyens : les politiciens professionnels dont les Sudistes ne pensaient pas grand bien. Quant à la volonté, maintes fois exprimée, de ne pas tolérer la moindre atteinte à l'autorité fédérale, elle faisait présager une politique de compromis où les considérations électorales pèseraient le même poids que les intérêts économiques des Etats.

Dans son message annuel au Congrès en 1832, Andrew Jackson avait demandé la réduction du Tarif, pensant ainsi satisfaire les Sudistes, dont le porte-parole le plus intransigeant était le vice-président de l'Union, John C. Calhoun. Ce dernier jouissait parmi les planteurs et les négociants du Sud d'un prestige certain. Comprenant que Jackson tenait à ménager son électorat du Nord, en acceptant un nouveau Tarif qui ne pouvait contenter le Sud, John C. Calhoun démissionna, se fit élire sénateur et s'engagea à fond contre le gouvernement fédéral. Décidé à défendre le droit souverain des Etats à la sécession, tout en affirmant que la nullification était un moyen d'éviter la dissolution de l'Union, en permettant à un Etat de rejeter une législation contraire à ses intérêts, il sema le germe d'un mal dont personne n'entrevit immédiatement les effets.

Une convention se tint en Caroline du Sud. Elle eut pour résultat de faire admettre la nullification. On vota une série de mesures tout à fait contraires à l'esprit des lois fédérales. Le Nord considéra qu'il s'agissait d'un acte de rébellion contre l'autorité souveraine de l'Union; Jackson menaça — ce qui était bien dans son tempérament — d'envoyer les troupes fédérales contre les Caroliniens. Les autres Etats du Sud ne suivirent pas la Caroline. Leurs représentants préférèrent la voie du compromis et obtinrent finalement une réduction progressive des droits de douane, étalée sur dix années.

Les gens raisonnables, ayant à cœur de maintenir, même au prix de quelques sacrifices, les chances d'une cohésion américaine ne pouvant exister que dans le cadre d'une alliance fédérale, adoptèrent le point de vue de Jackson, sans condamner aussi sévèrement que lui l'attitude des Caroliniens du Sud.

Le marquis de Damvilliers appartenait à cette catégorie de citoyens. Sans se mêler de politique, il influençait par son exemple bon nombre de grands planteurs qui, eux, militaient en période électorale. Le fait que les Damvilliers soient installés depuis 1720 sur la même terre et que le père d'Adrien avait choisi la nationalité américaine, au contraire d'autres planteurs qui avaient tenu à conserver leur nationalité d'origine, conférait au marquis un prestige et une autorité dont lui-même appréciait mal l'ampleur.

Un soir de décembre, à quelques amis rassemblés dans le salon de Bagatelle, alors que les dames papotaient autour de Virginie, il développa son argumentation.

« L'idée de patrie ne peut reposer que sur le respect des lois de l'Union. Les Américains en tant que peuple n'existent pas encore. Il faudra attendre que naissent et meurent plusieurs générations avant que l'on reconnaisse l'existence d'une race américaine ataviquement attachée à son sol. Les étrangers qui nous visitent, je l'ai compris en Europe, sont étonnés de ne pouvoir définir dans l'Union aucune communauté d'intérêts, ni de religions, ni de traditions, ni de mœurs. Ils ne voient que des colons qui cohabitent sur un continent conquis. Ils rencontrent des Anglais en Nouvelle-Angleterre et en Georgie, des Allemands et des Irlandais à New York, des Espagnols dans les Florides, des Français en Louisiane; tous se disent américains, comme se disent réformistes à Londres les membres du Reform-Club! J'ai entendu un Français déclarer très sérieusement que les seuls vrais Américains étaient les Indiens que nous chassons de leurs territoires! Or, hélas! nous ne sommes plus des colons exploitant égoïstement une terre exotique, nous sommes des citoyens vivant, de notre travail, sur notre terre, voilà ce que le monde et la vieille Europe doivent comprendre. Les gens de la Caroline du Sud se conduisent encore comme des colons. Je conçois que leurs affaires puissent souffrir de l'application du Tarif. J'en souffre moi-même, en payant mon bordeaux moitié plus cher que je ne devrais. J'en souffrirai encore en versant trente ou quarante dollars à M. le collecteur de la douane, quand on débarquera à La Nouvelle-Orléans le piano de Pleyel que Mme de Damvilliers a acheté à Paris. Mais dois-je pour cela prôner la nullification? Nous avons certes des intérêts à faire valoir, des règlements injustes à dénoncer, mais il nous faut convaincre de la réalité des uns et des autres ceux qui méconnaissent notre façon de vivre et non pas les combattre comme des ennemis. Car nous sommes tous des Américains! »

Il était rare que M. de Damvilliers soit aussi loquace et aussi formel. Clarence crut reconnaître, dans son discours, des idées exprimées par Virginie, dont il connaissait l'opinion sur l'attitude des gens de la Caroline du Sud. Elle aussi avait foi dans l'Union et ne croyait pas, au contraire de bon nombre de femmes de planteurs, ignorantes, qu'on devait engager la Louisiane dans la voie de la rébellion économique parce que les plumes d'autruche, les dentelles de Malines et les porcelaines de Limoges doublaient de prix en touchant les quais de La Nouvelle-Orléans.

« Vous feriez un excellent sénateur... dans un Etat du Nord! » finit par dire M. Tampleton, après un bref silence pendant lequel l'assemblée tentait d'assimiler la déclaration du marquis.

Le vieil homme s'anima :

« Mon fils Willy risque actuellement sa vie pour l'Union, en combattant les Indiens qui ne respectent pas les traités. Vous parlez de convaincre nos adversaires... Allez donc convaincre des sauvages qui se barbouillent la figure et adorent des morceaux de bois !

— Mais les partisans du Tarif ne sont pas des sauvages, Tampleton, fit un planteur.

— Je me le demande parfois, quand on voit comment on nous insulte dans les feuilles abolitionnistes qu'ils soutiennent avec l'argent qu'ils nous prennent. Eux se conduisent en ennemis jaloux de la prospérité du Sud... et je ne suis pas de ceux qui tendent la joue gauche quand ils ont reçu un soufflet sur la joue droite. Un jour viendra, acheva le vieux Tampleton en agitant une main décharnée, constellée de " marguerites de cimetière ", où il faudra, je vous le dis, nous battre pour survivre, pour défendre les valeurs du Sud. »

Avec sa crinière blanche, son visage maigre, ses yeux noirs profondément enfoncés dans les orbites, sa cravate à l'ancienne mode, M. Tampleton ressemblait à un prophète.

Au doyen des planteurs de Pointe-Coupée on devait le respect. Personne ne pouvait donc le contredire, sauf son hôte, le maître de Bagatelle.

« J'espère que Dieu inspirera à tous assez de sagesse pour que jamais nous n'en arrivions là ! »

Clarence Dandrige sourit. Dans l'esprit d'Adrien, Dieu était sudiste !

12

TANDIS que Bagatelle baignait dans son bonheur familial, Willy Tampleton se trouvait en effet à nouveau engagé contre les Indiens. Ayant quitté l'artillerie pour la cavalerie, il caracolait en Illinois, face aux Sacs et aux Fox que le chef Black Hawk avait entraînés, en violation du traité de 1830, à repasser le Mississippi. On avait peu de nouvelles de cette guérilla, aux embuscades souvent meurtrières. Aussi, quand intervint, en septembre 1832, le dénouement du conflit, les familles sudistes où l'on comptait des militaires furent soulagées. Les Sacs et les Fox, vaincus et en partie massacrés à l'embouchure de la Bad Axe River, acceptèrent de signer un nouveau traité et de regagner la rive droite du Mississippi, suivis d'ailleurs par les Chickasaws, contraints de céder leurs bonnes terres aux exploitants américains.

La réélection d'Andrew Jackson à la présidence des Etats-Unis et la défaite de son concurrent, le sénateur républicain national du Kentucky, Henry Clay, conduisirent les Sudistes à resserrer les rangs. A Pointe-Coupée, les planteurs se souvinrent davantage à cette occasion de la prophétie de M. Tampleton que du discours sensé de M. de Damvilliers.

Clarence Dandrige, dès le retour des Damvilliers en Louisiane, avait annoncé au marquis son intention de faire construire une demeure de célibataire, le logement qu'il occupait — deux grandes pièces et quelques dépendances — étant trop exigu pour qu'il puisse organiser son propre train de maison.

Adrien parut surpris.

« Pourquoi vouloir changer nos habitudes, Clarence ? Vous êtes de la famille, il me semble, cette maison est la vôtre ! »

Dandrige fit valoir ses arguments : un couple a besoin d'intimité et, pour Virginie, voir figurer à tous les repas l'intendant de la plantation, le retrouver dans le salon quand elle a peut-être envie d'y être seule avec son mari paraissaient à Clarence des raisons suffisantes. Rien ne l'empêcherait de rencontrer Adrien aussi souvent qu'il le souhaiterait.

« J'en parlerai à ma femme, mais votre idée ne me plaît guère ! » avait simplement répondu le marquis.

Un matin, après le breakfast, alors que le maître de Bagatelle s'était absenté pour régler quelques problèmes à l'atelier d'égrenage, la marquise entreprit Dandrige.

« Je souhaite, dit-elle, que vous continuiez à vivre ici comme par le passé, Adrien y tient et... moi aussi. Votre présence a plus d'importance que vous ne semblez l'imaginer. Vous êtes pour mon mari le frère qu'il a choisi... et pour moi un ami fidèle et sincère, mieux que cela, une sorte de témoin de confiance... »

Virginie portait ce matin-là une ample robe de chambre de velours grenat, qui mettait en valeur son teint pâle. Dandrige, d'une pichenette adroite, fit sauter une miette restée accrochée à son gilet blanc et considéra la jeune femme.

« C'est bien. Le bonheur de Bagatelle ayant besoin d'un témoin, je serai celui-là. »

Virginie crut déceler un peu d'amertume dans le ton.

« Adrien et moi voudrions vous voir heureux aussi, Clarence, et . — comment dirais-je... — pourvu d'un foyer..., d'une attache autre que Bagatelle... Vous me comprenez?

— En somme, vous souhaiteriez me voir marié?

— Pourquoi non? Dans les réceptions, j'ai remarqué quantité de jeunes filles qui ne demanderaient pas mieux que de devenir Mme Dandrige. Mais vous ne faites pas grand effort. »

L'intendant demeura silencieux.

« Peut-être pensez-vous toujours à Corinne Tampleton, Clarence, mais la vie avance sans les morts...

— Je pense souvent à Corinne, en effet, mais pas de la façon que vous croyez... Et puis je ne suis pas un cadeau à faire à une femme, quelle qu'elle soit! »

Virginie se mit à rire franchement.

« Allons donc, le beau Clarence Dandrige, parfait Cavalier, érudit, dont le compte en banque doit être confortable. ne serait pas un cadeau... comme vous dites. Au contraire, mon cher, croyez-moi, vous êtes la séduction faite homme!... Mais peut-être êtes-vous trop difficile?

— Je le suis, en effet. Et, pour des raisons toutes personnelles, je n'envisage pas de me marier! »

Ces mots, prononcés avec calme, mais netteté, indiquaient — et Virginie le comprit — que l'intendant souhaitait clore le débat.

« Mais alors, dit-elle simplement, ne changez rien, je vous en prie, à vos habitudes. Adrien serait malheureux, il verrait dans votre éloignement une sorte de défiance.

— C'est bon, n'en parlons plus. Mais, quand vous serez lassés de me voir en tiers à votre foyer, dites-le-moi.

— Ne comptez pas trop là-dessus, Clarence. Vous appartenez à Bagatelle encore plus que moi, qui ne suis qu'une pièce rapportée... Cette maison a le charme des lieux privilégiés. On ne saurait s'en détacher impunément.

— C'est vrai, concéda-t-il en parcourant du regard la galerie et, au-delà, les chênes séculaires, Bagatelle a une âme et peut-être un pouvoir envoûtant. C'est ici, Virginie, que ma vie a trouvé son premier ancrage.

— Et que la mienne a trouvé un sens », fit-elle doucement.

Après cette conversation cœur à cœur, il ne fut plus jamais question du déménagement de Dandrige. Les scrupules de l'intendant avaient cependant été appréciés comme un raffinement de politesse, bienvenu chez un Cavalier. Lui-même paraissait satisfait du *statu quo* et, homme d'habitudes, se conduisait exactement comme la bienséance l'exigeait. Il savait s'éclipser lorsque sa présence risquait d'être importune et n'accompagnait les Damvilliers dans leurs visites ou aux bals qu'autant que l'invitation comprenait sa personne.

Au rythme des saisons, les travaux allaient leur train. Marie-Adrien grandissait, espiègle et bruyant. Le marquis et Clarence chevauchaient, comme autrefois, des matinées entières. L'hiver, M. de Damvilliers emmenait sa femme à La Nouvelle-Orléans. Ils avaient leur appartement au Saint-Charles et leur loge au théâtre. Clarence, pendant ces absences, gérait la plantation et ne se rendait « en ville » qu'aux périodes où le couple demeurait à Bagatelle. Le calendrier des fêtes et réceptions s'établissait chaque année avec quelques variantes par rapport à la précédente, mais on retrouvait les mêmes gens autour des mêmes barbecues et dans les mêmes salons. Les femmes s'efforçaient de suivre la mode européenne que leur révélaient des revues et des magazines français, qu'elles échangeaient et dont leurs couturières s'inspiraient pour confectionner des toilettes qu'on eût remarquées à Londres ou à Paris. Elles passaient ainsi de la capeline au chapeau sans bavolets, du taffetas au tulle, dépensaient deux cents piastres pour faire venir des parfums et des savons de Paris et, pour le luxe à huit clos, se drapaient dans de fluides peignoirs qui leur donnaient les apparences des modèles de Watteau. Elles se communiquaient aussi, en catimini, les secrets de nouvelles crèmes ou pilules capables, d'après les réclames des journaux, de combattre la couperose, ennemi juré du teint sudiste, ou de supprimer un bourrelet disgracieux, que la rigidité des corsets ne parvenait pas toujours à contenir.

Les hommes commandaient leurs cravates place Vendôme et leurs selles rue de Richelieu. Ils estimaient de bon ton de porter, au lieu de la redingote, la veste longue à pans arrondis, la chemise sans jabot et de chasser avec des fusils anglais.

Périodiquement, on voyait réapparaître à Bagatelle M. Abraham Mosley, toujours rose et rond et porteur de cadeaux bien choisis. Quand vint au monde, le 3 mai 1834, le deuxième enfant des Damvilliers, une petite fille prénommée Gratianne, le courtier anglais accepta d'en être le parrain, affirmant sans rire qu'il se réservait de l'épouser quand elle aurait seize ans, pour imiter le marquis devenu le mari de sa filleule. C'était

Planche qui, à la demande expresse de Virginie, avait présidé à l'accouchement, en présence de Murphy. Cette fois-ci, la sage-femme ne découvrit aucun signe à l'enfant, qui se révéla très vite calme, facile et bientôt jolie.

Dans la société des planteurs, les Damvilliers constituaient une famille parmi d'autres, aux mœurs et au train de vie parfaitement conformes à l'éthique sudiste. La beauté épanouie de Virginie, dont la taille, grâce aux mystérieux conseils de Planche, avait conservé toute sa sveltesse après deux maternités, ses qualités de maîtresse de maison, citées en exemple dans toute la paroisse, donnaient à Bagatelle une force d'attraction particulière. Chaque année, la demeure était repeinte, modernisée, rendue plus confortable. Au contraire d'autres planteurs, qui abandonnaient leurs maisons de bois pour habiter d'immenses manoirs de pierre, à péristyle et à colonnes, dus à des architectes inspirés par les monuments grecs, Adrien et Virginie tenaient à conserver le premier habitat des Damvilliers.

Les invités de Virginie s'étonnaient de la fraîcheur des doubles rideaux de soie ponceau à frange d'or, qui dataient de Louis XV, et enviaient sans le dire les tapis de la Savonnerie étendus sur les parquets lustrés par trois générations de servantes. Alors que les nouveaux venus, immigrants enrichis, se préoccupaient de généalogies pour se fabriquer des ancêtres titrés et couraient l'Europe afin d'acquérir de vieux meubles qu'ils baptiseraient « de famille », les Damvilliers, recevant sous les portraits des marquis de leur lignée et dans le mobilier venu de France cent ans plus tôt, dans les bagages de Claude-Adrien, faisaient figure de seigneurs.

Quand Virginie se mettait au clavecin, pour jouer Rameau, ou au piano de Pleyel, pour interprêter des valses enfin admises, ses amies jalousaient autant sa nouvelle robe de tulle blanc, à festons mauves et corsage à brandebourgs, que son talent de musicienne. La dame de Bagatelle prenait un vif plaisir à évaluer toutes ces envies rentrées. Aux compliments doucereux, elle comprenait qu'enfin elle s'était hissée dans cette société, à la seule place qui lui convenait, à laquelle elle était destinée : la première.

Clarence Dandrige se disait quelquefois qu'il n'était pas étranger à cette ascension. La Virginie qu'il avait accueillie à La Nouvelle-Orléans était une conquérante, capable d'user d'étranges moyens pour parvenir à ses fins. Son but atteint, elle assumait son rôle avec virtuosité. « Que peut-elle souhaiter de plus ? » se demandait-il parfois, à demi étonné par l'absence d'ambitions nouvelles chez un être qu'il avait cru insatiable. Il avait redouté que la dame de Bagatelle ne brûlât soudain de quelque passion, dont la fidélité conjugale eût fait les frais. Mais Virginie, épouse irréprochable et mère exemplaire, paraissait trouver auprès du marquis, toujours fougueusement amoureux, toutes les satisfactions que son tempérament pouvait la conduire à rechercher. Il n'avait donc plus aucune raison de s'inquiéter pour le bonheur d'Adrien ni pour le destin de Bagatelle. A son tour, Dandrige pouvait se dire satisfait, presque heureux, quand fin mars 1834, il dut se rendre à La Nouvelle-Orléans pour régler quelques affaires.

La période n'était guère favorable à un séjour en ville. Une chaleur précoce augmentait l'indolence habituelle des Orléanais et le choléra tuait dix personnes chaque jour. Les négociants montraient des visages de bois, car des pertes avaient eu lieu sur les cotons, ce qui venait de provoquer frayeur et désordre à la Bourse. Du coup, la hausse factice et prématurée des terrains et des maisons s'était arrêtée. Dans certains quartiers, les prix des immeubles avaient baissé de 50 p.100, dans d'autres, malgré l'afflux des émigrants, on ne trouvait plus d'acheteurs.

Les spéculateurs accusaient de leurs malheurs le président Jackson, qui, malgré deux résolutions de censure présentées par Henry Clay et approuvées par le Sénat, venait, grâce à la Chambre des représentants qui soutenait son administration, d'annoncer son intention de ne pas renouveler la charte de la Banque des Etats-Unis, après lui avoir fait retirer des dépôts lui donnant de grandes facilités. Soutenu par les banquiers de Wall Street, enchantés de se débarrasser de leurs concurrents de Philadelphie, Jackson appelait « monstre » le deuxième établissement bancaire de l'Union, fondé en 1816, et lui reprochait d'être un « agent corrupteur de la vie politique et un instrument de l'aristocratie de l'argent, d'enserrer le peuple dans un carcan monétaire, d'accabler les travailleurs. »

A La Nouvelle-Orléans, cette banque, forcée de régler ses comptes comme une maison de commerce, devait faire rentrer les sommes qui lui étaient dues et se mettre en état d'effectuer les remboursements exigibles. Les usuriers ne manquaient pas de profiter de cette situation et prêtaient à 18 et 20 p. 100.

« Les mesures de Jackson tendent à rétablir dans un équilibre raisonnable les transactions, à rendre aux propriétés leur valeur réelle et à faire cesser l'effroyable jeu qui absorbe toutes les classes de la société et s'applique à tous les genres de propriétés », disaient les gens raisonnables. Mais, à croire certains autres, il aurait fallu poignarder Jackson comme un malfaiteur. La mauvaise position commerciale de certains avait conduit des gens malhonnêtes à commettre des vols dans des banques, d'autres à émettre de faux billets pour des sommes que les frères Mertaux, les amis de Dandrige, affirmaient être considérables. Les deux avocats connaissaient tous les potins de la ville.

« On dit que M. Ramirez, qui ne parle plus de vous écorcher vif, serait contraint de quitter le pays, ruiné et honteux. Il cherche de l'argent partout et trouve partout porte close. Si vous le rencontrez, il tentera peut-être de vous emprunter la forte somme. »

Quand on connaissait les Mertaux, une telle phrase pouvait passer pour de l'humour. Dandrige la prit comme telle :

« Je suis prêt à l'acquérir comme esclave pour cirer mes bottes. Si vous le voyez, dites-le-lui ! »

Au cours de ce séjour à La Nouvelle-Orléans, l'intendant de Bagatelle devait assister à un événement qui défraierait longtemps la chronique et fournirait aux abolitionnistes de quoi alimenter la campagne qu'ils développaient contre les propriétaires d'esclaves. Comme Dandrige, après le lunch, pris chez M. Borduzat, négociant de ses amis, regagnait l'hôtel Saint-Charles, en remontant la rue Royale, il vit de loin un panache de fumée qui s'élevait au-dessus des toits. A hauteur de la rue du Marché, une maison, qu'il identifia aisément comme étant celle du docteur Lalaurie, brûlait. C'était un spectacle, hélas ! courant, dans une ville où l'incendie passait pour le second fléau, après la fièvre jaune. Des badauds et les habitants du quartier, inquiets, suivaient les efforts des pompiers qui s'évertuaient à enrayer l'extension du feu. Le docteur Lalaurie, un Français originaire de Villeneuve-sur-Lot, jouissait en ville d'une excellente réputation. Sa femme, deux fois veuve, qu'il avait épousée en 1825, ne comptait pas, par contre, que des amis.

Née Delphine Mac Carthy, fille de Louis-Barthélemy Mac Carthy, un riche négociant, la demoiselle avait bien choisi son premier mari, en la personne du consul général d'Espagne don Ramon de Lopez y Angula. Le choix du deuxième parut, à beaucoup, moins heureux. La veuve du consul avait en effet épousé en deuxièmes noces, en 1808, un Béarnais nommé Jean Blanque. Il s'agissait d'un aventurier, venu en 1803 en Louisiane, avec Clément de Laussat, un autre Béarnais représentant de la République française, chargé de remettre aux Américains le territoire que le Premier Consul venait de vendre à Monroe. Ce Blanque, tantôt avocat, tantôt banquier, puis marchand et même contrebandier, avait eu des relations mal définies avec les frères Laffitte, pirates ayant pignon sur rue. Il se trouva peu de citoyens pour le pleurer, quand il mourut, laissant Delphine veuve pour la seconde fois.

Rétablie dans la bonne société par son mariage avec M. Lalaurie, l'épouse du médecin donnait des réceptions fastueuses, passait pour l'arbitre des élégances et cotisait aux bonnes œuvres. La belle maison que dévoraient les flammes lui venait par héritage de son père, qui l'avait fait construire en 1831. La plupart des critiques formulées à l'égard de Mme Lalaurie portaient sur sa façon de traiter les esclaves.

Parmi les curieux qui suivaient l'évolution de l'incendie se trouvait le consul de France, M. Sailland, toujours prompt à assister les ressortissants français en difficulté. Dandrige salua le diplomate.

« Je suis là par devoir, monsieur Dandrige, plus que par sympathie pour des gens qui, je le sais, condamnent leurs serviteurs à d'affreux tourments et ne leur ménagent ni les coups ni les privations de nourriture.

— Ils ne sont pas les seuls, hélas !

— Peut-être, mais savez-vous que cette femme barbare, favorisée par une cruelle sympathie, a supplicié de ses propres mains des malheureux dont la vie lui est livrée par une loi inique d'une République qui prétend enseigner au monde une liberté qu'elle n'a pas encore comprise ? »

Le consul de France, anti-esclavagiste, ne pouvait en effet apprécier la façon dont se conduisait avec les Noirs l'épouse d'un de ses compatriotes les plus en vue de la ville.

Quelques années plus tôt, Mme Lalaurie avait été dénoncée à la justice par un de ses parents. Accusée de mutilation d'esclaves, elle avait comparu devant le jury, qu'on s'attendait à entendre prononcer à son encontre une peine grave. Mais, son avocat lui ayant conseillé d'affirmer sous serment qu'elle ne s'était jamais livrée aux actes que des gens malveillants lui reprochaient, elle avait levé la main avec grâce sur la Bible et bénéficié d'un acquittement. Ainsi lavée de toute accusation, elle continua à se livrer à la férocité de son caractère. Plusieurs fois, des esclaves, pour échapper aux tourments, se jetèrent par les fenêtres de la maison Lalaurie, ce qui donna tout de même à penser à ses voisins qu'il se passait d'étranges choses dans la demeure du docteur.

Ces mêmes voisins, au cours de l'incendie, devaient avoir la preuve que leurs soupçons étaient justifiés.

Tandis que les pompiers s'activaient, quelques hommes pénétrèrent dans la maison que Mme Lalaurie et son mari regardaient flamber sans rien dire. Avertis par des gémissements, ils ouvrirent un cabinet et un grenier où ils trouvèrent sept esclaves enchaînés près d'expirer. Un des sauveteurs apparut au balcon.

« Venez voir, shérif, comment ces porcs traitent leurs nègres ! »

Le shérif, qui bavardait avec les badauds, se contenta d'envoyer un milicien. L'interpellation avait cependant excité la curiosité de la foule. Dandrige et le consul échangèrent un regard, puis le diplomate, faisant valoir sa qualité, s'avança pour pénétrer dans la maison. L'intendant lui emboîta spontanément le pas. Ils n'eurent pas à aller plus loin que la cour, où un horrible spectacle leur était réservé. Des Noirs, le cou disloqué, les jambes déchirées par des anneaux de fer, portant sur tout le corps des plaies infectes, gisaient sur le pavé où les sauveteurs venaient de les déposer. Dévoré de fièvre et de soif, l'un d'eux buvait à même le sol l'eau souillée qui dégoulinait des murs abondamment aspergés par les lances.

« Si nous n'étions pas arrivés assez tôt pour rompre leurs chaînes, tous auraient rôti ou péri asphyxiés par la fumée... et cette garce de femme ne nous a même pas signalé leur présence, dit un pompier.

— On n'a pas le droit de traiter des hommes comme ça, même des nègres », fit un autre.

Dandrige, que le spectacle écœurait, regagna la rue et s'approcha de Mme Lalaurie auprès de laquelle se tenait le shérif, nullement gêné. La foule bourgeoise, indignée mais silencieuse, s'était éloignée, tandis qu'on emmenait les esclaves torturés à l'hôpital de charité.

L'intendant observa cette femme cruelle. Elle paraissait à l'aise, tandis que son mari baissait la tête honteusement.

A voix haute, Dandrige s'adressa au shérif :

« J'espère qu'on va la déférer à la Cour crimi-

nelle. Vous avez vu dans quel état sont les serviteurs que l'on vient de tirer du feu ?

— Ce que vous ne savez pas, monsieur, c'est
que cet incendie a été allumé volontairement par
une esclave femme de chambre... C'est elle la responsable de ce drame. Nous la recherchons ! »
répliqua avec arrogance le policier.

Ecœuré, Dandrige tourna les talons. L'incendie
paraissait conjuré. Une odeur piquante de vernis
brûlé se dégageait de la maison, encore fumante,
quand surgirent des matelots, des gens du peuple
et des Noirs libres qui, jusque-là, avaient assisté
en silence au sinistre. Révoltés par ce qu'ils
venaient de voir et d'apprendre, ils se précipitè-
rent dans la maison et se mirent à briser et à
détruire tout ce que l'incendie avait épargné. Certains envisageaient d'abattre les murs à la pioche
afin d'effacer jusqu'au souvenir de ce lieu de tor-
ture. Les miliciens ne tentèrent même pas de
s'opposer à leur action, devinant que la colère
populaire ne supporterait pas que des représentants de la loi puissent protéger les biens d'une
créole tortionnaire. Les Lalaurie s'étaient d'ailleurs prudemment éclipsés, avec ce qu'ils avaient
pu sauver du désastre. Avant de disparaître, la
cruelle Delphine, prévoyant la destruction de sa
demeure, menaça le shérif de poursuites judiciai-
res si les autorités ne prenaient pas les mesures
nécessaires à la protection de ses propriétés !

Le lendemain, au moment où Dandrige se préparait à embarquer sur le *Prince-du-Delta* pour
regagner Pointe-Coupée, il rencontra Dominique
Rouquette, un importateur de vins de Bordeaux.
Ce dernier lui apprit la fuite à La Mobile des
époux Lalaurie, qui semblaient craindre pour leur
vie, car toute la ville ne parlait que des esclaves
enchaînés découverts dans leur maison en feu.

« J'espère qu'on ne les reverra jamais en Louisiane. Ce sont des gens comme eux qui jettent le discrédit sur le Sud... »

Au mois d'août de la même année, Adrien de Damvilliers fut à son tour contraint de braver les dangers de la fièvre jaune et de se rendre à La Nouvelle-Orléans. Il s'embarqua, après avoir fêté le deuxième anniversaire de Marie-Adrien, avec Virginie, complètement remise de son deuxième accouchement, pour venir en ville, comme tous les Américains d'origine française, assister aux cérémonies organisées à la mémoire de La Fayette, mort à Paris le 20 mai 1834. Le comité spécial, chargé d'organiser la cérémonie funèbre, avait bien fait les choses. Malgré la chaleur, on se rendit en cortège de l'hôtel du gouvernement à la cathédrale Saint-Louis, derrière les bannières déployées. Dans l'église, des miliciens entouraient un énorme catafalque couvert d'inscriptions « qui plaçaient M. de La Fayette au rang des plus grands héros ». Adrien constata cependant qu'il y avait dans la foule plus de passion politique que de recueillement religieux. Après les prières, un Louisianais, M. Lemercier, monta en chaire pour prononcer un discours qui scandalisa le maître de Bagatelle et incita le consul de France, M. Sailland, à quitter la cathédrale. Piqué par on ne sait quelle mouche républicaine et révolutionnaire, l'orateur vilipenda Louis XVI, Bonaparte, les Bourbons, la noblesse et le clergé français, oubliant sans doute que le héros auquel on entendait rendre hommage était noble, catholique et défenseur de la monarchie bourgeoise instaurée par Louis-Philippe !

La cérémonie achevée, Adrien de Damvilliers s'empressa de quitter La Nouvelle-Orléans, désolé de voir que le souvenir de l'ami de Washington était détourné par des sectaires, au profit d'une idéologie populacière, dont le principal argument avait toujours été la guillotine !

Adrien, ne partageant pas les sentiments d'admiration que beaucoup d'Américains vouaient au « petit marquis », se dit qu'après tout le discours de Lemercier démontrait qu'un homme public ayant vécu sur des conceptions politiques floues et fluctuantes, pour ne pas dire opportunistes, devait s'attendre, après sa mort, à être revendiqué par tous les camps..., y compris celui dont il avait, mollement, combattu les excès !

De retour à Bagatelle, il trouva la maison en effervescence et ses amis planteurs indignés pour des raisons qui n'avaient aucun rapport avec l'exploitation que certains Français avaient faite de la disparition de M. de La Fayette. On venait de lire dans les plantations, avec retard mais les dents serrées, le pamphlet publié à Boston par Lydia Maria Child, une romancière de la Nouvelle-Angleterre, auteur d'une *Histoire de la condition des femmes* qui avait beaucoup diverti les hommes. Cette fois, l'écrivain féministe ne s'insurgeait plus contre la domination masculine dont les dames sudistes, objet de tant de prévenances, s'accommodaient fort bien. Elle traitait un sujet autrement sérieux dans son *Appel en faveur de cette classe d'Américains qu'on appelle Africains*. Lydia Maria Child, comme les sœurs Grimké, « traîtresses à la cause de la Caroline du Sud », assimilait dans ses écrits la subordination de la femme à la soumission craintive des esclaves !

Il y avait de quoi scandaliser, car la société sudiste sentait croître un malaise inquiétant. Les abolitionnistes du Nord, décidés à faire feu de tout bois pour assurer le triomphe de leurs idées, pensaient influencer les femmes des propriétaires d'esclaves en affirmant que la liberté devait être la même pour tous, quelle que soit la race, quel que soit le sexe. Les planteurs analysaient mal une évolution qui, même dans le Sud, engendrait des divisions. Ils craignaient confusément une coupure avec l'Ouest, qu'ils considéraient comme un territoire vassal. Plus tard, bien plus tard, des historiens objectifs définiraient cette période. « Le Sud avait toujours considéré le pays trans-alleghanien comme une partie de lui-même. La colonisation de l'Ouest à la fin de la révolution s'était portée sur des terres qui avaient appartenu dans le temps aux Etats du Sud, notamment à la Virginie [...] Ce fut, en outre, une coalition du Sud et de l'Ouest qui avait soutenu l'achat de la Louisiane contre l'opposition des fédéralistes, combattu dans la guerre de 1812 et porté Andrew Jackson à la Maison Blanche. »

En attendant que des étrangers puissent, de sang-froid, juger cette époque, les grandes familles sudistes ne voyaient dans la littérature engagée du Nord qu'une machine de guerre au service d'intérêts économiques dissimulés sous les couleurs d'une cause humanitaire propre à émouvoir les âmes sensibles.

Le vieux Tampleton triomphait.

Quand un barbecue réunissait les planteurs de Pointe-Coupée et leurs familles, il répétait :

« Vous voyez bien que toute la propagande du Nord, même à travers les romans les plus mièvres, n'a qu'un seul but : exciter contre nous le peuple irresponsable et les esclaves les plus paresseux ! »

Adrien, tout à son bonheur familial et porté par son optimisme naturel, se refusait à accorder aux écrits de Mme Child plus d'importance qu'ils n'en avaient. La terre, le coton, la canne à sucre, les troupeaux de bovins constituaient des réalités bien autrement valables que les phrases d'une

Nordiste au cœur rance. Virginie paraissait plus consciente du danger que pouvait un jour faire courir au Sud une coalition hétéroclite d'intérêts.

« Nos enfants devront faire de solides études, afin d'être, à l'avenir, capables de tenir tête aux rusés politiciens du Nord. Ils devront apprendre à les contrer avec les mêmes armes.

— Bien sûr, bien sûr, concédait Adrien, mais mon fils sera un jour le maître de Bagatelle, et son fils après lui. Le sang des Damvilliers ne saurait mentir. »

La cueillette du coton terminée et la canne roulée, on ne pensait qu'à la saison d'hiver de La Nouvelle-Orléans. Les exportations de coton avaient atteint le chiffre record de 407 220 balles et les négociants étrangers s'étaient emparés, à coups de surenchères, de 24 931 boucants de tabac. Le Sud, certain de sa force, pouvait se distraire, même si cela devait faire crever de jalousie les Nordistes auxquels le théâtre de La Nouvelle-Orléans enlevait les meilleurs artistes.

En novembre 1834 fut donnée aux Damvilliers l'occasion de rencontrer, à l'hôtel Saint-Charles et dans des dîners, un personnage intéressant : le docteur Francesco Antommarchi. Le praticien, médecin de Napoléon Ier à Sainte-Hélène, venait d'être reçu à La Nouvelle-Orléans avec tout le respect que l'on portait dans cette ville à tous ceux qui avaient approché l'Empereur. Emu par un accueil qu'il n'avait pas rencontré à Paris, le docteur Antommarchi écrivit le 12 novembre 1834 à M. Denis Prieur, maire de La Nouvelle-Orléans, pour offrir à la cité le masque en bronze réalisé d'après le moulage pris par lui-même après la mort de l'Empereur, à Longwood. Le maire, touché d'un pareil cadeau, répondit que ses concitoyens feraient grand cas « de la grandiose image de celui qui avait droit à la gratitude des Orléanais puisque les rives du Mississippi lui devaient leur liberté, dont il avait confié la protection à la bannière étoilée ».

Virginie et son mari assistèrent à une cérémonie présidée par le gouverneur de la Louisiane, M. André-Bienvenu Roman, au cours de laquelle le masque mortuaire, don du médecin, fut placé dans la salle capitulaire du Cabildo[1]. On promena M. Antommarchi à travers la cité et on lui montra, rue de Chartres, la belle maison qu'un ancien maire, M. Nicolas Girod, destinait en toute propriété à Napoléon Ier. L'Empereur comptait tant d'admirateurs en Louisiane qu'on avait décidé en 1820 de former une expédition pour aller jusqu'à Sainte-Hélène l'arracher aux mains de ses geôliers anglais. La goélette la *Séraphine*, commandée par M. Saint-Ange-Boissière, devait conduire jusqu'au rocher sinistre une bande de gens plus ou moins recommandables, mais d'un courage à toute épreuve comme les frères Laffitte, Domini-

1. Ce masque, que l'on peut voir aujourd'hui au musée de La Nouvelle-Orléans, installé dans l'ancien Cabildo (hôtel de ville), connut des fortunes diverses. D'après René Cruchet, il fut, en 1852, transporté dans le nouveau bâtiment municipal du square La Fayette, d'où il disparut mystérieusement pendant la guerre de Sécession. Ce qu'il advient ensuite est raconté en ces termes par le président de l'Académie des sciences et belles-lettres de Bordeaux : « En 1866, le trésorier de la ville, l'honorable Adam Giffen, se promenait dans la rue du Canal, quand il aperçut soudain le masque emporté dans une charrette de joncs... Il suivit le conducteur, auquel il acheta la relique et la mit en sûreté chez lui. Plus tard, elle fut vendue au capitaine William G. Raoul, président des Chemins de Fer nationaux du Mexique, qui la transporta au lieu de sa résidence à Atlanta, en Georgie. Ce n'est qu'en 1909, Martin Behram étant maire de La Nouvelle-Orléans, que le masque fut racheté au capitaine Raoul, qui, en galant homme, n'en demanda que le remboursement pur et simple. Il fit même abandon des intérêts (*sic*) à condition toutefois qu'on voulût bien le remercier de son acte de philanthropie par une inscription placée au-dessous du moulage. Ce qui fut fait. Et solennellement il fut replacé au Cabildo, confié à la garde du musée d'État. Mais le précieux souvenir n'en avait pas terminé avec les aventures. Le 13 août 1932, un sans-travail de Chicago tenta de le dérober et, sans l'intelligente surveillance d'un étudiant en médecine, du nom de Carrol, qui était de garde cette nuit-là au Cabildo et arrêta le voleur, le masque de Napoléon aurait vraisemblablement disparu à nouveau. »

que Yon, Ronaldo Béluchi et Sylvestre Bonnot. La goélette allait prendre la mer, quand la nouvelle de la mort de l'Empereur se répandit, le 10 septembre 1821, rendant inutile une expédition qui n'eût pas manqué d'étonner le monde. Les bonapartistes acharnés compensèrent le raid annoncé par une cérémonie funèbre, qui rassembla toute la population de La Nouvelle-Orléans et au cours de laquelle le juge Placide Canonge fit le panégyrique de l'illustre défunt.

Virginie, qui conservait l'admiration que lui avaient communiquée son père et Mme Drouin pour le vainqueur d'Austerlitz, fut invitée à ouvrir le bal donné en l'honneur du docteur Antommarchi. Elle le fit au bras d'un beau colonel, M. Charles de Vigors, de passage à La Nouvelle-Orléans. Cet officier, qui avait connu l'épreuve de Waterloo, ne manqua pas de tenir à la dame de Bagatelle des propos galants, allant même jusqu'à solliciter un rendez-vous, qu'elle lui refusa avec quelque mérite, car l'élégance et le charme typiquement français du militaire ne la laissèrent pas insensible. Adrien ne s'aperçut pas cette nuit-là, quand, après le bal, il se retrouva seul avec sa femme dans leur chambre de l'hôtel Saint-Charles, que Virginie demeura rêveuse, jusque dans l'étreinte.

FIN DU TOME PREMIER

OUVRAGES CONSULTÉS

ARNAUD (Achille), *Abraham Lincoln*, Charlieu Frères et Huillery, Libraires-Editeurs, Paris, 1865.

BELPERRON (Pierre), *La Guerre de Sécession*, Librairie Académique Perrin, Paris, 1973.

Cahiers de politique étrangère, dirigés par Gabriel-Louis Jaray, *Louisiane et Texas*, ouvrage collectif. Paul Hartmann Editeur, Paris, 1938.

CALHOUN (Nancy Harris and James), *Plantation Homes of Louisiana*, Pelican Publishing Company Gretna. LA, 1974.

CATLIN (Georges), *Les Indiens de la Prairie*, Club des Libraires, Paris, 1959.

CHARDON (Louis de), *Damvilliers et son canton*, Cogere à Verdun, 1973.

CIBA (les Cahiers), *La Nouvelle-Orléans, Marché du Coton*, n° 49, vol. V, Bâle, septembre 1953.

CRUCHET (René), *En Louisiane*, Delmas, Paris, 1937.

DAVID (Jean), *Le Coton et l'industrie cotonnière*, P.U.F., Paris, 1971.

GARNIER (Paul), *Charles X*, Fayard, Paris, 1967.

GIRAUD (Marcel), *Histoire de la Louisiane française*, cinq volumes, Presses Universitaires de France, Paris, 1946-1953-1958-1966-1974.

GRANDMAISON, *Histoire pathétique du peuple acadien*, Etudes, Paris, avril 1922.

HURET (Jules), *En Amérique : de New York à La Nouvelle-Orléans*, Eugène Fasquelle, Paris, 1906.

LACOUR-GAYET (Robert), *La Vie quotidienne aux Etats-Unis*, Hachette, Paris, 1952.

LANUX (Pierre de), *Sud,* Plon, Paris, 1932.

LEBLANC (Joyce Yeldell), *Gardens of Louisiana*, Pelican Publishing Co. Gretna. LA, 1974.

LEMAÎTRE (Renée), *La Guerre de Sécession en photos*, Elsevier-Sequoia, Paris/Bruxelles, 1975.

Louisiana Review, été 1974, vol. III, Lafayette. LA.

MARÉCHAL (Lucien), *L'Or blanc*, Marabout-Université, Bruxelles, 1959.

MARTIN (Dr Paul), *Le Rendez-vous américain* (Correspondance et journal inédits de Jacques Martin, 1853-1868), Plon, Paris, 1975.

Le Mississippi, Collection des grands fleuves, Editions Atlas, Paris, 1975.

NÉRÉ (Jacques), *La Guerre de Sécession*, P.U.F., Paris, 1961.

OUDARD (Georges), *Vieille Amérique*, Plon, Paris, 1931.

PRICE (William H.), *Civil War.* Hand/book Prince Lithograph Co., Fairfax, Virginie, 1961.

ROUJOUX (baron de), *Histoire pittoresque de l'Angleterre et de ses possessions dans les Indes*, Imprimerie de A. Everat, Paris, 1834.

RUDE (Fernand), *Voyage en Icarie, deux ouvriers viennois aux Etats-Unis en 1855*, Presses Universitaires de France, Paris, 1952.

Le Sud au temps de Scarlett, ouvrage collectif, Hachette, Paris, 1966.

VANDAL (Marion) et LESOURD (Paul), *La Fayette ou le Sortilège de l'Amérique*, Editions France-Empire, Paris, 1976.

WAGNER (Charles), *Vers le cœur de l'Amérique*, Librairie Fischbacher, Paris, 1906.

The Bicentennial Almanac, Edited by Calvin Linton-Thomas Nelson Inc./Publishers, Nashville Tennessee, New York, 1976.

250 years of Life in New Orleans, Edition : Friends of the Cabildo-Louisiana State Museum, New Orleans.

ARCHIVES ET SOURCES D'INFORMATION

Archives privées de la famille P., à Pointe-Coupée, Louisiane.

Correspondance des consuls de France à La Nouvelle-Orléans de 1830 à 1865. Archives du ministère des Affaires étrangères, Paris.

Musée du Cabildo à La Nouvelle-Orléans, Musée militaire de Baton Rouge (Louisiane). Musée de Saint-Francisville (Louisiane).

Institut international du coton, Paris.

Collection des journaux *Courrier de la Louisiane* et *L'Abeille*. La Nouvelle-Orléans, Louisiane.

DU MÊME AUTEUR

Composition réalisée en ordinateur par IOTA

IMPRIMÉ EN FRANCE PAR BRODARD ET TAUPIN
58, rue Jean Bleuzen - Vanves - Usine de La Flèche.
LIBRAIRIE GÉNÉRALE FRANÇAISE - 14, rue de l'Ancienne-Comédie - Paris.

ISBN : 2 - 253 - 03566 - 1   ◈ 30/5994/6